ZWÖLF MAL ROMAN… plus X

Krimisammlung

Neuauflage folgender Bücher:

„Kreuzfahrt ins Ungewisse" (2009)
„ZWÖLF MAL ROMAN" (2010)
„Habgier + 7 Krimis" (2013)

Die vorliegenden Geschichten sind völlig frei erfunden.
Ähnlichkeiten mit lebenden oder toten Personen
sind keinesfalls gewollt. Sie wären rein zufällig.

Roman Schmidt MMXVI

Vorwort

Viele überführte Menschen verdrängen oder verleugnen ihre Taten. Sie versuchen so lange hartnäckig bei ihrer „falschen" Darstellung zu bleiben, bis man ihnen eindeutig das Gegenteil beweisen kann. Jeder hofft, dass es im Verborgenen bleibt, was sie angerichtet haben. Viel zu oft merken sie dabei jedoch nicht, dass sie sich selbst der gemeinste und größte Gegner sind. Es gibt Experten, die ohne Worte, allein an den Reaktionen von aufgegriffenen Tätern die nicht zu steuernde Nervosität und innere Anspannung förmlich riechen können. Ich hatte als Kind das Vergnügen durch meinen Onkel, ein begnadeter Billardspieler, der an der niederländischen Grenze wohnte, mit einigen Zöllnern privat sprechen zu dürfen. Sie waren sich genau in dieser Sache alle einig, dass man, mit entsprechender Berufserfahrung, einem Menschen ansehen kann, ob er etwas zu verbergen hat oder nicht. Ähnlich ist das bei den Beamten der Kriminalpolizei. Sie wissen ziemlich schnell ihre Gegner richtig einzuschätzen. Einen Mörder zieht es, so liest man immer wieder, an den Tatort zurück. Diese höchst paradoxe Wesensart der Menschen bringt sie dadurch natürlich auch in Verdacht. Äußerlich scheint manch ein Täter sein verübtes Verbrechen gut verheimlichen zu können. Vor Mitmenschen, mit denen sie eng verbunden sind, wird das nicht gelingen. Kleinste Gefühlsregungen werden von einem liebenden Partner sofort registriert. Warum also sollte es Verbrechern möglich sein, mit der Bürde so locker wie bisher einfach weiterleben können? Ich bezweifle das. Es wird mit unruhigem Schlaf, Schweißausbrüchen und Wahnvorstellungen weitergehen. Die psychische Belastung wird so groß werden, dass sich mancher danach sehnt, dass es endlich vorbei ist. Er wird sich, wem auch immer, anvertrauen müssen, denn Albträume werden zu ständigen Begleitern.

„Ein gutes Gewissen ist ein sanftes Ruhekissen!" war ein Spruch, den ich immer wieder gehört habe und den ich bei Kräften unterstütze. Schuldgefühle und Angst führen in banalen Situationen dazu, dass solche Täter nicht mehr rational denken können und verzweifeln, sich sogar auch nach Jahren bei der Polizei melden und sich offenbaren, da sie den Druck, der auf ihnen lastet nicht mehr aushalten können.

Ich vermute, dass ein sogenannter „Lügendetektor" winzigste Erregungen, Unsicherheiten und unterdrückte Ängste aufzeichnet. Dieses elektronische Hilfsmittel nimmt Zustände wahr, denen sich die angeschlossenen Personen nicht bewusst sind. Haustiere, besonders Hunde können ähnliche Disharmonien bei Menschen wittern. Es gibt solche Vierbeiner, die ihre Besitzer vorher warnen können, wenn ein Zuckerschock, epileptischer Anfall oder eine Ohnmacht bevorsteht. Sie riechen die hormonelle Veränderung, Angst und Unsicherheit eines Menschen. Und genau so stelle ich mir einen guten Kriminalbeamten oder auch Zöllner vor. Er riecht förmlich, wenn irgendwo oder bei irgendwem etwas faul ist. Außerdem bin ich sehr zuversichtlich, dass die Zukunft mit noch besseren Geräten und deren Analysen noch präzisere Ergebnisse und schnellere Aufklärungen möglich machen werden.

Die geschilderten Verbrechen gibt es sowieso nur in Romanen .
. . . . . . oder etwa nicht?

Wenn man einen „gruseligen, aber gut gemachten Film" gesehen hat, so erscheint einem anschließend die sonst gewohnte Umgebung in einem ganz anderen Licht. Vertraute Geräusche werden zu unerklärlichen Stimmen, die Scheinwerfer vorbeifahrender Autos lassen Schatten von Geistern vorbei huschen und so weiter.

Ich will damit sagen, dass unser Unterbewusstsein von erlebten Sachen negativ oder positiv beeinflusst wird. Nächtliche Geräusche, die eine natürliche Erklärung haben, können einem ängstlichen Menschen, der negativ eingestellt ist, den kalten Schweiß auf die Stirn zaubern. Nicht selten, so vermute ich, kann eingebildete Angst sogar zu einem lebensbedrohlichen Herzrasen, vielleicht sogar auch zu Atemnot führen. Obwohl nur ein Tier an den Rollos gekratzt hatte, wird der Bewohner Geister sehen, wenn er gerade entsprechend in Stimmung ist. Unsere Beobachtungen sind demnach relativ und müssen sorgsam „eingeordnet" werden. Deshalb hatte mir mein Vater geraten, jedes ungewöhnliche, nächtliche Geräusch sofort zu klären. (Ruhig schlafen könnte man danach nämlich nur noch, wenn sich der „Vorgang" sofort normal klären lassen würde.) Er hatte mir erzählt, dass er als Kind abends zu einem benachbarten Bauern geschickt worden war, um Milch zu holen. Mitten auf dem Weg sah er im Dämmerlicht ein Ungetüm, dass schnaufen auf ihn zukam. Er rannte, von Panik ergriffen zurück, aber man wollte ihm nicht glauben. Mit seinem Onkel ging er den gleichen Weg noch einmal. Und siehe da . . . . im Schein der mitgenommenen Taschenlampe sahen sie eine harmlose Kuh, die friedlich auf der Straße lag.
Die Ausschüttung von Stresshormonen führt in solchen Situationen dazu, dass man extrem angespannt ist.
(Als Unfallopfer auf der Rückbank eines PKWs hatte ich beim Überschlagen den Eindruck, als würden sich diese Ereignisse im verlangsamten Tempo abspielen).
Bei vielen Menschen führt ein unerwartetes Geschehen dazu, dass der Hergang völlig falsch eingeschätzt wird.
Viele Zeugen einer gleichen Tat ergeben manchmal unterschiedlichste Versionen des Hergangs. Oder kurz gesagt: Bei fünf Beschreibungen hat man womöglich vier Verdächtige.

Für die ermittelnden Beamten und ggf. die späteren Richter gilt es dann zu klären, welche Aussagen von den mittlerweile selbst gemachten Ermittlungen bestätigt werden können und damit der Realität am nächsten kommen. Die wirklich wahre und exakte Aussage eines Zeugen lässt m.E. auf eine gewisse Abgeklärtheit und Ruhe dieses Menschen schließen.
Eine Ruhe, die für die Masse der Menschheit schwerlich zu kontrollieren und zu beherrschen ist. Wer schon einmal unverhofft in eine heikle, teilweise sogar lebensbedrohliche Situation gekommen ist, mag das nachempfinden können.
Aber eben eine solche gewissenhafte Ruhe müssen auch Unfallärzte haben, denn wenn sie zu emotional reagieren würden, wäre eine Behandlung schwierig, ich würde sogar behaupten unmöglich. (Ich meine sogar einmal gehört zu haben, dass Mediziner eigene Bekannte oder Verwandte nicht operieren.)
Der Stress zeigt sich jedoch nicht nur bei den Zeugen, sondern auch bei den Tätern, die sich später nicht selten durch anormales Verhalten selbst verdächtig machen und damit verraten.

Roman Schmidt

Raffgier

Auf der regennassen Straße spiegelten sich am Abend die Lichter der Großstadtreklamen und vermischten sich bei jedem fallenden Tropfen neu. In den Regenpfützen bildeten sich kleine Kreise und ließen die Farben zu immer neu veränderter, moderner Kunst auf dem Asphalt werden. Helmut Bergmann überquerte die Straße und achtete darauf, keine nassen Schuhe zu bekommen. Er wollte nicht mit einer Erkältung in die kommende Woche starten. Besser wären ein Regenschirm und ein wärmender Schal gewesen! Seit 5 Jahren traf er sich hier, im Viertel der Kleinstadt alle 14 Tage mit seinem Schulfreund Siegfried, genannt Siggi. Hier stand auch noch sein Vaterhaus. Er hatte schon als Kind mit Siggi gespielt und auch mit ihm in der Grundschule die Schulbank gedrückt, herumgealbert, gelacht, Streiche gespielt, sich gezankt und wieder versöhnt. Nur als sie beide 14 Jahre alt waren, riss der Kontakt für ein paar Jahre ab. Unterschiedliche Interessen, wahrscheinlich. Helmut war da schon seit vier Jahren auf dem städtischen Gymnasium und Siegfried begann nach dem Hauptschulabschluss eine Lehre als Kaufmann. Er schlug den Kragen seines Mantels hoch und wechselte die Straßenseite. „Viel zu kalt, für diese Jahreszeit!" murmelte er halblaut vor sich hin und ging weiter durch die ihm so vertrauten kleinen, engen Gassen. Kurze Zeit später betrat er die kleine, unscheinbare Kneipe in einer Seitenstraße. Er kam, wie immer durch den Hintereingang, vom Parkplatz aus. Er war froh, dass sie sich immer noch hier trafen, denn in dem Stadtteil, wo Siggi seine Bar hatte und wohnte, würde er sich nie richtig wohlfühlen, das wusste er. Obwohl er einiges gewohnt war, als gerade beförderter Oberkommissar bei der Kripo. Aber im Rotlichtviertel fühlte er sich nicht wohl. Das war nicht seine

Welt. Da er im Morddezernat arbeitete, hatte er teilweise dennoch Kontakte zum Sittendezernat, und damit auch zu diesem Milieu, wo Prostitution und Drogendelikte vorherrschten, von organisierten Banden geführt und geleitet. Morddrohungen an die Kripo waren an der Tagesordnung, wenn man deren Geschäfte störten. Ein undankbarer Job.
Er schüttelte den Regen von seinem Mantel und schaute auf die vertraute, große Bahnhofsuhr über der Theke. Die hatte der Wirt beim Abriss der alten Eisenbahnstation als nostalgische Erinnerung für kleines Geld erworben. Willi erzählte immer wieder gerne von seiner innigen Beziehung zu dem tickenden großen, runden Ei: „Das war früher immer mein letzter Blick auf die Heimat gewesen, wenn ich am Wochenende mit dem letzten Zug zurück nach Hamburg in die Kaserne musste." Er schaute dann immer wehmütig mit verdrehtem Kopf schräg nach oben: „Ja, der Bund, drei Freifahrten in achtzehn Monaten und kein Taschengeld von zu Hause." Er unterdrückte die Tränen und wischte sich dann verlegen mit dem Taschentuch durchs Gesicht. Meinung, wieder zu spät gekommen zu sein. Aber diesmal war er tatsächlich 10 Minuten zu früh. Wilhelm, der Wirt hinter der Theke, hob freundlich grüßend die Hand und lächelte ihm zu: „Euer Lieblingstisch hinten ist bereit! Wie immer? Oder lieber einen Tee, bei dem Schauerwetter?" Bergmann nickte bejahend und ging zu seinem Stuhl in der hinteren Ecke der gemütlichen alten Kneipe. Hier im Viertel war er groß geworden und der alte Wilhelm kannte ihn noch als kleinen Laufburschen. Die pensionierten, alten Männer seiner Nachbarschaft tranken oft abends noch in kleiner, privater Runde einen „platten Mäck". Das war eine nierenförmige, kleine Glasflasche voll Schnaps. Wo der Name herkam, wusste er bis heute nicht, der hieß einfach so. Diese Flasche füllte Willi in den frühen sechziger Jahren für DM 1,80 mit klarem 38% igem Korn! Helmuts Vater hatte immer darauf bestanden,

dass er nach seinen Schulaufgaben aus Respekt vor den älteren Mitmenschen auch tagsüber ohne zu murren, alle nötigen Einkäufe für die Nachbarschaft zu erledigen hatte. So besorgte er auch manchmal abends den besagten Schnaps, trotz seines Alters von erst zwölf Jahren. (Heute wäre das völlig undenkbar). Er bekam DM 2,00 für den Schnapskauf und manchmal, meist zum Wochenende, durfte er sogar die restlichen 20 Pfennig behalten. Taschengeld von den Eltern kannte er nicht. Die Kinoveranstaltung am Sonntagnachmittag kostete in den billigen, ersten drei Reihen DM 0,60. Das war die sogenannte Rasierloge, weil man mindestens anderthalb Stunden lang den Kopf im Nacken hatte. Also musste er mindestens drei Wochen lang Schnaps holen und konnte dann einmal für knapp zwei Stunden die berühmten Western – Stars aus Amerika bewundern, Alan Ladd, Eddie Murphy, Rock Hudson oder sogar John Wayne. Da hatte sich das wochenlange Besorgen doch wirklich gelohnt! Er musste immer schmunzelnd daran denken, wenn er, wie heute Abend auch wieder, die vertraute, alte Kneipe betrat. Er atmete tief durch und schaute sich um. Einzelne Tische waren mit Pärchen besetzt und an der Theke standen, wie fast jeden Abend immer dieselben Männer und tranken Bier oder Korn oder beides. Willis Frau machte für ihre Gäste ohne Zeitlimit auch gerne eine Kleinigkeit zu essen. Strammer Max mit Schinken oder Käse und die beliebte Curry – Wurst mit selbst gemachtem Kartoffelsalat. Eine Speisekarte gab es nicht. Mit seinem Vornamen, Willi, durften ihn nur einige wenige und sehr vertraute Freunde ansprechen. Deshalb war Helmut stolz darauf, auch zu dem erlesenen Kreis gehören zu dürfen, trotz Altersunterschied. Der dicke Wilhelm war ein gutmütiger Zeitgenosse, normalerweise! Nur bei Ungerechtigkeiten oder Zechprellereien konnte er grob werden. Und den einen oder anderen Randalierer hatte er schon am Kragen gepackt und mit lebenslangem Hausverbot an die Luft gesetzt. Er war klein und untersetzt, und sein nicht zu übersehender Bauch ließ auf reichlich gutes Essen und erheblichen Biergenuss schließen. Helmut hatte bei ihm bis heute stets Narrenfreiheit. Er fühlte sich hier wie zu Hause. Vielleicht auch gerade deshalb, weil sein Opa und Willis Vater dicke Freunde gewesen waren. Nachdem der Tee vor ihm stand, ging wie auf Bestellung auch die Vordertür auf und sein Schulfreund stand im Rahmen. Sie waren zwar gleich alt, aber Siggi hatte eher eine athletische Figur mit stark ausgeprägten Muskeln. Vielleicht war es das Ergebnis von jahrelangen Besuchen der Mucki-Buden, oder er nahm verbotene Anabolika ein. Aber darüber konnte und wollte er sich mit Siggi nicht mehr unterhalten. Einmal hatte er ihn im Anfang darauf angesprochen und Siggi hatte ihn nur stur angeschaut. Und wie immer, so startete Siggi auch jetzt seine persönliche Show und achtete genau darauf, dass ihn auch alle sahen. Die Stammgäste wussten vorher schon, was jetzt kam. Es war immer die gleiche Prozedur. Man ertrug das, weil er danach eine „Lokalrunde" ausgab. Theatralisch winkelte er zuerst seinen linken Arm, im Schneckentempo versteht sich! Dann streifte er den Pullover höher, schaute auf seine teure, goldglänzende Armbanduhr und hob den rechten Zeigefinger: „Gong, … 22 Uhr! Hallo, schönen Abend, allerseits! Na, habt ihr wenigstens alle das Fußballspiel gesehen? Die haben den Ball auch schon mal besser getroffen, oder?" Man merkte sein Anbiedern, aber die Anerkennung, die Bergmann hier genoss, würde Siggi wohl trotz seines Geldes nie im gleichen Maße erfahren. Vielleicht war aber auch Neid auf das, in seinen Augen kleinbürgerliche Leben des aufrichtigen Kommissars dabei. Er kam zügig zum Stammtisch in der Ecke: „Auch für dich, Helmut, schönen Abend! Na, hat ja doch noch geklappt! Keine Leiche heute, zum Wochenende?" Er kannte die markanten, respektlosen Sprüche und überging sie: „Und,

Revanche?" Damit meinte er das beim letzten Mal von Siggi verlorene Schachspiel. Wilhelm unterbrach sie kurz: „Hier, dein Doppelter! Und Helmut? Noch einen Tee?" Er konnte sich das Grinsen nicht verkneifen. „Kein Respekt vor dem Kommissar, wie?" meinte Siggi: „Komm, bring das Brett und die Figuren. Und ihm noch einen Tee, der will endlich auch in Stimmung kommen!" Nach einer weiteren halben Stunde setzte Helmut sein Gegenüber wieder mal Schach-matt: „Tja, das macht der Tee!" grinste der Oberkommissar. Und wie auch sonst üblich, so plauderten sie auch heute über die letzten beruflichen Neuigkeiten. Dabei erzählte Helmut oberflächlich vom aktuellen Fall: professionelle Autodiebstähle, die sich häuften. Osteuropäische, organisierte Banden, wahrscheinlich. Die gestohlenen Autos, meistens Nobelkarossen, waren vielleicht schon lange wieder verkauft oder in alle Einzelteile zerlegt worden. Er war mit seinem Dezernat auch nur zusätzlich in den Fall eingebunden, weil diese Diebe eine Woche vorher brutal einen mutmaßlichen Zeugen beseitigt hatten. Auf einer nahe gelegenen Müllkippe hatte man zufällig den armen Mann gefunden, hässlich zugerichtet. Schwierig, die Leute auf frischer Tat zu erwischen. Nun berichtete Siggi unter anderem auch von seinem Plan, zusätzlich eine Spielhalle zu eröffnen: „Wenn die Bar und das Hotel mal nicht mehr so gut laufen sollten, ist es besser, ein drittes Eisen im Feuer zu haben!" Er schaute sein Gegenüber aufmunternd an: „Mach doch mit! Mein Angebot steht nach wie vor! Dein Chef muss nicht alles wissen! Und wenn er es zufällig erfahren sollte, so muss er es halt im Nachhinein erlauben. Du bist doch dann bloß finanziell daran beteiligt und somit stiller Teilhaber!" „Siggi lass gut sein. Du weißt, wie ich darüber denke! Ich bin der Meinung man kann nur eine Sache gut machen! Und womöglich bin ich dann nicht mehr objektiv, mit einer Spielhölle im Milieu. Ich bin in dieser Hinsicht zu ehrlich, tut mir leid! Ich konzentriere mich voll und ganz auf meinen Job! Bei dir ist das ganz anders, du kennst das alles und bist da einfach so rein gewachsen." Siggi zog seine Stirn kraus, respektierte aber seinen Standpunkt, schließlich kannten sie sich lange genug. Mit einem Mineralwasser für Helmut und dem fünften Doppelten für Siggi zeigte die Uhr bald Mitternacht und Bergmann ließ verlauten: „Sabine kommt gleich von der Arbeit und holt mich ab! Sollen wir dich wieder mitnehmen?" „Oh, ja! Ich bin eben gebracht worden. Dann kann ich mir das Taxi sparen. Ihr könnt mich am "HOT CAT" absetzen! Hast du mit Sabine über mein Angebot gesprochen? Es zählt auch für sie noch!" Helmut schüttelte den Kopf: „Lass mal gut sein! Sie ist lieber Krankenschwester! Und Barfrau? Ich weiß nicht, das hat doch immer noch einen bitteren Beigeschmack! Und mir wäre das, ehrlich gesagt, auch nicht recht!" Siggi musste grinsen. „Kann ich verstehen!" Sabine kam eine halbe Stunde später von ihrer Spätschicht aus dem Krankenhaus, trank sich noch eine Tasse heißen Kakao und der Abend endete, wie die Männer es vorher verabredet hatten. Sie zahlten und gingen durch die Hintertür zum Parkplatz. Hier stand der heißgeliebte, zweitürige, alte Kleinwagen von Sabine. Siggi sollte froh sein, dass er quer durch die ganze Stadt zu seiner heiß geliebten Bar gefahren wurde. Aber jedes Mal blieb er vor dem Auto stehen, grinste, und machte dann einen seiner dummen Scherze. „Oh, "er schlug beide Hände auf seine Schenkel und bückte sich. Er sprach dann in so einer Babysprache, wie alte Tanten das oft mit Kleinkindern machen: „Oh, bist du aber groß geworden!" Oder er ging theatralisch zwei Mal um den ganzen Wagen herum. Dabei machte er extra große Schritte, blieb dann stehen und kratzte sich am Kinn: „Ausgemessen! Wir passen da so gerade mal rein!" Sabine saß schon lange abwartend hinter dem Steuer und Helmut lehnte gelangweilt an der Seitentür: „Siggi lass das, du weißt doch, wir können uns nicht so eine Prunkschüssel leisten, wie du!" Endlich kam er um den Wagen herum zur Beifahrertür. Sabine klappte den Sitz nach vorne und Helmut kroch auf die enge Hinterbank. Siggi saß immer vorne. Bergmann hätte auch die lästernden Sätze über die engen Sitze im Font nicht weiter ertragen können, zumal Sabine aus diesem Grund auch nicht das beste Verhältnis zu Siggi hatte. Das würde auch nie besser werden, sie duldete ihn, ihrem Freund Helmut zu liebe. Nach zwanzig Minuten Fahrt durch die nächtliche Stadt hielten sie vor dem "HOT-CAT" und Siggi stieg aus. Sabine klappte die Rückenlehne wieder nach vorne damit Helmut nach vorne wechseln konnte. Sie hupte noch einmal kurz, er winkte zurück und verschwand unter der Neonreklame. „Das Hupen hab ich nicht gehört!" Sie dachte manchmal nicht so exakt an die Verkehrsregeln und zuckte nur mit den Schultern. „Verhaftest du mich jetzt?" Helmut schaute sie gutmütig von der Seite an: „Du bist ein hoffnungsloser Fall! Nimm ihn nicht so ernst, der ändert sich nicht mehr!" Sabine lächelte verständnisvoll: „Ich weiß, er ist und bleibt einfach nur ein Großkotz!" Langsam steuerte sie den Wagen aus der Halte-Bucht und fuhr mit ihrem Freund nach Hause.

-.-.-.-.-

Man hörte nur das Klappern der Rechenmaschinen, wie jeden Nachmittag, wenn die Schalter der Bank geschlossen waren. Die undurchsichtigen Gardinen hatten sich automatisch vor die verriegelten Eingangstüren gezogen. Die Kassierer addierten die Beträge in ihren Aufnahmebüchern. Dann, nach kurzer, konzentrierter Stille, kam das erleichternde Aufatmen: „Alles klar! Stimmt! Auf den Cent!" Das erlösende und entspannende Gefühl der fehlerfreien Arbeit breitete sich in seinem Körper aus: „Jetzt kann das Wochenende kommen!" Jensen, der

Hauptkassierer, unterschrieb die Kassenbücher und der Kontrolleur zeichnete gegen. Jensen war schon seit geraumer Zeit Chefkassierer. Er hatte alle Abteilungen der Bank während seiner Lehre durchlaufen, aber das Kassengeschäft hatte es ihm auf Anhieb angetan. Manche glaubten ja, dass das auf Dauer viel zu eintönig wäre. Aber die Dispositionen der Geldlieferungen und Fremddevisen waren eine schöne und erfüllende Aufgabe. Der direkte Kundenkontakt würde ihm in einer internen Abteilung der auch fehlen. Zudem hatte man jeden Abend nach Dienstschluss den Kopf frei. Keine unerledigten Dinge belasteten einen. Wenn die Kasse stimmte, was hoffentlich immer so sein würde, ging er unbeschwert nach Hause und war mit seiner Arbeit fertig! In anderen Bereichen, so hörte er manchmal in der Pause, gab es doch viele unerledigte Sachen, die dann auch bei einigen Kollegen zu Missmut und Stress führten. Einer musste angeschrieben werden, weil sein Konto weit über dem Limit war, der andere ließ sein Konto überzogen zurück und war verzogen … Probleme, die ein Kassierer in seinem Arbeitsbereich nie haben würde. Andere Mitarbeiter schätzten diese abwechslungsreiche, individuelle Arbeit so sehr, dass sie sich die Arbeit eines Kassierers nur sehr schwer oder überhaupt nicht vorstellen konnten. Für ihn war diese Kassierertätigkeit genau das Richtige. Seine Kollegen verstauten die Gelder und verschlossen anschließend ihre nummerierten Tresor-Wagen. Ein Zugriff war jetzt nicht mehr möglich, da das Zeitschloss ein erneutes Öffnen für Stunden verhinderte. In einer Reihe wurden die Wagen vor dem Aufzug sortiert. Der Kontrolleur notierte die oben aufgebrachten Nummern und gab sein O.K. Nun verabschiedeten sich die Angestellten mit vielstimmigem: „Bis Montag!" „Tschüss, bis dann!" „Schönes Wochenende!" Der Beamte wartete, bis der letzte Angestellte durch die Sicherheitsschleuse zur Garderobe gegangen war. Bis auf den

Hauptkassierer, den Kontrolleur und den bewaffneten Sicherheitsbeamten war die Schalterhalle in kurzer Zeit wie ausgestorben. Der große Lastenaufzug wurde geöffnet und die einzelnen Geldwagen auf ihre zugedachte Position geschoben. Als alle acht gepanzerten Wagen verstaut waren, und der Sicherheitsbeamte schon über die Wendeltreppe in den Vorraum zum Tresor herunter gegangen war, wurde nun auch endlich der Lastenaufzug aktiviert. Jetzt folgten auch die beiden anderen Herren über die gewundene Treppe nach unten. Der Vorraum war durch eine zusätzliche, feuerfeste Stahltür mit einer Kamera und einem Eingangscode gesichert. Der erste Kassierer nahm die Kette mit dem dicken Schlüsselbund aus seiner Hosentasche, tippte die sechs Zahlen ein, legte zur Kontrolle seinen Daumen in den hellblau flackernden, kleinen Lichtschacht und nach der Prüfung des Fingerabdruckes durch den eingebauten Sensor leuchtete das grüne Lämpchen auf. Jetzt konnte er innerhalb von 30 Sekunden die Stahltür zum Vorraum aufschließen. Die Sicherheitszentrale, die per Kamera nur Berechtigten Zutritt gestattete, ließ jetzt die Herren in diesen sensiblen Bereich eintreten. Die 8 Tonnen schwere Tresortür hier im Vorraum, stand tagsüber offen. Sie traten gemeinsam unter den meterdicken Eisenrahmen des Eingangs. Jetzt war das verschlossene Schiebegitter an der Reihe. Die Geldwagen wurden aus dem Aufzug gerollt und bekamen ihren endgültigen, sicheren Platz, wie jeden Abend, so auch für dieses Wochenende, innerhalb des großen begehbaren Haupttresors. Nachdem das Tagesgitter wieder zugezogen und verriegelt war, wurde nun auch die Zeituhr eingestellt und der Schalter für die Hydraulik der wuchtigen Tresortür eingeschaltet: Das gelbliche Rundlicht drehte sich und ein akustischer, schnell folgender Klingelton kündigte den allabendlichen langsamen Bewegungsablauf der Tür an. Mit einem hörbaren PFFFFF verschloss die tonnenschwere Tür selbstständig. Wie von Geisterhand drehte sich das Verriegelungsrad auf der Vorderseite und rastete ein. Der Dauerton und das Flackerlicht waren außer Betrieb. Der Tresor war verschlossen!! Nun begaben sich die Herren im Vorraum zur feuerfesten Stahltür. Der Sicherheitsbeamte nahm den Hörer von der Wand meldete sich mit dem vereinbarten Code bei der Zentrale. Alle Kameras außerhalb des Tresorraumes waren permanent in Bereitschaft. Die aufgenommenen Bilder wurden ohne Verzögerung an die Leitstelle übermittelt und dort anschließend archiviert. Das Licht wurde gelöscht und auch diese Tür zu gesperrt. Der Alarm wurde außen an einem Elektronikpult aktiviert und so war auch der Bewegungsmelder innerhalb des Tresors geschärft. Als man wieder oben an der Wendeltreppe angelangt war, gingen die Angestellten hintereinander aus dem Sicherheitsbereich in die Kundenhalle. Die Kassentür wurde verriegelt und auch hier der Bewegungsalarm scharf geschlossen. Alle Türen, die sie jetzt durchschritten, wurden hinter ihnen bis zum nächsten Dienstanfang verschlossen. Im Flur, außerhalb der Sicherheitsschleuse, wurde zuletzt zusätzlich und unabhängig von allen anderen Systemen der Begehungsalarm eingeschaltet. Keine Maus hätte danach noch irgendwo herumlaufen können, ohne einen Kontakt auszulösen. Jetzt konnte auch für die restlichen Männer das Wochenende beginnen. Diese ganze Prozedur würde dann am Montagmorgen in entgegen gesetzter Richtung wieder erfolgen. Tag für Tag die gleichen Abläufe. Das waren die Sicherheitsvorschriften. Ein nächtlicher Besuch war vollkommen ausgeschlossen, da selbst das Betreten nur von mindestens drei unabhängigen Personen erfolgen konnte und der Tresor erst wieder nach Ablauf der vorher eingestellten Zeit geöffnet werden konnte. Das Geld war hier nachts absolut sicher. Karl-Heinz ging noch nicht zum Parkplatz. Er musste noch ein paar Sachen einkaufen und bei der Gelegenheit wollte

er sich im Reisebüro noch einmal den Werbefilm von Thailand ausleihen: In zwei Jahren wird sein Sparvertrag frei. „Phuket und der weiße Sandstrand! Strand, so weit das Auge reicht! Warmes Wasser, Wellen, Palmen und hübsche Frauen. Immer lächelnde, freundliche Frauen im Überfluss!" Er sah die Bilder wieder vor sich! Wie damals, bei seinem ersten Urlaub vor 5 Jahren. Dieser schöne Traum sollte sich wiederholen!
Er musste einfach noch einmal wahr werden! Die laute Auto Hupe riss ihn aus seinen Träumen zurück, in die nasskalte, graue Wirklichkeit der Straßenschlucht seiner Heimatstadt. Er stand unmittelbar vor der Stoßstange eines alten Kleinwagens, der kurz vor ihm zum Stehen gekommen war. Durch die geschlossenen Scheiben hörte er einen Mann, der mit beiden Händen gestikulierte. „Können Sie denn nicht aufpassen!" „Entschuldigung!" murmelte er vor sich hin und ging um den Wagen herum. Er nickte noch mal und hob die Hand. Dann tauchte er im Menschengewühl unter! Der Gedanke, schneller und vor allem, für immer nach Thailand zu kommen; reifte in ihm langsam, aber sicher zu einer fixen Idee! Geld müsste man haben! Viel Geld! Dann hätte man alles, Freunde, Anerkennung und vor allen Dingen: keine Ängste und Sorgen mehr! Man könnte sich alles leisten! Denn dass alles "nur" eine Frage des Geldes war, hatte er in seinem Beruf mehr als einmal erlebt! Die Bankkunden mit entsprechenden Kontoständen wurden in seiner Arbeitsstelle nicht, wie alle normalen Menschen am Schalter in der Kundenhalle, sondern nur und ausschließlich von der Direktion bedient! So wollte er sich selbst auch eines Tages sehen: „Guten Tag, Herr Jensen! Welchen Betrag darf ich denn heute vom Kassierer an Sie auszahlen lassen? Eine Million? Kein Problem! Bemühen Sie sich nicht! Setzen Sie sich in den Sessel! Meine Sekretärin wird Ihnen zuerst einmal einen Kaffee bringen! Mit Milch und Zucker? Wie immer? Wir beeilen uns!" Ja, das wäre toll! Und nicht immer nur fremdes

Geld zählen, seine eigenen Banknoten verwalten und ausgeben, das schwebte ihm vor! Und wenn er einfach den kompletten Tresorinhalt mitnehmen würde? Aber die Sicherheitsbeamten, die Kontrollen, die Kassiererinnen, die Kollegen? So einfach wäre das nicht, obwohl … Tagsüber hatte er, entgegen jeglicher Regel, die alleinige, totale Kontrolle über den gesamten Geldbestand! „Dann können Sie Großkunden schneller bedienen, Sie machen das schon!" Das hatte sein Direktor angeordnet und sich über alle Sicherheitsregeln hinweggesetzt: „Ich vertraue Ihnen auch den zweiten Schlüssel an, aber kein Wort an die Zentrale, das geht nur uns beide an!" Es würde zwar lange dauern, wenn alle entsprechenden Mitarbeiter und der Sicherheitsbeamte zusammengekommen wären, um dann einen Großkunden endlich bedienen zu können, aber das war die normale Regel und Abfolge! Es musste also, wenn überhaupt, tagsüber erfolgen, solange dieser Zustand noch so geregelt war. Aber wie bekommt man das Geld, und das wäre gerade auch vom Umfang und Gewicht eine Menge … wie bekommt man das aus dem Vorraum in seine private Gewalt? Alleine der Gedanke hatte schon etwas Teuflisches! Aber er konnte sich nicht mehr dagegen wehren! Der Gedanke wurde zum steten Begleiter und er feilte an seiner Perfektionierung!

Der Anruf im Amt kam überraschend: „Oberkommissar Bergmann!" „Helmut? Ich bin's! Siggi! Ich mach es kurz: Wollte dich zum Wochenende nach Sylt einladen! Du weißt doch, in mein Ferienhaus in Braderup, mitten in den Dünen! Mit Sabine, natürlich!" „Nach Sylt? Zum Wochenende? Ist das nicht ein bisschen knapp? Bis wir da sind? Wie kommen wir da hin? Wie soll das gehen?" „Ganz einfach, Helmut! Ich hol' euch Freitag nach Dienst ab und wir fahren nach Schönsee, zum Sportflugplatz. Und in gut zwei Stunden sind wir da!" „Mein Gott, mit so einem kleinen Dingen? Und wer fliegt? Du etwa?” „Nein, Tom! Du kennst ihn!” Helmut Bergmann hatte schon Fotos von dem Reet gedeckten Haus in den Dünen gesehen: mit großem, beheiztem Swimmingpool, einer riesigen Terrasse, und das alles mitten in den Dünen, wirklich Klasse! Das war schon ein verführerisches Angebot! „Ich muss das mit Sabine abklären, aber ich glaube das klappt! Sie hat erst übernächste Woche wieder Spätdienst.” Es wurde ein entspanntes und erholsames Wochenende für alle. Diesmal ohne Schachbrett und ohne über den Dienst zu reden. Sie schlenderten an der Strandpromenade vorbei, sahen sogar einige Prominente, die sie bisher nur aus Filmen kannten. Sabine genoss die entspannenden Tage und fühlte sich pudelwohl. Jeden Morgen drehte sie ihre Runden in dem beheizten Pool und danach frühstückten sie gemeinsam. Samstagabend wollte Helmut zum gemeinsamen Abendessen einladen, er fühlte sich dazu verpflichtet. „Wenn der uns schon auf seine Kosten hierher bringt und mit uns das Haus teilt, dann müssen wir das auch einmal machen!” hatte er mit Sabine besprochen. Siggi hatte am Nachmittag darüber nur gelacht. Und dann kam wieder diese Spur von Überheblichkeit in seiner Antwort: „Das würde dich mindestens ein ganzes Monatsgehalt kosten, hier in Kampen! Willst du das wirklich? Also lass gut sein! Ich habe euch hierhin eingeladen und dabei bleibt es!” Er schmunzelte spitzbübisch wie ein kleiner Junge. Was ganz Besonderes hatte er sich für den Abend ausgedacht. Gegen 18h kamen die ersten Gäste. „Woher kennt der so viele bekannte Leute?” flüsterte Sabine Helmut ins Ohr. Der zuckte nur mit den Schultern. Sie hatten so viel Prominenz noch nie gesehen. ”Kamera, verdammt noch mal, wo ist meine Kamera?” flüsterte Sabine in sein Ohr. Draußen auf der riesigen Terrasse hatte Tom schon am frühen Nachmittag den Grill vorbereitet und Punkt 19h kamen zwei Sterneköche vom benachbarten Hotel und Servicekräfte bauten ein Menü auf, das es in sich hatte. Frisch wurde dazu Fisch gegrillt und Langusten. Kaviar und Champagner, Austern und Krabben! Das musste ein Vermögen kosten! Augenblicklich verfiel Helmut in Gedanken: Der will mich doch womöglich nicht damit ködern und interne Infos von meiner Dienststelle erwarten? Sabine bemerkte Bergmanns Grübeln: „Was ist Liebling? Hast du was Falsches gegessen? Ist dir nicht gut?" Er flüsterte seiner Freundin zu, welche Bedenken er plötzlich bekommen hatte, aber Sabine lächelte nur: „Wenn das so ist, lernst du ihn von der falschen Seite kennen!" Im Nachhinein behielt sie Recht. Es kam nichts nach! Alles blieb wie gewohnt. Kein Anspielen auf den vorzüglichen Abend. Er wollte wohl nur zeigen, was er so erreicht hatte und dabei auch Sabine imponieren. Als sie am Morgen an den Pool kamen, staunten sie nicht schlecht. Da war nichts mehr zu sehen von der rauschenden Party bis in die frühen Morgenstunden. Alles stand wie am vergangenen Morgen an seinem Platz. Nun kam auch Siggi raus auf die Terrasse: „Und? Gut geschlafen? Oder war die Nacht zu kurz?" „Der Sekt war Klasse!" entgegnete Helmut beim Frühstück. Siggi drehte sich verständnisvoll zu ihm um: „Champagner, Helmut! Das war Champagner gestern Abend …in Sekt baden wir!" er zog seine Hausdame zu sich auf den Schoss. Sie lachte keck und man merkte, das war nicht das erste Mal, vielleicht war sie auch viel mehr als nur "Hausdame". Man genoss diese herrliche Lage, das schöne Haus und am frühen Nachmittag saßen sie wieder in der zweimotorigen Cessna. Sie befanden sich mitten über der ruhigen Nordsee: „Ist das deine Verlobte? Die in dem großen Haus auf Sylt wohnt?" „Helmut! Du kennst mich doch! Das ist meine Hausdame! Die ist noch viel zu jung zum Heiraten! Und du weißt doch: Ich kann mich so schlecht entscheiden! Das können wir ja noch mal wiederholen … er nahm die rechte Hand von Sabine und deutete einen Handkuss an: „Wenn es der jungen Dame ein wenig gefallen hat?"

Sabine, sonst burschikos und selbstsicher wurde nun doch ein wenig verlegen. Sie bekam rote Wangen. Helmut kräuselte seine Stirn: „Na, na! Finger weg!" Meinte er spaßig, „Sabine gehört zu mir!" Er kannte die charmante Seite von Siggi, wusste aber auch, dass Sabine auf so einen nicht reinfallen würde! „Man kann sich schnell an so ein unbeschwertes Leben gewöhnen, schätzte ich, aber das macht mir nur Spaß, wenn es wirklich etwas Besonderes bleibt. Sonst wird das mit Sicherheit irgendwann öde und langweilig, oder wie siehst du das?" „Stimmt, absolut! Wirklich, ich sehe das genauso. Deshalb bin ich auch hier in der Stadt und gönne mir dieses Vergnügen nur ab und zu mal, oder wenn ich Gäste einladen kann, wie euch!" Nach der Landung wurden sie von Tom nach Hause gebracht. Von Siggi hatten sie sich schon auf dem Flugplatz verabschiedet. Er hatte da angeblich einen wichtigen Termin. „Bis Freitag, beim Willem!" hatte er ihm noch hinterher gerufen und Helmut nickte und winkte ihm zum Abschied spielerisch mit seinem Taschentuch. Tom war nicht sehr gesprächig und so schwiegen sie bis zur Haustür und verabschiedeten sich dann auch von ihm: „Vielen Dank fürs Bringen!" Tom lüftete nur kurz seine Schirmmütze, stieg ein und für den schweren Wagen davon.
Die jahrelange Routine der Sicherheitsbeamten wurde lascher und ließ Jensen aufmerksamer werden. Wenn er vorher eine größere Bestellung machen würde und kein Geld abführte? Den gesamten Bestand zwar aufnehmen, aber in Wirklichkeit in zwei große Koffer in der Garderobe im Keller deponieren würde? Aber er brauchte einen Vorsprung! Ein normales Wochenende reichte da nicht aus! Weihnachten? Ostern? Pfingsten? **Ostern!** Gründonnerstag ist ein langer Arbeitstag! Da werden alle froh sein, so schnell wie möglich ins verlängerte Wochenende zu kommen: Karfreitag, Samstag, Sonntag und Ostermontag! Er zählte die Tage an seinen

Fingern ab! „Ideal," murmelte er „Ostersonntag würde er schon in der Sonne liegen!" Jetzt war November und er hatte mit seinen Vorbereitungen noch viel zu tun! Weihnachten hätte da zeitlich nicht gereicht! Er besserte sein Englisch auf, errechnete das ungefähre Gewicht der Koffer und welche Stückelung er mitnehmen könnte! Er las Zollbestimmungen und wie er das illegale Geld ohne Verdacht der Geldwäsche nach Thailand transferieren könnte. (Sondergepäck Golftasche!) Mitte Januar reservierte er telefonisch einen einfachen Flug nach London und buchte gleichzeitig im Internet ein Flugticket München Paris. Im örtlichen Reisebüro informierte er sich über die Flüge in die USA. So wollte er Spuren verwischen!

Eine Woche vor Ostern wurde er zunehmend nervöser! Abends, bei der obligatorischen Kassenaufnahme hatte er eine Minus - Differenz von 200,--€. Die erste Differenz seit 3 Jahren! Ruhe bewahren! Jetzt bloß nicht auffallen, so kurz vor dem Ziel! Er versuchte, sich selbst zu beruhigen! Dann tauchten die Bilder wieder auf: Immer deutlicher sah er dann das Paradies vor sich. Die tiefen Verbeugungen und die immer lächelnden, freundlichen Asiatinnen, er hörte im Traum wieder die fremdländische und doch so vertraute Musik der Thais. Er roch den Duft, … den Duft der großen, weiten Welt.

Dienstag … Mittwoch! Noch ein Tag! Am Gründonnerstag ging alles glatter als gedacht. Von einem Geschäftsmann kamen noch 120.000,--€ und 30.000,-- in US Dollar dazu! Jensen entschloss sich, auch die ausländischen Devisen mitzunehmen! Dabei beachtete er, möglichst nur große Scheine einzupacken, um das Gesamtgewicht nicht zu hoch werden zu lassen! Als Sondergepäck für Golf, - und Taucherausrüstungen hatte er die Möglichkeit, schwere Zusatzgewichte mitnehmen zu dürfen. Er ging zwei Stunden vor Schalterschluss in den Tresor und verstaute den gesamten Geldbetrag in die zwei leeren Koffer, die er einzeln schon vor Wochen mit zur Arbeit genommen hatte. Die Koffer hatte er ausgemessen, damit sie durch den Luftschacht und die Kellerfenster passten. Er legte sie gefüllt in einen Abfallwagen und bedeckte alles mit Abfall und Papier. Jetzt schob er den schweren Wagen aus dem Vorraum durch die Stahltür in den Aufzug. Prompt klingelte sein Telefon und die Herren der Sicherheitszentrale, die das Manöver vor dem Aufzug auf ihrem Monitor verfolgt hatten, meldeten sich. Schnell hatte er die richtige Antwort parat: „Die Putzfrauen sind noch nicht da. Der Müll soll doch über Ostern nicht hier im Tresor bleiben." „In Ordnung! Machen Sie weiter!" Ein Glück, dass es innerhalb der Safe Anlage keine Kamera gab, dachte er und rief seine Kassiererin an: „Frau Bahr?" er bemühte sich, ruhig zu bleiben: „Ich entsorge eben noch den Müll und muss noch zur Toilette, … mir ist nicht gut!" „In Ordnung, Herr Jensen!" Er ging die Wendeltreppe hoch, öffnete den Lastenaufzug und fuhr den wertvollen Wagen quer durch die Schalterhalle direkt in den Personenaufzug zur Fahrt in die unteren Kellerräume. Da es keinen Zugang vom Tresor zum Keller gab, musste er diesen Weg nehmen. Er schob seine Fracht durch die langen Gänge in den Klimaraum, wühlte die beiden Koffer hervor und ging damit weiter zur dahinter liegenden Fluchttür, die nur von hier innen zu öffnen war. Diese Tür blockierte er jetzt mit einem Holzkeil, ging weiter den Gang entlang und stand so auf der Rückseite der äußeren Kellerwand. Dort öffnete er den Luftschacht und schob die beiden Koffer durch das schmale Fenster ins Freie, direkt unter die dichten Sträucher auf den Hof. Hier hatten er und einige andere Angestellte ihre gemieteten Parkplätze, von der Straße nicht einsehbar und durch ein Tor gesichert. Jetzt musste er sich beeilen und ging schnell den langen Gang zurück. Dabei trat er im Durchgehen den Keil aus der Tür. Mit einem lauten, dumpfen Schlag war die feuerfeste Tür wieder verschlossen. Als er die Schalterhalle wieder betrat, kam Frau Bahr auf ihn zu: „Na, geht's wieder?" „Wie? Ach so! Na ja!" Sie fuhr fort: „Gut! Die Revision will nämlich noch eben mit Ihnen den Tresorbestand aufnehmen!" Frau Bahr wollte sich gerade abwenden, als sie aus dem Blickwinkel sah, wie sich Jensen am Schreibtisch abstützte. Er atmete schwer! Der Boden wankte. Die Bilder von Meer, Palmen und willigen Mädchen verschwammen zu grauverputzten Wänden, vergitterten Fenstern und bösen Blicken entschlossener, strenger Polizisten! Wieso ausgerechnet heute! So ein Dilemma! Rückgängig konnte er nichts mehr machen! Aus und vorbei! „Herr Jensen! Hallo, Herr Jensen! Hören Sie mich?" Er öffnete, auf dem Boden liegend die Augen. Ihm war zum Brechen übel und schwindelig war ihm auch! Sein Kreislauf spielte verrückt. Kalte Schweißperlen standen auf seiner Stirn. „Herr Jensen, Sie gehören sofort ins Bett!" Ohne eine Antwort abzuwarten, hatte seine Kollegin schon den Personalchef angerufen: „Herr Trage, dem Herrn Jensen geht's gar nicht gut! Er kann mir die Schlüssel formlos übergeben. Ich mache dann für ihn mit der Revision die Kassenaufnahme und danach schließen wir auch gemeinsam ab. Er hat ja die Feiertage zum Erholen. Und bis Dienstag wird er hoffentlich wieder fit sein!" Wie in Trance entleerte er seine Taschen, überließ sämtliche Bankschlüssel seiner Vertretung und konnte sich kaum verabschieden, sein Mund war rappeltrocken. Er war nervlich fertig mit der Welt. „So können wir Sie doch nicht nach Hause schicken! Sollen wir Ihnen nicht doch besser ein Taxi rufen?" „Nein, nein! Geht schon!" er hatte nach diesem Dilemma panische Angst, jetzt auch noch die wertvollen Koffer nicht mehr von hier weg zu bekommen! „Alles Gute, Herr Jensen!" „Vielen Dank! Ja, … danke!" Schnell raus hier, auf den Hof! Draußen hastete er um das Gebäude, zog die Koffer aus dem Gebüsch, und schleppte sie zum Auto. „Oh, schon Feierabend? Ach so, sie wollen verreisen! Na denn mal gute Erholung und frohe Ostern." Die

Putzkolonne war ihm entgegen gekommen und hatte ihn angesprochen. Er konnte und wollte nichts erwidern. Höflich nickend, verstaute er die schweren Koffer in seinen Wagenbund fuhr mit quietschenden Reifen durch das offene Tor vom Hof. Er musste sich jetzt gewaltig sputen! Alles war durcheinander. Einige Unterlagen und den Reisepass raffte er zuhause zusammen und fuhr hastig in die fünf Kilometer entfernte Nachbarstadt. Hier mietete er sich ein Hotelzimmer und entnahm einem der Koffer ein dickes Bündel Scheine, bevor er seine schwere Beute unter das Doppelbett schob. „So ein verfluchter Mist!" seufzte er: „Das darf doch nicht wahr sein. Müssen die ausgerechnet heute die Bestände kontrollieren? Und erst Morgen am Nachmittag geht mein Flieger!" Er verließ das gemietete Doppelzimmer und ging in ein Restaurant, um etwas zu essen. Auf dem Weg dorthin schaute er instinktiv auf seine Armbanduhr. Es war jetzt genau 19.00 h! Nun war der lange Donnerstag zu Ende! Jetzt spätestens müssten sie es wissen! Er hatte doch vorher wirklich an alles gedacht und ausführlich geplant! Und dann, zum allerletzten Schluss, kommt die Revision auf die blöde Schnapsidee, noch vor Ostern seinen Tresor aufzunehmen. Die konnten doch unmöglich etwas von seinem perfekten Plan geahnt haben! Zu dumm, das alles! Unruhe kroch in ihm hoch!

Oberkommissar Bergmann blickte zur gleichen Zeit auf seine Bürouhr, verschloss seinen Schreibtisch und den Aktenschrank hinter sich. Zu seinem Gegenüber sagte er: „Du kannst Feierabend machen, für heute sind wir fertig! Ich bin auch gleich so weit! Ich lege nur noch den Korb in den Schrank! Stell dir vor, ich bin das erste Mal nicht zum Eier-Färben gekommen! Dabei wollte ich…."weiter kam er nicht: Unheilvoll meldete sich schrill das alte, schwarze Gabeltelefon. „Um diese Zeit noch? Das wird hoffentlich Sabine sein.

„Ja, bitte? K 1, Oberkommissar Bergmann?"
„Bin ich mit der Kripo verbunden?" „Ja, ich sagte doch … K 1,
mein Name ist Bergmann! Was kann ich für Sie tun, und wer
sind Sie?" „Hier ist die HARO-BANK, mein Name ist Direktor
Solthammer! Uns ist etwas ganz Schreckliches passiert!" Er
schien sehr aufgeregt und wollte erklärte, dass die
Innenrevision noch vor dem Osterfest den Tresorbestand hatte
aufnehmen wollen, doch die Fächer waren, bis auf ein paar
kleinere Geldbündel leer! Er redete wirres Zeug und hatte auch
Vermutungen und Verdächtigungen parat! „Halt, so nicht!
Nichts anfassen. Keiner darf gehen, bevor wir das nicht
genehmigt haben. Bitte trennen Sie die Anwesenden
voneinander und bitten Sie ihre Angestellten auch
untereinander zu schweigen, bis wir ihre Aussagen einzeln
voneinander zu Protokoll genommen haben. Wir kommen mit
der Spurensicherung vorbei! In spätesten 10 Minuten sind wir
da!" Er legte den Hörer auf und schaute seinen Partner, der das
Gröbste mitbekommen hatte, an: „So ein Schiet! Und ich hatte
mich so auf den Abend gefreut! Na ja, hilft nichts! Komm,
sonst wird es noch später. Mal sehen was da passiert ist. Tresor
leer, so ein Quatsch! Kein Überfall! Überlege mal und der
Tresor soll leer sein?" Sie fuhren gemeinsam mit der
Spurensicherung zur genannten Bank. Dank der Personalakten
konnte das Passfoto von K. H. Jensen mit genauer
Beschreibung schon in den 20.00-h-Nachrichten im Fernsehen
ausgestrahlt werden: „Banktresor ausräumt! Dreister Raub!
Langjähriger Mitarbeiter unter Tatverdacht! Sehr
vertrauenswürdiger Hauptkassierer mit Tresorbestand
verschwunden! Die Tat eines Einzelnen? Wurde er erpresst?
Die Hetzjagd war eröffnet! Erst jetzt bemerkte Jensen die
kleine Flimmerkiste direkt neben dem Tresen im Restaurant.
Da liefen gerade die täglichen Abendnachrichten. Er saß viel zu
weit weg und der Ton war viel zu leise, aber das ausgestrahlte

Bild sagte ihm alles: Sein Passfoto! „Aus der Personalakte, so ein Mist!" vermutete er leise. Er stand auf und ging so nahe zum Gerät, bis er etwas von dem viel zu leise eingestellten Ton mitbekam. Trotzdem drangen nur Wortfetzen an sein Ohr. Zusammenhängende, sinnvolle Sätze bekam er nicht mit. Dazu war er immer noch etwas zu weit weg, aber wenn er näher in Richtung Tresen gehen würde, käme mit Sicherheit erst recht Verdacht auf. Er achtete auf den Sprecher: „ Grenzkontrollen, 2,5 Mio. € … dazu noch engl. Pfund und US Dollar.... Sein Kellner stand plötzlich neben ihm: „Sie brauchen sich nicht selbst bemühen! Setzen Sie sich ruhig wieder hin. Ich bringe das Bier an ihren Tisch!" Seine Hände zitterten … Gut, dass die freundliche Bedienung den wahren Grund seiner Nähe zu dem Fernsehgerät nicht bemerkt hatte. Verlegen nickte er und folgte ihm zu seinem Platz. Plötzlich hatte er das innere Gefühl, alle würden ihn anstarren! Alle Leute wären informiert! Einige Gäste schauten auf, jedoch nickten sie ihm nur freundlich zu. Keiner beachtete ihn interessiert. „Oh je, meine Nerven spielen verrückt!" dachte er. Auch als er fertig war, bezahlt hatte und schließlich das Lokal verließ, gab es keine verdächtigen Blicke. Reine Einbildung. Er war der festen Überzeugung, irgendeiner müsste ihn erkennen. Vielleicht hatte der Kellner unbemerkt die Polizei informiert? Seine Gedanken hatten ein Eigenleben entwickelt, er konnte nicht klar denken. Seine Achselhöhlen wurden feucht und auf der Stirn erschienen kalte Schweißtropfen. Angstschweiß! Er taumelte benebelt durch die Nacht. Das dicke Bündel 100er € Scheine in seiner Jackentasche schien sich durch den Stoff zu brennen. Planlos ging er durch die Straßen und irgendwann war er in der Altstadt, dem Vergnügungsviertel der Stadt. Die rot blinkende, auffällig helle Leuchtreklame einer Bar lockte ihn an: HOT CAT. Er trat ein und ging zur Theke. Schummriges Licht, gedämpfte Musik und nackte, junge Mädchen an verchromten

Stangen, all das nahm er nur sehr flüchtig war. Er durchquerte eilig die Sitzplätze und bemerkte einige schmunzelnde Gäste, die ihm sehr verständnisvoll zulächelten. Wahrscheinlich dachten sie, er hätte es besonders nötig. Falsch gedacht! Offensichtlich hatten die hier noch keine Nachrichten gehört oder gesehen. Nichts war von seinem grandiosen Plan übrig geblieben. Der Fahndungsaufruf und sein zu schnell ausgestrahltes Bild hatten ihn völlig verunsichert. Er hatte keinen Mut mehr. Er wollte sich nur noch stellen! Seine Ruhe haben! Ein barbusiges Mädchen gesellte sich zu ihm: „Na, so alleine? Darf ich einen Champagner trinken?" Er ging auf die animierende Frage überhaupt nicht ein: „Rufen Sie die Polizei! Bitte!" Das Mädchen tänzelte zur Bar und flüsterte dem Keeper etwas ins Ohr und der griff zum Hörer und wählte. Aber er rief nicht, wie er erwartet hatte die Polizei an! Er rief seinen Chef nach vorne in den Schankraum! Und dann stand er auch schon sehr schnell hinter dem halb geöffneten Vorhang … Siggi! Der Besitzer schaltete schnell, als er Jensens Zustand sah: „Kommen Sie erst mal mit nach hinten! Es muss nicht direkt jeder mitkriegen wie es Ihnen geht! Das ist auch nicht gut für mein Geschäft und für den Umsatz!" Er schob den dicken, roten Plüschvorhang zur Seite und sie betraten ein gemütliches Hinterzimmer. Er versank im schweren, angebotenen Ledersessel. „Aber, aber! Wer wird denn gleich den Mut verlieren! Kopf hoch, so schlimm kann das doch gar nicht sein. Das bekommen wir wieder hin!" Siggi sprach beruhigend auf Jensen ein. „Trinken Sie erst einmal einen, auf den Schreck, den Sie offensichtlich hatten!" Jensen holte das Bündel Banknoten aus seiner Tasche und legte es wortlos auf den kleinen Glastisch. Der Barbesitzer schob das Geld sofort zu ihm zurück: „Nein, lassen Sie das! Geht aufs Haus!" Spätestens jetzt ahnte Jensen, dass sein Gegenüber ihm anscheinend wirklich helfen wollte. Siggi gab der Bedienung kurz ein

Zeichen und das Mädchen beugte sich geschickt zu ihrem Chef herunter. Er flüsterte: „Schau die Nachrichten! Ich will genau wissen, was da mit dem los ist! Aber zuerst bring eine Flasche vom besten Schottischen, ein Malt!" Sie verschwand und kam kurze Zeit später mit einem vollen Tablett wieder: Zwei Gläser, eine Karaffe Wasser und eine Flasche Whisky stellte sie auf den kleinen Tisch. Dann flüsterte sie ihre ersten Erkenntnisse in sein Ohr. Er nickte und gab ihr einen Wink mit der Hand: „Und nun, Tür zu! Ich möchte nicht gestört werden!" Das Mädchen nickte mit dem Kopf und ging nach vorne zurück ins Lokal, um den erteilten Auftrag schnellstens zu erledigen. Nun versuchte er von Jensen zu ergründen, was den untersetzten, kleinen Mann denn so verstört und aus der Fassung gebracht hatte. Nach dem fünften Glas sprudelte es nur so aus ihm heraus. Endlich hatte er einen verständnisvollen Zuhörer, der ihn zwischendurch bewundernd lobte. Mal weinte Jensen fast und kurze Zeit später hob er resigniert die Schultern.
„Ist das Geld in Sicherheit?" Siggi schaute ihn abwartend an und die unbedachte Antwort erfolgte prompt. Die Antwort eines Dilettanten: „Im Hotel! Zum goldenen Stern! Unter meinem Bett! Ich habe den Zimmerschlüssel hier!" Damit zeigte er unverblümt den kleinen Schlüssel mit dem klobigen Messingschild. "Goldener Stern 105." - „Ja bist du denn wahnsinnig?" Mittlerweile hatte man sich auf das verbrüdernde DU geeinigt. „Wir fahren jetzt sofort dahin, du bezahlst dein Zimmer und dann holen wir das Geld hierher! Das ist sicherer! Ich habe einen viel besseren Vorschlag für dich, als zur Polizei zu gehen. Die machen kurzen Prozess! Willst du, dass das alles so endet? Die langen Vorbereitungen und dann den Rest deines Lebens im Knast? Willst du das? … Vorschlag von mir: Ich besorge dir so schnell, wie möglich einen plastischen Chirurgen. Der verpasst dir ein neues Gesicht. Von mir bekommst du einen neuen Pass. Dann können die ruhig suchen,

die finden dich nie!" Verloren gegangene Hoffnungen, durch diese vielversprechenden Aussichten keimten bei Jensen auf? Sollte sich sein Traum doch erfüllen? Für 50 Riesen würde Siggi ihm da raus helfen. Ein Klacks, wenn er an die Erfüllung seines Traumes dachte, der verloren schien. Versteckt in einem Zimmer neben der Bar bis alles erledigt wäre. Die Angestellten sollten ihn aber nicht mehr zu Gesicht bekommen. Zu viele Zeugen wären gefährlich, erklärte Siggi. Jensen gefiel der Plan. Sein neuer Freund würde ihn da rausreißen! So stimmte er also begeistert zu! Siggi ging in den Schankraum und ließ sich über die neusten Nachrichten informieren. Dann stiegen sie ins Auto. Tom saß am Steuer, die Schirmmütze tief im Gesicht. Sie fuhren zu Jensens genannter Adresse. Nachdem sie im Hotel die Koffer abgeholt und das nicht benutzte Zimmer bezahlt hatten, fuhren sie zurück in die Bar. Über den Parkplatz brachten sie alles in die hinteren Räume. Jensen war zwar angetrunken, aber er schöpfte Hoffnung. Tom, der den Wagen gefahren hatte, wurde ihm als Arzt vorgestellt. Jensen bemerkte das nicht. Zuviel war auf ihn eingeprasselt und nachdem sie jetzt das Geld endlich in Sicherheit im HOT CAT hatten, war der betrunkene Kassierer nur überglücklich und versuchte sich zu entspannen. Tom trug einen weißen Kittel, hatte eine Brille an und sah damit ganz anders aus. Er hätte eher ein Zwilling von Siggi sein können. Der gleiche muskelbepackte Körper, braun gebrannt und mit weit offenem Hemd. Damit man immer die schweren Goldketten und die Brustbehaarung sehen konnte. Nur die dichten schwarzen Haare unterschieden ihn von seinem blonden Chef. Für die ersten Tests der bevorstehenden Gesichts O.P. nahm Tom eine Blutprobe von dem ahnungslosen Hauptkassierer. Er band dem verzweifelten Jensen den rechten Arm ab und stach mit einer Injektionsnadel vorsichtig unter die Haut. Wie ein Profi machte er das. Kein Wunder! Das hatte er zig Mal beim Bund als Sanitäter gemacht. Mit einem zufriedenen Lächeln sank K. H. Jensen in seinen Sessel zurück. Die Ernsthaftigkeit seiner Lage wurde Jensen dank der Betäubungsspritze nicht bewusst. Er saß in der Maschine, die aus dem Hager rollte. Erst das Anlassen der zwei Motoren ließen ihn ein wenig unruhig werden, aber er wusste immer noch nicht, wo er sich befand. Er war völlig benommen und realisierte auch nicht, dass seine Füße in zwei Eimern steckten. Der Beton hatte schon abgebunden und das taube Gefühl schlich seine Beine hoch. Die Maschine fuhr über den kurzen Rasen, stoppte kurz und bog dann nach links ab, um auf die asphaltierte Rollbahn zu kommen. Hier blieben sie noch einmal kurz stehen. Die Motoren heulten auf und die Maschine begann sich jetzt wieder zu bewegen. Erst langsam, dann immer schneller und schließlich hob sie schaukelnd ab. „Werde ich in die Klinik geflogen?" Siggi saß neben ihm, Tom steuerte. „Hat die Blutprobe nicht geklappt?" „Doch, mach dir keine Gedanken! Alles klappt!" Er fiel wieder im Sitz zurück und erwachte erst, als ihm ein eiskalter Wind ins Gesicht blies. Seine Seitentür war geöffnet und eine silbern glänzende Fläche fegte unter der Sportmaschine hinweg: „Hey! Meine Tür ist kaputt!" Er verlor das Gleichgewicht, denn die Betoneimer, in denen seine Füße steckten, standen im Türrahmen. Sein bester Freund Siggi hielt ihn fest. Verzweifelt versuchte er an der Sitzlehne Halt zu finden, doch der kräftige Stoß kam für ihn unerwartet und viel zu plötzlich. Bei dem harten Aufprall auf das kalte Wasser der Nordsee verlor er wieder das Bewusstsein:

Diesmal für immer!

„Immer noch kein Hinweis?" Oberkommissar Bergmann beriet sich mit seinen Leuten. Sie hatten alles auf der Pin-Wand im Büro vereint. Dort waren alle Hinweise mit Stecknadeln

aufgereiht: Vorbereitung Reise Thailand. Geliehener VHS Film. Die Flüge in verschiedene Länder ließen auf eine große kriminelle Energie schließen. Das war keine Affekthandlung! Das war von langer Hand geplant. Selbst der Umstand, wie er es geschafft hatte, an allen Mitarbeitern den Tresorinhalt ins Auto zu bekommen, blieb ein Rätsel. Schwere Koffer müssten beim Grenzübergang auffallen! Konnte das dieser untersetzte, kleine Biedermann alles alleine gemacht haben? 14 Tage waren vergangen und es gab nicht den geringsten Anhaltspunkt. Die Grenzen waren zu. Für ihn gab es kein raus kommen. Und doch war er verschwunden. Mit dem Auto über die grüne Grenze? Konnte nicht sein, denn den Wagen hatte man gefunden. Es gab keinen Hinweis auf eine überstürzte Flucht. Er hatte am letzten Arbeitstag eine filmreife Show geliefert. Wegen der mangelhaften Sicherheit, der Möglichkeit eines Einzelnen, alleine über so viel Geld frei verfügen zu können, hatte dem Direktor Solthammer mit sofortiger Wirkung eine Woche später seinen Job gekostet! Gegen ihn läuft ein Verfahren wegen Missachtung jeglicher Sicherheitsregeln. Ohne Rentenansprüche bekommt er natürlich auch keine Abfindung! Gleichzeitig wurden endlich die lang ersehnten, zeitverzögerten Tagestresore eingeführt. So war es ab nun vollkommen unmöglich, eine größere Summe sofort zu bekommen. Ab jetzt musste man den Ablauf der Zeituhr abwarten, um ein Tresorfach frei öffnen zu können.
Zur gleichen Zeit stand auf dem Grunde der Nordsee, mit ungläubig weit aufgerissenen, entsetzen Augen, ein sich mit der Strömung im Takt schaukelnder Jensen. Das schüttere Haar wehte in jeweils wechselnde Richtungen. Durch die Zersetzungsgase hatten sich seine Arme bald weit über Schulterhöhe gehoben. Es sah aus, als wollte er sich doch noch ergeben. Es war ein grausamer, nasskalter Tod gewesen, sein Traum von der großen, weiten Welt!

Finale

Von der Luftmatratze baumelten Siggis Beine schaukelnd im Pool. Er hatte beste Laune. Sie waren wieder zum Wochenende in seinem Domizil auf „Sylt". Am Strohhalm lutschend wollte er vom Schulfreund wissen: „Und, Helmut, immer noch nichts Neues in deinem Fall? Ist das für euch nicht ausgesprochen deprimierend?" „Tja," schmunzelte der Angesprochene, „ich glaube, ich werde den Fall, wenn möglich mit eurer Hilfe, noch heute lösen können!" Siggi hatte diese Antwort nicht erwartet. Er verschluckte sich und ruderte hustend mit der freien Hand zur Treppe: „Lösen?" erstaunt blickte er zuerst Tom, dann den befreundeten Beamten an: „Wie willst du denn ohne deine Unterlagen diesen Fall lösen?" nervös zerbiss er den Plastikhalm. Helmut ging darauf nur kurz ein: „Die Unterlagen, mein lieber Siggi, habe ich seit Tagen in meinem Kopf gespeichert. Auch ein Nebenprodukt vom Schachspiel, das kannst du mir glauben! Ich hab da mal eine Frage: Fliegt ihr immer die gleiche Route, hierher?" fragte Helmut unvermittelt. Siegfried hörte auf, sich abzutrocknen: „Von der Fliegerei habe ich keine Ahnung!" erwartungsvoll schaute er Tom an und wandte sich dann wieder an Bergmann. „Warum fragst du?" Helmut ließ sich Zeit, darauf zu antworten, denn Siggi wurde sichtlich nervöser. Alles hatten sie mehrfach durchgesprochen! Sie hatten doch nichts übersehen! Siggi zermarterte sich sein Hirn. Sie hatten keinen Fehler gemacht und die Spuren gut verwischt! Machte er einen makabren Scherz oder wusste er mehr? Tom brach plötzlich das Schweigen und antwortete: „Wenn das Wetter es erlaubt, ja! Warum denn?" er grinste siegessicher, als die "Hausdame" mit zwei fremden Männern und drei Polizisten um das Haus herum zur Terrasse kam: „Die Herren sind von der Kripo Westerland!" „Aha!" rief der Gastgeber und wischte sich mit dem Handtuch durchs Gesicht.

Dann drehte er sich um: „Kollegen von dir, Helmut!” „Richtig erkannt! Ja das sind Kollegen!” erwiderte der Angesprochene und ergänzte: „Genauer gesagt, sie gegen mir Amtshilfe. So nennen wir das bei uns im Kommissariat!” Er machte einen Wink in Richtung von Tom: „Alles, was Sie ab jetzt sagen, kann vor Gericht gegen Sie verwendet werden!” Den Rest nahm Tom gar nicht mehr wahr! Die Handschellen klickten. Er schaute überrascht auf seinen neuen Gelenkschmuck und schüttelte ungläubig den Kopf. Siggi erstarrte, zuckte kurz unmerklich zusammen und blitzte Helmut frech an. Er hatte einen gefährlichen Gesichtsausdruck bekommen und die zwei Beamten legten ihre Hände vorsorglich auf die geöffneten Lederhalfter. Die Finger umfassten die Griffe ihrer Heckler & Koch. „Erklärt mir das!” in der Badehose sah der Schulfreund plötzlich ziemlich erbärmlich aus. „Also,” fing der Oberkommissar an: „der hier am Strand von Hörnum angeschwemmte Koffer mit den Kleidungsstücken war schnell identifiziert. Das alleine genügte jedoch nicht! Wir haben uns gefragt, wie kamen die Sachen von dem verschwundenen Hauptkassierer Jensen denn überhaupt so weit in die Nordsee? Dein reges Interesse an speziell diesem, meinem letzten Fall, und deine ungewöhnliche Neugier, immer wieder nachzufragen, das alles kam mir übertrieben vor. Jetzt wurde auch ich neugierig! Ich musste alles in Betracht ziehen und dann kam mir die Idee mit deinem Sportflugzeug. Die Flugüberwachung Helgoland hatte damals, du weißt doch noch genau an welchem Tage das war, oder? Also… für ungefähr 20 Minuten war eine kleine Privatmaschine plötzlich nicht mehr auf ihrem Radar! Da auch kein Funkverkehr mehr bestand mussten sie von einem Absturz ausgehen und gaben sofort Alarm! Die Seenotrettung fuhr raus, Boote änderten ihren Kurs! Da tauchte die Maschine wieder auf. Ihr wurdet registriert und in Sylt überwacht. Auf Anordnung der

Küstenwache, die der Meinung war, es könnte sich nur um Schmuggler handeln! Dann kam die Einzahlung auf das private Konto deiner Hausdame hier auf der Insel! Diese gewaltige Summe war auch für die Beamten vor Ort Grund genug, uns zu informieren. Man dachte da immer noch an illegalen Geldtransfer und nicht heimtückischen Mord. Erst die Hausdurchsuchung, die ich angeordnet hatte, als wir diesmal hierhin geflogen waren, gab den entscheidenden Hinweis. Deine Angestellten haben euch beobachtet, als ihr den angeblich betrunkenen, kleinen Mann aus dem Lokal ins Auto verfrachtet habt. Erkannt und identifiziert haben sie den Kassierer anhand von Fahndungsblättern. Du, in deiner übertriebenen Neugier auf den Fall hattest doch behauptet, den Mann nur aus den Nachrichten zu kennen. Der Portier des ersten Hotels war schon sehr erstaunt, als Jensen, ohne auch nur eine Nacht bei ihm geschlafen zu haben, mit zwei schweren Koffern wieder ausgezogen ist. Er hatte großzügig das Zimmer für eine ganze Woche im Voraus bezahlt, aber seinen Wagen auf dem öffentlichen Parkplatz gegenüber stehen gelassen. Und euch beide, euch hat er sofort erkannt. Wir berechnen jetzt die genaue Flugstrecke und mit den Koordinaten der Flugsicherung werden die Leiche finden, da sind wir uns sehr sicher! Die Nordsee ist vor der Südspitze von Sylt maximal 30 Meter tief, hast du das gewusst? Aber so eine Niederträchtigkeit hätte ich wirklich niemals von dir gedacht! Ich bin zutiefst enttäuscht! Abführen! Alle drei, auch seine Hausdame!"

Er drehte sich zu seiner Freundin um: „Sabine, komm wir fahren mit dem Zug nach Hause! Und vielen Dank für das schöne, erfolgreiche Wochenende!"

Vom Regen in die Traufe . . . .
Kapitel 1

Immer wieder ging er die Geschäftsbücher durch. Es änderte nichts an der Tatsache, dass er die unterschlagene Geldsumme schwerlich würde zurückzahlen können. Lange Zeit war es ihm viel zu einfach gemacht worden. Er hatte Belege fälschen können, sich selbst anschließend kontrolliert und diese Dokumente dann einfach abgelegt, sich natürlich auch selbst immer wieder begünstigt und große Beträge angewiesen. Ein stattliches Sümmchen war da zusammengekommen in all den Jahren. Er gestand sich ein, ein Betrüger zu sein. Aber ein guter! Niemand war verletzt oder irgendeinem Menschen sonst irgendwie wehgetan worden. Und bis zu diesem Zeitpunkt war auch noch keiner dahinter gekommen.

Normalerweise sicherte ihm sein Job auch ohne diese illegale Einnahmequelle ein sehr gutes und finanziell schönes Leben. Er hätte auf ganz ehrlicher Basis ausgeglichen und ruhig leben können. Als leitender Angestellter der Immobilienfirma konnte er kommen und gehen wann er wollte, Zahlungen anweisen oder verweigern. Er hatte einen tollen Job! Sein hohes Gehalt und die zusätzlichen Prämienzahlungen ließen keinen Wunsch offen. Wäre da nicht dieser kleine, verführerische Teufel in seinem Kopf gewesen, der ihn immer wieder zu solch kriminell riskanten "Dummheiten" verleitet hatte. „Hey, nimm dir, was du willst! Mit Geld kann man alles haben. Und die da oben, die merken doch sowieso nichts," flüsterte der kleine Mann ihm verheißungsvoll ins Ohr. Bisher hatte noch nie einer den geringsten Verdacht geschöpft. Weder die alte Buchhalterin, die froh war, fünf Jahre vor ihrer Rente noch eine Anstellung gefunden zu haben, noch die anderen Mitarbeiter. Nun, die hatten ja auch keinerlei Einblick in die Einnahmen und wahren

Geschäfte ihrer eigenen Firma. Und jetzt, aus heiterem Himmel, wo alles so schön für ihn gelaufen war, da kam die Zentrale plötzlich mit dem Hinweis, es müssten doch wesentlich größere Umsätze geflossen sein. Ausgerechnet jetzt, nach all den Jahren! Misstrauisch hatten sie ihn soeben angerufen und schleimig erklärt, dass man zu seiner "Unterstützung" den jungen Buchhalter und Controller in ihre Filiale schicken würde, dem diese Mindereinnahmen überhaupt erst aufgefallen waren. Der kam gerade von der Uni, und das sind die Ehrgeizigen, die richtig Schlimmen! Sägen sie nicht an deinem Stuhl, so finden sie im Endeffekt doch immer irgendetwas. Das schöne, vertraute Lotterleben würde bald zu Ende sein! Aber er machte sich nichts vor! Mit diesem Anruf war sein bisheriges Leben aus den Angeln gehoben worden.
Wenn dieser Streber anfängt zu suchen, so wird es keine Woche mehr dauern und der Job war weg und er hätte ein saftiges Verfahren am Hals! Das musste er unbedingt zu verhindern wissen. Wenn für ihn im Vorhinein schon klar auf der Hand lag, dass er die unterschlagenen Gelder sowieso nicht mehr zurückgeben konnte und das auch von ihm nicht gewollt war, dann …. ja, was drohte ihm dann? Kalter Schweiß stand auf seiner Stirn und ein stechender Kopfschmerz waren die Resultate seiner unüberlegten Geldgier. Wenigstens den augenblicklichen, großen Rest des Geldes könnte man der Firma wieder zurückzahlen, als "guter" Wille. Aber auch jetzt siegte sein kleiner, grausam diabolischer Freund im Kopf.
Er ging zum Schrank und nahm einen großen Schluck Whisky, direkt aus der Flasche. Eine Lösung seines Problems durfte nicht dazu führen, Einschränkungen in Kauf zu nehmen. Selbst jetzt, in der aussichtslosesten Situation seines Lebens siegte immer noch überhebliche Arroganz. Stumm im Büro sitzend wurden die unmöglichsten Auswege überlegt. Stundenlang kreisten seine Gedanken ohne auch nur die kleinste Lösung

seines Problems gefunden zu haben. Es war einfach kein befriedigendes Ergebnis in Sicht. Er versuchte sich krampfhaft wieder auf seine Arbeit zu konzentrieren, jedoch ohne Erfolg. Dann ging er zu seinem Bürofenster, öffnete es, schaute in den benachbarten Park und atmete tief durch. Grübelnd und endlos lange sein Gehirn zermarternd. Dann endlich, Stunden nach dem unheilvollen Anruf auch mit einem vagen, scheinbarem Erfolg. Denn es kam ihm doch noch ein entscheidender, letzter Gedanke. Eine Überlegung, die er in diesem Augenblick wie den berühmten, rettenden Strohhalm empfand. Für ihn war das jetzt die einzig mögliche Idee! Es war jetzt Donnerstagmittag! Feierabend! Seine Galgenfrist ging bis Montagmorgen!
Er öffnete den Safe und entnahm die Einzahlungen der Kunden. Genüsslich wog er mit einer Hand die zahlreichen Geldbündel. Normalerweise wurde das Geld jedes Wochenende von ihm persönlich zur Bank gebracht. Doch nun nicht mehr! In seinen Augen glitzerte das Eurozeichen und sein Entschluss stand fest. Er würde sich mit aller Kraft seinem scheinbar unvermeidlichen finanziellen Absturz widersetzen. Nie mehr würde er auf den erreichten Luxus der letzten Jahre verzichtet. Ein schönes Sümmchen lag da im Safe. Insgesamt € 78.000,-- Die Hälfte davon verschwand in seine Tasche. Der Rest wanderte zurück in den Geschäftstresor. Die Gelder waren Anzahlungen auf Wohnungen und Häuser von Kunden und akribisch registriert. Ihn störte das nicht mehr. Seine Idee war, das Geld in einer Spielbank zu verdoppeln und danach dann den gewonnenen Gesamtbetrag zurückzulegen. Aber was heißt schon verdoppeln? Verdreifachen! Vervierfachen! Seine Augen hatten wieder diesen, vom Teufel verklärten, geldgierigen Blick. Er dachte einfach und blöd zugleich, denn die unterschlagenen Gelder waren zum Teil schon seit ein oder zwei Jahren verschwunden. Und was war mit den gefälschten Belegen? Was würde es bringen, wenn plötzlich aus dem

Nichts wieder Geld da wäre, und vor allen Dingen, wie sollte das glaubhaft erklärt werden. Die falschen Papiere und Belege könnte man sowieso nicht mehr aus den Akten nehmen. Er war verblendet, seine Idee im Vorhinein zum Scheitern verurteilt. Er hatte schon öfter dieses Kasino besucht. Und das nicht nur um einen entspannten Feierabend zu genießen.

Bis jetzt hatte es immer mit Verlusten geendet, aber er hatte beim letzten Besuch einen interessanten Spieler kennen gelernt, der ihm ein "todsicheres System" verkauft hatte. Gar nicht mal so teuer. Für 5.ooo,oo € gehörten ihm jetzt Aufzeichnungen, die einen wahren Geldsegen bringen, und ihn in kürzester Zeit zum Millionär machten. Damit könnte er die durchgebrachte Summe locker wieder herbeischaffen. Ein Deal mit der Staatsanwaltschaft, eine kleine Strafe und sie würden auf eine Anklage verzichten, so kindisch und naiv dachte er tatsächlich in diesem Augenblick. Nachdem sein Computer abgemeldet war, zog er sein Jackett an und nahm seine Aktentasche. Nun verschloss er seine Bürotür und ging ins Vorzimmer. „Frau Schneider? Ich bin außer Haus! Ich habe noch Kundentermine! Wenn noch etwas sein sollte, ich bin morgen im Laufe des Vormittages wieder hier. Bis morgen früh!" rief er freundlich seiner Sekretärin zu. „Tschüss Herr Schuster, angenehmen Abend!" Schnell verließ er das Geschäftsgebäude, ging direkt zum Parkplatz, fuhr nach Hause, duschte, zog sich um und machte sich in der Mikrowelle zwei mit Käse überbackene Toastscheiben. Anschließend studierte er ausführlich den dicken, handgeschriebenen, teuren Zettelblock des anderen Spielers und machte sich bei einer Tasse Kaffee erste wichtige, Geld bringende Notizen. Danach verstaute er das Geld und den Block in seiner Jackentasche. Er verließ mit sehr hohen Erwartungen das Haus. Während der Fahrt zur Spielbank waren seine Gedanken unwillkürlich wieder bei der finanziellen Situation. Er war trotz allem froh, sich das Haus

und den Wagen nicht gekauft zu haben. Die Miete und den geleasten Wagen konnte er großzügig als Unkosten absetzen.
Nur seine persönliche Kleidung, die teuren Uhren und seine goldenen Ringe gehörten ihm. Der letzte Kontoauszug zeigte auf seinem geheimen Zweitkonto die stolze Gesamtsumme von 230.000,-- Euro. Das waren ungefähr zehn Prozent von der unterschlagenen Summe. Sein üppiger Lebenswandel, Fernreisen und exklusiven, anspruchsvollen Damen, das alles hatte seinen Preis. Das sollte, ja musste einfach auch so bleiben. Er stammte aus einer armen Arbeiterfamilie und hatte schon als Kind immer den Hang zu Höherem gehabt. Seinen alten Freunden gegenüber war er in den letzten Jahren extrem überheblich und arrogant geworden. Kurz gesagt, er hatte alles vergessen und verdrängt: Seine Herkunft, die mangelhafte Schulbildung, sein verarmtes Elternhaus und das einfache Heimatdorf. Wenn Sch … Mist wird, will er gefahren werden!

Kapitel 2

Nach einer halben Stunde betrat er das pompöse Foyer des Kasinos, zeigte seine Klubkarte und betrat den ersten großen Saal. Er ignorierte die kleinen Spieltische, an denen Karten verteilt wurden. Das ganz große Geld musste her! Zeit dafür war nur dieses, sehr knapp bemessene einzige Wochenende. Es musste sich jetzt auch schnell lohnen. Es kam also nur der große Roulette-Saal infrage. Sein routinierter Blick hatte schnell einen freien Platz an einem der riesigen Tische ausgemacht. Die ersten € 5.000,-- in Plastikplättchen lagen schwer in seiner Jackentasche. Er stapelte die farbigen Jetons siegessicher vor sich auf und studierte geduldig zuerst einmal nur die weiße Kugel. Nach seinem angekauften System bewertete er die angezeigten Zahlen und notierte schließlich die kommenden Nummern und Farben seiner errechneten

Strategie. Rot Zero Schwarz! Nach eingehendem Beobachten fühlte er sich eine halbe Stunde später endlich bereit, sein Glück zu wagen. Sein Spiel konnte beginnen! Dynamisch und zuversichtlich setzte er einen € 500,--er Chip auf eine errechnete Vierergruppe von Zahlen. Die Kugel rappelte sich durch die kleinen Kästchen, um schließlich im falschen Zahlenbereich zu landen. Was war das? Er studierte die aufgeschriebenen, errechneten Zahlenkolonnen noch einmal ausführlich. Was sagte das gekaufte "todsichere" System? Er konnte keinen Fehler finden. Na ja, … Pech! Falsch ausgerechnet! „Ich muss mich konzentrieren". flüsterte er leise. Neues Spiel - neues Glück! Nach zwei weiteren Stunden saß ein fahrig wirkender, gealterter Mann auf dem bequemen Stuhl, schlürfte an seinem dritten, kostenlos angebotenen Longdrink und .starrte fassungslos auf den mit grünem Filz bespannten, wuchtigen Tisch. Während das kleine weiße Kügelchen rappelnd über die schwarz - rot lackierten Zahlenkästen sprang, spielte er nervös mit seinem allerletzten Plastikjeton. Der mitgebrachte, teuer bezahlte Zettelblock war mittlerweile schon von ihm wütend zerfleddert worden und er hatte mehrfach nach dem schlauen Spieler Ausschau gehalten, der ihm dieses System nicht verkauft, sondern angedreht hatte. Gesehen hatte er ihn jedoch leider nicht mehr. Wie naiv und blöd war er nur gewesen. Was hätte man dem cleveren Menschen auch sagen sollen? Es nutzte nichts mehr! Auch das letzte Geld verschwand bald in dem mit Filz bespannten Spieltisch und wie im Nebel stand er auf und ging zurück durch das Foyer, während er hinter sich immer wieder hörte:"Rien ne va plus!" Auf dem Parkplatz, der sich gewaltig gefüllt hatte, suchte er stolpernd nach seinen Wagen. Wie ein schlechter Witz, wie Hohn kam ihm dieser Satz jetzt vor: „Rien ne va plus!" Nichts geht mehr! Das letzte Spiel ist gespielt! Vorbei, aus und Ende! Sollte es das jetzt endgültig gewesen sein? Seine Superidee löste sich auf wie die Nebelschwaden, die draußen durch die Parkanlagen zogen. Einen zweiten Versuch mit dem restlichen Geld im Safe würde er jetzt nicht mehr starten. Er war alt und kraftlos geworden, in den letzten Stunden und hatte endgültig aufgegeben, … resigniert. Zunächst fuhr er, obwohl durch die diversen Drinks heftig betrunken, wieder nach Hause und nahm einen weiteren tiefen Schluck aus der Whiskyflasche. Hoffnungslos versuchte er seine Gedanken wieder zu ordnen: Welche Möglichkeiten hatte er noch? Jetzt, am Freitagmorgen um 1:20 h? Ein wirklich guter Plan B musste her! Und zwar unverzüglich, denn sonst war sein prunkvolles Leben hiermit endgültig vorbei. Sonst könnte man doch sofort einen Strick oder eine Pistole nehmen und sich … „Man muss wissen, wann man endgültig verloren hat!" flüsterte er so leise, als könnte ihn hier, in seinen eigenen vier Wänden irgendjemand hören. Er wollte einen Abschiedsbrief schreiben und für immer verschwinden. Nie gekannte Angst keimte in ihm auf. Pure nackte Angst. Aber war das denn jetzt wirklich die allerletzte Lösung? Suizid? Er sah keine andere Lösung mehr! Er musste aus dem Leben scheiden! Es kam für ihn nur noch ein Selbstmord infrage! Nur nicht sein eigener! Sein kleiner, diabolischer Berater hatte wieder einmal eine vortreffliche Idee … natürlich, das war die Rettung! Er musste alles zu Geld machen, die Firmenkonten, das gesamte Bargeld aus der Tageskasse, und dann den eigenen Selbstmord vortäuschen! Das war eine geniale Lösung! Er würde ein Opfer finden, da war er sich sicher! Das ganze Wochenende hatte er ja noch Zeit, seinen vortrefflichen, neuen Plan umzusetzen. Hinter dem Bahnhof an dem Wäldchen, da wimmelte es von Obdachlosen. Die zogen durch die Stadt, bettelten und durchsuchten die Papierkörbe nach Essbarem und Pfandflaschen. Aber immer um die gleiche Zeit, bei Anbruch der Dunkelheit, suchten sie sich eine Bleibe für die Nacht, das hatte er schon oft beim

Spazierengehen gesehen. Er musste dringend noch ein paar Stunden schlafen. Deshalb ging er unverzüglich und mit aufkeimender neuer Hoffnung zu Bett. Den nächsten Arbeitstag benötigte er dringend für seine wichtigen Vorbereitungen. Er avisierte bei der Bank höhere Beträge, die zur heutigen Auszahlung in großen Scheinen bereitgestellt werden sollten. Dann stellte er mehrere Barschecks von den Geschäfts und Treuhandkonten aus und entleerte abends zusätzlich wieder den gesamten Tresorbestand. Dann ging er gegen drei Uhr, also wieder etwas früher als gewöhnlich, diesmal in sein letztes Wochenende. Er wusste, dass er das Büro und seine Arbeitskollegen nie wieder sehen würde. Trotzdem ging er wie üblich ins Vorzimmer. Er durfte keinen Verdacht erregen und verabschiedete sich normal von seiner Sekretärin bis Montag. Jetzt fuhr er zügig in die Stadt, ging zur Hausbank und löste die ausgestellten Schecks ein, wie geplant. In der Nachbarstadt, wo er seine unterschlagenen Gelder auf dem Zweitkonto deponiert hatte, nahm er auch diese Summe ab und füllte alles in seinen mitgebrachten Aktenkoffer. Danach fuhr er mit dem Bargeld nach Hause. Nun bereitete er in aller Ruhe sein "Ende" vor. Ein Abschiedsbrief würde seine Wirkung nicht verfehlen und vor allem: Man würde ihn nicht mehr suchen und verfolgen. Diese Lösung erschien ihm ideal. Er ging in die Garage und startete seinen Wagen. Zehn Minuten später parkte er vor dem Bahnhof und ging zu Fuß zur rückwärtigen Seite. Seine goldene Armbanduhr zeigte jetzt 17.ooh. Trotzdem dunkelte es schon langsam, als er diesen einsamen Weg zu dem kleinen Wäldchen entlang ging. In alten, halb verrosteten Blechtonnen loderten Flammen, an denen sich die zerlumpten Gestalten wärmten. Sie betrachteten den Vorbeigehenden nur kurz. Er ging zielstrebig weiter, denn er suchte gezielt nach einer männlichen Person, die seiner Größe und Gestalt ähnelte. „Nimm mich! Ich mache auch alles mit," sprach ihn ein schmutziger Jüngling an, der sich als Stricher anbot. Er schüttelte wortlos den Kopf und ging weiter. Am Waldrand, etwas abseits, fiel ihm eine Parkbank auf. Direkt daneben lag ein zusammengeschnürtes Bündel mit, soweit man das beurteilen konnte, verhältnismäßig guter Kleidung. Und auf eben dieser Bank saß sein vermeintlicher Besitzer. Abgewrackt und alt zwar, aber ungefähr seine Größe. „Hey, du! Willst du dir ein Abendessen verdienen?" Er versuchte mit einer Frage, den Obdachlosen zum Aufstehen zu bewegen. Ohne ihn anzuschauen antwortete der Angesprochene jedoch nur: „Geh weiter! Ich bin nicht schwul, such woanders!" „Aber wo denkst du hin, das muss ein Missverständnis sein," entgegnete Schuster, „ich möchte was Gutes tun! Ich habe Glück gehabt im Spiel und im Leben! Und da ich ein gütiger Mensch bin, muss ich das weitergeben und jetzt will dich daran teilhaben lassen." „Na dann! Setz dich!" „Nee, nicht hier, ich spendiere ein Abendessen, bei mir zu Hause! Kannst auch duschen und die Nacht im Gästezimmer schlafen!" Jetzt schaute der Mann eindringlich hoch und schätzte seine Situation ein. Es würde wieder kälter werden, diese kommende Nacht. Und gegen ein warmes Bad und ein leckeres Abendessen war nichts einzuwenden. Er konnte sich ja mal die Wohnung von dem seltsamen Typen anschauen und würde dann immer noch „nein" sagen können! Schnell sprang der Mann auf. So sportlich hatte er ihn gar nicht eingeschätzt. Schon hatte er sein Bündel Kleider unter dem Arm und stand lächelnd neben ihm. Mist, der ist ein paar Zentimeter zu klein! Aber es würde bestimmt klappen, dass man ihn verwechseln würde. … diabolisch grinste er und dachte daran, wenn der Angesprochene nicht mehr „so kompakt beieinander sein würde". Er nahm den Mann mit zu sich nach Hause und überließ ihm das Badezimmer. Seine alten Sachen verstaute er in einer Plastiktüte im Keller. Aus seinem Kleiderschrank entnahm er frische Wäsche, eine Hose und legte die Sachen vor das Bad. „Hab was Neues zum Anziehen hingelegt!" sagte er laut und ging ins Wohnzimmer. Eine Viertelstunde später hörte man das Wasser ablaufen. „Fertig!" Da stand er und war kaum wiederzuerkennen. Frisch rasiert sah er in den Sachen richtig elegant aus. „Na, tut doch gut oder?" „Herrlich!". Die Hose war zwar etwas zu lang, aber sein Plan klappte besser, als ursprünglich angenommen. Das wird funktionieren, das war für ihn sicher. „Kannst Schuhe von mir haben, und ne Jacke, such dir was Passendes aus!" Als der Obdachlose im Schrank fündig geworden war und Schuster prüfend den Stoff glatt strich, schob er unbemerkt mit der anderen Hand seinen eigenen Personalausweis in die Innentasche der ausgesuchten Jacke. Sich selbst im Spiegel bewundernd, war diese schnelle Aktion vom ahnungslosen Opfer überhaupt nicht bemerkt worden. Am Schuhschrank verzweifelte der gebadete Mann bald. Die schönsten Schuhe hatte er anprobiert, aber nur ein einziges Paar passte einigermaßen, aber das schien ihm nicht gerade zu gefallen. „Ist doch nur für heute Abend! Komm, zier dich jetzt nicht, zieh an! Jetzt gehen wir in ein schickes Restaurant und dann kannst du essen, was du willst. Oder willst du lieber in eine normale Gaststätte?" Der Fremde schaute an sich herab und zuckte mit den Schultern: „Mir doch egal! Ich denke du willst zahlen? Dann können wir doch auch schick essen gehen, oder?" Sichtlich erfreut grinste der Makler, sein teuflischer Plan ging auf. Er ging zur Kommode, steckte den Zweitschlüssel ein und nahm ein paar Sachen aus der Schublade: „Hier, ich hab noch eine Armbanduhr und einen Ring für dich gefunden! Sollst doch chic aussehen! Und bevor ich das vergesse, wie sollen wir denn gleich wieder reinkommen?" Damit nahm er sein normales, dickes Schlüsselbund, an dem auch sein Autoschlüssel war, und übergab es dem ahnungslosen Mann. Er selbst würde es nicht mehr brauchen. Danach erklärte Schuster dieses vertraute

Verhalten: „Wenn ich getrunken habe, verliere ich regelmäßig meine Sachen, oder ich finde beim Zurückkommen an der Haustür das Schlüsselloch nicht!“ Dem Mann schien das egal zu sein, wenn es bloß was Leckeres zwischen die Zähne gab. Sie verließen gemeinsam das Haus und Schuster steuerte gezielt eine kleine Gasse an, während sein Begleiter ihn skeptisch von der Seite anschaute: „Abkürzung! Wir gehen hier über die Fußgängerbrücke, gleich sind wir da. Ich lass den Wagen extra stehen, dann können wir beide was trinken!” Das schien ihm einzuleuchten und arglos ging er hinter ihm her, auf die Fußgängerbrücke zu. Die Laternen beleuchteten die Szenerie nur schwach und als sie die Mitte erreicht hatten, donnerte gerade ein Güterzug unter ihnen über die Gleise. Schuster ließ sein Opfer etwas vorgehen und bückte sich nach einem dicken Stein. Er ging wortlos zu seinem ausgesuchten Opfer und schlug unvermittelt hart von der Seite zu. Der unvorbereitete Fremde strauchelte und wurde im letzten Moment von seinem Peiniger aufgefangen. Der legte ihn jetzt über das Geländer, holte noch einmal tief Luft und drückte ihm anschließend von hinten den Hals zu. Der halb Ohnmächtige röchelte einen kurzen Augenblick und sackte dann wie ein nasses Handtuch in sich zusammen. Der Mann musste tot sein, bevor er ihn von der Brücke auf die Gleise warf. Das war für sein Vorhaben absolut notwendig, denn er wollte auch wirklich sicher sein, dass sein perfekter Plan auch aufging. Sein Opfer lag jetzt leblos am Boden. Einen kurzen Augenblick zögerte er, denn er hatte ein Geräusch gehört. „Ich kann jetzt keine Zeugen gebrauchen, wo ich fast am Ziel bin!” flüsterte er und lauschte in die Nacht… aber es tat sich nichts! Es war anscheinend nur ein aufgescheuchtes Tier gewesen, das in der Dunkelheit vorbeigehuscht war. Schuster packte den Liegenden an seinen Schultern, hob ihn hoch und legte er ihn, soweit es für ihn möglich war, über das Geländer, verschnaufte noch einmal, und warf ihn anschließend von der Brücke direkt auf die Schienen. Der tiefe Fall hatte dem armen Kerl jetzt endgültig das Genick gebrochen, denn im Schein der Laterne sah er sein Opfer quer und verdreht mitten auf den Schienen liegen. Seine Armbanduhr, sein Personalausweis, sein Schlüsselbund und der unverwechselbare Ring an dem Fremden, all diese Sachen mussten schnell zur eindeutigen Identifizierung seiner Person führen: „Schuster, Immobilienmakler", darin bestand für ihn kein Zweifel. Und in seiner Wohnung würde man dann anschließend den erklärenden, traurigen Abschiedsbrief finden. Erleichtert atmete er auf. Es dauerte nicht lange, bis der nächste Zug kam. Es donnerte laut unter ihm, als der lange, große Blechwurm über die Schienen ratterte. Als endlich in weiter Entfernung die Rücklichter verschwanden, kehrte trügerische Stille ein. Er musste in dem Schummerlicht der Brückenlaterne suchen, um schließlich in einiger Entfernung unter ihm seine zerfetzte Kleidung zu sehen. Dunkelrot, fast schwarz, sah er nur noch undefinierbare Klumpen auf den Schienen verteilt und verstreut auf dreißig bis vierzig Meter Entfernung. Von dem Körper war nicht mehr viel übrig geblieben. Er hatte sein Ziel erreicht. Er war jetzt frei für ein sorgenfreies neues Leben. Befreit und überglücklich nahm er zuhause nur die Plastiktüte mit den alten Sachen des Obdachlosen und seinen wichtigen Aktenkoffer mit. Den geleasten Wagen ließ er ebenso vor dem Haus zurück, wie alle anderen persönlichen Gegenstände in seiner Wohnung. Noch in der gleichen Nacht verschwand er. Von nun an gab es ihn nicht mehr.

Kapitel 3

In einer anderen Stadt lebte er ein neues Leben, mietete sich eine kleine, möblierte Wohnung und schloss mit seinem alten Leben ab. Er musste Zeit gewinnen und durfte noch nicht an die unterschlagenen Gelder, es musste Gras darüber wachsen.

Die überregionalen Zeitungen und Fernsehberichte hatten ausführlich über sein grausames Ableben und alle traurigen, hoffnungslosen Umstände berichtet. Es lief tatsächlich alles genau nach Plan. Perfekter hätte man das alles nicht machen können! Oder?

Die ersten Zweifel überkamen ihn, als er abends von seiner neuen Arbeitsstelle zurückkam und der Hausverwalter von seltsamen, dunkel gekleideten Männern sprach, die offensichtlich einen Mann suchten. „Sie heißen doch Meier, richtig? Herbert Meier?" „Natürlich! Das wissen Sie doch. Warum fragen Sie?" „Seltsam!" Der Verwalter schüttelte den Kopf. Neugierig und zugleich auch ängstlich geworden ging Schuster hinter ihm her: „Hallo, wieso fragen Sie das?" Er rieb sein Kinn und schaute ihn verlegen an: „Na ja, diese Männer waren sich sicher, dass Sie ein Anderer wären, ein ... wie soll ich das sagen ….." er sah zur Seite und schwieg. „Na nun mal raus mit der Sprache, wer soll ich sein?" Es war dem Verwalter sichtlich peinlich. Er atmete tief durch und erklärte: „Ein Penner, halt. Einer der was auf dem Kerbholz hat und sich verstecken muss. Die waren sich sehr sicher. Ich hab denen gesagt, wie ein Obdachloser sehen Sie beim besten Willen nicht aus und **Klaus Brenner** heißen Sie ja auch nicht!" Jetzt musste sich Schuster zusammenreißen, denn dieser Name traf ihn wie ein Peitschenhieb! Den Namen hatte er beim Entsorgen der alten Kleidung des Obdachlosen in dessen Hosentasche gefunden. Er stand auf dem Entlassungspapier aus einem Gefängnis. Einen alten, abgelaufenen Ausweis gleichen

Namens hatte er sofort an sich genommen und dann die gesamte Kleidung im Hof seines neuen Arbeitgebers verbrannt. „Ich … ich kenne diesen Namen nicht!" Er versuchte ruhig und unauffällig zu antworten. Erleichtert schaute ihn der Hausverwalter an. „Das konnte auch nicht sein, ich wollte Sie auch nur informieren. Waren die nicht bei Ihnen an der Arbeitsstelle? Da wollten die nämlich als nächstes hinfahren. Na, ja nichts für ungut und einen angenehmen Abend noch!" Er drehte sich um und ging. Was nun? Man hatte seine Spur aufgenommen, wenn auch mit komplett falschen Daten! Wie konnte das so schnell geschehen? Und wieso wurde der Obdachlose gesucht? Er musste andere Papiere haben, denn den Namen Herbert Meier, auf den er die Wohnung gemietet hatte gab es natürlich nicht. Er hatte so sehr gehofft, mit dem Ausweis des Obdachlosen nach einer gewissen Zeit wieder offiziell leben zu können. Aber jetzt? Was hatte das zu bedeuten? Offiziell konnte er sich jetzt zukünftig nicht mehr als Klaus Brenner ausgeben. Der wurde schließlich gesucht!
Aber weswegen? Doch nicht wegen Mordes an Schuster, dem Immobilienmakler? Der hatte doch Selbstmord begangen! Wie absurd! Er ging zurück in seine neue Wohnung, setzte sich und starrte ratlos vor sich hin. Wieder alles umsonst?
Wieso hatte ihn die Polizei so schnell hier gefunden?
Wer könnte ihn gesehen haben und vor allen Dingen: Was war mit den eindeutigen Schlagzeilen in der Presse? Was war mit seinem Abschiedsbrief? Fragen über Fragen! Unbeantwortete Fragen! Da musste etwas nicht stimmen. Da war was faul! Plötzlich dämmerte es ihm! Das war gar nicht die Polizei, die da nach ihm suchte! Es mussten irgendwelche Leute aus dem früheren Dunstkreis von diesem Obdachlosen "Brenner" sein! Oh Backe, der hatte wahrscheinlich noch mehr Dreck am Stecken gehabt als Schuster selbst! Und jetzt?
Es wurde eine sehr unruhige Nacht für ihn.

Am nächsten Morgen entschloss er sich, nicht mehr zur Arbeit zu fahren. War wohl doch zu früh gewesen, sich eine möblierte Wohnung genommen zu haben. Vielleicht musste er erst einmal verschwinden, für ein paar Jahre ins Ausland! Aber wie kommt man über die Grenze, mit einem Haufen Geld aber ohne gültigen Pass? Sehr viel mehr würde der Verwalter auch nicht mehr verraten können. Wenn die ihn überhaupt noch einmal aufsuchen und fragen würden. Er raffte seine wenigen Habseligkeiten zusammen, nahm den Aktenkoffer mit dem gesamten Geld und verließ die Wohnung. Eine Einzahlung auf der Bank hatte er ja noch nicht vornehmen können, denn für die erforderliche Kontoeröffnung benötigte er auch einen Ausweis. Immer wieder scheiterte alles an diesem verfluchten Ausweis! Das war das Dringlichste, was er jetzt als nächstes besorgen musste. Ein Ausweis musste her!
Er verließ eilig das Haus.

Kapitel 4

Die Polizei veröffentlichte letztendlich mehrere Fotos von einem offensichtlich gefolterten und schließlich auch getöteten Mann. Sie waren intern keinen einzigen Schritt weiter gekommen, was die Klärung dieses abscheulichen Verbrechens in der einsamen Lagerhalle betraf. Zugegeben, die Bilder waren nicht gut, denn man hatte versucht, das Gesicht des Opfers einigermaßen wieder zu rekonstruieren. Jedoch ohne jeglichen Erfolg. Wer den Immobilienmakler lebend gekannt hatte, musste schon sehr viel Fantasie aufbringen, um den vermeintlich Toten, der von der Bahn überrollt worden war, wieder mit diesem Phantombild in Einklang zu bringen.
Man wäre auch bei größter Ähnlichkeit niemals auf die Idee gekommen, dass es sich diesmal tatsächlich um den toten Immobilienhändler Schuster handeln könnte.

Die Querverbindung zu dem Obdachlosen war der Polizei ja auch nicht bekannt und keiner stirbt zwei Mal! Kein Mensch hinterlässt eine doppelte Leiche! Weder die Fernsehsendungen, noch die persönlichen Befragungen, die von den Beamten in der Stadt gemacht wurden, brachten folglich Licht in dieses Mysterium. Niemand wurde anscheinend vermisst. Deshalb war es auch nicht verwunderlich, dass alle Versuche in diese Richtung scheitern mussten. Es gab keine positive Resonanz.
Der Verstorbene gab seine Identität nicht mehr preis.
Die Akte wurde mit dem unbefriedigten Hinweis: „Anonym, nicht identifizierte Person!" und dem Datum zu den ungeklärten Fällen abgelegt.

Finale

Kurz war Schusters erneute Flucht gewesen. Man hatte ihm schon vor seiner Wohnung aufgelauert, wortlos und unsanft in die abgedunkelte Limousine verfrachtet und entführt. Der Wagen fuhr ziemlich lange und kam endlich in einem einsamen Gewerbegebiet an. Man hatte ihm die Augen verbunden und dann in diese leere Lagerhalle gebracht. In einem großen, feuchten Raum setzten sie ihn, immer noch gefesselt, in der Mitte auf einen unbequemen, harten Holzstuhl. Als sie ihm die schwarze Kapuze wieder vom Kopf nahmen, waren sie sehr erstaunt und verblüfft zugleich. Lange gesucht und schließlich auch gefunden hatten die Männer endlich den vermeintlichen Penner, … aber wer saß denn nun da vor ihnen? Das war doch gar nicht ihr gesuchter, ehemaliger Komplize! Ein erfolgreicher Überfall auf eine Bank war vor Jahren die gemeinsame Tat mit dem Obdachlosen gewesen. Da man damals nur Brenner ohne die Beute gefasst und verhaftet hatte, drohte der ihnen jetzt nach seiner Entlassung damit, sie nun auch alle zu verraten, wenn nicht genug Geld für ihn abfallen würde. Daraufhin hatten sie ihn vorsichtig überwachen lassen und wollten ihn in einem günstigen Moment endgültig zum Schweigen bringen. Sie hatten durch diesen Informanten mitbekommen, dass Brenner eingeladen wurde und der hatte dann beide verfolgt, als sie über den Bahngeleisen auf der Brücke standen. Da sie ähnliche Anzüge trugen, verwechselte er die Männer und ging davon aus, dass Brenner den Immobilienmakler ermordet hatte. Das stand dann, wohl mangels Zeugen als Suizid benannt, auch in der Zeitung. Schuster war ihnen also unbewusst zuvor gekommen und hatte so die Spur auf sich selbst gelenkt. Als er an dem besagten Abend direkt wieder nach Hause ging und mit seiner Aktentasche in eine andere Stadt zog, wurde diese Erkenntnis von seinem Beschatter mit der neuen Adresse an die Auftraggeber weitergeleitet. So war man letztendlich auf seine Spur gekommen. Nachdem man ihn gefoltert hatte, durften sie diesen erneuten, unverhofften Zeugen nicht mehr gehen lassen. Man musste ihn beseitigen. Sie hatten ihn gewaltsam zum Reden gezwungen und wussten folglich jetzt auch von seiner ungeheuerlichen Unterschlagung und dem Plan, dieses Verbrechen mit dem angeblichen Suizid seiner Person zu vertuschen. Dazu hatte er erfolgreich den Obdachlosen an seiner Stelle getötet. Den stattlichen Geldbetrag in dem Aktenkoffer hatten sie sofort an sich genommen und redlich unter sich aufgeteilt. Die Täter dieses Unbekannten wurden nie gefasst. Den Suizid des korrupten Kaufmanns verfolgte man nicht weiter, man wollte lediglich die genauen Gründe wissen. Und die bekamen die Beamten prompt geliefert. Die Revisionsprüfung hatte den Immobilienkaufmann schließlich in den Freitod getrieben, da er das gesamte Geld nach und nach ausgegeben und verprasst hatte. Es gab für ihn keinen anderen Ausweg mehr, aus dieser selbst herbeigeführten, verzwickten Lage.

Die Akten blieben geschlossen.

Ausgleichende Gerechtigkeit!

Der Gehweg oberhalb des Flussufers War hell erleuchtet. Man hatte zusätzliche, starke Strahler aufgestellt. Die Feuerwehr und zwei Streifenwagen standen auf der Wiese. Rot-weiß gestreifte Plastikbänder flatterten quer über dem Gehweg. Der Kriminalbeamte parkte seinen Wagen und ging den Rest zu Fuß. So einsam war es hier anscheinend tagsüber gar nicht. In unmittelbarer Nähe war eine Kneipe die zu dieser späten Stunde natürlich schon lange geschlossen war. Auf der anderen Seite standen Reihenhäuser und Villen mit kleinen, gepflegten Vorgärten. Die Kollegen mit ihren weißen Schutzanzügen hatten ihre Arbeit schon erledigt. Sein Mitarbeiter kam sofort die Wiese hoch, als er ihn von weitem erkannte. Er zog den Mundschutz runter: „Guten Abend, Hans! Oder besser, guten Morgen! Tut mir leid, aber du solltest dir auch einen ersten Eindruck machen!" er deutete mit dem Kopf zur Seite: „Meinte er!" Hans drehte sich um und sah seinen Chef, der mit den Kollegen von der Streife sprach: „Ist schon gut, habt ihr Erkenntnisse, erzähl!" „Bisher wissen wir Folgendes: Der Tote lag mit schmerzverzerrtem Gesicht unten im Gras. Trotzdem war auf den ersten Blick keine Fremdeinwirkung zu erkennen. Woran könnte er verstorben sein? Hatte er einen Herzinfarkt oder einen Schlaganfall? Die Obduktion wird´s zeigen. Ein Nachtschwärmer mit seinem Hund hatte ihn gefunden und per Handy bei der Feuerwehr angerufen. Der dachte zuerst, ein hilfloser, betrunkener Mann müsste schnell ins Krankenhaus. Nach seiner Aussage konnte er nicht runtergehen und selbst nachsehen. Er hatte vor kurzem seinen Sohn bei einem Verkehrsunfall verloren und das sitzt ihm noch in den Knochen, verständlicherweise! Es hatte die Tage vorher geregnet und die Uferböschung war immer noch rutschig und verschlammt. So konnten sie nur die letzten Schritte des Toten hier unten finden. Der alarmierte Notarzt hatte uns dann routinemäßig angerufen. Näheres, wie schon erwähnt werden wir erst durch die Obduktion erfahren!" „Weiß man schon, wer das ist?" „Ja, Moment!" sein Kollege Meyer lief zu einem der Beamten. Auf seine Frage hin zeigte er auf den vorderen Polizeiwagen, oberhalb der Wiese. Joachim winkte Hans zu und deutete zum Auto. Aus verschiedenen Richtungen gingen sie die Rheinböschung hoch. Oben angekommen ging Joachim zuerst einmal um das ganze Auto herum: „Sind die ab jetzt auch bei uns blau?" „Ja, weißt du doch! Und mach' nicht schon wieder den alten Witz mit deinem: … Na, kommt ihr jetzt immer blau? Wir wollen uns nichts verscherzen! Sei ruhig!" Die Fahrertür war geöffnet und auf dem Sitz schrieb der Diensthabende in seinem Notizbuch. Er hörte jetzt damit auf, sah sie an und verstaute seine Schreibutensilien in der Innentasche seiner Uniform. Man kannte sich untereinander aus unzähligen Einsätzen und zu dieser Zeit wollte sicher jeder so schnell wie möglich wieder nach Hause: „Morgen, Kollegen!" „Morgen! Habt ihr die Identität schon feststellen können?" „Ja, das habe ich gerade gemacht! Die gefundenen Sachen gehören dem Toten. Er hatte übrigens alles bei sich: Geldbörse, Brieftasche, mit reichlichem Inhalt und eine teure Armbanduhr. Ich betone das nur, weil Raubmord damit wohl eindeutig ausscheidet. Wir nehmen an, dass ihm schlecht wurde und er hier zusammengebrochen ist. ALFRED WOLTER, wohnhaft hier in Köln, Breite Straße 51. Sagt euch das was?" „Alfred Wolter? Der große Fred? Der Bordellbesitzer? Dieser Drogenboss? Ich denke, der sitzt?" „Hab ich auch gedacht. Vor einer Woche war seine Verhandlung – du hast Recht, aber man konnte ihm nichts nachweisen. Er soll ein sicheres Alibi gehabt haben und demzufolge musste er sofort frei gelassen werden!" „Komisch! Dann sollte er doch seinen Triumph über die

Gesetzmäßigkeit genießen und nicht so tot irgendwo herum liegen und uns Arbeit machen!" Die Kollegen kannten seine derben Sprüche. Noch zwei Stunden und der nahende Tag würde seine ersten Sonnenstrahlen wieder hier auf die Rheinwiesen werfen. Nachdem die Beamten ihre Arbeiten eingestellt und den Toten in die Gerichtsmedizin gebracht hatten, gönnten sich jetzt auch Hans Schulze und sein Kollege Meyer ein ausgiebiges Frühstück in der Innenstadt. Das kleine Café direkt gegenüber vom Präsidium war schon oft ihre letzte Anlaufstelle gewesen, nach Einsätzen oder in längeren Pausen. Bis zum Nachmittag würden sie ihren aktuellen Fall zu Ende bearbeitet haben, es fehlte nur noch der Schlussbericht. Dann würden auch die Ergebnisse der Todesursache durch die Gerichtsmedizin vorliegen. Gegen acht Uhr schlenderten sie über den großen Platz und gingen in ihr Büro. Noch in der Nacht nahmen die Ärzte ihre Arbeit auf. Herzinfarkt und Schlaganfall schieden aus. Es handelte sich um einen toxischen Schock. Das hatte die anschließend angeordnete Obduktion in der Gerichtsmedizin als Todesursache einwandfrei festgestellt. Der Verstorbene musste von mehreren Wespen oder Hornissen gestochen worden sein. Man fand an beiden Armen und an seinem Hals mehrere Einstiche. Er muss bei seinem abendlichen Spaziergang durch Zufall ein Nest zerstört haben und so die Insekten zu aggressiver Verteidigung herausgefordert haben.
Die Akte wurde geschlossen: Tragischer Unfall.

Im benachbarten Bergisch-Gladbach wurde eine Woche später die dortige Polizei mit einer Vermisstenanzeige beauftragt. Der Geschäftsführer einer zwielichtigen Diskothek hatte seinen Chef seit über einer Woche nicht mehr zu Gesicht bekommen. Normalerweise kam er zwei Mal die Woche in die Disco. Am Sonntag blieb er über Nacht. Montagsmorgens ließ er sich regelmäßig die Einnahmen des Wochenendes in bar auszahlen. Das war unüblich, aber er war der Chef. Es war das erste Mal, dass er sich die letzten Tage überhaupt nicht gemeldet hatte. Weder per Festnetz noch per Handy war er seitdem zu erreichen. Ein Grund, die Beamten zu seiner Wohnung zu schicken. Wohnung war jedoch weit untertrieben: Er besaß ein pompöses Anwesen am Rande der Stadt, es glich eher einem Schloss, mit dem riesigen Park und den hohen Mauern. Man hatte seine "Hausdame" ausfindig machen können, eine zwanzigjährige Osteuropäerin mit lustigem Akzent. Die hatte bereitwillig der Polizei ihren Zweitschlüssel zum Tor und dem Haus gegeben aber abgelehnt, ohne ausdrücklichen Auftrag ihres Chefs das Haus zu betreten: „Ich gehe da nix rein! Kenne Sie ihn nix! Kann böse werden!" Das stimmte nicht ganz, denn die Beamten kannten ihren Chef sehr genau: Die Justiz versuchte schon seit ungefähr 2 Jahren, den geheimnisvollen Geschäftsmann festzunageln. Es hatte bisher immer an eindeutigen Beweisen gemangelt und Alibis gab es für fast jede Sekunde seines Lebens. Schnell hatte er für die ihm zur Last gelegten Verbrechen immer eine Erklärung, aber das stand jetzt nicht zur Debatte. Die Beamten öffneten das große, eiserne Tor und gingen den Kiesweg hinauf zu dem stattlichen Anwesen. Bevor sie das Haus betraten, umrundeten sie es und kamen auf die große, teilüberdachte Terrasse. Von hier, etwas erhöht, hatte man einen herrlichen Ausblick auf den riesigen Garten. Sehr gepflegte Sträucher und Büsche wechselten mit englischem Rasen, auf dem hier und da griechische Säulen und Statuen herumstanden. Sie gingen näher an das Terrassengeländer und konnten von hier direkt unterhalb in den riesigen Pool schauen. Da schwammen zwei Luftmatratzen und ein Wasserball und … man konnte das längliche, schwimmende Etwas von hier oben aus nicht so richtig erkennen. Sie gingen die seitliche Treppe herunter zum Pool. Bei näherer Betrachtung wichen sie unwillkürlich einen Schritt zurück: "Ruf die Spurensicherung und die Kollegen. Geht alle zurück auf die Terrasse!" Der leitende Polizeikommissar ging alleine näher zum Bassin und zog seine Lederhandschuhe an. Eine lange Bambusstange mit einem Netz an einem Ende stand in einer Vorrichtung neben der gefliesten Einfassung. Damit fischte er nach dem leblosen Körper und zog ihn an den Rand. Mit ausgebreiteten Armen und Beinen schwamm der mit einer Badehose bekleidete Mann auf dem Bauch, es sah aus, als wollte er den Grund des Beckens beobachten. Am Rand zog der Beamte einen Handschuh aus und fasste an ein Bein. Er wollte die Körpertemperatur testen und wirklich, eiskalt war der Tote und bläulich hell verfärbt. Offensichtlich hatte der schon tagelang so hier im Wasser gelegen. Vergeblich suchte man nach Spuren, nach Hinweisen, gegebenenfalls sogar auf Gewalteinwirkung? Die erste medizinische Untersuchung ergab auch keinerlei äußerliche Verletzung. Man fand keine Anzeichen von Hämatomen, keine verdächtigen Druckstellen an seinem Körper ... Nichts. Der Tote wurde von der Gerichtsmedizin zur näheren und endgültigen Untersuchung abgeholt. Die Beamten hätten überhaupt keinen Haustürschlüssel benötigt. Die Schiebetür zur Terrasse war nicht verschlossen. Ein Bademantel lag auf der Couch im Wohnzimmer. Eine halb volle Flasche Rotwein und ein leeres, gebrauchtes Glas standen auf dem Tisch. Der Inhalt der Flasche, sowie das Glas wurden ausgiebig nach fremden Fingerabdrücken und anderen Spuren untersucht ... negativ. Die Untersuchung der Amtsärzte ergab folgenden Sachverhalt: Der Tote war ertrunken und hatte 1,8 Promille Alkohol im Blut. Es war eindeutig Wasser aus dem Pool in seinen Lungen. Man hatte den Chlorgehalt analysiert und kam schließlich zu dem Ergebnis, dass es sich um einen tragischen Unfall gehandelt haben musste. Es gab keine Anzeichen auf Fremdverschulden.

Die Akte wurde geschlossen. Der leitende Beamte konnte sich nicht verkneifen, einen entscheidenden, letzten Satz auf die äußere Seite der Ermittlungspapiere zu schreiben: „Der tragische Unglücksfall zeigt, dass man der himmlischen Macht nicht entkommen kann. Zu viele Verbrechen hatte der Verunglückte auf sich geladen und auch wenn man das nicht beweisen konnte, eine höhere Kraft hat geurteilt."

Klaus Turmer, ein umgeschulter Gerichtsdiener hatte sich die Akte genau durchgelesen und diese handschriftliche letzte Erklärung des Kriminalisten faszinierte ihn. Immer wieder las er diese entscheidenden Sätze: „Eine höhere Macht hat geurteilt!" Dieser Augenblick veränderte sein Leben total. Bei einer weiteren Gerichtsverhandlung in Köln ging es um einen gerissenen Zuhälter, der auch im Milieu nicht unumstritten war. Mittelsmänner hatten verdeckt ermittelt und erfahren, dass ihm sogar nahe stehende Mitarbeiter alles, aber auch wirklich alles zutrauen würden. Er hatte ein Alibi und Aussagen von Unbeteiligten, die ihm wohl auch wieder zur Freiheit verhelfen sollten. Strahlend und siegessicher verließ er am Nachmittag als freier Bürger den Gerichtssaal. Drei Tage später war er tot. Er saß friedlich in seiner Küche, als man ihn fand. Die Putzfrau hatte sich über den penetranten Knoblauch-Geruch geärgert und zunächst alle Fenster in seinem Appartement aufgerissen. Erst dann hörte sie das leise Zischen in der Küche. Sie stellte den Gasherd ab und bemerkte ihren Chef, der am Tisch saß und den Kopf auf seinen Armen abgelegt hatte. Sie rüttelte ihn und sprach ihn an. Dabei rutschte er seitlich vom Stuhl und fiel auf den Rücken. Jetzt sah sie in seine weit aufgerissenen Augen und erkannte sofort, dass ein Krankenwagen sinnlos war. Der Wohnungsinhaber war tot. Sie wählte die 110.
Kommissar Schulze und sein Kollege Meyer, die eine halbe Stunde später in der Wohnung standen, schauten sich nur kurz

an. Sie hatten es langsam mit einer seltsamen Epidemie zu tun. Seit nunmehr sechs Monaten kamen auf seltsame Weise verdächtige, zum Teil sogar rechtskräftig verurteilte Täter durch Unfälle ums Leben. „Irgendeiner nimmt uns da unsere Arbeit ab!" meinte Schulze zu seinem Kollegen und schaute vorsichtig in Richtung Himmel. „Ja, aber das ist die unvorsichtige Art die solche Leute haben. Wie viele Verkehrstote gibt es jährlich? Da hast du nie danach gefragt, ob die Leute Dreck am Stecken hatten. So was passiert ständig!" Schulze musste sich eingestehen, dass er das auch nur so dahingesagt hatte, obwohl, seltsam war es doch! Diese Anhäufung von scheinbar simplen Zusammenhängen, die dann so ausgebuffte Schlitzohren dahinraffte. Er wollte das unbedingt im Auge behalten. Deshalb entwickelte er einen Plan. In seiner Freizeit suchte er sich Verhandlungen von Straftätern aus, die das Schwurgericht als äußerst brutal und heimtückisch ansahen. Solche Prozesse wollte er begleiten und beobachten. Nachdem er zwei Wochen lang vor Gericht die unterschiedlichsten Straftaten beobachtet hatte, war er mit diesen Erkenntnissen nicht einen einzigen Schritt weiter gekommen. War er mit seinen Vermutungen in einer Sackgasse gelandet? Sein Kollege Meyer war ohnehin nicht der gleichen Meinung. Eine Verhandlung wollte er sich noch antun. Beim Betreten des Zuschauerraumes fiel ihm diesmal ein früherer Kollege auf, der mit ihm in der Polizeischule gewesen war. Nun, hier in Justizuniform, war er offensichtlich jetzt als Gerichtsdiener angestellt. Vielleicht konnte der ihm bei den Besuchen weiterhelfen. Bevor die Verhandlung anfing, ging er noch einmal zurück auf den Gang und suchte nach ihm. Klaus Turmer erkannte ihn sofort wieder und versprach, nach Dienstschluss mit ihm ein Bier zu trinken. Dann könnte man alles in Ruhe besprechen, wie früher, als man sich noch häufiger getroffen hatte. Er konnte aus dieser laufenden

Verhandlung keinerlei Hinweise gewinnen und so versprach er sich von dem abendlichen Treffen mit seinem ehemaligen Kollegen schon sehr viel mehr. Er ging, von den Geschehnissen vor Gericht völlig unbeeindruckt, schließlich direkt nach Hause und erzählte seiner Freundin von seiner abendlichen Verabredung mit dem früheren Kollegen. Sie fand seine Idee gut, denn sie hatte die letzten Tage an ihm gemerkt wie sehr er sich mit seinen aktuellen Fällen befasste und wohl auch festgerannt hatte. Am dem Abend konnte sie endlich alleine mit einer Arbeitskollegin aus dem Krankenhaus ins Kino gehen. „Das passt gut!" sagte sie zu ihm: „Ich wollte schon lange mit Martha zusammen diesen Film sehen. Ein ausgesprochener Frauenfilm. Ich ruf sie gleich an. Die wird sich freuen, denn sie hat auch keinen Dienst, heute Abend."
„Es ist echt wichtig für mich. Ich habe da diesen alten Kollegen wiedergetroffen und stell dir mal vor: Der arbeitet beim Gericht und kann mir dadurch natürlich am besten weiterhelfen!" „Ich weiß, mein Schatz! Ich verstehe dich doch. Wären wir sonst noch zusammen? Du brauchst dich nicht zu entschuldigen. Bis elf werde ich unterwegs sein, dann warte ich in deiner Wohnung. Küsschen!" Pünktlich kam Hans in der kleinen Eckkneipe an und wurde schon von Klaus erwartet. „Mensch, warum haben wir uns nicht schon früher einmal hier getroffen? Was für ein Zufall. Bist du doch noch bei der Kripo gelandet, das war doch von Anfang an immer dein großer Traum gewesen." „Ja klar, wofür sollte ich sonst auf der Polizeischule gewesen sein!" Das traurige Gesicht von Klaus ließen ihn erkennen, dass der letzte Satz ziemlich unbedacht und plump von ihm rüber gekommen war. Wusste er doch erst seit heute Vormittag, dass Klaus nicht freiwillig zur Justiz gewechselt hatte. „Wie kam das? Du wolltest doch auch zur Kripo!"
„Ja, das wollte ich! Aber schon in den ersten Jahren bei der Verkehrspolizei hatte ich einen bösen Unfall und konnte ein

halbes Jahr nicht mehr arbeiten. Danach habe ich an mir gemerkt, dass sich zu viel verändert hatte. Nach der REHA wechselte ich dann zum Gericht. Der Innendienst bekommt mir besser. Aber jetzt zu dir! Wie geht es dir? Und wie geht es dieser … wie hieß die noch mal? Elke?" „Das ist schon lange vorbei!" er spürte, dass Klaus über die Umstände seines Unfalls nicht reden wollte. Trotzdem hakte er noch einmal nach: „Was war das denn für ein Unfall, der dich damals so aus der Bahn geschmissen hatte?" Sein Gegenüber machte kein begeistertes Gesicht: „Ich rede da nicht gerne drüber, verstehst du? Wenn du Träume hast und die werden so brutal und abrupt zerstört, dann musst du nur nach vorne schauen. Alles andere macht nur krank und bringt dich nicht weiter. Also was ist mit dir? Bist du glücklich bei der Kripo?" „Ja muss ich zugeben … obwohl …" „Was, obwohl?" „Ja, also im Augenblick sehe ich Gespenster! Da habe ich Fälle, die gar keine sind! Wir verfolgen und verhaften Mörder und Schwerverbrecher und danach werden diese Leute mangels Beweise freigesprochen. Das deprimiert mich schon sehr. Aber in letzter Zeit, da kommen manche dieser Verbrecher nach ihren Freisprüchen von alleine um. Durch ganz blöde, einfache Unfälle, so dumme Geschichten … und da fange ich an zu Grübeln!"
„Darüber grübelst du? Warum?" Er zuckte die Schulter: „Ich meine manchmal, das kann einfach nicht sein. Und doch sind es irgendwelche dummen Unfälle, die dazu geführt haben. Trotz Auswertung aller Indizien kommen mir manchmal solche Zweifel. Verstehst du das?" „Ja und weiter? Du sollst Fälle klären. Auch Unfälle sind Fälle. Willst du lieber Unschuldige als Mörder jagen? Was zweifelst du denn da an? Meinst du nicht, die Schuld, die diese Leute in sich tragen, lässt sie noch ruhig schlafen und unvorsichtiger werden?" „Ach ich weiß auch nicht, das war nur so ein Gedanke! So eine Idee, als würde das Schicksal uns die Fälle abnehmen." „Na dann mach

doch eine Statistik. Wie viele tödliche Verkehrsunfälle gibt es? Wie viele von den Opfern waren vorbestraft oder verdächtig!" „Gute Idee werde ich beherzigen!" „Was meinst du, was ich alles zu hören und zu sehen bekomme. Da darf man sich aber nicht so stark und intensiv von beeinflussen lassen. Das muss man einfach nur als Job ansehen. Aber wie geht es denn sonst? Bist du immer noch hinter jedem Rock her? Mein Gott! Du bist doch am Ende nicht sogar verheiratet?" Jetzt entspannte er sich langsam. Er hatte wohl zu viel Herzblut in seine Fälle gesteckt und musste wirklich sachlicher an diese Sachen herangehen, sonst würde ihn das wirklich auf Dauer kaputtmachen. Klaus hatte völlig Recht. Alle seine Mitarbeiter, sogar die Gerichtsmediziner, hatten die Unfälle als solche, ohne fremde Einwirkung gesehen. Er hatte heute Abend seine Meinung geändert. Das Gespräch verlief angenehm und kurz vor elf zuhause, kam auch Sabine gerade mit dem Auto zurück. Er war froh, sich mit Klaus getroffen und unterhalten zu haben und sah jetzt auch, dass die vergangenen Fälle tatsächlich nur reine Unfälle sein mussten. Eine zufällige Häufung von Unfällen, die nichts Ungewöhnliches oder Verdächtiges an sich hatten. Das hatte er doch auch im Theoretischen damals, vor vielen Jahren in der Polizeischule gelernt.

„Bitte erheben sie sich von ihren Plätzen!"
Der Gerichtsdiener kündigte die Urteilsverkündung an und kurz danach betraten die hohen Damen und Herren in ihren schwarzen Roben feierlich und langsam durch eine Tür an der getäfelten Wandseite den bis auf den letzten Zuschauer gefüllten Saal. Sie blieben hinter ihren Stühlen stehen und der Richter erhob als Erster seine Stimme. Er klappte seine mitgebrachte Mappe auf und las laut und deutlich vor: „Im Namen des Volkes ergeht folgendes Urteil: Der Angeklagte wird freigesprochen! Bitte setzten Sie sich! Die Erklärung."

Unverständliches Gemurmel folgte. Die Anwesenden setzten sich wieder und der Richter las weiter:" „Nach langer Beratung und Prüfung aller zur Verfügung stehenden Fakten können, ja dürfen wir den Ausführungen des Staatsanwaltes nicht Folge leisten!" Während der Richter seine Darstellung erläuterte, gratulierte der Anwalt seinem Schützling und nickte ihm aufmunternd zu. Der hörte schon gar nicht mehr weiter zu. Es hatte wieder mal vorzüglich nach Plan geklappt. Sein gekauftes Alibi war stichfest und keiner konnte ihn daraufhin verurteilen. Endlich schloss der Vorsitzende die Verhandlung und der Gerichtsdiener öffnete die großen Türen zum Flur. Sein Anwalt begleitete ihn nach draußen. Mit Genugtuung und Freude schaute er in die verdutzten Gesichter der Zeugen und Polizisten. Froh waren sie alle gewesen, als man endlich gemeint hatte genug Beweismaterial angesammelt zu haben. „Das langt für eine Verhaftung allemal aus. Den werden wir jetzt endgültig für Jahre aus dem Verkehr ziehen!" Das waren die überzeugten Hoffnungen und Wünsche der beteiligten Beamten gewesen. Man hatte sich schlichtweg wieder einmal vertan und diesen aalglatten Menschen weit unterschätzt. Der verabschiedete sich von seinem Anwalt und griff zu seinem Mobiltelefon. Jeder umherstehende Passant bekam sein Telefonat mit, als er seinen besten Freund anrief, ihn sofort abzuholen. Kurze Zeit später stieg er triumphierend ins Auto, öffnete das Seitenfenster und zeigte beim Abfahren den fassungslos Dastehenden die erhobene Faust. Wortlos und erschüttert standen sie da und zweifelten an der blinden Justiz. Er feierte seine Freilassung in einem seiner Klubs als privaten Erfolg und ließ sich am späten Abend mit einem Taxi nach Hause bringen. „Da müssen die etwas früher aufstehen, um den großen Joe reinzulegen." murmelte er vor sich hin.
Sechs Wochen war er in Untersuchungshaft und man war felsenfest von seiner Schuld überzeugt gewesen.

Selbst der Staatsanwalt hatte mit Genugtuung und Lob die Ermittlungen verfolgt und letztendlich Strafantrag gestellt. Es hatte alles nichts genutzt. Johannes Krieger war der ungekrönte König vom Kiez. Doch diesmal war er zu weit gegangen. Er hatte sich gehen lassen und seinen Geschäftsführer sowie einen Konkurrenten eiskalt erschossen. Keine Kleinigkeiten mehr … jetzt ging es um Totschlag oder sogar hinterlistigem Mord. Er lebte nach dem Wahlspruch: Es gibt nichts, was man nicht kaufen kann. Mit seinen fünfunddreißig Jahren war er noch sehr jung, aber sein kriminelles Konto war übervoll. Immer wieder gelang ihm der Freispruch oder das Einstellen seiner Verfahren. Er hatte dem Staatsanwalt mit einer Gegenklage gedroht, denn selbst Richter und Polizisten waren seine Gäste und durften sich in seinen Bars und Bordellen austoben.

Früh am nächsten Morgen klingelte sein Telefon. Ein Justizbeamter sprach von dem Irrtum seiner Verhaftung und einer finanziellen Wiedergutmachung. In seinem Fall war das eine Summe von € 2.000,-- Entschädigung für die Tage der Untersuchungshaft. Er könnte gleich bei ihm vorbeikommen und diese, ihm zustehende Summe direkt in bar auszahlen. Der Anruf war vorsorglich, damit er auch wirklich zuhause anzutreffen sei. Eine Stunde später kam ein kleiner, untersetzter Mann und zeigte ihm durch den Türschlitz seinen Dienstausweis. Mit seinem Zeigefinger verdeckte er geschickt seinen aufgedruckten Namen. Nur das Dienstsiegel und der Aufdruck „Justizbeamter" öffnete gewöhnlich jede Tür! „Ah ja, Sie hatten eben angerufen! Das ging aber schnell." Er entfernte die Vorhängekette und öffnete das zusätzliche Riegel-Schloss. Man konnte schließlich in der heutigen Zeit nicht vorsichtig genug sein. Er ließ den Beamten eintreten. Das Geld konnte er gut gebrauchen, wenn man seine Verhandlung schon so lange herausgezögert hatte, so durfte er sich im Nachhinein keinerlei Zweifel aussetzen. Er alleine wusste, dass nur das Geschick

seines Anwaltes und der skrupellosen Käufe von falschen Alibis ihn als alleinigen Schuldigen hatte verschonen lassen. Der Staatsdiener entschuldigte sich nochmals und zeigte ihm unbeholfen den mitgebrachten Brief. Er machte auf den eiskalten, nicht zu überführenden Mörder eine hilflose Figur. Lächelnd und überheblich bat der ihn in sein Wohnzimmer. „Setzen sie sich. Möchten sie etwas trinken? Einen Kaffee vielleicht?" „Nein, nein danke. Ich bin im Dienst!" Der Kriminelle konnte sich ein Lächeln nicht verkneifen: „Ich hole mir einen Kaffee, kleinen Augenblick. Dann können sie mir das Geld auszahlen! Sie haben es dabei?" Dienstbeflissen klopfte der Angesprochene auf seine Brust und nickte. Als Krieger mit dem Kaffee zurück ins Wohnzimmer kam, stand er auf und ging zu ihm: „Ich habe hier eine vorbereitete Quittung über das Geld. Wenn sie so lieb wären, hier zu unterschreiben ..." Lächelnd nahm er seinen Füllhalter und schraubte die Kappe ab. "Wo soll ich unterschreiben?" „Hier!" der Beamte beugte sich vor und presste ein getränktes Tuch fest auf sein Gesicht. Die andere Hand hielt seine Arme fest umschlungen. Der unverhoffte Angriff war wieder einmal gelungen. Ziemlich schnell sackte Krieger zusammen. Als er sich in der Küche den Kaffee geholte hatte, nutzte der untersetzte Mann die Zeit und zog seine obligatorischen Latexhandschuhe an.
Mit dem Betäubungslappen in der Hand war der Rest ein Kinderspiel. Nun ging alles routinemäßig wieder ganz fix. Er steckte den Brief und das Äther-getränkte Tuch in seine Tasche. Dann nahm er eine Ampulle mit starkem Betäubungsmittel und flößte den Inhalt in die leicht geöffneten Lippen seines wehrlosen Opfers. Die Tinktur war allgemein als sogenannte K.O. Tropfen bekannt und es wird eindringlich speziell in Diskotheken davor gewarnt, sein Glas unbeobachtet zu lassen. Weder im Speichel, noch im Blut würde man später Spuren von diesem teuflischen Betäubungsmittel finden, da der eigene

Körper diese toxischen Stoffe in einigen Stunden abgebaut hat. Das Präparat hatte er sich mit der Adresse seiner ahnungslosen Paten-Tante illegal über das Internet besorgt.

Der Ohnmächtige lag immer noch mit dem Kopf auf dem kleinen Wohnzimmertisch. Jetzt kam der finale Akt. Er nahm ihn vorsichtig an der Schulter und ließ ihn auf den Boden gleiten. Als alle anderen verräterischen Spuren beseitigt waren, schloss er alle Fenster und Türen. Dann ging er zu den zwei mobilen Heizkörpern und löschte die Brennkammer mit einer mitgebrachten, stickstoffhaltigen Druckflasche. Jetzt öffnete er komplett die Gaszufuhr. Das Butan, schwerer als Luft, strömte aus beiden Öffnungen und schlich unsichtbar über den Fußboden. Ungefähr zwei Meter von Krieger entfernt. Er setzte sich an die Tür und wartete. Das ausströmende Gas füllte den kleinen Raum schneller als gedacht. Er stellte sich und hielt ein Messgerät in Kniehöhe. Die Werte überschritten bei Weitem jedes atemfähige Luftgemisch. Er hielt die Luft an, presste sein Taschentuch vor die Nase und bückte sich zu seinem Opfer. Die Pupillen waren weit geöffnet und der Mund stand offen. Er konnte keinen Puls mehr fühlen. Krieger war erstickt. Jetzt erhob er sich, ging zu einen Seitenfenster und öffnete es. Tief sog er die frische Luft ein. Dann schloss er es und stellte einen Heizkörper ganz aus. Den anderen drehte er auf kleine Stufe, sie hatten ihre Aufgabe brillant erfüllt und ein defekter Heizkörper mit ausströmendem Gas würde die Todesursache erklären. Er verließ die Wohnung, ging zu seinem Auto und fuhr in die Nacht.

„Was? Wer sind Sie?" das Display auf seinem Telefon zeigte keine Rufnummer an. „Schmitz mein Name, Justizbeamter! Hat man Ihnen nicht gesagt, dass Sie einen Anspruch auf eine Entschädigung haben? Sind Sie gleich zuhause!" „Ja, ich bin zuhause, aber sagen Sie mal genau: was wollen Sie denn noch von mir?" „Ich will nichts von Ihnen. Ich bin beauftragt, Ihnen

diese Zahlung in bar nach Hause zu bringen!" „Zahlung? Welche Zahlung?" „Das sagte ich Ihnen eben bereits.
Sie waren drei Monate in Untersuchungshaft und bei der Verhandlung hat sich herausgestellt, dass man Ihnen nichts beweisen konnte. Also haben Sie ein Anrecht auf Entschädigung! In Ihrem Fall sind das ... einen Moment mal eben ..." der Angerufene hörte Blätter rascheln:
„Hier ist es € 2.350,-- in bar! Ich kann Ihnen das Geld sofort vorbeibringen. Ich bin in einer halben Stunde da!" „Super, das ist eine gute Nachricht! Sie wissen wo ich wohne?" „Steht doch alles in den Akten, bis gleich!" Ungeduldig hatte der Angerufene schon gewartet und war froh, als endlich die Türglocke anschlug. „Schmitz, Justizbeamter! Wir hatten telefoniert!" „Ich habe Sie erwartet. Kommen Sie herein!" Freudig ging der Wohnungsinhaber vor. „Ich kann Sie nicht ins Wohnzimmer bitten. Da ist noch alles unaufgeräumt. Kommen Sie bitte in die Küche!" Hier stand ein Tisch vor einer Essecke der zum Frühstück gedeckt: „Trinken Sie einen Kaffee mit mir?" Schmitz nickte und setzte sich auf die Eckbank. Schüchtern legte er die Aktentasche neben sich. „Sie tragen Lederhandschuhe? Bei dem heißen Wetter? Ungewöhnlich!" „Gar nicht ungewöhnlich! Glauben Sie mir! Es ist mir unangenehm, aber ich habe einen eitrigen Hautausschlag zwischen den Fingern und ich möchte nicht immer angeschaut werden!" Verständnisvoll nickte sein Gegenüber und holte eine zweite Tasse aus dem Schrank. „Das Geld? Haben Sie das Geld dabei?" er schaute zurück über seine Schulter und Schmitz klopfte zufrieden auf seine Brusttasche und lächelte ihm zu. Als er sich wieder dem Küchenschrank zugewandt hatte und gerade in der Schublade einen Teelöffel suchte, wurde ihm urplötzlich von hinten ein dicker, getränkter Lappen aufs Gesicht gepresst. „Hey, . . ."der Rest ging unter in einem Gemisch aus Stöhnen und Krächzen. Der wuchtige Körper

wurde von dem kleinen, stämmigen Mann aufgefangen und bei dem Versuch ihn leise auf dem Boden abzulegen, polterte es ziemlich laut. Einen Augenblick hielt Schmitz inne und lauschte … aber es tat sich nichts. Er zog die Handschuhe aus. Darunter trug er ein Paar aus Latex. Die zweite Tasse stellte er zurück in den Schrank. Jetzt öffnete er seine Aktentasche und holte eine verschlossene Blechdose und ein zugeschraubtes Glas heraus. Beides stellte er auf den Tisch. Das Glas wimmelte von eingefangenen Wespen. Vier Wochen lang hatte er auf seiner Terrasse mit halb gefüllten Cola, - und Limoflaschen diese Insekten lebend eingefangen. Er entfernte das zwei Mal umgewickelte Einmachgummi und öffnete die Blechdose. Dann entnahm er dem wattierten Inhalt eine Einwegspritze und ein kleines Reagenzglas. Er entfernte den Korken von dem Glas und zog die gelbliche Flüssigkeit mit der Spritze auf. Sein Opfer trug in der warmen Wohnung zum Glück nur eine kurze Jeans und ein T-Shirt. So stand ihm eine Vielzahl von nackten Körperflächen zur Verfügung. Er drückte mit der spitzen Kanüle mehrfach an verschiedenen Stellen ein paar Kubikmillimeter der hochgradig toxischen Flüssigkeit. Auch am Hals seines Opfers stieß er die Nadel unter die Haut. Als die Ampulle geleert war, füllte er den letzten Rest aus dem Reagenzglas in den Spritzkolben. Diesen Rest setzte er gezielt in die Arm-Beuge seines Opfers und leerte den Inhalt direkt in die Schlagader. Seelenruhig packte er alle Sachen zusammen und ließ nur das verschraubte Glas mit den lebenden Wespen auf dem Tisch stehen. Er zog die Gardine beiseite, öffnete das Küchenfenster einen kleinen Spalt und legte ein Handtuch auf die Fensterbank, damit das Fenster nicht wieder zuschlagen konnte. Jetzt schmierte er großzügig Honig und Marmelade auf zwei Schnitten Brot und ließ auch diese Gläser offen. Er kniete sich neben sein Opfer auf den Fußboden und kontrollierte seinen Pulsschlag. Nichts! Sein Opfer war schon tot.

Das mühsam mit einer Pinzette aus einer Vielzahl von lebenden Wespen gewonnene Gift hatte, in den Körper seines Opfers geimpft, einen toxischen Schock ausgelöst. Er ging zur Tür, öffnete sie und legte seine Tasche im Wohnungsflur ab. Jetzt drehte er den Metalldeckel des Glases ab und schüttelte die Insekten in die Küche. Wild summend verteilten sich die gelbschwarz gestreiften Plagegeister in der gesamten Küche. Sie fielen über das Frühstück her und Schmitz verschloss vorsichtig sein mitgebrachtes Glas wieder. Ein paar Tiere hatten ihr Gefängnis nicht verlassen, aber in der Wohnung waren genug Insekten verteilt, um eine eindeutige Todesursache zu bestimmen: Zu viele Wespenstiche hatte der Mann nicht verkraftet. Wieder mal ein dummer Unfall.

Die Gerichtsverhandlung endete mit der Beweisaufnahme und beim Verkünden des Urteils musste der Richter eingestehen, dass zu wenige verwertbare Sachen von der Staatsanwaltschaft vorgelegt worden war. Der Angeklagte musste vom Vorwurf des heimtückischen, hinterhältigen Mordes freigesprochen werden. Er brachte zwar noch sein Bedauern zum Ausdruck, dass er menschlich überzeugt wäre, dass die Tat vorsätzlich und aus niederen Beweggründen verübt worden war. Eine überzeugende Täterschaft des Angeklagten war jedoch nicht zu beweisen. Lächelnd und überheblich stand der Angeklagte auf und hielt demonstrativ seine, mit Handschellen zusammen gefesselten Hände dem Richter entgegen.
Der konnte nicht anders und gab dem Gerichtsdiener einen Wink. Mit dem Schlüssel für die Armreifen ging dieser zur Anklagebank und befreite dessen Hände.
Der zuckte nur kurz auf und rieb sich sein leicht blutendes Handgelenk. Kopfschüttelnd entfernte sich der Beamte, säuberte die Eisenringe und legte sie auf das Richterpult. Der Freigesprochene ging mit seinem Anwalt zum Auto. „Gehen

Sie vorerst nicht in die Öffentlichkeit, es ist etwas im Gange."
flüsterte er: „Einige, der Freigesprochenen hatten seltsame
Unfälle und ich möchte keinen weiteren Zwischenfall. Ich habe
ein Ferienhaus im Westerwald, ihr Quartier für ein paar Tage!"
„Wenn Sie meinen, dass das hilft!" Sie fuhren in Köln auf die
Autobahn in Richtung Frankfurt. Erleichtert kamen sie in dem
Reihenhäuschen in der Siedlung an und eine Haushälterin
versorgte den Freigesprochenen für die kommenden Tage zur
Untermiete, doch es geschah nichts Ungewöhnliches.
Gelangweilt telefonierte er mit seinem Anwalt und kündigte
ihm nach zehn Tagen an, dass er wieder zurückwollte.
„Hirngespinste, nichts weiter!" äußerte er am Telefon,
„keinerlei Beweise für solch dumme Späße! Wer sollte einen
tödlichen Unfall so konstruieren können, dass selbst die Polizei
machtlos daneben steht und im Trüben fischt. Es waren doch
nachweislich keine fremden Personen an den Unfällen
beteiligt! Das haben Sie mir doch noch selbst gesagt. Ich
komme jetzt zurück!" Er rieb seine geschwollene Hand und
setzte sich in das bestellte Taxi. „Diese verfluchte Hand, wo
habe ich mir diese Verstauchung nur geholt? Und die Achsel ist
auch geschwollen!" flüsterte er. Endlich zuhause angekommen
war ihm, wie die letzten Tage so oft, wieder einmal richtig
schlecht. Sein Kreislauf schien wieder mal verrückt zu spielen!
„Das muss das Wetter sein, ich werde alt." Er trank ein Glas
Wasser und legte sich ins Bett … Die Lymphdrüse unter der
linken Achselhöhle war stark angeschwollen und konnte die
vergiftete Flüssigkeit nicht mehr zurückhalten. Jetzt erreichte
es sein Herz und legte es für immer lahm. Er stand nicht mehr
auf! Er hatte eine schlimme Blutvergiftung missachtet und der
rötlich verfärbte Strich vom Handgelenk den Unterarm hoch,
zeugte von dem vergiftetem Blut. Bevor er die Augen für
immer schloss, dachte er noch an den Gerichtsdiener, der ihn
von den Handschellen befreit hatte. Hatte der ihn verletzt?

Warum hatte er beim Aufschließen seiner Handfesseln zwei kleine Kratzer am Handgelenk gehabt, die kaum geblutet hatten? Er erfuhr es nicht mehr, doch er hatte recht gehabt. Der Gerichtsdiener war es gewesen. Den Nagel hatte er ziemlich lange in der toten Ratte in seinem Schuppen stecken gelassen. Und mit dem kleinen Riss hatte er sehr viel bei ihm bewirken können! Und dass diese Verletzung so schlimm sein könnte, daran hatte sein Opfer wirklich in dem Moment nicht gedacht! Blutvergiftung. Leichtsinniger Unfall! Die Häufung der Todesfälle war zwar ungewöhnlich, jedoch ließ sich auch nach intensiven Nachforschungen kein Fremdverschulden feststellen. Auch war keine klare Linie zu erkennen war, keinerlei Zusammenhänge … außer vielleicht, dass es sich um angeklagte, dann jedoch nicht rechtskräftig verurteile Menschen handelte. Von der Rentnerin, die im Hochhaus neben so vielen Mietern alleine verhungert war, einmal abgesehen. Die Todesumstände waren so unterschiedlich, dass man beim besten Willen keinerlei Zusammenhänge erkennen konnte. Man schloss eine Akte nach der anderen und legte sie alle ab, unter der Bezeichnung: „Tödliche Unfälle ohne Fremdverschulden" Hier irrte man sich gewaltig, denn man hatte einen gerissenen Einzeltäter vor sich.

Turmer erinnerte sich nur allzu ungern an diese düstere Zeit nach dem Überfall: Während der REHA, der psychologischen Betreuung und der Umschulung hatte er sich nicht einen einzigen Tag das Geringste anmerken lassen. Er hatte immer vorgegeben, sein strenger Glauben würde ihm helfen, sein Leid zu überstehen und den Tätern zu vergeben. Seinen grenzenlosen Hass verbarg er geschickt, und die geballte Faust in seiner Hosentasche sah niemand. Fürsorglich suchte man zusammen mit ihm einen neuen Wirkungskreis, einen neuen Job. Seinen alten Beruf konnte er nicht mehr ausüben. Die Umschulung lenkte ihn ab und sein Umfeld bemühte sich stets,

ihm zur Seite zu stehen. Er musste sich Akten durchlesen, Gesetze und Auslegungen studieren. Er legte sich mächtig ins Zeug. Die Mitarbeiter schmunzelten: Wollte er Staatsanwalt oder Richter werden? „So viel brauchen Sie nun auch wieder nicht zu lernen! Das Grundwissen langt allemal!" Er nickte zustimmend, aber für ihn stand fest, so viel wie möglich von der Gesetzgebung und den Auswirkungen vor Gericht zu verstehen. Als der absolute Musterschüler konnte er nach einem halben Jahr vom Verkehrsgericht ins Schwurgericht wechseln, denn er hatte schnell gelernt und sich sehr gut eingearbeitet in die juristischen Abläufe. Klaus Turmer konnte als Gerichtsdiener natürlich alle Akten bei Gericht einsehen.
Es kam unvermittelt endlich auch sein großer Tag.
Der Tag, der eine Entscheidung bringen, und sein Leben noch einmal völlig verändern sollte. Dieses Ereignis konnte ihn für alle Zeiten von dem falsch verstandenen Gerechtigkeitswahn heilen. Es erregte und erschütterte ihn zutiefst, als er von dem angeblichen Kleinkriminellen las, der da soeben dingfest gemacht worden war. Die farbigen Polizeifotos mit den Kontrollnummern darunter trafen ihn wie ein Blitz, denn darauf hatte er seit dem schweren „Überfall" bisher immer vergebens gewartet. Es war wie Weihnachten und Ostern zugleich. Das war sein damaliger Peiniger! Wer könnte diese Augen je vergessen? Diesen eriskalten, berechnenden Blick? Es bestand kein Zweifel! Er fotokopierte die Fotos, die Adresse und den gesamten Polizeibericht und ging damit in die Kantine. So früh am Tag war hier kaum einer zum Frühstück. Er musste einen kühlen Kopf bewahren und zunächst diese Verhaftung verkraften. Als er vor seinem Kaffee saß schaute er zaghaft in die Aktenmappe mit den Kopien. Lichtblitze zuckten durch seinen Kopf und er sah sich unvermittelt an jenem unheilvollen Tag wieder im Streifenwagen sitzen, … Sein Kollege steuerte das Auto langsam durch die nächtliche Fußgängerzone und

machte seine üblichen, trockenen Witze. Oh, wie er das all die Jahre vermisst hatte. Er sah seinen Begleiter von der Seite an. Polizeianwärter Wolfgang Franz, sportlich, durchtrainiert und wie immer guter Laune. Unwillkürlich stiegen Tränen der Trauer in seine Augen. Er schüttelte den Kopf, als könnte er die Vergangenheit abschütteln oder zumindest verändern. „Grübelst du schon wieder? Was hat dir dein Therapeut gesagt: Dich trifft keine Schuld!" Erschrocken drehte sich Klaus um. Da stand einer der Staatsanwälte hinter ihm. Natürlich kannte man hier am Gericht seine traurige Vorgeschichte und versuchte so gut es ging, ihn zu unterstützen und ihm zu helfen. „Ach ja, manchmal überkommt es mich halt. Ist die Jahreszeit, ich weiß auch nicht!" Der Staatsbeamte drückte seine Schulter und nickte ihm aufmunternd zu: „Wird schon werden. Die Zeit heilt alle Wunden!" er ging langsam zur Tür und drehte sich mit einem kurzen Lächeln noch einmal zu ihm um. Höflich lächelte Klaus zurück. „Meine Wunden sind zu tief," murmelte er zu sich selbst, „die verheilen erst, wenn ich Genugtuung verspüre!" In Gedanken saß er wieder neben seinem Kollegen, der für ihn gleichzeitig Partner und Freund war, als dieser verhängnisvolle Funkspruch von der Zentrale kam: „Peter zwo, bitte kommen!" Er nahm das kleine Mikrofon aus der Halterung, schaltete den Sprechknopf ein und legte das spiralförmige Kabel neben sein Knie: „Peter zwo hört!" „Wo sind sie?" „Wir sind in der Fußgängerzone, Hohe Straße Ecke Schildergasse, an dem Brunnen mit dem Obelisken!" „Sehr gut! Fahren sie sofort runter zum Heumarkt, Richtung Rhein. Ein Anwohner hat dort in unmittelbarer Nähe mehrere Schüsse gehört. Seid vorsichtig!" „Verstanden Ende!" Während Klaus das Blaulicht und die Sirene einschaltete, gab sein Kollege Gas. Er war ein sehr umsichtiger und guter Fahrer. Keine zehn Minuten später waren sie am Heumarkt. Sie schalteten Blaulicht und Sirene aus und ließen den Wagen auf dem großen

Platz ausrollen. Wolfgang öffnete seine Tür und stieg aus. Er schaute sich nach allen Seiten um, zuckte mit der Schulter und deutete mit dem Kopf in die andere Richtung. Beide Beamte nahmen ihre Pistolen und entsicherten sie. Wolfgang wollte an den Parkbänken vorbei gehen, als ein dumpfes Geräusch erklang. Klaus drehte sich blitzschnell um und sah seinen Kollegen blutüberströmt halb hinter dem Auto liegen: Eine Falle! Jetzt drehte auch Klaus sich um. Er konnte dem Baseballschläger nicht mehr ausweichen. Für einen kurzen Moment reagierte er instinktiv und duckte sich ab. Der mit viel Wucht ausgeübte Schlag streifte seine Schulter und er wurde herumgerissen. Er lag auf seinem schmerzenden Rücken und sah jetzt die zwei Typen direkt vor sich stehen. Der eine hatte sich gebückt und ihm seine Dienstwaffe entrissen. Dabei sah er ihm ganz nah unmittelbar in die Augen. Diesen eiskalten Blick würde er ab jetzt nie wieder vergessen. Ohne auch nur ein Wort zu sagen schoss dieser Mensch auf ihn. Drei Schüsse hörte er, dann umgab ihn Stille. Erst im Krankenhaus erfuhr er Wochen danach, was mit ihnen passiert war. Zwei Männer hatten einen fingierten Anruf abgesetzt, um in einem Hinterhalt an ihre Dienstwaffen zu kommen. Sein Kollege war tot. Das hatten sie auch von ihm gedacht. Die vorgeschriebenen Schutzwesten hatten zwar bei dem fürchterlichen Schlag seinem Freund nicht helfen können, aber bei den Schüssen aus seiner eigenen Pistole hatte sie bei ihm das Schlimmste verhindert. Trotzdem lag er sechs Monate auf der Intensivstation. Man hatte einen Lungenriss, mehrere Rippenbrüche, doppelten Armbruch und Nierenquetschungen diagnostiziert. Noch heute litt er an den Folgen. Er konnte den Polizeidienst nicht mehr aufnehmen und wurde umgeschult. Die Täter wurden nie gefasst.

Bis jetzt, denn auf dem Bild der letzten Festnahme hatte er diesen Killer wieder erkannt, aber diese Identifizierung seines Peinigers jetzt seinen Kollegen mitzuteilen, kam für ihn nicht in Betracht. Zu oft schon hatte er solche Verhandlungen im Gerichtssaal aktiv begleitet. Eine Erkenntnis, die er als seinen Leitspruch angenommen hatte, war: Vor Gericht wird es nie wahre Gerechtigkeit geben. Es wird lediglich ein Urteil gefällt. Alles ist relativ. Was für den einen links ist, ist für den nächsten rechts. Und dann immer wieder diese gleichen Ausreden: Schlechte Kindheit; bin selbst Opfer und als Kind geschlagen worden … jedes Mal, wenn er solche Sachen im Dienst gehört hatte, dachte er an seinen Freund. Den hatte man ohne Vorwarnung einfach totgeschlagen. Wegen der schlechten Kindheit oder der frühen Scheidung der Eltern des Täters, womöglich? Wieso musste die Gesellschaft darunter leiden, wenn andere im Leben versagt hatten? Jeder ist für sein eigenes Leben und seine Taten selbst und ganz alleine verantwortlich! Man kann doch nicht die Schuld für sein eigenes Tun mit fadenscheinigen Begründungen auf seine Vorfahren abwälzen! Er dachte sich jetzt wieder in diese, seine schützende, alte Denkweise zurück! Die ganze Therapie war bei ihm umsonst gewesen, er hatte sich nicht wirklich innerlich verändern können. Aber das sollte keiner merken, denn mit einer solchen Meinung war man vor Gericht untragbar. Er ballte seine Faust und verbarg seine aufkeimende Wut und seinen unbändigen Zorn. Für diesen Täter würde er eine ganz besondere Überraschung bereithalten. Hoffentlich würde er schnell wieder frei gesprochen, denn während der U-Haft waren ihm die Hände gebunden. Als er zwei Tage später routinemäßig nach den aktuellen Fällen fragte, erfuhr er nebenbei, dass der besagte Täter heute entlassen werden musste. Man würde zwar ein Verfahren eröffnen, aber da er einen festen Wohnsitz hatte, konnte er nicht länger hier behalten werden. Das wäre sonst Freiheitsberaubung. Zwei Tage später klingelte das Telefon von dem soeben Freigelassenen. Der Justizbeamte Schmitz wollte seine „imaginäre" Entschädigung loswerden.

Als ihm die Wohnungstür geöffnet wurde, schlug das Herz von Klaus Turmer, alias Schmitz, bis zum Hals. Das erste Mal während seines Feldzuges zeigte er Emotionen. Er atmete schneller als sonst und musste sich sehr beherrschen. Diese innerliche Erregung könnte sein Verhängnis werden, das wusste er. Aber dieser Besuch würde für ihn der letzte dieser Art sein. Mit diesem Besuch würde er sein Gleichgewicht wieder finden und Hoffnung schöpfen auf eine gewisse Gerechtigkeit, auch wenn er sie selbst herbeigeholt hatte. Sein Gegenüber war, wie alle Aufgesuchten vorher, vom angeblichen zu erwartenden Geld geblendet. Auch er bat ihn freundlich in seine Wohnung. Turmer konnte seinem Gegenüber das erste Mal nicht in die stahlgrauen, eiskalten Augen blicken. Würde der Täter ihn erkennen? Würde sein Plan in letzter Sekunde scheitern?
Die innere Anspannung war für ihn diesmal besonders groß. Trotzdem, und vielleicht gerade mit dem Hass im Nacken, war er professionell und routinemäßig vorgegangen und hatte seine notwendige Arbeit wieder mit Erfolg gekrönt. Das zu erwartende Geld hatte beim Opfer jegliche Vorsicht ausgeschaltet. Nachdem er, wie so viele vor ihm, betäubt am Boden lag, verwarf er alle Vorkehrungen. Der Bewusstlose lag auf dem Rücken in der Küche. Er legte den Kopf seines Opfers zur Seite und holte einen Bleistift aus seiner Jackentasche. „Schuldig …" murmelte er, und ließ die Grafit-spitze in den Gehörgang seines Opfers gleiten. Der Stift drehte sich, im Ohr steckend, wie ein Kreisel. Mit den Latexhandschuhen hielt er ihn mittig vom Ohr fest: „Für Polizeianwärter Wolfi Franz!" sagte er und schlug mit der anderen flachen Hand den Stift tief ins Ohr. - Keine Reaktion. Ungefähr fünf Zentimeter schaute das grüne Stückchen Holz noch heraus. Kräftig, mit einem Papiertaschentuch abstreifend, zog er den Stift gewaltsam heraus. Er war eklig verfärbt. Mit dem Papier reinigte er ihn

und wickelte die Spitze damit ein. Das Schreibgerät war ungehindert ins Gehirn des Mannes eingedrungen. ... Er war auf der Stelle tot. Nachdem er ein hoffentlich allerletztes Mal wieder alle Spuren beseitigt hatte, zog er seine Lederhandschuhe über seine gummierten Hände und verließ die Wohnung und schließlich auch das Haus. In der Seitenstraße spielten die Kinder. Fußgänger unterhielten sich auf dem Bürgersteig, Autos fuhren langsam durch die Straßen. Vögel zwitscherten in den Bäumen, die Welt drehte sich wieder weiter, als wäre das alles überhaupt nicht geschehen, als wäre er aus einem Albtraum erwacht. Befreit und als neuer Mensch ging er nach Hause und sammelte alle verräterischen Sachen in einem Pappkarton: Gläser, Einwegspritzen, Latexhandschuhe, Stickstoffsprühflasche und natürlich, Bleistift und Papier. Er entsorgte alles mit gewohnter Sorgfalt und Präzision in verschiedenen Stadtteilen und den unterschiedlichsten Mülleimern und Containern. Es gab für die Polizei auch in diesem letzten Fall keinen Hinweis auch nur im Entferntesten an ein Verbrechen, also an Fremdverschulden zu denken.
Der arme Kerl war an eingetretenem Gehirnbluten plötzlich verstorben. Ein aufgeplatztes Aneurysma, eine Aussackung der Ypsilon - förmigen Hauptschlagader, die zum Gehirn führt, war wohl die Todesursache.

      Klaus Turmer wurde nie verdächtigt.
Es hatte sich nach Ansicht der Ermittler bei den Todesfällen um tragische „Unfälle" gehandelt. Ein Tatbestand, der zu keiner Zeit eine andere Überlegung zugelassen hatte. Man hatte keinen Anlass, Ermittlungen gegen Unbekannt aufzunehmen. Der Gerichtsdiener machte weitere Fortbildungen, besuchte weitere Lehrgänge, hatte sich hochgearbeitet und ist jetzt im gehobenen Dienst beim Gericht tätig. Er ist freundlich, ausgeglichen und hat viele gute Freunde und Bekannte. Er scheint seine schlimme Vergangenheit bewältigt zu haben.

Ausgetrickst!

Kapitel 1

„Und hier ist wieder Verena, in allen Lebensfragen deine persönliche Telefonberaterin. Hast du Sorgen? Kummer? Dann melde dich! Meine Telefonnummer ist die 0221 XXXXXX Und da klingelt es auch schon! Wen haben wir denn diesmal in der Leitung?" Die nächtliche Radiosendung startete, wie üblich auch heute wieder genau um 0.00 h. Die Moderatorin rückte ihre Kopfhörer zurecht und drückte den blinkenden Knopf: „Hallo? … ich weiß nicht mehr weiter, ich muss einfach mit jemandem sprechen!" Eine männliche Stimme war am Telefon. „Nur Mut! Ich beiße nicht. Wie ist denn Ihr Name? Oder darf ich du sagen?" Der Angesprochene ging nur auf die erste Frage ein und antwortete kurz und schlicht: „Kurt! Nennen Sie mich einfach nur Kurt!" „Also gut Kurt. Worum geht es denn?" „Es geht um mich und meine Freundin! Normalerweise ist alles in Ordnung. Und wir sind auch sehr glücklich, … wenn da …, wenn da nicht etwas zwischen uns stehen würde!" „Etwas? Was steht denn da zwischen euch?" „Na, ihr Ehemann, der weiß seit zwei Jahren immer noch nichts von unserer innigen Beziehung!" „Ah, ja! Also ihr betreibt Ehebruch, setzt dem Mann Hörner auf und wollt jetzt von mir einen Rat?" „Keinen Rat! Ich will nicht mehr leben! Ich kann und will das nicht mehr! Sie erzählt mir immer wieder, wie schlimm ihr Mann angeblich zu ihr ist, und dann … dann sehe ich, dass er ein Supertyp zu sein scheint, einer der seine Frau von ganzem Herzen aufrichtig liebt!"

Die Moderatorin wollte schon die nächste Frage stellen, weil eine lange Pause entstanden war. Doch dann redete der Anrufer plötzlich unaufgefordert weiter: „Ich wollte mit ihr zusammen sein! Immer, auch tagsüber, und nachts! Ich wollte sie fragen, ob sie mich heiratet. Ich wollte endlich eine Entscheidung herbeizwingen!" Er machte zwar jetzt größere Sprechpausen, aber nur so konnte oder wollte er sich offensichtlich mitteilen: „Ich bin zu ihrem Haus gefahren. Sie hatte mir gesagt, dass wir uns ein paar Tage nicht sehen könnten, da sie angeblich dringend zu ihrer Mutter müsste." Wieder hörte man ihn tief durchatmen: „Ich wollte das Haus sehen, wo sie wohnte, und die Gegend, in der sie so unglücklich war. Ich hielt den Wagen eine Straße weiter an, stieg aus und ging zurück. Es war ein freistehendes, großes Haus mit schönem Grundstück und einem sehr gepflegtem Rasen." Jetzt blieb eine längere Pause und so stellte sie die nächste Frage, um das Gespräch in Fluss zu halten: „Und Sie kannten das Haus bis zu diesem Zeitpunkt nicht? Wo hatten Sie sich denn immer getroffen?" Wieder ging er auf diese Frage nicht ein und erzählte seine Geschichte weiter: „Bei ihrer Mutter würde sie sein, hatte sie mir gesagt! Verstehen Sie mich? Und das stimmte nicht! Ich hörte sie schon auf der Straße laut lachen. Sie war zusammen mit ihrem Mann, ich erkannte ihn von Fotos sofort wieder, sie war mit ihm im Garten. Sie spielten Nachlaufen! Nachlaufen! Für mich brach eine ganze Welt zusammen! Eine seit Jahren angeblich sehr unglücklich verheiratete, vierzigjährige Frau turtelt mit ihrem "bösen" Mann? Ich verstehe das nicht! So zärtlich, wie er sie anschließend geküsst hat und mit ihr ins Haus ging … Sie konnte unmöglich mit ihm so unglücklich sein, wie sie mir immer wieder glaubhaft erzählt hatte." Resigniert kam er nach einer weiteren langen Pause zu der Erkenntnis: „Sie hat mich wohl all die Jahre belogen und will sich überhaupt nicht von ihrem Mann trennen! Ich fragte mich sofort, ob ich bei ihnen anrufen und ihm erklären sollte, seit wann ich mit seiner Frau ein Verhältnis habe, aber …" Jetzt dauerte die Pause sehr lange, jedoch wollte Verena seinen Gedankengang nicht stören und wartete erst einmal ab. Als die Pause zu lange zu werden drohte, wollte sie schon den Redefluss neu beeinflussen, als er

sich doch wieder meldete. Diesmal mit energischer, gefasster Stimme sagte er nur diese beiden Sätze: „Aber dann habe ich mich für diese einzig richtige Lösung entschieden! Ich gehe! Ich werde aus dem Leben scheiden!" Jetzt durfte keine Pause mehr entstehen, denn diese Androhung musste sehr ernst genommen werden. Die Moderatorin war gut ausgebildet und auf ihren heiklen Job vorbereitet, also musste sie jetzt schnell handeln, denn das Gespräch bekam plötzlich eine dramatische Wendung: „Hallo, Kurt … woran denkst du denn da? Das ist doch keine Lösung! Das ist niemals eine Lösung!" Sie ertappte sich dabei, dass sie ihren Anrufer jetzt duzte. Sie musste Zeit gewinnen. Ihr musste eine schnelle Lösung einfallen: „Wenn du mit der Situation nicht klarkommst, dann verstehe ich das. Aber Selbstmord? Warum?" Diesmal dauerte es nur kurz, dann kam seine entschlossene, sehr gefasste Antwort:
„Verena, wissen Sie von wo ich jetzt gerade anrufe?
Wissen Sie, wo ich im Augenblick stehe? Ich bin hier in Köln auf einer sehr hohen Brücke und es ist bitterkalt! Ich habe meine Seele erleichtert und Ihnen gesagt, was zu sagen war. Sie wissen ja auch keine Lösung! Ich werde jetzt springen und Sie können mich nicht mehr davon abbringen …!"
Sie war erschrocken und versuchte alles, um das Gespräch nicht einseitig enden zu lassen. Also redete sie weiter: „Kurt sprechen wir noch etwas miteinander …" Während sie das sagte, hörte sie einen dumpfen Schlag und das Rauschen von Wasser … dann war nur noch ein Dauerpiepton zu hören. Offensichtlich war es ihr nicht gelungen, diesen angekündigten Suizid zu verhindern. Das war ihr sofort klar und hinterließ einen sehr bitteren Nachgeschmack. Sie waren in den psychologischen Lehrgängen immer wieder mit solchen Situationen konfrontiert worden, aber es ist doch ein Unterschied, ob man in einem Seminar sitzt und solche Sachen sozusagen in Trockenübung miteinander diskutiert, oder ob

man "live" auf Sendung ist. Ihre anfängliche, große Sorge betraf sofort auch ihre Sicht auf die heutige Zuhörerquote! Wie würde sich das auf die nächsten Sendungen auswirken? Würde man sich abwenden oder sensationslüstern gerade jetzt weiter zuhören? Sie ließ ein Musikstück einblenden und informierte umgehend die Polizei. Eine halbe Stunde später saßen zwei Kriminalbeamte in einem Büro des Radiosenders und ließen sich das Band von dem nächtlichen Anrufer noch einmal vorspielen. Sie bedankten sich bei der Moderatorin und erklärten ihr, dass sie im Grunde von Anfang an machtlos gewesen war und alles Richtige versucht hatte. Die Beamten trösteten sie: „Wenn einer so etwas vorhat, dann sind Sie zum Zuhören verurteilt. Er will sich einfach nur für seine bevorstehende Tat rechtfertigen!" Sie beschlagnahmten das Tonband und nahmen es für weitere Untersuchungen mit aufs Revier. Aufgrund dieses Telefonates konnte man jetzt und in diesem Augenblick in den eiskalten Morgenstunden unmöglich den ganzen Rhein absuchen? Wenn man wenigstens wüsste, von welcher Brücke in Köln der Anruf gekommen war.
Eine sehr hohe? Wenn wir ganz tief südlich anfangen, dann sind da zunächst die Rodenkirchener, - dann die Süd, - und danach eine Eisenbahnbrücke. Aber man hatte die ganze Zeit über keine lauten Verkehrsgeräusche gehört. Severins, - Deutzer, - Hohenzollern, - Zoo, - und schließlich die Mühlheimer Brücke, der Rheinübergang zur "Schäl Sick"! (So nennt man die rechte Rheinseite.) Na also die Geländer sind alle so ziemlich gleich hoch über dem Wasserspiegel, aber wer bei diesen Wetterverhältnissen so etwas macht, der muss schon ausgesprochen krank oder verzweifelt sein.
Überlebenschancen rechneten sie dem Kandidaten sowieso keine mehr ein. Im Gegenteil! Der Rheinpegel war durch das Tauwetter in den vergangenen Tagen sehr stark gestiegen und die Strömung hatte sich entsprechend reißend entwickelt,

sodass sogar die Schifffahrt eingestellt werden musste. Man konnte im Prinzip nichts anderes machen, als einfach abzuwarten. Wenn er überhaupt noch einmal auftauchen würde. Trotzdem schickten sie einen Streifenwagen runter nach Rodenkirchen, um von dort an wenigstens die Brücken abgefahren zu haben. Als der Wagen nach zwei Stunden wieder im Revier war, schüttelten der Fahrer und sein Begleiter beim Betreten der Räume nur ihre Köpfe und hoben anschließend resigniert ihre Schultern. „Na ja, haben wir wenigstens unsere Schuldigkeit getan," war die Meinung des Leiters. Die Kollegen nickten ihm stumm zu.

Zwei Wochen später tat sich in dem Fall tatsächlich doch noch etwas. Man hatte Glück im Unglück! Wenn man bei dem tragischen Fall überhaupt von Glück sprechen kann. Das Hochwasser war mittlerweile zurückgegangen. Und der Rhein hinterließ an seinen Ufern allerlei Müll und sonstigen Unrat. Stadtauswärts, Richtung Dormagen macht der Fluss hinter Köln mehrere enge Schleifen. Zwischen Zons und Neuss wurde man fündig.14 Tage nach diesem nächtlichen Anruf im Sender fand hier ein Spaziergänger die angeschwemmte Leiche eines Mannes. Zwischen Baumstämmen und Plastiktüten, leeren Dosen und Flaschen, da lag der arme Kerl. Zunächst hatte man geglaubt, es handele sich um eine Schaufensterpuppe. Die unwirklich weiße, schlaffe Haut und das aufgequollene Gesicht machten bei näherer Betrachtung den ersten Eindruck jedoch schnell zunichte. Die mitgeführten Papiere und die anschließende Obduktion ergaben eindeutig, dass es sich um einen gewissen: Kurt Hamberg handelte. Er wohnte in Köln, war nicht verheiratet und verdiente als Hotelangestellter in einem Nobelhaus am Platz sein Geld. Nachbarn und Freunde wussten von einer Affäre, die er sehr ernst genommen hatte. Sie machte ihn aber zugleich auch unglücklich, da diese Frau verheiratet war. Das hatte er auch seinen Freunden mehrfach erzählt. In seinen Unterlagen suchte und fand man schließlich seinen Namen und seine Anschrift, sowie auch die Telefonnummer von dieser Frau. Durch diesen Vornamen, "Kurt", und die Parallele zu dem nächtlichen Anruf kam man auf das Tonband zurück. Der im Radio angekündigte Selbstmord ersetzte den obligatorischen Abschiedsbrief und der Fall wurde schließlich zu den Akten gelegt.

Kapitel 2

„Liebling kommst du?" Sven Timmann lehnte an der Autotür seines Wagens, den er gerade aus der Garage gefahren hatte. Er wollte mit seiner Frau in die Stadt einkaufen fahren. Es dauert zwar immer noch eine Weile, wenn seine Frau zu ihm sagte: „So, ich bin fertig! Wir können gehen!" Er fiel auch immer wieder auf diesen Spruch rein, aber er hatte diesmal den Motor wieder abgestellt, die Garage verschlossen und die Schneeschaufel in den Schuppen zurückgebracht. Trotzdem war von seiner Frau immer noch nichts zu sehen. Vorsichtig öffnete er wieder die Haustür und ging durch den Flur, hier unten war sie nicht. Er versuchte, ein Knarren der Stufen zu vermeiden, als er die alte Treppe wieder nach oben ging. Auch im Schlafzimmer war sie nicht! Als er gerade dabei war wieder nach unten zu gehen, hörte er ein unterdrücktes Schluchzen aus dem Bad: „Schatz? Bist du da drin?" Statt einer Antwort hörte er augenblicklich den Abfluss der Spülung und ein hektisches Gewühl. Anschließend kam ein zögerliches, leises: „Ja! Ja ich komme sofort! Augenblick noch!" Mittlerweile kannte er diese seltsame Ankündigung, die dann stundenlang nichts folgen ließ. Er hatte es jetzt satt! Dann hätte er auch den Schreibkram zu Ende machen können. Gegen sein Naturell ging er entschlossen zum Badezimmer und wollte jetzt eine Erklärung haben. Er drückte vergebens die Klinke, denn die Tür war abgeschlossen. Sven war überrascht. „Hey? Seit wann schließt du dich in unserem Haus ein?" „Hey!" äffte sie ihm nach: „Seit wann kontrollierst du mich?" Er sagte nichts mehr und bereute schon, überhaupt hochgegangen zu sein. Verärgert ging er in Richtung Wohnzimmer und zog unterwegs seinen Mantel wieder aus. Im Vorbeigehen hing er ihn über einen Kleiderhaken in der Garderobe und entledigte sich nun auch seiner Jacke. Absichtlich behielt er seine Straßenschuhe an, was seine Frau auf das Tiefste hasste, und setzte sich in seinen Lieblingssessel. Er schaltete den Fernseher ein und schlug demonstrativ die Beine übereinander. Es überraschte ihn jedoch nicht, dass sie auch diesmal nicht gleich hinter ihm die Treppe heruntergekommen war. Er schaltete auf den Sportkanal und sah sich mitten in einer Live Übertragung vom Skispringen. Die Schuhe wurden ihm leider jetzt doch unbequem und er streifte sie achtlos wieder aus. Eine weitere halbe Stunde später stand sie unvermittelt in der Wohnzimmertür: „Können wir? Ich bin jetzt fertig!" Er wollte keinen Streit und schaltete wortlos die Flimmerkiste aus, zog seine Schuhe wieder an und ging in den Flur. Nachdem er Jacke und Mantel wieder angezogen hatte und seiner Frau zur Tür gefolgt war, wagte er eine vorsichtige Frage: „Was war los eben, mit dir? Hast du geweint?" „Geweint? Wie kommst du denn da drauf?" Verwirrt erwiderte er: „Es hatte sich so angehört!" „Na, was du schon so hörst!" Er holte den Wagen wieder aus der Garage und öffnete ihr die Beifahrertür. Nachdem sie eingestiegen war setzte er sich hinter das Steuer, und startete wortlos den Motor. Schweigend ließ er den Wagen die Einfahrt herunter und auf die Straße rollen. Er fädelte sich in den fließenden Verkehr ein. Sie fuhren, wie jedes Wochenende, gemeinsam einkaufen und waren zwei Stunden später wieder zu Hause. Während er die

Taschen ins Haus brachte, war seine Frau vorausgegangen und wartete in der Küche. Sie hantierte in den Schränken und als er bepackt hereinkam, drehte sie sich zum Kaffee Automaten um. „Machst du mir bitte einen Cappuccino?" Sie schaute schräg zurück über ihre Schulter und er sah jetzt deutlich ihre wässrigen Augen: „Was ist los? Du bist schon seit Tagen so still. Und traurig scheinst du auch zu sein!" „Meine Mutter ist schlimm krank! Ihr geht es im Augenblick nicht gut!" log sie. Sie konnte zwar wirklich, wenn es darauf ankam, sehr gut lügen, aber das jetzt, das hätte ihr selbst ein kleines, dummes Kind nicht abgenommen. „Ah so!" erwiderte ihr Mann, „so ist das! Wann hat sie dir das denn gesagt?" Irritiert und fahrig drehte sie sich zu ihm um. Dabei riss sie einen Teller samt Tasse von der Anrichte: „Da siehst du wie du mich nervös machst!" Ohne auf seine Frage zu antworten nahm sie einen kleinen Handbesen und ein Kehrblech. Fahrig und nervös entfernte sie die Scherben und ging wortlos wieder zurück zum Kaffeeautomaten. Sie hatte sich einen Espresso gemacht, ging an ihm vorbei, und setzte sich ins Wohnzimmer. Seinen Wunsch nach einem heißen Getränk hatte sie einfach überhört oder ignoriert. Er ging ihr nach und baute sich vor ihren Sessel auf: „Ich habe heute Morgen ganz früh noch mit deiner Mutter telefoniert! Der geht es blendend! Und sie erfreut sich auch bester Gesundheit! Sie plant ihren Urlaub und wollte nur wissen, wann wir auf ihr Haus aufpassen könnten. Deine Mutter kann folglich diese Traurigkeit bei dir nicht ausgelöst haben, … also raus mit der Sprache, bist du wegen der Polizei so gewaltig neben der Spur?" Sie blickte ihm direkt in die Augen, hielt aber seinem Blick nicht lange stand: „Po … Polizei? Wieso, was ist denn mit der Polizei?"
„Liebling! Vorgestern haben die Beamten hier angerufen und mich nach einem Mann gefragt, den ich nicht kannte. Darauf haben sie gesagt, dann müsste das mit Sicherheit ein Bekannter

von dir sein! Daraufhin haben sie nach deiner Arbeitsstelle gefragt und aufgelegt. Ich wollte dich informieren, aber da war dein Anschluss schon besetzt. Als du am Abend nach Hause gekommen bist, wollte ich fragen, ob die Polizei dich erreicht hatte, aber dir war nicht gut, du wolltest nichts essen und bist direkt zu Bett! Das ging die nächsten Tage immer so weiter. Ist das nicht etwas seltsam? Hat dich denn die Polizei erreicht?"
Er kannte seine Frau seit fünfzehn Jahren und er bemerkte ihre Unsicherheit. Welche Antwort auch kam, sie wäre gelogen.
Er wartete deshalb nicht und griff zum Telefon: „Die Polizei, bitte! . . . Ja, ich warte!" Sie konnte nicht ahnen, dass er nur den Hörer in der Hand hielt und keine Nummer gewählt hatte. „Bitte mach das nicht! Ich kann dir alles erklären!" Er drehte sich langsam um, ließ aber den Hörer nicht vom Ohr. „Ich warte!" Jetzt brachen bei ihr alle Dämme! „Leg auf, bitte!" Ihre Beichte dauerte die ganze Nacht. Sie hatte es nicht gewollt! Es war einfach passiert! Sie hatte ihm Hörner aufgesetzt. Da sie keinen Anspruch an ihren Mann hatte und auf den Luxus nicht verzichten wollte, hatte sie sich auch nicht von ihm trennen können Sie hatte einen heimlichen Geliebten! Und der hatte sich jetzt das Leben genommen. In dessen Unterlagen hatte die Polizei ihre Adresse und Telefonnummer gefunden. „Kannst du mir verzeihen?" sie schmuste sich an ihn und war sicher, dass er auch diesmal einknicken würde. Ihre weiblichen Waffen hatten doch jahrelang funktioniert. Nur dieses Mal … dieses Mal war sie zu weit gegangen. Er schaute ihr lange in die Augen. Wie stellte sie sich das vor? Belogen hatte sie ihn! Seine Eitelkeit war gekränkt! Er wollte und konnte nicht mehr mit ihr zusammen sein. „Pack deine Sachen! Ich gebe dir bis Montag Zeit, dann hast du mein Haus verlassen!" Alle Beschwörungen und Versprechen halfen nichts! Sie weinte und fluchte, schimpfte und flehte. Ihr Mann verzieh ihr nicht!

Am Montagmorgen fuhr er sie mit zwei gepackten Koffern zu ihrer Mutter. Mit verheulten Augen gelobte sie Besserung und flehte ihn an, sich die Sache noch zu überlegen. Er hörte nicht mehr zu. Sein Gesicht war wie versteinert. Sie hatte zu hoch gepokert und musste die bittere Pille schlucken. Durch den geschlossenen Ehevertrag stand sie vor dem Nichts. Sie hatte keine Ansprüche an ihn, da sie Schuld an dem Desaster hatte, wurde der Vertrag zu ihren Ungunsten ausgelegt. Sie hatte Anspruch auf die vertraglich festgelegten Sachen, die sie mit in diese Ehe gebracht hatte: ihre persönlichen Kleider!
Das Grundstück, das Haus, alle Wertsachen und die Ersparnisse gehörten ihm alleine! Sie besaß lediglich ein Haushaltskonto mit einem augenblicklichen Kontostand von ein paar Euro. Mehr nicht. Er lud ihre Koffer auf dem Bürgersteig ab und ging nicht einmal mehr mit ins Haus. Er ließ seine Noch-Ehefrau vor der Wohnung seiner Schwiegermutter buchstäblich auf der Straße stehen. Danach fuhr er zum Rechtsanwalt und schilderte mit traurigen Augen, wie seine Frau ihn über Jahre schamlos hintergangen hatte. Erst jetzt war er durch einen Zufall dahinter gekommen. Jetzt, wo ihr Geliebter tot war, wollte sie wieder zu ihm zurück. Jetzt sollte er wieder etwas wert sein. All die Jahre war sie herrisch und grob mit ihm umgegangen. Das Vertrauensverhältnis war hoffnungslos zerstört. Er reichte die Scheidung ein und seine Frau stand damit endgültig vor dem persönlichen Ruin ihres Lebens! Durch die dargestellte, absolute Zerrüttung ihrer Ehe, von der Ehefrau ausgelöst, verzichtete der Richter auf die Wartezeit von einem Jahr.
Die Ehe wurde sofort geschieden. Als vergrämte Frau verließ sie den Gerichtssaal und konnte noch nicht einmal zurück zu ihrer Mutter. Die hatte einen neuen Freund und war mit ihm in den Ferien. Sie verließ die Stadt mit unbekanntem Ziel.

Sechs Monate später zog eine bildhübsche, junge Brünette in sein Haus ein: „Endlich, nach all den Jahren sind wir auch offiziell ein Paar! Wie kam es denn plötzlich, dass deine Frau sich dann doch noch so schnell von dir trennen wollte?" Er nahm sie wortlos in den Arm und ging grinsend vor ihr her die Einfahrt zu seinem Haus hoch. Dann drehte er sich um, nahm sie auf seine Arme und trug sie die breite Steintreppe hoch: „Das bringt Glück, mein Schatz!" Oben setzte er sie ab und schloss die Tür auf: „Unser gemeinsames Heim wartet!" Er ging in die Küche zu seinem Kaffee – Automaten und bereitete zwei Cappuccino vor: „Geh schon einmal vor in den Wintergarten! Du kennst dich ja hier aus! Jetzt brauchen wir nicht mehr zu warten und heimlich aufzupassen, wann meine Frau zu ihrer Mutter fährt!"

Es kam nie ans Tageslicht, dass er zwei Jahre gebraucht hatte, um herauszufinden, wo sich seine Frau an manchen Abenden vergnügte. Drei weitere Monate brauchte er, um endlich den Geliebten seiner Frau ausfindig zu machen und dann alleine auf der Rheinbrücke anzutreffen.
Er ging an Ort und Stelle direkt auf sein ahnungsloses Opfer zu, verpasste ihm einen Kinnhaken und wuchtete ihn über das Geländer! Der Aufschlag von der Brücke war für den bewusstlosen Mann sofort tödlich!
Die Idee mit dem Anruf bei der Seelsorge des Radiosenders kam ihm noch in der gleichen Nacht.
Er log der armen Moderatorin die Hucke voll!
Kurz bevor er sein mobiles Telefon ausschalte, stampfte er unten am Rheinufer fest auf den Boden, … plätscherte mit der Hand in den Wellen und beendete das Gespräch! Er hatte sein Ziel erreicht!

Schottische Hochzeit

Lange genug war sie jetzt alleine gewesen.

Ihr Mann, Laird Mortimer Smith, war mit 52 Jahren an einem Herzleiden gestorben. Das war jetzt zwei Winter her. Beide waren nicht unvermögend und das schien auch zum Gerede der meist neidischen, anderen Edelfrauen geführt zu haben, denn nur ihr war es gelungen, den begehrten Witwer für sich zu gewinnen. Im Alter von nunmehr 45 Jahren wollte die junge Witwe nun nicht mehr alleine in dem gemeinsamen, riesigen Anwesen ihre Tage dahin plätschern lassen. Sie hatte zwar schon ausgiebige Urlaubsreisen unternommen, hatte viel von der Welt gesehen, gerade in den letzten zwei Jahren, aber es zog sie doch immer wieder zurück in ihre geliebten Highlands. In das Land ihrer Vorfahren. Dahin, wo sie ihre glückliche, unbeschwerte Kindheit und Jugend verbracht hatte. Als sie damals im zarten Alter von 18 Jahren die Schule beendet hatte und das Studium in Aberdeen begann, war das die aufregendste und erfahrungsreichste Zeit ihres bisherigen Lebens.

Das erste Mal weg von zu Hause, auf sich alleine gestellt. Zwar hatte sie hier keinen Butler, und kein nettes Zimmermädchen die ihr helfen konnten, aber dafür hatte sie zum ersten Mal das Gefühl dieser Unbeschwertheit. Sie konnte endlich selbst entscheiden ob sie abends noch alleine weggehen wollte oder nicht. Sie konnte das erste Mal so viele neue und für sie bis dahin ungewohnte Sachen ausprobieren. Am liebsten hatte sie jedoch den wöchentlichen Besuch in ihrer Stammkneipe. In dem kleinen Pub wurde, wie überall in den Highlands am Ende einer jeden Woche das Ceilidh, das ungezwungene Musizieren praktiziert. Manche kamen mit ihren Geigen, andere brachten ihre Flöten mit. Die Gäste selbst machten dann diese unverwechselbare Hausmusik. Keiner der Anwesenden wusste

zu diesem Zeitpunkt, dass sie mit dem Erreichen ihres 18. Geburtstages offiziell den Titel eines Landlords hatte und ab sofort "Laird of Glen Dhub" genannt wurde. Unterhalb der Whiskystadt Dufftown, in Sichtweite der Ladder - Hills, einer langen Hügelkette, die sich ungefähr fünfzehn Meilen vom Südwesten in östliche Richtung erstreckt, lag mitten in den schottischen Highlands das Anwesen ihrer Familie in einem einsamen, dunklen Tal. Daher auch der Name „Glen Dhub".
(Gälisch: Glen = Tal, dhub = schwarz, dunkel)
Sie beendete ihr Studium mit ausgezeichneten Noten und zur Belohnung nahm ihr Vater sie damals mit zum jährlich stattfindenden, großen Treffen der Clans. Ihre Mutter war jahrelang sehr kränklich gewesen und vor zwei Jahren gestorben. Das Zusammentreffen wurde von den Highland-Games begleitet und traditionell mit vielen Dudelsackspielern untermalt. Bei dieser Gelegenheit sah sie zum ersten Mal ihren späteren Mann, Laird Smith. Sie war 25 und er 31 Jahre, verwitwet und auf der Suche nach einer jungen Frau, die ihm noch zu einem weiteren Erben verhelfen sollte. Aus seiner ersten Ehe hatte er bereits zwei Söhne. Ganze zwanzig Jahre verbrachte sie mit ihm, Nachwuchs stellte sich jedoch nicht ein. Nun, da er tot war, fühlte sie sich sehr alleine. Die Stiefsöhne waren volljährig, Laird Greenwood of Castle Dhub, ihr Vater tot. Nun war es an der Zeit wieder in ihr eigenes Anwesen zu ziehen. Sie überließ seinen leiblichen Söhnen ihren eigenen angeheirateten Erbanspruch und die bedankten sich dafür mit einem fürstlichen Scheck, den sie nicht ausschlug. Im elterlichen „Castle Glen Dhub" angekommen richtete sie ihre Privaträume vollkommen neu ein. Sie behielt die gesamte Dienerschaft und öffnete einen Teil des Haupthauses für zahlende Besucher. So kamen durch die Eintrittsgelder die nötigen Mittel zusammen, die ein bequemes, angenehmes Leben mit ihrer Dienerschaft gestatteten. Aber auf

Dauer war es so alleine dann doch etwas öde und langweilig, und so traf sie beim Skifahren an einem herrlichen Wintertag in den Grampians auch bald einen sympathischen, jungen Mann. Henry Mitchell. Zudem unverschämt gut aussehend machte er ihr bald auch unverblümt den Hof. Was wie ein anfänglicher kleiner Flirt begann, entwickelte sich in den nächsten Wochen zu einer innigen Freundschaft. Viel wusste sie allerdings nicht über ihren Liebhaber. Nur gerade mal seinen Namen, dass er Engländer war und jeden Winter hier zum Skifahren herkam. Sie verdrängte die gut gemeinten Ratschläge ihres väterlichen Butlers genauso wie die ihrer Köchin. Sie war im Rausch der Gefühle einer liebevoll umworbenen Frau und wollte dieses Gefühl für immer festhalten. So kam es, dass sie sich tatsächlich nach drei weiteren Monaten zu einer Blitzhochzeit hinreißen ließ. Im Hinterkopf hatte sie allerdings trotz aller neu aufgekeimten Gefühle die warnenden Hinweise ihres Anwaltes und ihrer Dienerschaft dazu veranlasst, einen Ehevertrag aufstellen zu lassen. Sie war schon ziemlich irritiert, dass ihr neuer Mann entrüstet darauf reagiert hatte. Aber sie machte diesen Vertrag trotzig zur Bedingung für das Ehebündnis. Er sah vor, dass auch nach der Hochzeit der gesamte Besitz ihr persönliches Eigentum bleiben würde.

Sie vertröstete ihren Mann damit, dass sie eine Auflösung dieses Vertrages in Aussicht stellte, für den Fall, dass sie mindestens zehn Jahre glücklich zusammen sein würden. Der fünf Jahre jüngere Mann willigte bereitwillig ein.

Nach zwei glücklichen Ehejahren verspürte sie im Frühling eine erste, aufkeimende Schwächung ihres ansonsten immer gesunden und sportlich durchtrainierten Körpers. Ob das schon die Wechseljahre waren? Liebevoll umsorgte ihr Mann Henry sie und besorgte Vitamine und Stärkungen jeglicher Art.

Aber schon im Sommer des gleichen Jahres konnten sie keinen gemeinsamen Urlaub mehr antreten. Sie schlief tagsüber sehr

viel und konnte bald auch das Tageslicht nicht mehr vertragen. Fortan litt sie an ungewöhnlicher, vorher nie gekannter Appetitlosigkeit. Der behandelnde Hausarzt, der sie schon als Kind gekannt hatte, konnte nichts Ungewöhnliches bei ihr feststellen und verschrieb immer wieder nur aufbauende Medikamente und absolute Bettruhe. Trotzdem wurde ihr Zustand zunehmend schlechter. Frank Fletcher, der Butler und seine Frau Melissa, die Köchin hatten Joan nun schon seit Monaten nicht mehr zu Gesicht bekommen. Nur Betty, eine neue Krankenschwester die Henry aus London hatte herkommen lassen, kümmerte sich ab sofort exklusiv rund um die Uhr nur um die Hausherrin. Da der neue Hausherr nun auch die Besichtigung des Castles verbot, und diesen Flügel für sich alleine beanspruchte, waren die alten Diener doch verunsichert. Die Bediensteten tuschelten unter sich und diskutierten unverhohlen über die Dreistigkeit des neuen Herrn. Andie, der Gärtner, der früher als Kind so oft mit ihr gespielt hatte, machte sich nun auch ernsthafte Sorgen. Er musste es irgendwie schaffen mit ihr persönlich zu sprechen. Er wollte Gewissheit. Das Castle kannte er innen und außen wie seine eigene Westentasche und wusste daher auch als einer der ganz Wenigen von dem alten Geheimgang. Dieser befand sich in dem anderen, zurzeit nicht genutzten Teil des Castles. So ließ er den Ehemann wissen, dass es besser für die gnädige Frau sei, sie im Kaminzimmer des Westflügels unterzubringen. Der Raum war freundlicher und man konnte dort im Winter zusätzlich heizen. Das schien genau in Henrys Pläne zu passen, denn schon einen Tag später hatten sie getrennte Schlafzimmer und die neue Betty bekam ihr Zimmer genau gegenüber der Ehefrau in dem anderen Trakt.
Zwei Nächte später hatte sich der Gärtner wieder mit dem Butler verabredet. Sie schlichen, nachdem das Haus zur Ruhe gekommen war und alle Lichter erloschen waren, leise durch

das Kellergewölbe in die hinterste Ecke der Abstellkammer. Dort hatte er vorsorglich mit ihm schon Tage vorher den Verputz von der Wand gekratzt und die alte, verrostete Eisentür tatsächlich gefunden und anschließend auch freilegen können. Ein großes leeres Regal hatten sie anschließend zur Tarnung davor gestellt. Das Holzgestell konnte eine Person leicht an einer Seite anheben und ein wenig von der Wand abrücken. Dann konnte man dahinter unbemerkt zu dieser rotbraun verdreckten Tür gelangen. Den total verrosteten Schlüssel hatten sie in der Nische daneben zwar auch wieder gefunden, aber er war absolut nicht mehr zu gebrauchen. Nur der örtliche Schmied war in der Lage nach der rostigen Vorlage einen neuen Schlüssel anfertigen zu können. Dem ungeliebten neuen Laird hatten sie erzählt, es müsste ein Pferd neu beschlagen werden, damit er keinen Verdacht schöpfte. Ein paar Tage später wurden dann auch problemlos das Schloss und der neue Schlüssel wieder gängig gemacht. Die entscheidende Nacht war nun gekommen. Der Jugendfreund und der Butler kamen sich wie zwei Einbrecher vor, in jener hellen Vollmondnacht. Nachdem die Tür endlich mit Eisenstangen quietschend einen kleinen Spalt geöffnet war und Andie Shaw, der Gärtner sich mit Taschenlampe bewaffnet in den staubigen, alten Gang gezwängt hatte, hob Frank, der Butler das Regal wieder vor die Geheimtür. Er setzte sich für alle Fälle auf den alten Lehnstuhl an der hinteren Wand zum Pferdestall und wartete ab. Wie oft Andie mit seiner reichen Freundin damals durch diesen Geheimgang rauf und runter gelaufen war, wusste er nicht mehr. Aber jetzt ging ihm all das erneut durch den Kopf. „Hoffentlich hat der neue Herr auch das richtige Zimmer für Joan ausgesucht!" dachte er noch, als ihn die Dunkelheit verschluckte. Der Butler wusste ebenso wenig wie alle anderen ob Joan tatsächlich in dieses Kaminzimmer gebracht worden war. Denn der Westflügel war ab sofort für alle anderen tabu.

Und genau diese Aussage des neuen Herrn hatte letztendlich den Gärtner zu dieser ungewöhnlichen Tat veranlasst: Er wollte sich selbst vergewissern. Vor allen Dingen wollte er sich von Joan erklären lassen, was da abging. Soviel Dreck und Steine hatte er in dem alten Gang gar nicht vermutet. Langsam stieg er, die nur spärlich von seiner kleinen Taschenlampe beleuchteten und mit Spinnweben, Mörtel und altem Putz bedeckten Stufen vorsichtig immer höher. Den Gang durch das Innere der dicken Außenwand hatte er viel breiter und höher in seiner kindlichen Erinnerung. Es war anstrengender als er sich das ursprünglich gedacht hatte. Teilweise musste er kriechen oder sich im Entengang an den seitlich in der Wand eingelassenen morschen Haltestangen hochziehen. Als er endlich oben angekommen war, befand er sich nach seiner Erinnerung direkt neben dem Eckturm. Hier zweigte auch der andere Gang ab und führte weiter nach oben in den Turm. Er ging auf dem alten Gang noch ungefähr zwanzig Schritte weiter geradeaus. Er musste sich, wenn er sich nicht getäuscht hatte und wirklich die letzten Jahrzehnte alles so geblieben war, jetzt genau hinter dem besagten Kamin befinden. Erleichtert atmete er auf, als er die meterhohe Eisenplatte seitlich an der Innenwand gefunden hatte. Er bückte sich und versuchte vorsichtig an den beiden Griffen das rostige Ungetüm in der eisernen Führungsschiene zu bewegen. Erstaunlicherweise ließ sich die Platte tatsächlich ziemlich leicht bewegen. Die Stahldrähte mit dem Kontergewicht funktionierten tatsächlich zu seiner Verwunderung nach all den Jahren immer noch. Mit beiden Händen lockerte er vorsichtig die trennende, kleine Stahltür und schob sie schließlich ganz nach oben und ließ sie in der dafür vorgesehenen Halterung einrasten. Es knirschte und polterte laut. Kleine Steinchen und Mörtel fielen in den staubigen, offenen Kamin. Dort zwischen der alten Asche fiel das jedoch nicht sonderlich auf. Er hielt einen Augenblick inne, löschte seine Taschenlampe, kniete sich und schaute in den spärlich beleuchteten Raum. Gott sei gedankt, er war genau im richtigen Zimmer! Auf der gegenüberliegenden Seite sah er das große Bett. Und ganz wichtig, Joan! Sie lag ruhig auf dem Rücken. Ihr blasses Gesicht sah aus wie eine fahle Maske. Das flackernde Licht des Kerzenleuchters gab diesem Zimmer ein gespenstisches Aussehen. Gerade wollte er durch die Öffnung kriechen, als sich der Türknopf langsam drehte. Ihm stockte der Atem. Knarrend öffnete sich die schwere Eichentür. Henry und Betty, die Krankenschwester kamen eng aneinander ins Zimmer. Leise flüsterte sie: „Was war das für ein Krach? Du hast das doch auch gehört! Kam das etwa aus diesem Zimmer?" Dabei sah sie ungläubig ihren nächtlichen Begleiter an und schmiegte sich an seine Seite. Der Lichtkegel einer Lampe huschte durch den Raum, verharrte schließlich auf dem bewegungslosen Gesicht der Jugendfreundin. „Sie schläft fest und tief, das muss von draußen gekommen sein! Komm, wir gehen wieder ins Bett! Hast du ihr das Glas gegeben?" „Was glaubst du denn? Aber wie lange dauert das denn noch? Hat sie immer noch nicht unterschrieben?" „Eben nicht! Sie fühlt sich noch zu schwach! Wir müssen weniger dosieren. Wenn sie die Unterschrift geleistet hat wird es keine Woche mehr dauern das verspreche ich!" Er drückte Betty an sich und ohne Rücksicht auf die Anwesenheit seiner kranken Frau küsste er sie in den Nacken. Sie kicherte albern und beide gingen wieder aus dem Zimmer. Andie hörte den Schlüssel im Schloss und die Schritte auf dem Gang. Die gegenüberliegende Tür fiel laut und ohne Rücksicht ins Schloss. Das war es also! Sie waren dabei die Herrin langsam zu vergiften. Seine Vermutung war also doch richtig. Henry hatte diesen Plan. Dieses hinterhältige Schwein! Ein Glück, das sein Plan mit dem eigenen Schlafzimmer für Joan hier im Westflügel aufgegangen war. Das war nämlich im Castle neben dem kleinen Turmzimmer der einzige Raum mit einem Geheimzugang, der ihm bekannt und somit für ihn unbemerkt zugängig war. Vorsichtig, die Tür nicht aus den Augen lassend, zog er seine staubigen Schuhe aus und stellte sie in den Kamin. Dann schlich er fast lautlos zu ihrem Bett. Alle Bemühungen sie wach zu bekommen oder anzusprechen, schlugen fehl. Kalter Schweiß stand auf ihrer blassen Stirn und sie atmete flach und unregelmäßig. Aber sie atmete! Was hatte der Kerl bloß damit gemeint? Man müsste abwarten bis sie endlich unterschrieben hat? Er musste unbedingt die Zeit nutzen! Von einem Glas hatten sie gesprochen. Auf ihrem Nachttisch stand neben der Karaffe ein halb voll mit Wasser gefülltes Trinkglas. Wenn er das als Beweis mitnehmen würde hätte er womöglich eine Handhabe, aber wie würde das Verschwinden ausgelegt? Er schaute sich um. In der Anrichte sah er ein altes Service. Und mehrere gleiche Gläser. Entschlossen entnahm er eins und verteilte die anderen im Schrank so, dass die entstandene Lücke nicht so schnell auffiel. Er schüttete aus dem Glaskrug ein wenig Wasser in das neue Glas, nahm mit einem Taschentuch sein "Beweismittel" und kroch durch den Kamin zurück in sein Versteck. Er zog seine Schuhe wieder an, schob so leise es ging die angerostete Gussplatte wieder an seinen alten Platz. Dann erst schaltete er seine kleine Taschenlampe wieder ein und ging die steile Treppe mit dem halb vollen Glas vorsichtig wieder nach unten. Beim nächsten Mal würde er eine stärkere Lichtquelle mitnehmen. Für Erklärungen war jetzt keine Zeit. Während der Butler das Regal zurückstellte ging er in die Küche und füllte den Inhalt in ein kleines Fläschchen um. Mit seinem Wagen fuhr er wenig später ins Dorf und weckte den örtlichen Apotheker. Mürrisch öffnete er dem nächtlichen Besuch erst, als er den Gärtner erkannt hatte. Als der jedoch eine Analyse Flüssigkeit noch in dieser Nacht verlangte, konnte er ihn nur noch mit einer größeren Pfundnote von der Dringlichkeit überzeugen. Das Ergebnis war für ihn nach dem nächtlich belauschten Gespräch nicht mehr sonderlich überraschend. Kleinste Arsenspuren hatte der Akademiker gefunden. Wo er das her hatte, verschwieg er und wollte nur wissen, wo man ein solches Gift bekommen könnte. „Habe ich hier, das wissen Sie doch! Ihr Herr, der neue Laird hat doch regelmäßig versucht euere Rattenplage im Castle damit zu bekämpfen!" Er durfte sich nicht verraten und reagierte sehr schnell: „Eben deshalb schickt er mich! Ich soll noch eine Portion holen! Der ganze Keller wimmelt nur so von denen!" „Wenn das nicht hilft, ich habe hier eine neue, reinere Dosis, die noch etwas stärker wirkt. Und vor allen Dingen, die Nager können das bestimmt nicht riechen!" Er bezahlte, nahm dieses stärkere Mittel, bedankte sich noch einmal und verabschiedete sich. Er war einen entscheidenden Schritt weiter gekommen. Grübelnd fuhr er zurück.

Lediglich das Butler-Ehepaar weihte er in die üblen Machenschaften des neuen Herrn ein. Sie waren sich auch sofort darüber im Klaren, dass die Köchin mit leichten Gerichten und ihrer Lieblingsspeise die Versorgung übernehmen sollte, sobald die Herrin ansprechbar und damit wieder aufnahmefähig sein würde. Der Gärtner konnte dann den wieder entdeckten Geheimgang dazu nutzen, unbemerkt die frischen Speisen zu ihr zu bringen. Er erhielt volle Unterstützung und alle drei waren sich einig, dass man absolutes Stillschweigen bewahren sollte um die Gesundheit der Lady nicht weiter zu gefährden. Ab sofort ging er jeden Abend durch den geheimen Gang zu ihr und tauschte das alte, vergiftete Wasser in der Karaffe gegen frisches, neues aus. Als nach ein paar Tagen Joan endlich ansprechbar war zeigte sie sich zwar sehr erschöpft, aber auch dankbar. Sie hatte schon selbst so etwas vermutet, aber sie konnte sich auch schon lange nicht mehr äußern. Sie hatte zwar die ganze Zeit über ihre

Umgebung in ihrem Dämmerzustand immer wahrgenommen, aber sie war auch körperlich vollkommen hilf, - und machtlos gewesen. Gefangen in ihrem Körper, sie hatte sich gefühlt, als wäre sie scheintot und niemandem konnte sie sich mitteilen. Nun spielte sie die angeblich Schwache weiter und rührte ab sofort von ihrem Mann und von Betty nichts mehr an. Der Gärtner päppelte sie unterdessen nachts ohne das Wissen des Ehemannes und der Komplizin wieder auf. Er versorgte sie mit Suppe, Brot und Vitaminen. Die Überreste seines nahrhaften Essens brachte er zusammen mit der vergifteten Speise von Betty wieder aus dem Schlafzimmer, sodass man keinerlei Spuren des nächtlichen Besuches finden konnte. Die Beiden mussten annehmen, dass Joan immer wieder nur den vergifteten Brei und das mit Rattengift verseuchte Wasser zu sich nehmen konnte. „Du solltest einfach so dahinsiechen. Wenn du deine Unterschrift geleistet und dein Besitz rechtmäßig an ihn weitergegangen wäre, hätten sie mit tödlicher Sicherheit zusammen für dein Ableben gesorgt. Diese neue Betty ist aus England gekommen. Sie ist deine Krankenschwester, aber auch seine Geliebte. Sie sollte ihm dabei helfen, dich zu vergiften!" Tränen rollten über ihre Wangen und Andie nahm seine Jugendfreundin in die Arme: „Bitte weine jetzt nicht. Du musst endlich wieder zu Kräften kommen. Zusammen schaffen wir das! Ich habe auch schon einen Plan. Bleib bloß dabei und rühre nichts an, was dir von denen angeboten wird. Sie sollen es einfach stehen lassen und dann sagst du, du würdest es später essen. "Zärtlich drückte sie seine Hand und Andie verschwand, wie jede Nacht durch den Geheimgang.

Der junge Herr bekam allmählich Ärger mit der ungeduldigen Betty. Die Köchin hatte das bemerkt, als sie Zeuge einer Auseinandersetzung der Beiden im Garten wurde. Der junge „Möchtegern – Laird" wurde langsam immer unberechenbarer

und jähzorniger. Er hatte sich das alles etwas einfacher vorgestellt. Er verstand nicht, wie es möglich sein konnte, dass diese Frau einfach nicht schwächer zu werden schien. Und stur und unvernünftig war sie die letzten Tage auch noch geworden. Sie wollte einfach nicht unterschreiben. Betty tobte: „Dann soll sie eben ohne Unterschrift sterben! Ich mache das nicht länger mit! Wie stellst du dir denn vor, wie lange wir das noch verheimlichen können?"
Er konnte sie zwar überreden, noch zu bleiben, aber jetzt musste endlich etwas geschehen. Das Personal war schließlich auch wachsamer geworden, das war ihnen mittlerweile auch aufgefallen. Ab sofort würde er die Dosis stark erhöhen und dann in einem ihrer lichten Momente diese verfluchte Unterschrift erzwingen oder einfach fälschen. Auch er hatte nun keinerlei Bedenken mehr, da sein zurecht gelegter Plan einfach nicht zu funktionieren schien. Zu tief hatten sie sich beide in ihr Vorhaben verstrickt um nun noch zurück rudern zu können. Schon heute Abend würde seine Geliebte deshalb die Giftmenge verdoppeln. Er musste einfach in den nächsten Tagen mit der Gesundheit seiner Frau zum finalen Erfolg kommen. Die nächsten Tage und Nächte brachten jedoch zu seiner Verwunderung trotzdem keine negativere Veränderung: „Verdammt, wie lange kann ein Mensch denn mit so wenig Nahrung bleiben? Die kann doch unmöglich noch so zäh sein, dass sie immer noch das Gift verträgt!" Er erkundigte sich beim Golfen bei seinen Mitspielern, die als Ärzte damit Erfahrung haben sollten. Durch die Blume stellte er obskure Fragen, die dann irgendwann auch zu seiner gewünschten Antwort führen würden. Verwundert erfuhr er, dass ein Mensch zwar wochenlang ohne feste Nahrung auskommen könnte, jedoch nicht ohne Flüssigkeitszufuhr. „Auch wenn diese vergiftet ist?" murmelte er frustriert und unverständlich vor sich hin, als er sich abwandte und die hohe Karre mit seinen

Golfschlägern hinter sich her ziehend, wütend den Platz verließ. Er wurde zwar von den unwissenden Bekannten und Freunden seiner Frau mit „Laird" angesprochen, jedoch wusste er mittlerweile auch, dass dieser Titel einem nur zusteht, wenn man einen Grundbesitz im schottischen Hochland sein eigen nennt. Und das war eben immer noch nicht der Fall!

Blass und abgespannt saß Henry Mitchell zusammengesunken in seinem Lehnstuhl. Er hatte gestern Abend wieder einmal nicht mehr die Kraft gehabt sich zu erheben und ins Bett zu gehen. Er fühlte sich schon seit Tagen so unwohl und schlapp und hatte Betty, seine Freundin schon seit mehreren Nächten nicht mehr besucht, sie fühlte sich einsam und vernachlässigt. Darauf hin hatte sie gestern das Haus und ihn endgültig und für immer verlassen: "Ich mache das hier nicht mehr länger mit! Such dir eine andere Dumme, die dir aus diesem Schlamassel wieder raus hilft!" Das hatte sie ihm zugerufen, als sie mit dem Koffer zum Taxi gegangen war. Danach war sie verschwunden. Aus Frust hatte er sich eine halbe Flasche Whisky genehmigt und war im Salon schließlich eingeschlafen.

„Na, wie fühlst du dich?"

Schemenhaft sah er eine helle Gestalt vor sich stehen. Schon seit mehreren Tagen war er ziemlich benommen und fühlte sich heute jedoch besonders schwach. Er musste sich konzentrieren und versuchte angestrengt die Augen öffnen. Sein Kopf schmerzte und er hörte dumpf seinen eigenen regelmäßigen Pulsschlag. Wer stand da vor ihm? War Betty zurück? Er wollte sich erheben, aber seine Beine verweigerten sich und so sackte er halb aus dem Stuhl gekommen wieder ruckartig zurück. Jetzt und mit großer Anstrengung öffnete er seine Augen. Erschrocken wich er zurück: „Joan? Du bist doch krank! Du

gehörst sofort wieder ins Bett! Betty, hilf mir! Betty wo bist du?" „Betty! Pah, du und deine Betty! Ein sauberer Plan war das! Aber er ging völlig daneben! Übrigens, Schotten trinken den Whisky sehr oft mit Quellwasser verdünnt! Ich weiß, dass du diesen Brauch übernommen hast. Und in meiner Karaffe neben meinem Bett war doch reinstes Quellwasser, oder?" Jetzt brach ihm der kalte Schweiß aus, er zitterte und schielte ungläubig auf den Tisch. Als der Gärtner hinter ihr schließlich auch ins Zimmer trat, meinte der nur verächtlich: „Nun ja, geschmacklich haben wir das Wasser etwas verfeinert! Die vielen Ratten im Keller, Sie verstehen?" Damit zog er seine Lederhandschuhe an und nahm den Steinkrug und die Malt - Flasche vom Tisch. Hilflos wie ein kleines Kind wurde der junge Herr gestützt in sein Schlafzimmer geführt. „Übrigens, Vitamine helfen da nicht mehr! Euere eigenen letzten Dosierungen für die Lady waren wohl doch auch zu stark bemessen. Ich stelle das Quellwasser neben ihr Bett! So haben Sie es doch auch mit Joan gemacht, oder? Ein richtiger Laird wird wohl auf dieser Welt nicht mehr aus Ihnen werden!" Damit ließen sie ihn alleine. Alleine mit sich und seinen mörderischen Gedanken, denen er jetzt selber zum Opfer gefallen war, döste er vor sich hin bis ihn kraftlos der Schlaf übermannte. Er überlebte die Nacht nicht mehr und der Apotheker im Ort machte sich im Nachhinein schlimme Vorwürfe. Der junge Mann war wohl ohne Handschuhe viel zu sorglos mit dem gefährlichen Gift umgegangen.
Der Gärtner bringt die Lady wieder zum Lachen.
Sie hat wieder neuen Lebensmut mit dem Jugendfreund an ihrer Seite gefunden. Zudem ist er auch noch ein guter Liebhaber. Heirat? Vielleicht! Man würde es Beiden gönnen, nach den Schicksalsschlägen der Vergangenheit.

Arme Freundin.

Die klare Vollmondnacht erhellte den Waldrand. Unregelmäßig verdunkelten die vorbeiziehenden Wolken die Umgebung.
Kein Laut war zu hören. Kein Geräusch drang an ihr Ohr als sie versuchte, ohne Taschenlampe den richtigen Weg zu finden. Normalerweise würde sie jetzt warm eingewickelt auf ihrem gemütlichen Sofa sitzen.
Sie hatte nichts mehr vorgehabt und wollte sich nur ein gemütliches Wochenende machen. Deshalb hatte sie auch nicht mehr getankt, denn am Montagmorgen würden die Spritpreise erfahrungsgemäß günstiger sein. Zu dumm, dass ausgerechnet auf dieser nicht mehr eingeplanten, weiten Fahrt dann doch dafür zu wenig Sprit im Tank war. Es schien ihrer Freundin sehr wichtig zu sein, denn sonst hätte sie nicht darauf bestanden, dass sie heute Abend noch zu ihr kommen sollte. Und das so schnell wie möglich! Zu allem Überfluss war auch noch der Akku ihres mobilen Telefons leer. Das passiert jedes Mal, wenn man darauf angewiesen war. Wenn es schon blöd kommt, dann aber auch richtig!
Sie ärgerte sich über ihre eigene Dummheit, während sie die Abkürzung durch das kleine Wäldchen einschlug. Den gleichen Weg war sie mit der Freundin im Hellen schon oft gegangen und sie wusste, dass es höchstens noch 500 m zu Fuß waren. Während sie zügig weiterging, dachte sie über den seltsamen Anruf nach. Wenn etwas Schlimmes vorliegen würde, so hätte sie sich doch sicher an die Polizei gewandt, oder nicht? Also was in aller Welt wollte sie mitten in der Nacht von ihr? Warum sollte sie sich so beeilen? Die Bäume wurden lichter und der Weg breiter. Sie war oberhalb der kleinen Wiese, die schon zum Grundstück gehörte. Sie öffnete das Gartentor und ging über den Kiesweg direkt auf die Rückseite des Hauses zu.

Plötzlich erhellte die Gartenbeleuchtung die gesamte hintere Front. Sie hatte den Bewegungsmelder ausgelöst. „Wer ist da? Halt!" ertönte die zitternde Stimme ihrer Freundin, die in der Hintertür auftauchte. „Na, wer wohl? Du bist vielleicht eine seltsame Marke! Erst bestellst du mich her und dann reißt du auch noch die Tür auf und stehst im Hellen! Wenn ich ein böser Bube wäre," weiter kam sie nicht. Jetzt sah sie ihre zerzausten Haare, die zerrissene Bluse und den blutverschmierten Kopf und die Arme: „Um Gottes Willen, Anne! Wie siehst du denn aus? Was ist passiert?" Anne lehnte an der Hauswand und atmete schwer: „Ich habe kein Auto gehört! Gut dass du da bist!" Mit diesen Worten rutschte sie an der Wand entlang und fiel auf den Gehweg, direkt neben die Gartenbank. Barbara war zu weit entfernt und konnte ihren Sturz nicht verhindern.
Sie lief hin und half ihr vorsichtig zurück ins Haus, halb versuchte die zu gehen, halb wurde sie von Babsi geschleppt. Endlich im Haus wusch sie zuerst ihr Gesicht. Entweder empfand ihre pummelige Freundin keine Schmerzen oder die Nerven waren taub, denn das Reinigen hätte ihr wehtun müssen. Anne verzog jedoch keine Miene. „Bist du gefallen?" fragte Barbara ängstlich, doch sie schüttelte energisch den Kopf. „Halt still, sonst kann ich keinen Verband anlegen!" „Er wollte mich umbringen! Der glaubt sicher, dass er das auch geschafft hat." Sie zog ihre verschmierte Bluse im Nacken vom Hals weg: „Da! Der hat wie wild auf mich eingestochen! Siehst du?" Ihrer Freundin stockte der Atem. Sie sah mehrere blutige Striemen auf dem Rücken. „Wieso, um Himmels Willen hast du denn nicht die Polizei angerufen?" Erschöpft atmete Anne durch und erklärte leise: „Dummerchen! Ich wusste doch nur, dass er mir gedroht hatte, mich am Wochenende "fertig" zu machen!" Wieder holte sie tief Luft und flüsterte weiter: „Und da wollte ich, dass du … dass du mit hier bist, wenn er kommt, dann hätte er sich das ..." sie deutete auf ihren Rücken: „das

hätte er sich dann nicht getraut!" Traurig schaute Anne zu ihr hoch: „Als es klingelte, dachte ich, Mensch war die schnell! Dann kann ich mich nur noch an sein breites Grinsen erinnern und daran, dass er mich an den Haaren ins Wohnzimmer zog." Sie neigte ihren Kopf und sagte unter Tränen: „Dann weiß ich nichts mehr. Mir wurde schwarz vor Augen und als ich wieder zum Bewusstsein kam, habe ich mich sofort zum Telefon geschleppt, aber das war … war völlig umsonst. Sieh es dir an" Sie deutete zum Wohnzimmer und Barbara ließ ihre Freundin in der Küche auf dem Stuhl sitzen. Barbara ging den Flur entlang. Die ganze Wohnung war verwüstet. Schubladen waren aus den Schränken gerissen, Bücher lagen teils zerfleddert, teils verstreut mit zersplitterten Gläsern und Geschirr da, wo irgendwann vorher mal der Tisch gestanden hatte. Davon war nur noch das halbe Untergestell heil geblieben. Der Telefonapparat lag mit herausgerissener Schnur oben auf dem Haufen Müll. „Wer war das?" rief sie in die Küche zurück: „War das dein Frank? Das kann ich nicht glauben!" Sie erhielt keine Antwort und ging zurück. Anne lag seltsam verdreht auf dem Boden. Sie war wohl kraftlos vom Küchenstuhl gerutscht. Ihre geöffneten Augen starrten ins Leere. Anne Winter bewegte sich nicht mehr! Schlagartig wurde Barbara diese groteske Situation jetzt bewusst, in der sie sich plötzlich befand. Ohne Telefon oder brauchbarem Handy, ohne Auto mit einer getöteten Frau, die sie auch noch sehr gut kannte, zusammen in deren Wohnung - alleine. Hätte sie jetzt telefonieren können, so hätte der erste Anruf ihrem Anwalt gegolten, der ihre Scheidung begleitet hatte.

Sie hätte auf seinen Rat gehört und entweder die Polizei angerufen, oder sich vorsichtig und leise wieder aus dem Staub gemacht. Aber so? Was machte sie jetzt richtig, was wäre für Außenstehende verdächtig und total falsch? Sie suchte in dem Chaos nach Annes Handy oder wenigstens einem passenden

Ladegerät für ihr eigenes. Sie wurde nicht fündig und wollte auch nicht länger hier verweilen. Sie entschloss sich zu gehen, wie sie gekommen war, durch den Hintereingang und den angrenzenden Garten, die Wiese hoch und zurück zu ihrem Wagen. Als sie aus dem Waldstück trat, sah sie schon von weitem das blaue Flackerlicht.

Ein Polizeiwagen mit rotierendem Blaulicht parkte unmittelbar vor ihrem Fahrzeug.

Ein Beamter saß am Steuer seines Dienstwagens und telefonierte, während der zweite mit einer Taschenlampe bewaffnet ihr Fahrzeug umrundete. Ihr musste sehr schnell etwas Plausibles einfallen. Sie ging in den Wald zurück und lief parallel zur Straße einige hundert Meter weiter. Dann kam sie laut fluchend die Straße zurück auf die Beamten zu und eröffnete sofort das Gespräch:

„Gut, dass ich sie treffe. Ich habe kein Benzin mehr." Sagte sie sehr überzeugend und fügte hinzu: „Ich muss dringend zu meiner Freundin. Die hat mich eben zuhause angerufen. Und auf dieser verflixten, doofen Landstraße ist noch nicht einmal eine Tankstelle!" Sie deutete in entgegen gesetzter Richtung, aus der sie eben angeblich gekommen war. Die Polizisten hatten keinen Grund, ihr das nicht zu glauben und als sie das Türschloss per Fernbedienung entriegelte, war der Fall für die Polizisten klar. „Für solche Fälle haben wir einen Reservekanister im Kofferraum. Ich nehme an, ihr Auto braucht Super?" „Ich tanke einfach immer nur Benzin!" Sie hatte die Frage nicht verstanden, ging unschlüssig um den Wagen herum und öffnete den Tankverschluss. Ein Beamter kam ihr mit dem vollen 5 Liter Behälter nach und schaute in den Innendeckel: „Hier steht es doch 98 Oktan!" Verständnislos nickte Barbara. „Und was hat 98 Oktan mit Normal oder Super zu tun?" dachte sie grübelnd, während der flüssige Inhalt schon in ihren leeren Autotank gluckste. Der

andere Polizist kam mit einem quittierten Zettel: „Das macht sieben Euro fünfzig!" Er sah das erstaunte Gesicht der Fahrerin und legte nach: „Für den Sprint! Wir müssen das belegen und abrechnen!" Jetzt verstand Barbara und gab dem Uniformierten einen Zehneuroschein. „Stimmt so!"
Der Polizist lächelte verständnisvoll und sagte nur, während er das Wechselgeld in der Hand hielt: „Das dürfen wir nicht annehmen, hier zwei fünfzig! Die Quittung ist für Sie!" Der zweite Beamte kam noch einmal auf Barbara zu: „Was sagten Sie eben? Was war da mit ihrer Freundin? Ich habe das nur am Rande mitbekommen." Sie erzählte, dass sie sich Sorgen machte, wegen des seltsamen Anrufes und ob die Beamten nicht mitkommen könnten. Jetzt hätte sie doch ein wenig Angst und es waren ja nur noch ein paar hundert Meter. Die Polizisten tuschelten kurz miteinander und nickten ihr dann zu: „O.K. Fahren Sie vor!"
Sie setzten ihre Dienstmützen ab und legten sie auf ihre Rückbank, dann stiegen sie ein und starteten ihr Fahrzeug. Barbara musste den Anlasser zwei Mal betätigen bis der Motor rund lief. Sie schnallte sich an und fuhr an dem Auto vorbei, die lang gezogene Straße entlang. Im Rückspiegel sah sie den blauen - silbernen Wagen in gebührendem Abstand folgen. Nach einem Kilometer bog sie links ab und fuhr den kleinen, asphaltierten Weg zurück zu den einsamen kleinen Fachwerkhäusern. Vor dem letzten Haus blieb sie stehen und schaltete das Licht aus. Dann stellte sie den Motor ab und ging nun dem angekommenen Polizeiwagen entgegen. Die Beamten blieben in ihrem Fahrzeug sitzen. „Wollen Sie mich nicht begleiten?" „Gehen Sie ruhig alleine zum Haus. Wenn alles in Ordnung ist, sagen Sie uns kurz Bescheid. Dann können wir ja fahren und wenn nicht … dann schauen wir uns hier um, dazu sind wir ja schließlich mitgefahren!" Barbara nickte und ging unschlüssig langsam auf die Eingangstür zu. In diesem

Augenblick wurde erwartungsgemäß diesmal auch die gesamte Vorderfront hell erleuchtet. So viele Bewegungsmelder rund um das Haus verteilt, machten Barbara ein wenig stutzig. Hatte ihre Freundin vor irgendetwas Angst? Große Reichtümer hatte sie als Kassiererin im Supermarkt nicht angehäuft, das wusste sie. Was sollte bei ihr zu holen sein? Sie klingelte mehrfach und schaute zu den Beamten. Nach wiederholten, erfolglosen Versuchen, sich mit dem „Westminster – Ton" bemerkbar zu machen, drehte sie sich wieder der Straße zu und hob, für die Polizisten sichtbar, beide Arme. „Nicht da, verstehe ich nicht!" Sie wiederholte das noch einmal und kam zum Auto zurück. „Sie bleiben hier und rühren sich nicht von der Stelle. Wir müssen uns vergewissern, ob wirklich alles in Ordnung ist." Trotz der eingeschalteten Außenbeleuchtung nahmen beide ihre Taschenlampen und öffneten ihre Pistolenhalterung. Ein Beamter verschwand hinter dem Haus, der zweite drückte den Klingelknopf. Es dauerte nicht lange, da ging im Haus das Licht an und die Haustür wurde geöffnet. Der zweite Beamte stand in der Tür und winkte seinem Kollegen mit dem Kopf zu. Zum Auto hin rief er: „Bleiben Sie noch, wir sondieren die Lage!" Nach einer weiteren Viertelstunde kam einer der Polizisten zurück zu ihrem Auto: „Da drin sieht es schlimm aus, total verwüstet. Aber ihre Freundin ist nicht da. Was hatte sie denn am Telefon zu Ihnen gesagt? Es sieht aus, als hätte sie fluchtartig das Haus verlassen. Kommen Sie bitte und zeigen uns auf den vielen Fotos ein Bild ihrer Freundin. Wir müssen eine Fahndung herausgeben, vielleicht wurde sie entführt. Schauen Sie sich das Chaos in der Wohnung einmal an!"
Total verwirrt und gedankenverloren ging Barbara mit dem Beamten zögernd zurück zum Haus. Wo um Himmels Willen war Anne geblieben? Sie hatte doch tot in der Küche gelegen, als sie eben noch hier heraus geschlichen war. Alle Räume sahen jetzt noch viel schlimmer aus als sie es in Erinnerung

hatte, aber das musste sie für sich behalten, sonst hätte sie selbst verdächtig gemacht! Da mussten anschließend noch irgendwelche Leute etwas gesucht haben. Da war sich Barbara jetzt sicher. Vielleicht waren die ja vorher auch schon die ganze Zeit im Haus gewesen und … jetzt wurde ihr plötzlich schlecht. Und müssen sie gesehen haben. Der Beamte deutete ihr Unwohlsein falsch und meinte nur, dass wäre reine Routine. Sie solle ruhig nach einem Foto von ihrer Freundin suchen. Im oberen Geschoss ging sie ins durchwühlte Schlafzimmer. Auch hier eine Unordnung, die sie von ihrer Freundin nicht kannte. Man hatte zweifelsfrei etwas gesucht. Neben dem Nachttisch lag auf einem Haufen von Unterwäsche auch ein zerbrochenes Bild. Barbara drehte es um: Es war zwar ein älteres Foto von Anne, aber man konnte sie sehr gut darauf erkennen. Sie brachte ihre Trophäe nach unten zu den Beamten, die jetzt etwas eingeschüchtert in der Küche saßen. „Fassen Sie nichts an! Die Jungens von der Spurensicherung wollen das ganz groß aufziehen. Setzen Sie sich besser zu uns. Wir regeln das gleich. Ist sie das?" er deutete auf Foto, dass sie mitgebracht hatte. Sie nickte nur und gab das Bild ab: „Schon etwas älter ist das schon. Und fülliger geworden ist sie auch!" Das Wochenende war dahin! Ihre Personalien wurden aufgenommen und sie konnte nach dem erstellten Protokoll zunächst einmal gehen. Sie musste ihre Gedanken ordnen und war froh, hier heraus zu kommen. Sie wendete ihren Wagen und fuhr den kleinen Weg zurück auf die Straße. Wer hätte ein Interesse daran gehabt, ihre Freundin umzubringen? Zweifellos musste sie den Mann gekannt haben, denn sie sagte: Der wollte mich umbringen!
Ein greller Lichtkegel und eine warnende Auto Hupe rissen sie zurück in die Gegenwart. Sie fuhr fast mitten auf der Straße und ein entgegenkommender Wagen hatte gerade noch ausweichen können. Sie atmete erleichtert auf und steuerte wieder auf die rechte Seite zurück. Als sie kontrollierend in den

Rückspiegel sah, erkannte sie ein dunkles Fahrzeug mit abgeblendetem Scheinwerfer. Es fuhr mit gebührendem Abstand hinter ihr her. Soll doch überholen, wenn der Typ es eilig hat, dachte sie noch. Sie reduzierte ihre Geschwindigkeit und setzte ihren rechten Blinker. Der Wagen hinter ihr blieb stehen. Als sie eine kleine Ortschaft erreichten fuhr sie die nächste Straße rechts ab und dann gleich wieder links. Sie wollte gerade am Straßenrand einparken, als die Limousine um die Ecke bog und sofort langsamer wurde und stehen bleib. Kein Zweifel, sie wurde verfolgt. Sie entschloss sich, auf gar keinen Fall sofort nach Hause zu fahren, denn dann wussten die Verfolger, wo sie wohnte. Sie fuhr wieder zurück auf die Schnellstraße und im nächst größeren Ort direkt zur Polizeistation. Ängstlich beobachtete sie abwechselnd ihre Tankfüllung und im Rückspiegel ihre Verfolger. Als sie entschlossen vor dem Amtsgebäude parkte und zügig die Stufen zum Gebäude hoch ging, blickte sie über ihre Schulter zurück. Der dunkle Wagen heulte auf und fuhr ohne Licht an ihr vorbei, sodass sie kein Nummernschild erkennen konnte. Sie drehte sich um und ging zurück zum Auto. Langsam fuhr sie zu ihrem Haus und parkte den Wagen in der Garage. Sie verschloss das Tor und ging ins Haus. Was für eine Nacht! Wo war Anne? Was war mit ihr geschehen? Sie hätte heulen können und war doch wie gelähmt. Sie schaute auf die Uhr: 4.30h! Sie machte sich einen starken Espresso und setzte sich ins Wohnzimmer. Sofort sprang sie auf, nahm einer ihr Ladegerät und schloss das Handy an: „Das passiert mir nicht noch einmal!" Sie genoss das heiße Getränk und legte sich auf die Couch. „Ist ja Wochenende!" murmelte sie, und schlief ein.

Die Spurensicherung fand Blutspuren in der ganzen Wohnung. Alle waren von der gleichen Person. Dreck vom Garten und Lehm vom Gehweg wurden von mehreren Schuhabdrücken in

der Wohnung sichergestellt. Die Kriminalabteilung hatte den
Fall an sich genommen. Man wusste nicht, wie es sich
entwickeln würde und so entschloss man sich, die nächtliche
Zeugin, diese Freundin, wie hieß die gleich? Barbara Holder,
40 Jahre geschieden, noch einmal vorzuladen.
Die Kripo musste sich ein eigenes Bild machen.
Was die Streifenpolizisten da für einen verworrenen Bericht
vorgelegt hatten, das war mit Verlaub, nicht zu gebrauchen. Die
mussten irgendetwas übersehen haben! „Für vierzig Jahre hätte
ich die nicht geschätzt! Sieht noch richtig gut aus, findest du
nicht?" „Schon, aber ein bisschen verwirrt kam sie mir auch
vor und überhaupt, was redest du denn da? Ich bin verheiratet
und nicht interessiert!" Am Steuer des Dienstwagens grinste
der Fahrer seinen Nebenmann an. Der Kollege schüttelte den
Kopf. „Komm, tu doch nicht so! Du hast die doch mit deinen
Blicken förmlich verschlungen!" „Hab ich nicht! Das war rein
sachlich! Ich hätte auch einer alten Oma den Sprit verkauft!"
„Na ja, das lassen wir mal so stehen, wenn ich an die Brünette
gestern Abend vor der Disco denke! Da warst du nicht
verheiratet?" Sie neckten sich, bis über Funk der nächste
Einsatz rief.
Als Babsy's Telefon klingelte, wusste sie zunächst nicht, wo
sie sich befand und wie spät es war. Als sie endlich den Hörer
abnahm, war die Leitung schon tot. Sie schaute auf ihr Display:
UNBEKANNTE NUMMER. Wird sich verwählt haben! Sie
zog die Gardinen auf, jedoch blieb es dunkel. Die Uhr zeigte
7.ooh und langsam kam ihre Erinnerung zurück. Um 5.30h in
der Frühe hatte sie sich hingelegt, also anderthalb Stunden
geschlafen. Sie schaltete den Fernseher ein und wollte das
Frühstücksprogramm sehen. Zu ihrer Verwunderung meldete
sich ein Sprecher: „19.ooh. Hier sind die Nachrichten!" Jetzt
war sie hellwach! Abend? Sie schaute angestrengt, aber es kam
kein Bericht über ihre nächtlichen Erlebnisse. „Hab ich das

geträumt?" Verstört ging sie zum Briefkasten und entnahm diverse Briefe und einen gepolsterten Umschlag. Der weckte ihre Neugier. Sie drehte ihn um, keine Anschrift kein Absender. Sie öffnete ihn und schüttete den Inhalt auf den Tisch. Ein kleiner Doppelbartschlüssel fiel auf die Marmorplatte. Sie griff hinein und holte ein handgeschriebenes Blatt Papier heraus:

„Liebe Barbara,
Ich habe eine große Dummheit begangen. Und jetzt werde ich bedroht. Vor Jahren hatte ich durch meinen früheren Freund Kontakt mit der Drogenszene. Mein Freund Frank hatte eine Überzeugungsgabe, aber wem sage ich das, du hast ihn ja auch mal kennen gelernt. Auch wenn du ihn nicht leiden konntest. Er besorgte regelmäßig große Mengen von Opium und versteckte sie bei mir. Dafür bekam ich monatlich fünftausend Euro. Als er einmal krank war, wollte er, dass ich für ihn einen Deal erledigen sollte. Er erklärte mir, was ich wohin liefern sollte und das Geld würde er dann bei mir abholen. Ich befolgte seine Anweisungen und wunderte mich, wie einfach und klanglos das über die Bühne ging. Das erhaltene Paket schaute ich mir zu Hause näher an, obwohl mir Frank das strikt verboten hatte. Es waren zwanzigtausend Euro! Und einen solchen Deal machte der zweimal pro Woche! Ich wollte mehr von seinem Kuchen abhaben und entschloss mich, auf eigene Faust zu arbeiten. Das Geld liegt in einem Schließfach im Tresor der Bank hier im Ort. Ich habe es auf deinen Namen einrichten lassen, da du die einzige bist, der ich noch vertrauen kann! Nimm das Geld an dich und mach was Schönes damit!

Anne
PS.: Ganz wichtig!! Verbrenne als Erstes diesen Brief, denn er könnte gegen uns verwandt werden!

Sie musste zur Polizei, um zu erklären, wie das zusammenhing. Und dann? Würde man ihr das alles glauben? Wie sollte sie ihre Lüge am besagten Abend erklären? Sie ging in die Küche und verbrannte den Brief im Spülstein. Am Montagmorgen ging sie zur besagten Bank. Der Angestellte war sehr zuvorkommend und es war problemlos, in den Kundentresor zu gelangen. Der junge Mann ging vor und schloss mit seinem Generalschlüssel das linke Schloss des Schließfaches auf. „Ich lasse Sie alleine. Wenn Sie hier fertig sind, klingeln Sie!" Er deutete auf den Knopf an der Wand. „Mit ihrem Schlüssel können Sie das Fach jetzt öffnen!" Er ging zum Tagesgitter und zog es hinter sich wieder zu. Dann stieg er die Wendeltreppe hoch und war verschwunden. Als sie alleine zwischen den verchromten, glänzenden Schränken stand, wurde ihr etwas mulmig. Was würde sie in diesem Fach finden? Sie setzte den Schlüssel an und drehte ihn im Schloss. Die kleine Stahltür schwang auf und in dem Fach befand sich ein Blechkasten ohne Vorhängeschloss. Sie nahm den Kasten und ging damit zu dem einzigen Tisch hier unten. Vorsichtig klappte sie den Deckel zurück und tatsächlich, mehrere Bündel druckfrischer Banknoten lagen vor ihr. Sie überflog flüchtig die Gesamtsumme. Es waren mindestens dreißigtausend Euro! Was sollte sie jetzt machen? Die Entscheidung wurde ihr abgenommen, denn vor dem Tresorgitter standen mehrere Männer, die sie erst jetzt wahrnahm.

„Barbara Holder? Sie sind vorläufig festgenommen. Alles was Sie sagen, kann vor Gericht gegen Sie verwendet werden. Wenn Sie bitte ihre Hände durch das Gitter strecken würden? Übereinander, bitte!" Die Handschellen klickten und ein verlegener Bankangestellter öffnete das Tagesgitter wieder. Einer der Herren trug Latexhandschuhe und ging an ihr vorbei und beschlagnahmte die gefüllte Blechkiste. Alle Personen gingen danach durch den Personaleingang zum Hof, um

Aufsehen zu vermeiden. Babsi wurde im Polizeiauto ins Präsidium gefahren und bei ihrem anschließenden Verhör wurde ihr schlagartig bewusst, dass sie verloren hatte.
Die Anklage lautete: Mord, Rauschgifthandel und Verbreitung von Falschgeld! Ihr wurde der Boden weggezogen. Ein Nachbar hatte den Bewegungsmelder im Garten bemerkt und sie gesehen, als sie zwei Stunden vor dem erneuten Besuch mit der Polizei, auf Anne zugelaufen war. Bei der anschließenden Gegenüberstellung hatte er sie zweifelsfrei aus einer Gruppe von fünf anderen Frauen wieder erkannt. Zu diesem Zeitpunkt war Anne also noch lebend im Haus. Entgegen der Aussage von Barbara war sie doch schon zwei Stunden vor dem Eintreffen der Polizei im Haus gewesen! Im Keller hatte man eine männliche Leiche gefunden. Wie die Untersuchungen ergaben, handelte es sich um den Freund der Vermissten. Für die Kriminalpolizei stand zweifelsfrei fest, dass Barbara Holder ganze Arbeit geleistet hatte. Ihre Schuhe hatten Schmutzspuren im gesamten Haus hinterlassen. Die frischen Fingerabdrücke von Babsi fand man an den Tassen und Gläsern in der Küche und ihre gebrauchte Papiertaschentücher im Treteimer. Sie hatte auch ihre angebliche Freundin als lästige Zeugin beseitigt, da war man sich sicher. Das beschlagnahmte Geld aus dem Schließfach war Falschgeld. Das Fach war auf ihren Namen zugelassen. Wo war der angebliche Brief mit der Aufforderung, das Geld aus dem Wertfach der Bank zu holen? Dass sie den verbrannt haben wollte, glaubte ihr keiner. Sie widersprach sich von Verhör zu Verhör. Da sie kein Geständnis ablegte und allen Vorwürfen widersprach, glaubte der Richter, dass sie das Verbrechen verschleiern wollte. Sie konnte nicht sagen, was sie mit der armen Freundin angestellt hatte. Das Ergebnis war eine hohe Gefängnisstrafe nach einem reinen Indizienprozess von zwanzig Jahren ohne Bewährung. In der Erklärung war von eiskalter Planung die Rede und von

hinterlistigem Mord! - Anne Winter blieb verschwunden.

Als Barbara panisch das Haus verlassen hatte, stand Anne wieder auf und spülte ihre Augen mit Borwasser aus, denn es hatte sie sehr angestrengt, nicht zu blinzeln. Sie wechselte ihre blutverschmierte Bluse und dachte über ihren Plan nach:

Sie hatte das gesamte Geld ihres Freundes beiseite geschafft und mit einer U-V Lampe die darunter befindlichen, falschen Banknoten aussortiert und vorher in das Schließfach zur Bank gebracht. Als ihr Freund das Geld abholen wollte, nutzte sie die Gelegenheit, ihn von hinten zu erstechen, als er in den Keller ging, um Bier zu holen. Jetzt war der Zeitpunkt gekommen, um zu verschwinden! Dazu brauchte sie eine Strohpuppe, die zur Verantwortung gezogen werden konnte: Barbara Holder!

Eile war geboten und so kam sie zum schwierigsten Teil: Sie hatte eine Drahtbürste bereitgelegt, mit der sie sich den entblößten Rücken zerkratzte, bis blutige Striemen zu sehen waren. Die Schmerzen musste sie ertragen, denn sie waren der Weg in ein besseres Leben. Mit ihren Kleidungsstücken rieb sie das Blut vom Rücken, um sie in der Wohnung zu verteilen, damit es nach einem brutalen Übergriff ihres Freundes aussah. Anschließend verwüstete sie ihr Wohnzimmer und rief Barbara an. Es musste ängstlich klingen, damit sie schnell zu ihr kam. Bevor sie danach mit der Polizei zurückkam, nahm sie ihre Sachen und verließ das Haus seitlich am Vordereingang vorbei bis zum Nachbargrundstück und dann zur Straße. So vermied sie das Auslösen des Bewegungsmelders. Da sie zu diesem Zeitpunkt noch nicht als vermisst galt, konnte sie sich beruhigt mit dem gesamten Geld nach England absetzen. Von dort nahm sie einen Direktflug nach Montego Bay, Jamaika.

Während sie sich in der Karibik verwöhnen ließ, dachte sie dankbar an ihre Freundin, ohne die das schöne, neue Leben nie wahr geworden wäre. Ob sie sich wohl immer noch Sorgen macht? Na, egal! Hauptsache der Rum schmeckt!

Vermisst und dann?

„Da treibt etwas in der Fahrrinne direkt auf uns zu!" rief der junge Leichtmatrose aufgeregt und deutete mit dem Fernrohr in seiner ausgestreckten Hand geradeaus über den Bug des Trawlers. Sie waren seit drei Wochen im Atlantik zum Fischen und befanden sich gerade auf der Rückfahrt zum Heimathafen in Husum. Der Kapitän war mit der Mannschaft und seinem guten Fang sehr zufrieden. Im Ärmelkanal zwischen Dover und Calais waren sie immer besonders aufmerksam. Gerade jetzt, wo die Dämmerung den kommenden Abend ankündigte und vereinzelte Nebelfetzen die Sicht nicht gerade erleichterten.

Vor zwei Jahren hatte die gleiche Crew mit einem etwas kleineren Schiff im Skagerrak, einer ähnlichen Meerenge an der nördlichen Küste von Dänemark mit sehr viel Schiffsverkehr, einen bösen Unfall gehabt. Sie waren damals auch auf der Rückfahrt gewesen, diesmal von der Ostsee kommend. Da hatte das Schiff aus dem Nichts heraus plötzlich einen gewaltigen Schlag bekommen, schaukelte und verlor gewaltig an Fahrt. Sie waren mit irgendetwas Größerem zusammengestoßen. Ein anderes Boot konnte es nicht gewesen sein, denn die waren 3 bis 4 Seemeilen von ihnen entfernt.

Der Kapitän konnte sich zunächst nicht erklären, was ihn da gerammt hatte. Er verteilte sofort die bereitliegenden, rücken-langen Schwimmwesten, obwohl das Schiff noch gerade und normal im Wasser lag. Danach erst hatte er an der Reling das Schiff umrundet und endlich schräg achtern, auf der Steuerbordseite einen dieser riesigen, genormten Stahlkisten im Wasser treiben gesehen. Den musste wohl ein Containerschiff verloren haben, in dem gestrigen Sturm der Windstärke 9. Da nur eine Ecke dieser acht Meter langen Transportbox ungefähr drei Fuß aus dem Wasser ragte, hatte er folglich den

Fremdkörper, der wie ein Eisberg unter Wasser dahin trieb total übersehen. Ein größeres norwegisches Fischerboot fing damals seinen automatisch abgesetzten Notruf auf, drehte bei und steuerte auf sie zu. Die Stahlecke hatte sein Boot unterhalb der Wasserlinie auf eine Länge von knapp einem Meter aufgerissen. Sie konnten damals von innen das Leck einigermaßen abdichten, jedoch wechselte die restliche Mannschaft zur Sicherheit auf das rettende Schiff. Nur der Kapitän blieb am Steuer seines angeschlagenen Trawlers.
Mit einer dicken Stahlseiltrosse wurde das notdürftig geflickte Boot abgeschleppt, wobei am Heck des vorausfahrenden Schiffes ein Matrose aufmerksam die Motortrommel bediente. Er hatte den ausdrücklichen Auftrag die Trommel sofort zu lösen, sobald das Boot im Schlepptau doch noch anfangen sollte, zu versinken. Sie schafften es jedoch tatsächlich bis in den dänischen Hafen von Hirtshals. So etwas durfte nie wieder passieren! Deshalb waren sie hier auch alle so aufmerksam.
Nun widmeten sich die wachhabenden Seeleute diesem frühzeitig erkannten Treibgut hier im Kanal.
Sie befanden sich nördlich von Dunkerque und hatten Calais vor drei Stunden in östlicher Richtung passiert. „Ist das ein Baumstamm?" fragte der Steuermann, der das Fenster auf seiner Brücke nach oben geklappt hatte und direkt mit ihnen sprach. Der Kapitän stand mit zwei anderen Matrosen und dem Jungen, der die Meldung gemacht hatte ungefähr acht Meter von der Brücke entfernt vorne am Bug. „Maschinen Stopp!" rief er dem Steuermann oben am Fenster zu. Dabei drehte er sich nur halb um, damit er die Sicht auf das schwimmende Objekt nicht verlieren konnte. Erst jetzt antwortete er auf die Frage seines Offiziers: „Das ist kein Baum, das ist ein Mensch! Seht nur, der winkt!" Ein Matrose hatte das Fernrohr wieder vor den Augen, obwohl sie sich schon auf unter einer halben Meile herangeschoben hatten und man mit bloßen Augen den

Gegenstand sehen konnte. Nur ein sehr geübter Seemann kann die Gläser überhaupt einigermaßen ruhig halten und dabei auch noch etwas erkennen. Durch den Seegang konnte man mit dem Fernglas vor Augen sehr schnell schwindelig werden.
„Der winkt nicht, der Arm wackelt in den Wellen. Der hat uns noch gar nicht gesehen!" und makaber fügte er hinzu: „wenn der überhaupt noch was mitbekommt!" Sie manövrierten das Schiff vorsichtig näher und sahen den Mann im Wasser treiben. Ohne Rettungsweste kämpfte er erschöpft immer noch gegen den leichten Wellengang an. Er konnte höchstens eine halbe Stunde im Wasser sein, denn sonst würde er nur noch dahindümpeln und hätte schon lange keine Kraft mehr gehabt immer noch zu versuchen über Wasser zu bleiben. Von schwimmen konnte wahrlich keine Rede mehr sein. Das war nur noch ein Überlebenskampf. Ungefähr zwanzig Minuten schafft das ein gesunder Mensch. Länger hält das keiner aus. Schon gar nicht bei den Temperaturen hier in der Nordsee. Es waren im Augenblick gerade mal 17 Grad Celsius. Endlich waren sie nahe genug, hatten das Rettungsnetz seitlich an der Bordwand befestigt und Jan, ein mutiger, kräftiger Bursche war schon herunter geklettert um den armen Wicht aus dem nassen, drohenden Grab zu befreien. Genau in dem Augenblick, als er den schlappen, fast leblosen Körper zu fassen bekam, verlor der sein Bewusstsein. Jan hatte die Leinen-Schlinge schon um seine Schultern und gab ein vereinbartes Zeichen nach oben, damit man mit vereinten Kräften den Körper an Deck ziehen konnte. Zug um Zug hievten sie den erschlafften Körper höher. Endlich konnten sie ihn oben mit den Händen packen und über die Bordwand heben. Jan war schon hochgeklettert und stand jetzt neben ihnen. Gemeinsam schafften sie ihn schnell unter Deck. Sie mussten sich beeilen, um den unterkühlten Körper ins Leben zurückzuholen. Deshalb hatten sie schon entsprechende Vorkehrungen getroffen. Unten in einer Kabine

hatte der Koch eine große Badewanne vorbereitet, gefüllt mit Meerwasser. Dort wurde der Mann vorsichtig hineingelegt und mit einem zusätzlichen Schlauch ließ man langsam und allmählich wärmeres Wasser in die Wanne. Man erwärmte so vorsichtig und langsam den ausgekühlten Körper. Hätte man ihn sofort in warmes Wasser getaucht, er hätte einen extrem gefährlichen Schock bekommen können. Solange er bewusstlos war, durfte man ihm nichts einflössen. Man fixierte seinen Kopf in eine Art kleiner Schwimmweste, damit er nicht unter das Wasser rutschen konnte. Er trug elegante, sportlich hochwertige Kleidung. Aber man fand ein Portemonnaie bei ihm, prall gefüllt mit Geldscheinen, Kreditkarten und seinem Ausweis. Bert Soldau, 41 Jahre Hamburg, Finkenwerder. Sie nahmen wieder volle Fahrt auf und mittlerweile waren auch die anderen Matrosen von dem Zwischenfall informiert, hellhörig geworden. Eben noch in ihren Kojen hatten sie ihre Freistunde genossen, jetzt wollten alle dem offenbar in Seenot geratenen Mann helfen. Der zweite Offizier war, wie der Kapitän, als Rettungshelfer ausgebildet und so hatten sie ihm direkt eine den Kreislauf stabilisierende Spritze gegeben. Nach weiteren zwei Stunden bewegte er kraftlos seine Augen und leckte sich immer wieder über die Lippen: „Das Salz haben wir schon mit Süßwasser abgewaschen. Ruf den Chef und sag ihm, dass er wach ist und etwas essen und trinken sollte." Er erholte sich erstaunlich schnell und nach weiteren heilsamen und stärkenden Anwendungen saß er endlich in Wolldecken gehüllt in der Offiziersstube und trank einen warmen Kakao. Jetzt erzählte er den wartenden Seeleuten, was mit ihm angeblich passiert war. Er fuhr sehr oft mit seiner Motorjacht die Unterelbe hoch und dann nach Schottland, Frankreich, oder weiter südlich sogar bis nach Portugal. Diesmal war er, so versicherte er der Besatzung, einfach zu unvorsichtig gewesen und einfach so über Bord gegangen. Da sich sein Skipper und seine Frau noch an Bord befanden, bat er dringend um eine Möglichkeit, bei seinen Angestellten anrufen zu können. Er wollte sagen, dass er am Leben wäre und dass alles in Ordnung sei. Der Kapitän hatte seine berechtigten Zweifel, ob diese Aussage der Wahrheit entsprach, denn wenn einer regelmäßig mit seinem Boot auf den Meeren kreuzt, so hält er auch Sicherheitsvorschriften ein … an Deck das Tragen einer Schwimmweste, zum Beispiel! Zum anderen war er verpflichtet, sofort eine Meldung zur Küstenwache abzugeben, um die erfolgreiche Aufnahme des Schiffbrüchigen zu dokumentieren. Jedoch konnten und wollten sie keine unnötige weitere Zeit verlieren und mögliche Probleme mit der Schiffspolizei wollten sie aus persönlichen Gründen auch aus dem Weg gehen. Sie hatten die Fangquote weit überschritten und auch nicht genehmigte Fische an Bord. Der Kapitän war also damit zufrieden und freundete sich sogar am nächsten Tag ein wenig mit ihm an. Er hatte sich direkt bereit erklärt mit ihnen nach Husum zu fahren, damit sie keinen Umweg hatten und der Hafenbehörde dumme Fragen beantworten mussten. Am Nachmittag des nächsten Tages waren sie zurück in Husum und Bert Soldau ging hier wieder von Bord. Mit einer Kreditkarte hob er bei der örtlichen Genossenschaftsbank zehntausend Euro ab, bedankte sich mit der Hälfte des Geldes bei seinen Rettern und bat um ihre Diskretion. Dann machte er sich per Bahn auf den Weg zurück nach Hamburg. Er trug immer noch den Arbeitsoverall vom Schiff, leichte Leinenschuhe und hatte in einem Pappkarton unter dem Arm seine eigenen getragenen Sachen.

Vier Wochen zuvor hatte Bert seiner jungen Frau Nina von seinem erfolgreichen Vertragsabschluss erzählt. Zur Belohnung und Entspannung wollten sie diesmal gemeinsam an der gesamten europäischen Westküste vorbei, südlich bis zu den

Kapverdischen Inseln fahren. Das Wetter war traumhaft, als der Skipper mit seinem Motorboot die alte Süderelbe hochkam. Hier stiegen sie ein, verstauten ihre Sachen und fuhren mit dem starken Außenborder durch den Köhlfleet zurück in die Unterelbe. KURS NORDSEE. Die fünfundzwanzig Meter lange Motorjacht war pompös ausgestattet. Nina brauchte auf Nichts zu verzichten. Für die Sicherheit und den richtigen Kurs sorgte schon seit vielen Jahren der englische Skipper Jerry Stone. Er war fünf Jahre jünger als Bert, also 36 und fuhr dessen private Jacht als sein Firmenangestellter. Franz Braxel, ein österreichischer Sterne-Koch wurde für die jeweiligen See Reisen gebucht. An Wedel und Glückstadt vorbei sahen sie bald die Silhouette von Cuxhaven und auf der Backbordseite grüßte ein letztes Mal der vertraute Leuchtturm auf der Insel Neuwerk. Sie waren in der deutschen Bucht und nahmen nun Kurs an der Küste entlang in westliche Richtung. Sie ließen das Leuchtfeuer von "Roter Sand" ebenfalls auf der Backbordseite liegen und steuerten den Westanleger von Wangerooge an.
Hier, geschützt im Hafen, übernachtete sie nach einem vorzüglich angerichteten Abendessen auf dem Deck.
Nachdem Jerry die Hafenformalitäten hatte, fuhren sie an den ostfriesischen Inseln vorbei und wollten in der zweiten Etappe mindestens bis zu einer, der vor gelagerten niederländischen Inseln kommen. Ameland, Terschelling, Vlieland oder Texel, wir werden sehen, wie weit wir bei diesen Wellen diesmal kommen, sagte er zu sich selbst. Er lag oben an Deck alleine im Schatten auf einem Liegestuhl, als er leise Stimmen hörte. Zunächst dachte er sich nichts dabei, er hörte die vertrauten Stimmen seines Skippers und seiner Frau. Doch warum sprachen die miteinander englisch? Und seit wann waren die so vertraut miteinander? War ihm da etwas Wichtiges entgangen? Er hatte all die Jahre seiner 25 jährigen Frau blind vertraut. War er zu unaufmerksam gewesen? War das der entscheidende

Fehler gewesen, auf den ihn immer wieder alte Freunde hinweisen wollten? Er schloss die Augen um sich auf das Gespräch zu konzentrieren, jedoch waren die Motorgeräusche und das Schlagen der Wellen zu laut. Aus den aufgeschnappten Gesprächsfetzen konnte er keinen für ihn verständlichen Sinn ableiten. Er schlief schließlich ein, jedoch nicht, ohne sich selbst zu versprechen, wachsam das zukünftige Tun seiner Frau aufmerksam zu beobachten. Nachdem sie am dritten Tag die Insel Texel im Morgengrauen verlassen hatten, war der Vorfall mit seiner Frau schon fast vergessen. Oder wollte er es nicht wahrhaben? Hatte er es nur verdrängt?
Sie waren sehr zeitig aufgestanden und losgefahren. Wollten sie doch den Ärmelkanal heute hinter sich lassen und an der französischen Küste endlich südlichen Kurs einschlagen. Sie passierten Den Haag und kurz danach Middelburg. Sie hatten jetzt beschleunigt und fuhren mit einem Tempo von bestimmt dreißig Knoten. Als die Küste von Oostende in Sicht kam, saßen sie zum Essen auf dem Deck. Das Gericht war gut, aber er wunderte sich, dass seine Frau die Teller holte und den Wein einschenkte. Wo war der Koch? Als sie mit dem Nachtisch aus der Kombüse kam, fragte er sie direkt und unverblümt: „Liebling, wieso machst du das? Dafür bekommt dieser Braxel sein Geld!" Seine junge Frau setzte ein bezauberndes Lächeln auf: „Schatz, das mache ich gerne für dich! Und Braxel, ach ja! Habe ich das nicht erwähnt? Seine Mutter ist krank geworden. Der hat abgeheuert und fliegt wieder nach Hause. Er ist seit Texel nicht mehr an Bord!" sie schmunzelte und sah ihn merkwürdig an: „Ich dachte, ich hätte das mit dir abgeklärt." Sie schmuste sich wie eine kleine Katze an seine Schulter: „Bist du mir jetzt böse?" Er schüttelte etwas verlegen lächelnd den Kopf. Was ging da vor sich? Warum war seine Frau so aufgedreht? Und warum wollte sie immer wieder noch ein Glas Rotwein mit ihm trinken? Das Boot schoss gleichmäßig durch

die leichten Wellen und seine Gedanken fanden keine vernünftige Erklärung. „Komm mal zu mir an die Reling, Liebling. Ich muss dir ein Geständnis machen!" Mit offenen Armen stand Nina an der Steuerbordseite und lehnte sich verführerisch an die Außenwand. Rechts neben ihr war die Reling so tief, dass die Gischt ihr Kleid bespritzte. Er ging zu ihr und fragte erwartungsvoll: „Na, was willst du gestehen?"
Ein seltsames eiskalt gefrorenes Lächeln seiner Nina war das Letzte, was er bewusst wahrnahm. Ein fester Schlag gegen sein linkes Ohr nahm ihm das Gleichgewicht, und als er festen Halt suchte, griff er daneben. Er drehte sich um und wunderte sich, dass Jerry ihm diesen Schlag verpasst hatte. Wer steuerte denn das Schiff? „Schlag zu, du Feigling! Bring es endlich zu Ende!" Er hörte die hysterisch klingende Stimme seiner geliebten Nina. So hatte er sie noch nie erlebt. Er war auf den zweiten Schlag ebenso wenig vorbereitet wie zuvor. Er taumelte und als er die rettende Reling greifen wollte, stieß Jerry ihn von hinten über Bord. Der heftige Aufschlag machte ihn wieder munter. Er wunderte sich, wie schnell sein großes Motorboot immer kleiner wurde, bald wie eine weit entfernte Boje auf der schäumenden Gischt tanzte und schließlich hinter den meterhohen Wellenbergen verschwand.

Jerry Stone hatte die Fahrt wieder gedrosselt und steuerte nun einen kleinen, unbedeutenden Hafen an der französischen Küste an. „Ich liebe dich! Jetzt noch viel mehr! Jetzt sind wir endlich frei und das Geld gehört endlich mir! Mir alleine." Ihre Augen hatten einen starren Blick. „Not so quick! Nicht so schnell, Nina - Darling!" Er wollte ihre überschwängliche Euphorie dämpfen: „Du musst ihn erst für tot erklären lassen, wir müssen den Unfall offiziell melden. Wir haben das doch durchgesprochen!" „Du hast ja Recht, aber ich bin doch so froh, dass du mich endlich von ihm befreit hast!" „Ich weiß

nicht. Soweit ich das mitbekommen habe, hat er dich doch immer gut behandelt. Und er war auch immer ein großzügiger, guter Chef!" Der Engländer wurde von seinem Gewissen geplagt. „Rede keinen Unsinn! Alt war er! Viel zu alt für mich! Ich will wieder frei sein! Einfach in den Tag hinein leben. Genießen und mir all die Dinge kaufen, die ich sehe und haben will! Mit dem kleinen Taschengeld, was der mir zukommen ließ, konnte ich nicht leben! Pah! Läppische fünftausend Euro im Monat! Und das bei seinem Vermögen!" Ihre Augen hatten einen seltsam, starren Blick. Wie betrunken gierte sie plötzlich nach Geld. Er stand vor ihr, doch sie schaute durch ihn durch. Hoffentlich ging das alles gut, dachte Jerry, denn er hatte nicht so viel Geld! Würde sie ihn anschließend genauso abservieren, wenn er nicht mehr so funktionieren würde, wie sie wollte? Im Geheimen hatte er seine Tat, die er aus Liebe nur für sie gemacht hatte, längst schon bereut. Aber jetzt gab es kein Zurück mehr. Sie hatte sich seit jenem verhängnisvollen Tag sehr verändert. Er traute sich erst gar nicht, ihr zu sagen, dass er sich am liebsten stellen würde.
Wie sollte er jetzt vorgehen? Die Voraussetzungen für eine solide Abrechnung mit den Beiden sah Bert darin, dass seine Hausbank nach Rücksprache mit dem Leiter seine gesamten Konten auch weiterhin nur für ihn persönlich verfügungsberechtigt ließ. Er erfuhr bei dem Anruf, dass Nina tatsächlich schon vorgesprochen und auf die Freigabe des Vermögens gepocht hatte. Zunächst war der Direktor verblüfft und fragte nach einem Gerichtsurteil, einem Erbschein, oder wenigstens einer polizeilichen Anweisung. Er hatte vom Ableben seines besten Kunden noch keine Kenntnis. Jetzt, da sich Bert persönlich bei ihm gemeldet hatte, wusste er auch, warum. „Es ist traurig, so von seinem Partner enttäuscht zu werden. Aber seien Sie froh, damals meinen und den Rat ihres Anwaltes befolgt zu haben. Ihre junge Frau durfte auf keinen

Fall alle Konten uneingeschränkt zu ihrer persönlichen Verfügung haben. Die Kontoführung auf dem einzigen Privatkonto ihrer Gattin, wenn ich Ihnen das im Vertrauen sagen darf, ist sehr bedenklich. Gut, dass Sie Gütertrennung haben und dafür nicht aufkommen müssen! Gehen Sie bitte umgehend zur Polizei, denn sie wollte so schnell wie möglich eine einstweilige Verfügung erwirken. Sie muss bei uns zuerst das Konto ausgleichen. Sonst bekommt sie von uns keinen Cent mehr.” Bert war verblüfft über so viel Dreistigkeit seiner Nina. Diese Skrupellosigkeit hatte er ihr nicht annähernd zugetraut. Sie war immer so schüchtern und lieb zu ihm gewesen. Nie hatte er eine Klage vor ihr gehört. Sie war doch seine geliebte Nina. Sein Lebenselixier! Aber gleichzeitig sah er auch das verzerrte Gesicht von ihr vor sich, an jenem Nachmittag. Ihm klang noch die schrille Stimme von ihr in seinem Ohr nach: „Schlag zu, oder bist du ein Feigling! Bring es endlich zu Ende!” Das war von den Beiden mit langer Hand vorbereitet. Wie oft hatte sie ihn mit dem Skipper wohl schon betrogen? Ging das schon lange mit ihnen? Er erinnerte sich an das englisch geführte Gespräch. Sollte das die letzte Verabredung zu dem Verbrechen gewesen sein? Er versuchte sich an Details zu erinnern, an Telefonate oder nicht ausreichend erklärtes, viel zu spätes nach Hause kommen … Ihm fiel auch nach reiflicher Überlegung nichts anderes Verdächtiges auf. Aber jetzt wusste er endlich, woran er bei seinem Angestellten und seiner jungen Frau war: Beide hatten ihn sehr geschickt hintergangen. Er befolgte den Rat des Bankdirektors und fuhr zum Rathaus. Im Nebengebäude war die örtliche Polizeistation. Als er eintrat, blickte ein Beamter gelangweilt von seinem Bildschirm hoch: „Einen Moment noch, ich schreibe nur gerade den Satz zu Ende!” Dann tippte er mit den Zeigefingern abwechselnd im Suchsystem noch ein paar Minuten weiter. Endlich stand er auf und kam zu ihm.

„Hansen, Kommissar Hansen." Bert schaute ihn verblüfft an:
„Ich dachte Kommissare sind nur bei der Kripo?"
„Nein, das ist eine behördliche Amtsbezeichnung:
Wachtmeister, Ober,- und schließlich Hauptwachtmeister, dann
Kommissar, Ober, - und Hauptkommissar!" Er lächelte sein
Gegenüber stolz an: „Wie kann ich Ihnen helfen?" Bert fing an,
seine erlebte Geschichte zu schildern und sah, wie der Polizist
seine Stirn in Falten legte. Schließlich unterbrach er ihn:
"Geben Sie mir bitte mal Ihren Ausweis?" Der Beamte
studierte die eingeschweißte, grüne Plastikkarte eingehend.
Dann schaute er ihm direkt in die Augen: „Die Dame," er
zögerte einen Augenblick: „wohl Ihre Gattin, nehme ich mal
an, hatte einen Zeugen dabei, der auch Ihren tödlichen "Unfall"
gesehen haben will." Er schüttelte verständnislos den Kopf:
„Diese Beiden gehen felsenfest davon aus, dass Sie tot sind!"
Damit drehte er sich um und ging zu seinem Schreibtisch. Er
brauchte nicht lange zu suchen, da hielt er triumphierend eine
Pappmappe hoch, gefüllt mit Schriftstücken: „Zur Vorlage für
den Staatsanwalt!" Er schüttelte überrascht den Kopf: „Mein
Gott und Sie leben und sind unverletzt? Das ist doch, warten
Sie mal ..." Er blätterte in den Schriftstücken und wurde
schließlich auch schnell fündig: „Das ist jetzt eine Woche her!?
Wieso war Ihre Frau denn noch nicht hier und hat das
aufgeklärt? Sie wollte doch so schnell wie irgendwie möglich
die gesamte Freigabe Ihres Vermögens. Aha ...!" Jetzt schaute
ihn der Uniformierte an: „Das war gar kein Unfall?" er blätterte
wieder in den Papieren, las das Protokoll durch und zitierte
daraus anschließend: „Sind Sie nicht alleine bei stürmischer
See außerhalb der Kabine an der Reling gestanden weil Ihnen
nicht gut war? Sie sollen ziemlich viel getrunken haben, zu
viel! Sind Sie auch nicht danach vor den Augen Ihrer
verzweifelten Frau und dieses Zeugen, Ihres Skippers über die
Reling gestürzt? Beide waren angeblich innerhalb des Schiffes,

viel zu weit weg von Ihnen und konnten Ihnen leider bei dem Sturz über die nicht mehr helfen. Das haben Ihre Gattin und dieser . . ." er blätterte in den vorliegenden Papieren: „Ah, da steht es, äh Stone, Jerry Stone, Engländer. Also beide haben übereinstimmend und unter Eid ausgesagt, dass ein stundenlanges Suchen in der aufgewühlten Nordsee leider auch wegen des starken Seegangs, vergebens war. " „Das war nicht ganz so, wie Sie das da stehen haben! Ich muss gestehen, meine … na ja, wie soll ich das sagen?" Bert zögerte einen Augenblick, doch dann vertraute er sich dem Beamten an: „Meine Frau weiß nicht, dass ich jetzt hier bin!" Damit löste er ein Grübeln und Spekulieren bei dem armen Beamten aus, der jetzt mit offenem Mund dastand. Deshalb beeilte er sich, das sofort klarzustellen: „Wenn ich mir sicher bin, dass das zutrifft, was ich vermute, so werde ich mich von ihr trennen. Ich habe keine Zeugen, die meine Version bestätigen könnten. Genügt Ihnen das fürs Erste?"

„Sie sind gut. Mir würde das völlig genügen, als Mensch. Aber Sie haben mir das gesagt. Damit ist das jetzt aktenkundig. Und als Beamter muss ich dieser Sache nachgehen, wollen Sie nicht doch besser jetzt eine ausführliche Aussage machen?" „Nein! Auf gar keinen Fall. Bitte legen Sie die Akten beiseite und warten Sie noch ein paar Tage, dann komme ich wieder und werde Ihnen alles erklären." Der Beamte war in einer Zwickmühle. Er wiegte den Kopf hin und her, um anschließend zu sagen: „Gut, eine Woche! Spätestens dann benötige ich Ihre Aussage, … versprochen?" Damit nickte er ihm zu und legte die Akten zurück in die Schublade. „Ich danke Ihnen! Bis nächste Woche."

Bert war zwar ein guter und erfolgreicher Geschäftsmann, aber ein knallharter Racheengel? Das war er mit Sicherheit nicht. Er wollte sie zur Rede stellen und beiden dabei in die Augen sehen und dann entscheiden, ob er sie anzeigen würde oder ob er sich von ihr trennen müsste. Jerry war zu entlassen, denn er hatte sein Vertrauen in schändlichster Weise missbraucht, das stand fest. Er könnte nicht mehr in seiner Kabine ruhig schlafen, wenn Jerry sein Schiff steuerte. Er musste ihn fristlos entlassen. Und seine Frau? Was sollte er mit ihr anstellen? Trennung? Ja, … aber eine Anzeige wegen des hinterhältigen, gemeinsamen Mordanschlags? Könnte er es vor Gericht beweisen? Hatte er Zeugen? Er wohnte jetzt erst einmal in seiner Eigentumswohnung in der Innenstadt. Von dort rief er bei sich zu Hause an. Es klingelte nur ein einziges Mal. „Soldau?" „Ja, hier auch! Soldau. Nina wie fühlst Du Dich jetzt?" Die Leitung stand zwar, das hörte er an der leisen Musik im Hintergrund, aber seine geliebte Nina konnte nichts sagen. „Was ist? Hast Du die Sprache verloren?" Jetzt hörte Bert ein leises Knacken in der Leitung und die Musik schallte anders. Sie hatte den Lautsprecher eingeschaltet! „Ist er bei Dir? Hört er jetzt zu? Was habt ihr euch bloß davon versprochen?" Ein leises Flüstern zeigte ihm die Ratlosigkeit der beiden abgebrühten Menschen. Er konnte zwar nichts verstehen, aber dieses Getuschel sagte ihm mehr als tausend Worte. „Sag deinem Jerry, dass er gefeuert ist! Und wir sprechen uns noch!" er legte den Hörer sofort auf. Mit seinem zweiten Telefonat erklärte er seiner Buchhalterin, dass sie so lieb sein möge, eine fristlose Kündigung von Herrn Jerry Stone wegen persönlicher Differenzen vorzubereiten. Er würde pünktlich morgen früh in seinem Büro sein und den Brief unterschreiben. Zwei Tage! Zwei Tage werde ich meiner geliebten Frau Zeit geben. Bis dahin wird sie einen Anwalt beauftragt haben. Davon war er nach dieser neuen Erkenntnis überzeugt.

„Da hast du`s! Ich hätte es alleine durchziehen sollen! Du bist noch nicht einmal fähig, mich von meinem Mann zu befreien!" Wütend und desorientiert rannte sie mit einem halb vollen Glas

Sekt durchs Haus. „Was jetzt? Wirst du es diesmal besser machen, oder soll ich das selbst in die Hand nehmen?" Jerry saß blass in dem wuchtigen Ledersessel, und es schien, als würde das braune Ungetüm ihn fast verschlucken. „Wie stellst du dir das denn vor? Die Gelegenheit auf dem Schiff war einmalig und … " Sie unterbrach ihn barsch: „Einmalig nennst du das? Was ist denn daran bitte schön einmalig? Versagt hast du! Hättest du kräftiger zugeschlagen, die Haie hätten ein Festmahl gehabt! Wie hat der Teufelskerl das bloß überlebt?" Sie stand jetzt am Wohnzimmerfenster und starrte durch die Gardinen gedankenverloren in ihren Garten. „Erschieße ihn! Ersteche ihn! Mach irgendwas! Aber bitte mach es gleich! Die Vermisstenanzeige bei der Polizei haben wir doch schon aufgegeben." Sie drehte sich zu ihm um: „Fehlt nur noch die endgültige Bestätigung, dass er tot gefunden wird!" Sie konnte sich ein siegessicheres Grinsen nicht verkneifen. „Wenn du deinen Job erledigt hast, dann fahr ihn raus! Schmeiße ihn in seine geliebte Nordsee, da war er doch so gerne! Aber diesmal darf er nicht wiederkommen, hörst du? Mach deine Arbeit gut!" Sie stand jetzt dicht vor ihm und sah direkt in seine Augen. Ihre Lider zuckten noch nicht einmal und er hatte das erste Mal richtig Angst vor ihrer Entschlossenheit. „Wo, meinst du kann ich ihn finden?" „In seiner Stadtwohnung nehme ich an. Der wird nicht im Hotel wohnen! Ruf mich an, sobald er tot ist!" Sie hatte sich schon so befreit gefühlt, so reich. Jerry merkte, dass er bei ihr nicht mehr landen würde, wenn er nicht schnell tätig würde. Wortlos verließ er das Haus und stieg in seinen Sportwagen. Er kannte die Stadtwohnung seines Chefs, denn er hatte ihn mehrfach dorthin begleitet. Zuvor fuhr er in den kleinen Jachthafen und ging an Bord des Motorschiffes. Auf der Brücke waren Signalpistolen mit Leuchtspurpatronen. Das wäre die einfachste Lösung, denn wenn er sich auf die Schnelle eine Schusswaffe besorgen müsste, so wäre ein

Kontakt zur kriminellen Szene von Nöten! Und genau den hatte er nicht! Er steckte zwei Patronen ein. Die Dritte war schon im Lauf. Probeweise hatte er einmal mit Leuchtspur auf ein Holzbrett im Hafen geschossen. Er erinnerte sich an den gewaltigen Rückschlag und die Durchschlagskraft des großen Kalibers. Auf kurze Entfernung musste ein Schuss absolut tödlich sein. Wohlgemerkt … ein Schuss! Zum Nachladen würde er nicht kommen, also musste der Erste ein sofortiger, tödlicher Treffer sein. Er startete seinen Wagen und fuhr in die Stadt. Das Auto parkte er ein paar Straßen entfernt und ging zu Fuß, das todbringende Schussgerät geladen in seiner rechten Hand. Zur Tarnung legte er seine Jacke darüber. Er war sehr nervös, als er dreist bei seinem Chef klingelte. Der Türsummer ertönte augenblicklich und ohne Gegenfrage. Er stieg in den bereitstehenden Fahrstuhl und drückte die Nummer des Stockwerkes unterhalb der bekannten Wohnung. Er wollte im Treppenhaus das letzte Stockwerk vorsichtig und leise zu Fuß weitergehen. Als er auf die Tür zuging, wunderte er sich, dass sie weit offen stand. Langsam schlich er hinein und verschloss sie hinter sich. Wenn er erfolgreich sein wollte, musste er schnell und überrascht schießen. Er ging durch den dunklen Flur auf die erhellte Wohnzimmertür zu, als sich diese plötzlich öffnete …

Er schoss zielsicher sofort auf den aufgetauchten Körper. Der wuchtige Knall, der entsetzliche, nicht endende Lichtschweif und der grelle Schrei … alles geschah zeitgleich im Bruchteil von Sekunden. Der Schrei blieb, genauso wie die zischenden Funken, die aus dem zuckenden Körper sprühten. Er hatte gedacht, ein Schuss und tot! Fertig! Aber diese grellen, von grausamen Schmerzen begleitenden, fast tierisch anmutenden Schreie, die hatte er nicht erwartet. Die Funken stoben immer noch in den Flur, auf den Teppich, gegen die Tapeten und die kleine Anrichte mit dem Telefon. Der Körper drehte sich auf

dem Boden und riss dabei einen Stuhl um, der Teppichläufer
schlug Wellen. Der Schrei hörte und hörte nicht auf. Das
musste ein entsetzliches Sterben sein! Das alles waren
Minuten, die ihm wie eine Ewigkeit vorkamen und erst jetzt
sah er seinen Chef fassungslos im Türrahmen auftauchen …
unverletzt!
Auch er schaute hilflos auf den sich krümmenden, sterbenden
Menschen und *erkannte er*st jetzt, dass es:

.... **seine geliebte Nina war!**

Sie war eine halbe Stunde zuvor hier in sein Appartement
gekommen, um sich mit ihm "auszusprechen".
In Wirklichkeit traute sie ihrem Freund Jerry nicht zu, dass er
seinen Job gut und endgültig ausführen würde. Sie wollte
sicher sein, dass alles so klappen würde, wie sie sich das
gedacht hatte. Dass er tatsächlich so schnell handeln würde,
das bekam die sterbende Frau nicht mehr mit, als sie endlich
leiser wurde, nur noch wimmern konnte und schließlich die
weit aufgerissenen Augen ihren Glanz verloren und sich halb
schlossen.
Die Qualen hatten ein Ende gefunden.

Jerry wurde wegen Mordes verhaftet und eingesperrt.
Bert ließ sich in ein Sanatorium einweisen, um sich von seinem
Schock und den Strapazen der Vergangenheit zu erholen.
Wenn er wieder richtig gesund ist, will er mit seiner Motorjacht
die Tour noch einmal befahren. Dann aber wirklich bis zu den
Kapverdischen Inseln, und nicht schon im Kanal aussteigen.

Habgier (Kain und Abel)

Der Plan schien perfekt. Aber wir wollen von vorne beginnen. Alles hatte damit angefangen, dass sich der ältere Bruder nicht damit abfinden konnte, dass er sein Erbe schon nach einem Jahr durchgebracht hatte. Seine Arbeitsstelle war gekündigt, die noblen Karossen hatte er zu Bruch gefahren und hübsche Frauen waren wie Heuschrecken über ihn hergefallen. Nun stand er da! Vollkommen alleine und ohne Freunde! Ohne Frauen und keinen einzigen Cent mehr in der Tasche. Mit Gelegenheitsarbeit hielt er sich so gerade noch über Wasser, die Miete hatte er nicht mehr bezahlen können. Aus Mitleid war ihm ein alter, ausrangierter Campingwagen auf einem Stellplatz angeboten worden, wo er für kleines Geld übernachten durfte. In dieser Lage erinnert er sich an seinen Bruder, den kleinen Hans. Der hatte sein Erbe gewinnbringend angelegt, war weiter arbeiten gegangen und hatte sein solides Leben nicht wegen des Geldes aufgegeben. Ironie des Schicksals, denn damals hatte ihn sein großer Bruder deshalb aufgezogen: „Ja, Mama hat gesagt nun spar mal schön! Warst du schon in der Karibik? Nicht? Oh, das tut mir leid! Dann spar mal weiter!" Nun hatten ihn die mahnenden Worte und Ratschläge der Eltern eingeholt. Folglich stand der Kleine finanziell, nach seiner Pensionierung auch ganz anders da. Wilhelm wusste natürlich, dass der Streber solider gelebt hatte als er und fasste den Entschluss, sich wieder bei ihm zu melden, sich einzuschleimen. Unter einem Vorwand, ganz belanglos natürlich, denn von der totalen Ebbe in seiner Tasche sollte und durfte Hans nichts wissen. Ein erstes Telefongespräch ließ den kleinen Bruder hellhörig werden, denn er hatte seit dem Tod der Eltern nichts mehr von ihm gehört. Von einer Villa in Südamerika und einer großen Plantage hatte Wilhelm ihm erzählt und den kleinen Bruder damit schwer beeindruckt, denn er kannte ihn eher als einen Draufgänger und Verschwender. Dann, nach dem zweiten Gespräch bat er den Bruder darum, bei ihm vorbeizukommen, wenn er wieder in der alten Heimat verweilen würde. Genau darauf hatte Wilhelm gewartet. Zwei Monate später kam er. Nach der freudigen Begrüßung waren sie sich schnell einig, dass sie mehr Zeit zusammen verbringen sollten. Zumindest, wenn der Große nicht in der „Prunk-Villa" in Übersee weilte. „Weißt du", sagte er eines Abends zu Hans, den er abfällig früher immer Hänschen genannt hatte: „ich habe das Anwesen vermietet. Ich bin jetzt zu alt, um immer hin und her zu fliegen." Hans nahm dem mittellosen Bruder diese erneute Lüge wieder ab und fiel darauf herein. Die Fotos, die ihm Wilhelm von dem riesigen Anwesen gezeigt hatte, waren doch Beweis genug. Der wusste immer noch, wie er die Naivität des Kleinen ausnutzen konnte. Hans, der nie geheiratet hatte, nie Urlaub gemacht oder sich sonst etwas gönnte, war nun nicht mehr alleine. Nun war wieder ein Mensch an seiner Seite, dem er zugetan war. Blut ist eben doch dicker als Wasser. Früher hatte er sich bei seiner Mutter des Öfteren über den älteren Bruder beschwert. Seine Mutter wusste von dessen Ungerechtigkeiten dem Kleinen gegenüber, aber es war doch auch ihr leibliches Kind. Dann musste Hans immer hören: „Ihr seid Brüder! Ihr müsst zusammenhalten, ich will kein Wort mehr darüber hören. Wie soll das denn werden, wenn ich nicht mehr bin!" Damit war jeder Protest, jede Möglichkeit sich zu erklären, schon im Keim erstickt. Mit den Jahren wurde dem kleinen Hans Demut dem älteren Wilhelm gegenüber anerzogen, alles wurde dem Grobian verziehen und Hans fügte sich in sein devotes Leben. Es kamen die Erinnerungen an früher wieder hoch, trotzdem verfiel Hans in seine alte Rolle. Wilhelm hatte sein erstes Ziel erreicht. Er wusste zu genau, dass die direkte Verwandtschaft erben würde. Somit hätte

Wilhelm beim Ableben seines Bruders Zugriff auf dessen, nicht unerhebliche Güter. Der Wahrscheinlichkeit nach würde er diesen Tag jedoch nicht so schnell erleben, um noch viel mit dem Geld anfangen zu können, denn er war fünf Jahre älter und hatte zudem ein exzessives Leben geführt. Zudem war er zuckerkrank, sein Herz und seine Leber waren ruiniert, starke Medikamente sollten seine, in all den vergangenen Jahren selbst ruinierte Lebensqualität einigermaßen zu stabilisieren versuchen. Der kleine Hans erfreute sich dagegen bester Gesundheit . . . . noch! Denn das sollte sich bald ändern! Das musste sich ändern! Wilhelm wurde eifersüchtig auf den Bruder und seine düsteren Gedanken suchten nach einer Möglichkeit, dem Kleinen „etwas" zustoßen zu lassen. Es musste wie ein Unfall aussehen, denn überführte Mörder können nicht erben. Lange würde er seine selbst verschuldete Armut nicht mehr verbergen können. Hans gönnte sich einmal im Jahr einen ausgiebigen Aufenthalt in einer Kurklinik am Bodensee. Wilhelm blieb für diese vier Wochen alleine im Haus, da er sich so etwas finanziell nicht mehr leisten konnte. Seine Bank drohte, den Dispositionskredit zu kündigen. Dann würde sein Kartenhaus endgültig zusammenbrechen. Als Hans wieder einmal am Bodensee war, schnüffelte Wilhelm in den Akten und Unterlagen seines Bruders. Dabei fand er im Schreibtisch einen Tresorschlüssel. Er wusste von einem Schranktresor im Schlafzimmer, dessen Inhalt er noch nie gesehen hatte. Hans hütete also vor ihm doch ein Geheimnis. Schnell hatte er den Safe geöffnet und saß nun erschrocken vor einem Umschlag mit der Aufschrift: T E S T A M E N T.
Wieso hatte Hans ein Testament verfasst, wenn doch die gesetzliche Erbfolge geregelt war? „Weil er jünger ist, als ich und damit rechnen muss, dass er von uns übrig bleibt!" sagte er sich und wollte den Brief gerade wieder zurücklegen, als sich sein ungeduldiges Gewissen regte. Eine innere Stimme sagte

ihm, dass er sich Gewissheit verschaffen sollte, ob Hans das wirklich so gewollt hatte. Der Brief war nicht versiegelt und der Umschlag mit einer Schreibmaschine beschriftet. Hastig riss er das Kuvert auf und hatte den handgeschriebenen Brief vor sich. Die Enttäuschung war groß, als er das Schriftstück las: Eine Organisation zum Schutz der Tiere sollte begünstigt werden, alleine! Hans stellte sein Haus zur Verfügung, um daraus, nach seinem Ableben, eine Tierpension zu machen. Sein Bruder sollte demnach lediglich den geringen Pflichtteil bekommen, da er ja von den Eltern schon ausgezahlt worden war. Er nahm einen neuen Umschlag aus dem Schrank und schrieb mit gleichem Wortlaut wieder: Testament darauf, steckte das Schreiben wieder hinein und legte alles wieder zurück an die vertrauten Stellen. Hans hatte damit sein Todesurteil geschrieben. Wilhelm fasste den Entschluss, seinem Bruder regelmäßig Insulin zu verabreichen, denn ein gesunder Mensch würde die zusätzliche Dosis nicht verarbeiten können, kollabieren und bei weiterer Einnahme völlig desorientiert zusammenbrechen, womöglich sterben. Da der eigene Körper auch Insulin produziert ist eine zusätzliche Verabreichung kaum oder nur sehr schwer in den ersten Stunden nachweisbar. Der Entschluss stand fest! Hans musste sterben. Wilhelm ließ sich nicht das Geringste anmerken, damit sein Bruder nicht stutzig werden konnte, gab dem Kleinen täglich die doppelte Dosis vom verschreibungspflichtigen Medikament. Das Resultat kam schneller, als erwartet und schon nach wenigen Tagen hatte Hans Kreislaufprobleme und Hitzewallungen, die ihm bis dahin völlig unbekannt gewesen waren. Der Hausarzt konnte nichts feststellen und empfahl einen weiteren, längeren Aufenthalt in der Klinik am Bodensee, die auch auf solche medizinischen Fälle vorbereitet war. Wilhelm hatte seinem Bruder, dem es mittlerweile so schlecht ging, dass ihn ein Krankenwagen in die Klinik fahren musste, zum Abschied noch seinen Lieblingskuchen gebacken, mit Insulin, natürlich! Täglich rief er bei den behandelnden Ärzten an und erfuhr, dass es ihm schon nach wenigen Tagen so gut ging, dass er in ein naheliegendes Hotel gewechselt hatte. Dann, nach zwei Wochen kam die traurige Nachricht aus dem Hotel, dass man den Bewohner leblos vorgefunden hatte. Der benachrichtigte Arzt konnte nur noch den Tod feststellen. Der Mann hatte einen Herzinfarkt erlitten. Wilhelm triumphierte! War tatsächlich nach anfänglichen Fehlschlägen doch noch der erhoffte Erfolg eingetreten. Er ging in das Arbeitszimmer, öffnete die Kassette und nahm das Testament an sich. Kein Testament hieß automatisch, dass die gesetzliche Erbfolge eintreten würde, also er. Gerade hatte er alles wieder an seinen Platz gelegt und war in der Küche, um sich einen Cappuccino zu gönnen, da klingelte es an der Haustür: „Guten Tag. Wir sind vom Gericht und das sind Beamte der Polizei. Wir dachten, dass der Verstorbene alleine hier gewohnt hatte." Wilhelm zeigte seinen Personalausweis und erklärte den Beamten, dass er bei dem Bruder untergekommen war. Der Beamte wurde nun förmlich: „Setzen Sie sich, bitte. Herr Berg, ihr Bruder ist in einem Hotel am Bodensee verstorben! Herzliches Beileid." Sie machten eine Pause, denn Wilhelm musste nun überrascht tun und nahm ein Taschentuch, um damit theatralisch seine Augen zu wischen. Nach einer Weile hatte er sich gefangen und fragte: „Wie ist das denn passiert? Er war doch kerngesund!" Die Beamten schauten sich an. „Offenbar war er doch nicht so gesund, wie Sie glauben, denn er hatte einen tödlichen Herzschlag." Wilhelm tat überrascht und schüttelte mit dem Kopf. „Eine Frage noch, " der Beamte wandte sich ihm zu: „Wissen Sie von einem Notar oder Anwalt? Oder hat er vielleicht hier ein Testament hinterlegt?" Wilhelm war etwas irritiert, zu lange vielleicht, denn die Beamten kamen noch einmal zurück. „Wo ist das Zimmer des

Verstorbenen. Hatte er einen separaten Raum, oder haben sie alles gemeinsam hier bewohnt?" Wilhelm zeigte den Männern das Arbeitszimmer, danach das Schlafzimmer seines Bruders. „Was suchen Sie denn?" fragte er, aber die Beamten antworteten nicht und gingen in das erste Zimmer, während einer von ihnen das Schlafzimmer betrat. „Soll ich Kaffee machen?" Durch die geschlossene Tür hörte er ein „Nicht nötig, danke!" Daraufhin ging er zurück in die Küche. Nichts werden sie finden, gar nichts. Ich erbe, ich alleine. Die Beamten entschuldigten sich bei Wilhelm Berg und gaben ihm die erforderlichen Unterlagen, mit denen er die Beerdigung veranlassen konnte. Wilhelm rief augenblicklich die Klinik am Bodensee an und ließ verlauten, dass der kleine Bruder immer davon gesprochen hatte verbrannt zu werden. „Schicken Sie mir die Rechnung zu. Mein Bruder soll anonym bei ihnen im Ort beigesetzt werden!" Er wollte sich nicht mehr weiter damit belasten und erwirkte eine Freigabe für die anstehenden Kosten mit dem Schreiben der Beamten bei der Bank seines Bruders. Acht Wochen später kam ein Schreiben vom Amtsgericht: „Sehr geehrter Herr Berg. Wir bitten Sie, am 30. August dieses Jahres in das Notariat des Herrn Dr. Heinz Wöhler zu kommen, zwecks Testamentseröffnung. Bringen Sie bitte Ihren Ausweis mit. Hochachtungsvoll, gezeichnet…(Unterschrift)
Der Himmel hing voller Geigen. Das Leben konnte so schön angenehm und unbeschwert sein! Das Leben war auch schön, …….zumindest für ein Jahr. Dann kam ein seltsamer Anruf aus einer Klinik am Bodensee: „Guten Tag Herr Berg, ich weiß nicht, wie ich Ihnen das erklären soll. Ihr Bruder lebt! Er verlangt nach Ihnen. Können Sie hierher kommen?". Er war komplett verwirrt und hatte den Hörer gesenkt in Hüfthöhe, als er die plärrende Stimme hörte: „Sind Sie noch dran? So reden Sie doch!" Er hielt die Muschel zu, um sich zu sammeln. „Ja, da bin ich wieder. Wir waren kurz unterbrochen!" „Nicht so

schlimm. Also folgendes, Herr Berg ist bei uns in der Klinik. Er hatte einen schweren Unfall und bittet Sie zu ihm zu kommen. Das ist die Kronen – Klinik in Überlingen, Unfallstation. Ich bin der behandelnde Stationsarzt. Mein Name ist Dr. med. Franzen. Wann können Sie es einrichten? Herr Berg ist soeben aus dem Koma erwacht und erwartet Sie." Völlig aufgelöst antwortete Wilhelm: „Morgen! Morgen Vormittag bin ich da. Wo soll ich mich melden?" Die Antwort bekam er nicht mehr mit. Zu viele Gedanken schossen ihm durch den Kopf. Er hatte einfach aufgelegt. Was war das? Er hatte alles auf seinen Namen überschrieben, nach seinem Geschmack umbauen lassen, sogar das danebenliegende Grundstück schon verkauft. „Betrüger! Das sind Erpresser, die neidisch auf mein Erbe sind." Dachte er bei sich. Hans ist tot! Verbrannt und beigesetzt! „Ruf zurück! Du wirst sehen, es gibt gar keine Klinik mit diesem Namen!" seine innere Stimme meldete sich wieder und er schaute auf das Display und drückte den Knopf des zuletzt geführten Telefonats. Das Freizeichen zeigte, dass es diese Nummer gab: „Franzen, Unfall – Klinik, ja bitte?" Wilhelm legte auf, ohne ein Wort gesagt zu haben. Was war da passiert? Er musste unbedingt zum Bodensee, denn das konnte nur ein Irrtum sein. Als er endlich am Krankenbett seines Bruders stand war er mehr als verwirrt. Da lag er! Schlafend zwar, aber es war eindeutig Hans! Schlagartig wurde ihm bewusst, dass er entlarvt werden würden. Spätestens, wenn sein Bruder entlassen wurde und zurück in sein Haus wollte. Wer war denn da vor einem Jahr beerdigt worden? Er musste all seinen Mut zusammennehmen. „Wir haben uns schon gedacht, dass etwas Seltsames mit dem Patienten passiert sein musste, denn niemand wusste, wo er hergekommen war. Wir haben Monatelang alle Vermisstenanzeigen durchsucht, ohne Erfolg." Der Arzt sah das erstaunte Gesicht des Besuchers und ergänzte: „Ach, das wussten Sie nicht? Ihr Bruder liegt schon sein fast einem Jahr hier bei uns. Er wurde damals bewusstlos eingeliefert und hat erst vor ein paar Tagen sein Gedächtnis wiedererlagt. Erst da konnte er seine Identität erklären. Er war die ganze Zeit über nie als vermisst gemeldet. Furchtbarer Fall." Unbemerkt waren zwei Männer in das Krankenzimmer gekommen und hatten den Rest der Unterhaltung mitgehört: „Als vermisst?" fragte einer der Männer, und ergänzte: „Er war für uns tot und ist auf Veranlassung seines Bruders hier beerdigt worden. Herr Berg ist noch sehr schwach, aber wir haben ihn über das Geschehene aufgeklärt." Sie schauten auf den Kranken, der erschöpft in den Kissen lag: „Lassen Sie ihm seine Ruhe. Ich bin froh, dass sich jetzt jemand um ihn kümmert. Wir können uns draußen ungestört unterhalten. Da werde ich alle Ihre Fragen beantworten, übrigens mein Name ist Hofer, Josef Hofer, Oberkommissar. Das ist mein Kollege, Kommissar Strotze." Sie gaben sich die Hände und Wilhelm fühlte, wie ihm schlecht wurde. Bald waren sie in einem, vom Krankenhaus zur Verfügung gestellten Büro, in dem sie ungestört reden konnten. Dabei war Wilhelm einem Nervenzusammenbruch näher als die Beamten ahnen konnten. „Böse Sache, die da Ihrem Bruder widerfahren ist. Einmalig, würde ich sogar behaupten!" Der Assistent schaltete sich ein: „Sie wussten natürlich, davon gehen wir einmal aus, dass Ihr Bruder…..Herr Berg,………" der Beamte machte eine Pause, denn sein Vorgesetzter hatte ihn kräftig in die Seite gestoßen und damit zum Schweigen gebracht. Er übernahm nun wieder das Wort: „Entschuldigen Sie die Direktheit meines Kollegen, aber er meint es nicht böse. Er wollte nur damit andeuten, dass Ihr Bruder auf Männer stand. Das ist heut zutage nichts Ungewöhnliches mehr. Er muss sich damals jedoch, sagen wir einmal, mit einem skrupellosen Kriminellen eingelassen haben. Wir konnten ermitteln, dass dieser Mann Ihren Bruder auf einem Parkplatz in der Nähe von Sipplingen ausgeraubt und brutal zusammengeschlagen hatte. Er wurde erst zwei Tage später mit schwersten Verletzungen und ohne Bewusstsein aufgefunden. Ohne Papiere, ohne jeglichen Hinweis auf seine Identität wurde er in diese Klinik verbracht und fiel, bevor wir irgendetwas über ihn in Erfahrung bringen konnten, bis vor einer Woche ins Koma. Die Kollegen gingen davon aus, dass der Tote, der in der Suite 73 in dem Hotel gewohnt hatte, Hans Berg sei. Jetzt wissen wir, dass es sich um diesen Verbrecher gehandelt haben muss, der Ihren Bruder zusammengeschlagen und ausgeraubt hatte. Dabei war ihm der Hotelzimmerschlüssel in die Hände gefallen und da hatte er dann auch unbeschadet zwei Tage gewohnt. In dem riesigen Hotel mit dem ständig wechselnden Personal war das nicht aufgefallen. Als der schwer herzkranke Betrüger an der Hotelbar zu viel getrunken hatte, muss wohl sein Kreislauf zusammengebrochen sein. Es ist schwierig, nach so einer langen Zeit jede Kleinigkeit zu recherchieren, aber Fakt ist schließlich, dass er an Stelle von Herrn Berg verbrannt und begraben wurde. Nun haben wir alles in die Wege geleitet, diesen Irrtum wieder rückgängig zu machen. Das gesamte Ausmaß dieser Sache bekommt ihr Bruder zum Glück noch nicht richtig mit, denn verschiedene Begebenheiten scheinen ihm völlig unbekannt zu sein." Kalter Schweiß legte sich auf Wilhelms' Stirn, denn er hatte schon geahnt, was der Beamte nun sagen würde. „Zum Beispiel?" fragte er, denn er musste sich über das Erinnerungsvermögen seines Bruders im Klaren sein. „Nun", fügte der Kommissar hinzu: „Sein Testament! Er hatte panische Angst, dass er zuhause nun in einem Tierheim ankommen würde. Wir haben den Oberarzt eingeschaltet, denn er scheint eine schwere Amnesie zu haben. Er weigerte sich bisher, darüber zu sprechen. Deshalb wäre es gut, wenn Sie mit ihm reden könnten. Sie werden doch noch ein paar Tage hier bleiben?" Wilhelm war kreidebleich, nickte aber sofort los. Sein Bruder

Hans durfte mit niemandem mehr sprechen. Jetzt, da er soweit gekommen war, musste er zum Schweigen gebracht werden, wie auch immer. Am nächsten Tag, es war ein Donnerstag und sehr wenig Besucher anwesend, wurde er zu ihm auf die Intensivstation geführt. Wilhelm schaute sich schnell um und erkannte, dass sein Bruder an einer lebenswichtigen Infusion angeschlossen war. Würde er den dünnen, durchsichtigen Schlauch zerschneiden, so würde die Injektionsnadel Luft ziehen und eine Embolie hervorrufen, die zum Herzstillstand führen würde. Dann wären seine Sorgen erledigt. Schnell war der Schlauch gekappt und an der Flasche vorsichtig angeklebt, denn das abgeschnittene Ende musste hoch hängen, damit die kleine Druckpumpe weiterarbeitete. Nun stellte er den Schalter auf die Höchststufe. Schnell wollte er aus dem Zimmer gehen, als zwei Ärzte und die gestrigen Beamten die Tür versperrten und ihm langsam entgegen kamen. „Wir haben das geahnt, aber hätten nichts beweisen können! Herr Berg hat uns glaubhaft versichert, dass sein letzter Wille immer gewesen war, aus seinem Anwesen ein Tierheim zu machen. Sie als sein Bruder hätten lediglich den Pflichtteil bekommen. Das von ihm verfasste Testament wurde nie gefunden. Sie sind vorläufig festgenommen. Alles, was Sie ab jetzt sagen, kann vor Gericht gegen Sie verwendet werden. Abführen!“ Verdattert stand er da und drehte sich noch einmal zu seinem Bruder um, der sich auf die Bettkante gesetzt hatte. „Ach ja, “ meinte der Kommissar: „dieser plumpe Versuch eben wäre völlig zwecklos gewesen. Herr Berg ist an der Infusion überhaupt nicht angeschlossen.“ Hans drehte sich langsam um und schaute seinem Bruder dann traurig, aber starr ins Gesicht: „Warum, Wilhelm, warum? Du hast dich nicht einen Deut geändert, in all den Jahren. Ich kann das einfach nicht wahrhaben. Ich wollte das den Beamten bis zuletzt nicht glauben, aber du hast mich eines Besseren belehrt. Und jetzt verschwinde! Geh mir aus den Augen!“

Genialer Bruch?

„Sie haben richtig gehört! Vierhundert Euro für den Monat!" Der elegante Mann wiederholte sein Angebot und schaute die Vermieterin abwartend an. Diesem Angebot würde sie nicht wiederstehen können, denn er hatte lange nach diesem Objekt Ausschau gehalten. Bei ihr war er sich mehr als sicher. „Abgemacht! Ab Morgen steht Ihnen der Kiosk zur Verfügung. Hier haben Sie den Schlüssel, aber Sie sehen ja selber, dass da noch viel getan werden muss, damit es wieder freundlich und sauber aussieht!" Verschämt fügte sie hinzu: „Steht halt schon zu lange ungenutzt. Seitdem das Haus daneben leersteht und die meisten Bewohner hier weggezogen sind, bezweifle ich, ob sich hier überhaupt noch ein Verkaufsstand lohnt?!" Warf sie vorsichtig zweifelnd ein, aber der neue Mieter schien von seinem Plan fest überzeugt, nahm seine Brieftasche und gab der Frau 800,--€. „Ich melde mich nächsten Monat bei Ihnen, dann können wir einen längerfristigen Vertrag aufstellen. Bis dahin werden die Handwerker mit den Modernisierungen fertig sein." Die letzten Worte hatte sie schon überhört, denn dass ihr einer auch nur einen Cent für diese abgewrackte Bruchbude zahlen würde, hätte sie sich vor einer Woche nicht im Traum vorstellen können. Sie legte die Scheine behutsam in ihre Tasche und verabschiedete sich per Handschlag von dem netten Mieter. Dass sie ihn nie mehr wieder zu Gesicht bekommen würde, wusste sie natürlich da noch nicht. Der Mieter, nennen wir ihn Max, kontrollierte die Schließung der verkommenen Bude, stieg in seinen schwarzen Kleintransporter und fuhr los. „Endlich verschwindet dieser Schandfleck!" Passanten sahen am nächsten Tag den schwarzen, fensterlosen Lieferwagen, der mit geöffneten Türen vor dem besagten, neu angemieteten Kiosk stand. Drei Männer in Overalls, trugen Bohrmaschinen, Holzstreben und mancherlei Werkzeug in den kleinen Raum.

Nachdem der Wagen wieder verschlossen war hörte man tagsüber ein Hämmern und Bohren in dem kleinen Häuschen. Pünktlich gegen vier Uhr nachmittags fuhr der Wagen wieder davon, um am nächsten, frühen Morgen wieder dort zu parken. Das ging nun schon sechs Wochen und die Vermieterin traute sich nicht so recht, „Max" wegen des noch ausstehenden Mietvertrages anzusprechen. Sie wohnte zwei Blocks weiter und war überhaupt froh, dass man immer noch geschäftig dabei war, den Kiosk wieder aufleben zu lassen, obwohl…? Merkwürdig war schon, dass da so lange schon gearbeitet wurde und von außen noch nichts davon zu sehen war! Nach drei Monaten wurde die Vermieterin dann doch stutzig und ging an einem Mittag zu der „Baustelle". Die Straße war menschenleer. Kein Lieferwagen, kein Arbeiter, kein Lärm. Die Tür war verschlossen. Mit ihrem Zweitschlüssel konnte sie sich aber keinen Zugang verschaffen. Achselzuckend wollte sie gerade wieder gehen, als sie Geräusche vernahm. „Hallo? Ist da jemand?" Plötzlich verstummte es und leises Flüstern war zu hören, bevor ein Fenster geöffnet wurde. Ein fremder Mann erschien im Rahmen: „Gehen Sie weiter, hier gibt es nichts zu sehen!" Die Frau ging auf den Mann zu: „Sagen Sie Ihrem Chef, dass es Zeit wird, den Vertrag zu unterschreiben! Und die Monatsmiete ist fällig!" Zur Unterstützung ihrer Worte hatte sie beide Fäuste in ihre Hüften gestemmt und schaute den Mann entschlossen an. Umso verblüffter war die Antwort, die sie vernahm: „Kriminalpolizei! Sie haben von einem Mietvertrag gesprochen? Ich glaube, wir sollten uns unterhalten!" Er rief in den Raum zurück: „Macht weiter, ich bin im Dezernat!" dann stieg er durch das ebenerdige Fenster, hob die Hand und ein, auf der gegenüberliegenden Seite geparkter Polizeiwagen setzte sich in Bewegung. Mit offenem Mund stieg die Frau ein und bald darauf erzählte sie wahrheitsgemäß alles, was sie von dem Fremden Mann wusste. Es war reichlich wenig.

Kapitel 2

„Oh nein! Was ist das?" Der Kassierer, der soeben mit dem Abteilungsleiter zusammen die tonnenschwere Tür des Tresors geöffnet und das vergitterte Schiebetor zur Seite geschoben hatte, blieb erschrocken und verdattert stehen. „Was ist denn da!" rief der kühl wirkende Leiter, der jeder Situation gewachsen schien und drängte seinen Mitarbeiter zur Seite. Als er nun auch das runde Loch im Betonboden sah und sein Blick die verbogenen Stahltüren der Schränke sah, wurde ihm schlecht. „Ei…ein Einbruch!" Er taumelte zurück in den Vorraum und konnte sich gerade noch in einen der Bürostühle fallen lassen und rollte mit ihm ein Stück zurück: „Ein Einbruch?" wiederholte er fragend. „Ich denke wir haben eine sichere Alarmanlage, mit Erschütterungssensoren und Bewegungsmelder?" Jetzt erst wandte er sich an den Kassierer: „Krause!" rief er scharf und laut: „Haben Sie etwa gestern Abend vergessen, die Anlage scharf zu schließen? Das wir Sie den Kopf kosten! Sie Tölpel!" Zitternd ging der Kassierer zum Schaltpult und öffnete mit dem kleinen Schlüssel die Anlage, obwohl er immer gemeinsam mit seinem Vorgesetzten jeden Abend die üblichen Handgriffe tätigen musste um überhaupt danach abschließen zu können, war er sich tatsächlich jetzt auch nicht mehr sicher. Er überprüfte jeden Schalter. „Chef, sehen Sie selbst! Die Anlage steht auf grün! Sie wurde nur bei unserem Betreten mit dem Sicherheitsschlüssel an der Eingangstür deaktiviert, sehen Sie doch!" Der vierzigjährige Abteilungsleiter fuhr sich mit den Händen durch sein spärlich sprießendes Haar und überzeugte sich von den Worten seines Kassierers. Als sein Blick immer noch fassungslos zwischen dem Loch in dem Zementboden und dem elektronischen Steuerpult hin und herpendelte, versuchte der Angestellte vorsichtig darauf hinzuweisen, dass es nun wohl an der Zeit wäre, die Polizei zu benachrichtigen und für die Kunden ein

Schild anfertigen zu lassen, um den heutigen Ruhetag zu erklären. Eine halbe Stunde später war in der kleinen Bankfiliale die Hölle los. Nachdem die Angestellten befragt waren und sich die Spurensicherung ausführlich mit dem Tresorraum befasst hatte, stiegen zwei Beamte mit einer Leiter vorsichtig durch die freigelegte, runde Öffnung in die Tiefe. „Wie haben die nur die 60 cm dicke Spezialwand aus Beton und Eisen durchbrochen, ohne Lärm oder Erschütterungen zu erzeugen?" Sein angesprochener Kollege zuckte ratlos mit den Schultern, als sie in den schmalen, engen Gang hintereinander her krochen. Wie ausgefegt, so sauber war der festgestampfte Lehmboden, der nach 3 m vor einer Ziegelwand endete. In Hüfthöhe war eine sauber herausgeschlagene Öffnung, die groß genug war, um hindurch zu kriechen. „Geh zurück und frag den Kommissar, ob wir hier vorerst abbrechen oder weiter gehen sollen. Wer weiß, was uns vielleicht für Fallen erwartet!"
Als der Beamte und weitere Männer in dem engen Gang angekommen waren, ließen sie einen Spürhund herunter. Der kleine Terrier wurde durch das Loch in der Ziegelwand gehoben und von dem Hundeführer an einer langen Leine aufgefordert: „Such, Cäsar! Such!" Das kleine Tier wühlte sich, mit der Nase immer auf dem Boden, durch den Abfall in dem Kellerraum des angrenzenden, leerstehenden Hauses, bis er vor einer weiteren Wand stand und den nächsten Durchbruch anbellte. „Folgen wir!" sagte einer der Beamten und leuchtete mit seiner Stablampe gegen die Wand. Die Männer zwängten sich nacheinander in den geräumigen Keller. Die mitgeführten Taschenlampen schossen wie Laserblitze hin und her. „Ruhig, Cäsar!" Augenblicklich verstummte der Hund und ließ sein Herrchen einen Blick hinter die nächste, aufgebrochene Klinkerwand werfen. „Hier geht es wieder hoch!" rief er und bald darauf stand er in einer kleinen Bude, als er draußen eine Frau rufen hörte: „Hallo, ist da jemand?"

Kapitel 3

Auch nach ausführlicher Auswertung aller Spuren war es unmöglich, auch nur den geringsten Ansatz zu finden. Hier mussten Profis am Werk gewesen sein. Einige Zeugen sprachen von drei Männern, andere von zweien, die täglich in dem alten Kiosk nebenan gearbeitet hatten. Manche behaupteten, es seien wechselnde, fremde Fahrzeuge davor gestanden, wieder andere wollten keinen Lieferwagen gesehen haben. Selbst bei der Farbe der Autos war man sich nicht einig. Kurz gesagt: Man kam in den Ermittlungen nicht weiter. Die Akte wurde auf Eis gelegt. Nur ein Zufall würde hier noch helfen, so hoffte der leitende Kommissar und er sollte Recht behalten.

Zwei Monate später fand man einen Toten in einer Wohnung. Ein flüchtig dahingekritzelter Abschiedsbrief von einer unglücklichen Liebe sollte der Grund dafür gewesen sein, dass er sich vergiftet hatte. Die Hämatome an den Handgelenken ließen die Beamten jedoch daran zweifeln, dass der Verstorbene aus freien Stücken aus dem Leben geschieden war. Der Gerichtsmediziner bestätigte diesen Verdacht, denn man hatte den Ärmsten so stark festgehalten, dass ihm das Blut abgeschnürt worden war. Eine angeordnete Schriftprobe mit seinen Unterlagen in der Wohnung ergab dann folgerichtig, dass er den angeblichen Abschiedsbrief nicht selber verfasst haben konnte. Hinter dem Badezimmerspiegel fanden die Beamten einen USB-Stick in Form einer kleinen Plastikkarte. Beim Auslesen wurden Adressen und etliche Fotos von einem unterirdischen Gang, sowie Hinweise auf den Einbruch in der Bank sichergestellt. Dadurch hatte man die Parallele hergestellt, denn die Fotos waren fast identisch mit den Bildern, die die Spurensicherung unter dem Kiosk gemacht hatte. Über den Adressen stand: Sollte mir etwas zustoßen, so fahnden Sie nach diesen Männern. Man will nicht, wie vorher verabredet, teilen. Diese Namen und Fotos sind meine

Lebensversicherung. Mit Haftbefehlen ausgestattet, fuhren mehrere Beamte zu den vier weiteren Adressen. In drei Wohnungen lagen jeweils drei weitere Männer, die mit ähnlich gefälschten Briefen „freiwillig" Suizid verübt haben sollten. Eine der Wohnungen war zwar bewohnt, aber kein Mieter anzutreffen. Ein Fahndungsfoto, nach Angabe der Hausbewohner angefertigt, führte schnell zur Festnahme. Man fand das geraubte Geld in einem Schließfach am Bahnhof und den ausgebrannten Lieferwagen in einem nahen Waldstück. Anhand der verkohlten Werkzeuge und der detaillierten Beschreibungen auf dem gefundenen USB-Stick konnte die Tat nahtlos aufgeklärt werden.

Nachdem sich die Profis bis unter die Decke des Tresorraumes vorgearbeitet hatten, wurde mit einem Wagenheber eine präparierte Keramikschüssel, gefüllt mit konzentrierter Schwefelsäure, bündig abgedichtet mit Gummipolster unter die Betondecke gepresst. Die Kanister mit der ätzenden Flüssigkeit und die Atemmasken hatte ihnen einer der Mitwirkenden aus einer galvanischen Fabrik besorgt. Regelmäßig ließen sie während ihrer Arbeit im Stollen und unter der Betondecke ein Tonband mit den üblichen Arbeitsgeräuschen einer kleinen Renovierung in der kleinen Bude an der Straße abspielen. Täglich wurde die Säure aufgefüllt, denn die verdunstenden Dämpfe ließen bald den harten Beton als Staub aufgelöst, in die bereitstehende Schüssel rieseln. Zusätzlich wurde eine Drahtbürste eingesetzt, um diesen zersetzenden Prozess zu beschleunigen. Die Eisenstäbe und Drahtgitter, die zur Sicherheit im Stahlbeton eingegossen waren, wurden nun befreit und konnten mit einem Bolzenschneider oder dem tragbaren Schweißbrenner mühelos durchtrennt werden. So konnte man fast völlig lautlos diese dicke Kellerdecke mit viel Geduld und schwerer Arbeit überwinden. Genial erdacht und ausgeführt! Und was hatte es ihnen im Endeffekt genutzt?

Spuren verwehen nie ganz. . . Kapitel 1

Der Anruf kam kurz vor Feierabend und genau das liebte Andreas ganz besonders. Den ganzen Tag über hatte er nur Schreibkram, lästige Berichte und Rechtfertigungen aufgearbeitet, weil bis zu diesem Zeitpunkt kein einziges Telefonat eingegangen war. Aber dann, doch noch fünf Minuten vor Arbeitsschluss klingelte dieser dämliche Apparat. „Bin ich jetzt endlich mit der Mordkommission verbunden?" sprudelte da ein Anrufer sofort los: „Sie müssen unbedingt kommen! Ich habe eine wichtige Beobachtung gemacht und die muss ich Ihnen einfach melden. Ich habe lange mit mir gerungen, aber das ist schon sehr merkwürdig." Andreas unterbrach den Redefluss und fragte ihn nach seiner Adresse: „Mein Name ist Benjamin. Benjamin Forster. Ich bin erst seit kurzem hierher gezogen und kenne die meisten Anwohner natürlich noch nicht, aber was da gegenüber immer abgeht, das muss aktenkundig gemacht werden. Das müssen Sie selbst gesehen haben. Bender Str. 17, oberster Stock..." Genauso schnell, wie der Anrufer gesprochen hatte, war die Leitung nun auch wieder tot, ohne dass der Kommissar die Möglichkeit gehabt hatte, auch nur zu einer einzigen Gegenfrage gekommen zu sein. So konnte er sich natürlich auch nicht näher vom Wahrheitsgehalt und von der angeblichen Wichtigkeit überzeugen lassen. Die Türen im Dezernat standen weit offen und so rief er laut über den kleinen Flur nach seinem Kollegen, ohne sich vom Schreibtisch zu erheben: „Robert?" Die knappe Antwort aus dem Büro nebenan war eindeutig: „Oh nein, nicht schon wieder!" Trotzdem stand sein Assistent kurz darauf im Türrahmen, ließ sichtbar den Zündschlüssel des Dienstwagens an seinem ausgestreckten Zeigefinger hin und herschaukeln. Er war fertig für den Außeneinsatz. „Hast du an die Weste gedacht? Es ist schon dunkel, draußen und du kennst die Vorschrift!" Sein Chef beharrte auf die neuen Bestimmungen, die für solche Aufträge gedacht waren. Der sportliche, junge Mann schlug seine Lederjacke auf und zeigte die schwarze, schusssichere, mit Klettbändern verschlossene Weste und das Halfter mit der Dienstwaffe. (Sig-Sauer, neun Millimeter–Para, vierzehn Patronen) „Zufrieden?" Andi nickte zufrieden, spannte hörbar den Klettverschluss seines eigenen Schutzes, zog sein Jackett darüber und schaltete das Licht aus. „Wohin geht es diesmal?" war die knappe Frage seines Kollegen Robert Händler. „Bender Straße. Bin gespannt, was uns da erwartet!" Auf dem Weg in die Tiefgarage wurde Robert mit den erforderlichen Daten versorgt. Sie stiegen in den Dienstwagen und fuhren los. Nach gut zehn Minuten erreichten sie die genannte Straße, parkten hundert Meter entfernt den Wagen und gingen den Rest zu Fuß weiter. Sie brauchten nicht viel zu erklären, denn sie arbeiteten jetzt schon das siebte Jahr im Team eng zusammen. Robert hatte ihn Anfang Januar mit dem Ausspruch überrascht: „Als Eheleute hätten wir nun das verflixte Jahr, wo die meisten Beziehungen in die Brüche gehen!" Andreas hatte daraufhin nur die Schultern hochgezogen und erwidert: „Beschrei das bloß nicht! Die Behörde soll doch demnächst umstrukturiert werden!" Sie waren heilfroh, dass man in ihrer Abteilung bis jetzt alles so belassen hatte. Andreas verlangsamte seinen Schritt. „Hier ist es, Bender Str. 17." Sie standen vor den zwei breiten Steinstufen, die zum Eingangsportal des Mehrfamilienhauses in der Innenstadt führten. Zu beiden Seiten vom Eingang waren ebenerdig große Schaufenster von Geschäften. „Den Namen haben wir. Benjamin Forster. Aber der wohnt hier nicht. Zumindest steht der nicht auf einem der Schildchen. Was will der denn hier gesehen haben? Auf der anderen Straßenseite ist doch nur der große Stadtpark mit den vielen Bäumen umsäumt!" Er drehte sich wieder zur Tür und drückte alle sechs verfügbaren Klingelknöpfe. Bald darauf ertönte das Summen des Türriegels. Sie öffneten ihre Jacken und traten in den dunklen Flur. Die untere Wohnungstür wurde geöffnet und eine alte Frau erschien im Rahmen: „Sind Sie der Hausmeister? Endlich! Der Wasserkran in der Küche funktioniert auch nicht!" Ohne eine Antwort abzuwarten ging sie in die Wohnung zurück und ließ die Tür weit offen stehen. „Entschuldigung? Hallo, hören Sie?" rief er hinter der Alten her und Andi nickte seinem Kollegen zu: „Geh rein und erklär das! Ich warte hier im Flur." Robert ging in die fremde Wohnung und schloss hinter sich die Tür, als lautes Rufen aus dem oberen Stock kam: „Verfluchte Blagen! Hört endlich damit auf immer Klingelmännchen zu spielen. Das ist gar nicht witzig!" Andreas eilte die Stufen herauf: „Gehen Sie bitte alle wieder in Ihre Wohnungen, wir sind von der Polizei!" Eine junge Frau blieb trotzig am Geländer stehen. „Das kann jeder sagen. Können Sie sich ausweisen?" Andreas stand vor ihr und hielt seine Dienstmarke, die mit einer Kette am Ledergürtel der Hose befestigt war, in der Hand: „Wohnt hier ein Herr Forster im Haus?" Die Blondine musterte das kleine Blechschild mit der eingestanzten Nummer genau, obwohl sie mit Sicherheit so etwas vorher noch nie gesehen hatte und las halblaut: „Kommissar Andreas Berg, Dienstnummer 44366." Dann schaute sie auf: „Was meinen Sie, wer?" Der Beamte steckte die Kette ein und wiederholte seine Frage: „Forster, Benjamin Forster. Wohnt der hier? Er hat uns diese Adresse genannt." Die Frau drehte sich um und rief zurück in die Wohnung: „Sabine? Heißt der Neue oben unterm Dach Forster?" Eine heisere Frauenstimme krächzte zurück: „Ja, das ist der Ben, der sich vorige Woche mit dem Sekt vorgestellt hat. Was ist mit dem?" „Erklär ich dir gleich!" rief sie zurück, kam in den Hausflur und lehnte die Tür hinter sich an. Dann sagte sie entschuldigend: „Ich besuche ab und zu meine Freundin. Sie wohnt hier. Im Augenblick ist sie erkältet. Ben wohnt erst seit kurzem hier. Da oben rechts, unterm Dach." Sagte sie und zeigte mit dem Finger auf die Tür schräg gegenüber, ein Stockwerk über ihnen. Braucht der Hilfe, oder hat der was ausgefressen?" Andreas wollte gerade antworten, als Robert die Stufen heraufkam. „Das ist mein Kollege." Erklärte er schnell, bevor er bei ihnen war: „Vielen Dank und gehen Sie zurück in Ihre Wohnung." Beide Beamte stiegen im Treppenhaus die letzten Stufen weiter hoch, während die Blondine neugierig hinter ihnen her schaute. Oben waren nur noch zwei Türen. Die Linke stand weit auf und man konnte dahinter die Wäsche sehen, die hier auf dem Speicher zum Trocknen auf der Leine hing. Sie drehten sich herum und schauten auf die besagte Tür der obersten Wohnung, hier direkt unter dem Dach. Ein vergilbter Zettel klebte notdürftig mit Tesafilm auf dem Rahmen. „B. J. F O R S T E R". Daneben war ein runder Klingelknopf. Robert wollte ihn gerade drücken, als Andreas ihn daran hinderte und ihn zur Seite zog. Dann deutete er auf das Türschloss und öffnete das Halfter seiner Dienstpistole. Kleine Kratzer und Holzsplitter an der angelehnten Tür sowie dem Rahmen deuteten darauf hin, dass sich hier jemand gewaltsam Einlass verschafft haben musste. Mit der linken Hand drückte Andi gegen die Wohnungstür, die lautlos zur Seite schwang und einen dunklen Flur freigab: „Ist da jemand? Hier ist die Polizei. Herr Forster? Sind Sie da?" Andreas hatte seine Stablampe in der Linken in Kopfhöhe und seine Waffe schussbereit in der angewinkelten, anderen Hand. Ein kurzer, abklärender Blick zu seinem Partner und Robert ging zu der ersten Tür. Vorsichtig drückte er die Klinke herunter, trat sie mit Schwung auf und sprang in den Raum: „Sicher!" rief er als Bestätigung, dass hier keine Überraschung auf sie wartete. So verfuhren sie mit allen Räumen, bis auf das Bad. Gemeinsam standen sie vor der letzten Toilettentür, die als solche mit einem kleinen Messingschild gekennzeichnet war. „Hörst du das auch?" flüsterte Robert und legte den Kopf seitlich dagegen. Nun vernahm auch Andreas das leise Plätschern von fließendem Wasser. Die Tür war verschlossen. Robert zögerte keinen Augenblick und verschaffte sich mit einem wuchtigen Tritt den Zugang. Andreas stand neben dem zersplitterten Rahmen und steckte seine Pistole zurück ins Halfter. Hier kam jede Hilfe zu spät. Völlig bekleidet lag ein Mann leblos auf dem Bauch in der gefüllten Badewanne. Das ausströmende Wasser lief durch ein Handtuch, das an der Armatur festgeknotet war. Dadurch konnte man das fließende Wasser auch kaum hören. Robert griff in seine Jackentasche und zog die Latexhandschuhe an, erst dann drehte er das Wasser ab. Andreas nahm sein Notizbuch: „Wie weit war der Hahn aufgedreht gewesen?" „Nicht ganz eine Umdrehung." Robert schaute auf seine Armbanduhr: „Trotzdem, der Anruf ist jetzt eine halbe Stunde her. Merkwürdig! Saß der etwa in der Wanne und hat uns angerufen? Das stinkt gewaltig, informierst du die Kollegen?" Damit meinte er die Spurensicherung. Andreas nahm sein mobiles Telefon, ging ins Wohnzimmer und tätigte den obligatorischen Anruf. „Was suchen sie hier?" war die Frage einer Frau, die durch die offene Wohnungstür hereingekommen war. Robert übernahm es, ihre Personalien aufzunehmen und den weiteren Zutritt von Neugierigen zu verhindern denn der Flur war voller Leute, die herumdiskutierten und fachkundige Äußerungen von sich gaben. Als Robert sie nach ihren Adressen und Namen fragte, war keiner mehr so redselig. Einige gingen zurück auf die Straße, die anderen, murrend zurück in ihre Wohnungen. Als die Kollegen der Spurensicherung eintrafen, wurden sie von den beiden Kriminalbeamten im Flur erwartet und eingewiesen. Die Beiden hatten hier gewartet und bekamen jetzt ihre Schutzanzüge, die Atemkappe und die Plastikbeinlinge, die sie schnell, aber sorgfältig über die Straßenschuhe stülpten. „Wir waren nur hier im Flur und dann kurz im Bad, um das fließende Wasser abzustellen", antwortete Andreas auf die Frage des leitenden Beamten, der Fremdspuren aussortieren und zuordnen musste. Als die gerufenen Spezialisten ihn fragend anschauten, fügte er schnell hinzu: „Die Armaturen habe ich vorschriftsmäßig nur mit Latexhandschuhen berührt!" Erleichtert wandten sie sich nun wieder ihrer Routinearbeit zu. Nach gut einer halben Stunde, der Fotograf hatte alle Bilder dokumentiert, wurde der Leichnam aus der Wanne in den Zinksarg gehoben. „Der Zeitpunkt des Todes und die diversen Verletzungen werden wir im Obduktionsbericht erläutern." Dann ergänzte er noch: „So schnell, wie möglich! Wie immer, ich weiß!" Eine weitere Frage war nun überflüssig und die Wohnung wurde versiegelt. Einen Zeugen, der etwas Verdächtiges gehört oder gesehen hatte, gab es leider nicht und so nahm man die beiden Frauen mit aufs Revier, um eine Phantomzeichnung des Getöteten anfertigen zu lassen. Andreas hatte sich den Mann noch einmal kurz anschauen können, bevor die Kollegen den Sarg verschlossen und abtransportiert hatten. Er war entsetzt über die massiven Verletzungen, sein Gesicht war völlig entstellt. Die Wohnung wurde versiegelt und die beiden Kriminalpolizisten fuhren zurück ins Präsidium. „Was will der im Stadtpark gesehen haben?" Robert hatte soeben den Bericht der Mediziner erhalten und stand schräg hinter seinem Kollegen am Schreibtisch. Andreas war in Gedanken versunken und murmelte etwas vor sich hin. Robert wiederholte seine Frage und schaute dann in das Gesicht des grübelnden Beamten: „Hörst du mir überhaupt zu?" Jetzt erst schreckte Andreas auf: „Wie? Was hast du gesagt?" „Was der gesehen hat, frage ich mich. Es muss so erschreckend wichtig gewesen sein, dass er dafür ermordet wurde." Andreas schüttelte den Kopf: „Kann ich mir schwer vorstellen. Woher sollte, wer auch immer, davon gewusst haben, dass dieser, wie war noch mal sein Name?" er suchte in seinen Unterlagen und fand endlich, was er gesucht hatte. „Hier ist es! Er hatte sich mit Forster gemeldet. In dem vorläufigen Bericht steht, dass er erstickt wurde. Er ist also später in die Wanne gelegt worden, denn er hatte kein Wasser in der Lunge!" Robert ging um den Schreibtisch herum und setzte sich auf den Bürostuhl, der davor stand. „Und was sagt uns das? Mann, der war zu neugierig! Vielleicht hat er von da oben Fotos gemacht! Haben die Jungs von der Spurensicherung irgendwas in dieser Richtung gefunden?" Andreas hob die Schultern: „Willst du noch einmal in die Wohnung? Vielleicht hat der uns was hinterlassen und wir haben dem keine Bedeutung geschenkt, ein USB Stick, ein Mikro - Chip oder sogar ein paar Fotos?" Robert stand auf: „Es hilft nichts. Lesen wir den Bericht noch einmal ausführlich durch, dann fahren wir noch einmal in die Wohnung!" Auch die gründliche, zweite Durchsuchung der Wohnung ergab keinen Hinweis. Nur das Fernrohr, fest auf einem Stativ montiert, dass im Wohnzimmer hinter der Gardine stand, war der einzige Hinweis. Hier musste Forster etwas entdeckt haben, was ihm dann auch das Leben gekostet hatte. „Du oder ich?" Andreas schaute seinen Kollegen an, denn sie hatten in diesem Augenblick beide die gleiche Idee. Bei anbrechender Dunkelheit wollten sie sich durch das Glas den Stadtpark und das nächtliche Treiben von hier oben aus genauer anschauen. „Wir wechseln uns ab!" antwortete Robert und ergänzte sofort: „Wie viele Nächte sollten wir der Aktion geben?" Sein Kollege zuckte mit den Schultern: „Kommt ganz darauf an, was wir sehen. Warten wir erst mal diese Nacht ab." Während Andreas zum nächstgelegenen Imbiss ging und etwas Essbares besorgte, stellte Robert einen bequemen Stuhl hinter die Gardine und richtete das Stativ ein. Jetzt war noch nichts Verdächtiges auszumachen. Kinder fuhren mit Rädern und Rollschuhen über die geteerten Wege, Ehepaare schlenderten engumschlungen zu den Parkbänken, Rentner fütterten mit Brotkrümeln die schnatternden Enten im Teich. Sie hatten in Ruhe ihr Fastfood verspeist und die Abfälle und Reste in der Plastiktüte verstaut, als sich langsam die dunkle Decke der Nacht über die Stadt legte. „Wenn dieser Forster wenigstens einen Hinweis am Telefon gegeben hätte!" Andreas war etwas missmutig darüber, dass sie völlig im Trüben fischen mussten. Wer sollte einen so gravierenden Grund gehabt haben, wegen einer Beobachtung den vermeintlichen Zeugen so brutal zu beseitigen? Robert meldete sich: „Da!" Er saß hinter dem dünnen Vorhang und hatte die Gläser fest im Griff: „Die Beiden da hinten, siehst du sie?" Andreas kniff die Augen zusammen: „Welche Richtung?" Robert schaute angestrengt weiter in den Park und zeigte mit einer freien Hand nach rechts: „Hinter dem Teich, an den großen Bäumen. Sie gehen jetzt aneinander vorbei. Der mit der Lederjacke hat dem anderen soeben etwas im Vorbeigehen in die Hand gegeben. Ich vermute, da wird gedealt!" Die Stirn von Andreas zeigte Falten. „Er hat die Mordkommission angerufen! Uns hat er an der Vermittlung ausdrücklich verlangt, nicht das Rauschgiftdezernat! Das kann es also nicht gewesen sein, oder?" Sein Kollege war gleicher Meinung und schüttelte den Kopf. „Er hat am Telefon von einer wichtigen Beobachtung gegenüber seiner Wohnung gesprochen?" Andreas bejahte die Frage mit zwei knappen Worten: „Richtig, warum?" Robert kräuselte seine Stirn und wiederholte: „Warum? Bist du blind oder taub? Er verlangte ausdrücklich die Mordkommission und kurze Zeit später liegt er selbst ermordet in seiner Badewanne? Hat er sich bedroht gefühlt? War er nervös? Mein Gott, das passt entweder genau oder das stinkt zum Himmel!" Andreas rieb sich am Kinn. „Bei mir sind auch die roten Warnlampen angegangen. Da muss einer das geführte Telefonat mit uns gehört haben, anders macht das keinen Sinn! Vielleicht war er zu dem Zeitpunkt nicht mehr alleine in der Wohnung. Der wird sich mit Drogendealern angelegt haben, die sich Zutritt zu seiner Wohnung verschafft hatten. Unvorsichtig und dilettantisch werden die oder der von seinen Beobachtungen Wind bekommen und ihn zum Schweigen gebracht haben.“ Robert zweifelte seinen Kollegen an: „Na, na! Ist das nicht ein bisschen voreilig gedacht, bei den wenigen Anhaltspunkten, die wir in dem Fall haben?“ „Überlegungen! Nichts als Vermutungen und Überlegungen, Denkanstöße bestenfalls. Ich sage ja nicht, dass es so gewesen ist. Es könnte so sein.“ Schrill störte das penetrante Klingeln des Telefons. Andreas hob ab und hörte minutenlang aufmerksam zu. Er kam wohl nicht zu Wort, denn er nickte nur. Es war eine Mitarbeiterin, die routinemäßig alle Daten des Getöteten vom gefundenen Personalausweis in die Datei des Polizeirechners eingegeben hatte und ihn nun eine Verbindung mit dem Betrugsdezernat in Hamburg machte. Andreas stellte den Lautsprecher an, als sich der Beamte aus der Hansestadt meldete. Robert hörte nun mit. „….uns gut bekannt. Dem konnte bislang nichts nachgewiesen werden, obwohl wir immer von seiner Schuld überzeugt waren. Als dann genügend Beweise vorlagen und wir ihn festnehmen wollten, war er spurlos verschwunden. Nun ist er bei euch aufgetaucht?“ Andreas antwortete: „So ist es. Allerdings kann er uns nichts mehr sagen. Er ist tot. Er wurde in der Badewanne seiner Wohnung gefunden, nachdem er uns wegen einer wichtigen Beobachtung dorthin bestellt hatte.“ Die Leitung war für einen kurzen Augenblick tot, dann meldete sich der norddeutsche Kollege wieder. Er räusperte sich und meinte dazu nur: „Merkwürdig, sehr merkwürdig.“ „Finden wir auch. Schicken Sie uns per Fax die Ermittlungsakten von den Fällen, die ihn betroffen haben?" „Mok wi!" entgegnete er in seinem Dialekt und fügte noch an: „Eure Fax –Nummer, damit ich es heute noch zu Ihnen rüber faxen kann!" Andreas nannte die gewünschten Zahlen, bedankte sich und schaute Robert an: „Na geht doch. Nun haben wir wenigstens schon einige Daten und Anhaltspunkte." „Hast ja Recht! Warten wir aber trotzdem erst mal das Fax ab, dann sehen wir weiter." Eine halbe Stunde später lag das erwartete Schreiben vor ihnen auf dem Tisch. „Ein schönes Früchtchen hat da das Zeitliche gesegnet. Der halbe Kiez war hinter dem her, nicht nur die Hamburger Kollegen. Der hat sich mit mächtigen Bossen von St. Pauli angelegt. Hätte die Kripo ihn bekommen, so könnte er womöglich noch leben. Ich schätze mal, die geprellten Gangster haben ihn nun doch noch schneller ausfindig gemacht." Robert hob das Schreiben auf und studierte es: „Ja, scheint so! Er war auch so dumm und hat sich mit seinem richtigen Namen hier niedergelassen. Entweder war er sich viel zu sicher oder tatsächlich einfach nur saudämlich." Die beiden Beamten waren sich nicht einig, wie sie in dem vorliegenden Fall weiter vorgehen sollten. Sie konnten unmöglich all diesen, den Kollegen in Hamburg bekannten, zwielichtigen Leuten dieses Verbrechen anlasten, geschweige denn irgendwie beweisen. Dazu hätte man eindeutige Anhaltspunkte, Querverbindungen haben müssen. Es wäre zudem nicht zulässig, einen Generalverdacht zu erstellen und dann darauf zu hoffen, dass sich einer von ihnen verraten würde. Das alles war den ermittelnden Kommissaren viel zu ungewiss, hatte kaum Aussicht auf Erfolg und wäre zudem vor dem Staatsanwalt niemals zu vertreten. Außerdem könnten sie den Mord in Auftrag gegeben haben. Das wäre alles sehr schwer nachzuweisen. Sie mussten das Umfeld des Getöteten näher beleuchten, vielleicht würde sich dann eine Spur ergeben.

Kapitel 2 (Eine zweifelhafte Kariere)

In Hamburg hatte sechs Monate vorher Benjamin Forster noch in einem kleinen Appartement in der Balduin Straße gewohnt, nicht weit vom Hans Albers Platz. Hier, am Rand der sogenannten sündigen Vergnügungsmeile, hatte er sich das Vertrauen der Hintermänner vom Kiez erarbeitet. Zuerst waren es kleinere Kurierdienste gewesen, dann hatte er für einen Chef eine „saubere" Waffe aus Belgien besorgt, aus der vorher noch kein einziger Schuss abgegeben worden war. Schließlich kam ihm seine abgeschlossene Lehre als Steuergehilfe zugute. Er wurde mit dem Eintreiben und Anlegen von Schutzgeldern beauftragt. An seiner Seite hatte er vier durchtrainierte Kleiderschränke aus der Ukraine. Die Männer, stets gut gekleidet in dunklen Anzügen und immer mit der abgedunkelten Brille, brauchten ihren Kampfsport kaum einzusetzen, denn ihr bloßes Erscheinungsbild und der Ruf, nicht zimperlich zu sein, eilten ihnen voraus. Ben stand bei den wöchentlichen Besuchen der Gasthäuser und Bars scheinbar gelangweilt am Tresen, trank einen Kaffee und wartete, bis ihm der vereinbarte Betrag unaufgefordert zugesteckt wurde. Er zählte kurz nach, gab seinen Begleitern einen Wink mit dem Kopf, dann verschwanden sie auch schon wieder, freundlich grüßend bis zur nächsten Woche. Sie konnten 10 % von den eingenommenen Geldern behalten, die dann unter ihnen aufgeteilt wurden. Der Rest ging unmittelbar auf ein Konto bei der Bank. Da er nie belästigt wurde und auch kein allzu großes Risiko trug, war das nach einem viertel Jahr eine beträchtliche Summe, die er dadurch angehäuft hatte. Aber wie das immer so im Leben ist, man ist nie mit dem zufrieden, was man hat. Die Gier nach noch mehr setzte ihm zu. Seinen Begleitern einen kleineren Betrag zu geben, wagte er nicht. Die eingenommenen Summen jedoch, die er für den Boss krisensicher anzulegen

hatte, diese Masse wurde auch nach längerer Zeit nicht hinterfragt. Seine Aufzeichnungen und Kontoauszüge genügten. Von diesem Zustand bis zu seinen geheimen, bösen Gedanken war bald nur noch ein winziger Schritt. Als er Wind davon bekam, dass sich die Steuerfahndung für ihre Unternehmungen interessierte und er an einem Freitagabend überraschend von den Beamten mit auf die Wache genommen und ausführlich befragt wurde, war für ihn der Zeitpunkt gekommen auszusteigen. Er hatte sich unwissend und unschuldig gegeben, war aber der festen Überzeugung, dass man ihm keinen Glauben geschenkt hatte. Er konnte zwar wieder gehen, sollte aber die Stadt nicht verlassen. Die Beamten hatten wohl keinen klaren Anhaltspunkt und wollten Unruhe stiften. Sie warteten zweifellos auf einen Fehler, eine kleine Unachtsamkeit, um dann zuzuschlagen.
Damit war er gewarnt.
Seinen Auftraggebern gegenüber erwähnte er nichts von der offiziellen Vorladung und den Befragungen. Er hob alle angelegten Gelder in bar ab und verschwand in der kommenden Nacht spurlos. Er ging davon aus, dass es der Steuerfahndung ausschließlich um die Hintermänner ging. Natürlich würde man auch nach ihm fahnden, aber nicht offen und per Steckbrief. Er war sich sicher, dass er mit seinem richtigen Namen in einem anderen Bundesland eine geraume Zeit unentdeckt leben könnte. Als er in der neuen Stadt eine kleine Wohnung bezogen hatte, grübelte er darüber nach, wie er am besten mit dem erbeuteten Bargeld ein neues Leben starten könnte.

Kapitel 3 (Sein Plan geht auf!)

In den Nachrichten wurde von dem gewaltsamen Tod eines Mannes berichtet. Ein Name wurde nicht genannt, aber die nähere Beschreibung der Umstände, seine vorherige Adresse auf St. Pauli, sowie seine Initialen B.F. waren für seine früheren Bosse im Kiez die Bestätigung dafür, dass er sie zwar reinlegte, aber auch die entsprechende Strafe dafür bekommen hatte. Wegen der verschwundenen Gelder konnten sie natürlich nicht zur Polizei gehen, sie hüllten sich in Schweigen und betrachteten das Geschehene eher als eine Lehre für die Zukunft. Es kam zunächst nicht ans Tageslicht, dass an der Stelle von Ben ein Obdachloser hatte sein Leben lassen müssen. Geschickt und heimlich hatte er sich den Mann im Stadtpark ausgesucht und mit nach Hause genommen. Mit geknebeltem Mund, gefesselten Händen und Beinen lag der überrumpelte Mann, der dummerweise dieser Einladung gefolgt war, bald im Badezimmer von Forster. Er kam nicht mehr zu sich und die entscheidenden Schläge ins Gesicht, die dazu dienten, dass man nicht an seiner Person zweifeln sollte, bekam er so nicht mehr mit. Forster hob ihn in die Wanne und drehte ihn auf den Bauch. Dann drückte er den kleinen, runden Gummipfropfen in den Abfluss, ging ins Wohnzimmer und nahm einen kräftigen Schluck Whisky direkt aus der Flasche. Er hatte an alles gedacht. Mit einem gestohlenen Wagen, den er ein paar Straßen weiter geparkt hatte, würde er nach Belgien fahren und einen Flug in die Karibik antreten. Vorher musste er jedoch noch sein Ableben inszenieren. Als er alle Sachen im Wagen verstaut hatte, ging er noch einmal zurück, wickelte ein Handtuch um den Wasserhahn und ließ mit einer halben Umdrehung die Wanne einfüllen. Um den Eindruck eines gewaltsamen Überfalls zu verstärken, hatte er einen Tag vorher, als ihn keiner im Haus stören konnte, seine Wohnungstür gewaltsam aufgebrochen. Nun verließ er die so präparierte Wohnung, stieg in das Auto und fuhr an den Stadtrand. Hier hielt er noch einmal an und schaute auf seine Armbanduhr. Er hatte genau ausgetestet, wie lange es dauern würde, bis die Wanne halb voll war. Nun musste er noch zehn Minuten warten, dann rief er die Polizei aufgeregt an und sprach von einer Beobachtung, die für sie sehr wichtig sei. Die Rufnummer hatte er dabei unterdrückt. Das Geschehen nahm nun seinen behördlichen Lauf und noch am selben Abend saß John Smith, so lautete sein neuer Pass im Flieger nach Montego Bay. Es juckte ihn schon in den Fingern, eine Nachricht nach Hamburg abzusetzen, aber er hatte gelernt, nicht mit dem Feuer zu spielen. Heute betreibt er eine schmucke, kleine Bar auf einer Insel der niederländischen Antillen. Er hat zwar die einheimische Frau nicht geheiratet, aber die zwei Kinder, die sie ihm geschenkt hat, sind sein ganzer Stolz. Sie wusste von ihm nur, dass er ein gestresster Manager war, der ausgestiegen ist, ausgestiegen aus einem aufreibenden Job in der alten Welt. Dass der neue Kollege, der sich des ungelösten Falls noch einmal ausführlich angenommen und dabei Ungereimtheiten festgestellt hatte, war für die endgültige Ergreifung zu spät, denn keiner wusste, was aus ihm geworden und wo er hingereist war. Dass es sich bei der Leiche nicht um Ben Forster gehandelt hatte, war für den Neuen schnell klar. Der Tote hatte keine Blinddarmnarbe. Hätten die Kollegen mal besser hingeschaut! In den Akten war es nämlich als unverwechselbares Merkmal erwähnt, da die Narbe wegen Komplikationen bei der Operation unverhältnismäßig groß ausgefallen und sehr schlecht verheilt war. Nun konnte man nur noch auf einen Fehler, ein Zeichen, einen erneuten Hinweis warten, um B. F. doch noch wegen Mordes und den anderen Delikten verurteilen zu können, denn das sind Spuren, die nie ganz verwehen . . . .

Eiskalt (Kapitel 1)

Es war ein Tag wie jeder andere. Jedenfalls zu Beginn. Die Fahrgemeinschaften wurden erst kurz vor dem Arbeitsbeginn aus Sicherheitsgründen eingeteilt und dann mit ihren Touren vertraut gemacht. Frank Leitner, ein erfahrener Mann bekam für den heutigen Tag einen Neuling an seine Seite. Horst Greitel. Ein 25 jähriger Schnösel, der noch nicht einmal einen Waffenschein besaß. „Jetzt kann ich zwei Stunden dranhängen!" murmelte er vor sich hin, als er seine Dienstwaffe in Empfang nahm und quittierte. Er war viel lieber mit den anderen, ebenfalls erfahrenen Mitarbeitern auf dem Geldtransporter unterwegs, als zusätzlich, zur Arbeit auch noch auf diesen Frischling aufpassen zu müssen. Zudem hatte nur er nun auf dieser Fahrt zu den Banken eine Dienstwaffe. Das alleine passte ihm schon gar nicht. Nachdem sie den ausgearbeiteten Fahrplan und danach in der Tiefgarage den Geldtransporter übernommen hatten, fuhr Leitner die Landes – Zentral – Bank an, um dort die vorbereiteten Schecks der unterschiedlichen Geldinstitute aus den verschlossenen Umschlägen einzulösen. In den zwölf verplombten Stahlcontainern erhielten sie ihre erste wertvolle Fracht, die sie am heutigen Vormittag an die entsprechend gekennzeichneten Banken auszuliefern hatten. Alle Fahrten wurden per GPS überwacht, sodass die Zentrale jederzeit den präzisen Standort der eingesetzten Wagen kannte. Alle Banken waren mit Sicherheitsschleusen versehen, sodass die Abwicklung und Übergabe der gefüllten Container hinter dicken, verschlossenen Stahltüren erfolgte. Diebe hatten bei diesen Transporten null Chance, die Sicherheitskette zu durchbrechen und einen Überfall zu wagen. Dies war also der ideale Tag, dem Frischling zu zeigen, wie die Anweisungen zu beachten waren.

„Wir fahren jetzt die entfernteste Bank zuerst an. Vier stehen insgesamt heute Vormittag auf dem Plan. Dann werden wir gegen zwölf Uhr wieder in der Zentrale sein, Mittag machen und die nächste Fuhre abholen. So mache ich das mit meinem Partner immer." Er wollte darauf keine Antwort haben, programmierte das eingebaute Navigationsgerät und wartete auf die akustische Empfangsbereitschaft. Danach fuhren sie aus dem Sicherheitsbereich der Zentralbank. Die ersten achtzig Kilometer gingen über die Autobahn, danach kamen sie über kleinere Dörfer und waren kurz vor der Stadtgrenze, als sie gut zweihundert Meter voraus einen liegengebliebenen, großen Möbelwagen auf ihrer rechten Straßenseite bemerkten. Sie waren gerade im Begriff auszuscheren um einen weiteren, hier geparkten LKW zu überholen, als plötzlich drei Maskierte auf die Straße sprangen. Die mussten hinter dem geparkten Wagen auf sie gewartet haben. Mit Maschinenpistolen bewaffnet zwangen sie den Geldtransporter, sofort anzuhalten. Der erfahrene Leitner drosselte zwar seine Geschwindigkeit, schaute aber dabei eher gelangweilt zu seinem Beifahrer und bemerkte sofort dessen Nervosität: „Ruhe, nur die Ruhe. Das sind Amateure. Stümper, nichts weiter. Unser Auto ist gepanzert, schusssicher. Wir fahren einfach weiter und melden den Vorfall an unsere" . . . Weiter kam er nicht, denn die Männer hatten das Feuer eröffnet. Nicht auf die Scheiben hatten sie dabei gezielt, sondern die einzige Schwachstelle erwischt, die es an dem fahrenden Tresor gab: Die Reifen! Es musste eine Spezialmunition sein, denn die Stahlmäntel aller vier Reifen waren im Augenblick bis auf die Felgen zerfetzt. Immer noch versuchte Leitner, seine Ruhe zu bewahren. Der unerfahrene Greitel verdeckte sein Gesicht mit den Händen und bekam einen Heulkrampf. „Solange wir im Wagen bleiben, kann uns nichts passieren. Nun behalten Sie bloß die Nerven." Die Funken sprühten auf dem Asphalt, als die blanken

Eisenringe des Fahrzeugs die Straße bearbeiteten, so wie man es von der Flex kennt, wenn man Stahl schleift. Der Transporter fing an unruhig auf der Straße hin und her zu schlingern. Er musste gezwungenermaßen das Auto anhalten. Um nicht mitten auf der Fahrbahn liegen zu bleiben, lenkte er mit dem Restschwung den rollenden Stahlcontainer auf den Seitenstreifen und kam zehn Meter hinter dem parkenden Möbelwagen zum Stehen: „Drücken Sie den Alarmknopf, schnell!" Greitel, irritiert durch das Fahrmanöver sah sich außer Stande, die Aufforderung des Fahrers umzusetzen. „Alarmknopf, wo war der noch einmal?" dachte er noch, da hörten sie ein dumpfes Scheppern. Die maskierten Männer hatten ein schweres Netz über den gesamten Wagen geworfen und ein Mann war daran außen seitlich hochgestiegen. Mit einem Bolzenschneider kappten sie die Funkantenne und ein zweiter Mann kam vorne unter dem Wagen wieder hoch und schaute sie, dicht vor der Frontscheibe stehend an. Sie sahen nur die Strickmaske mit den kalten Augen, die sie aus den kleinen Löchern anstarrten. Alle Männer hatten dieselben, schwarzen Overalls und Springerstiefel an. Langsam bewegte sich die Heckklappe des Möbeltransporters nach unten und legte sich, wie eine Rampe vor ihnen flach auf die Straße. „Wieso kommt ausgerechnet jetzt kein einziges Auto? Mein Gott, die wollen uns zwingen, da reinzufahren. Die werden sich die Zähne ausbeißen. Er stellte den Motor ab und zog die Handbremse an. Dann verschränkte er seine Arme trotzig vor der Brust: „Na, dann schiebt mal schön!" Zu seinem Erstaunen ruckte ihr Transporter kurz und schob sich langsam auf die Rampe zu: „Den Alarmknopf! Schnell!" Er hatte das stramme Stahlseil gesehen, das einer der Männer an seiner Vorderachse befestig haben musste und eine starke Motorwinde im Inneren des LKWs zog unaufhörlich und mit lautem Knirschen das gepanzerte Auto auf die Metallfläche. Seitlich angebrachte

Führungsschienen verhinderten ein Abrutschen und der jetzt endlich von Leitner betätigte Alarmknopf, der gleichzeitig ihren Funk aktivieren sollte, blieb stumm. Ein kurzes Wackeln noch und die Rampe schloss sich hinter ihnen. Dunkelheit umfing sie. Er betätigte das Innenlicht und schaute zum ersten Mal ratlos seinen neuen Kollegen an: „Das ist ja dreist!" Mehr konnte er nicht mehr sagen. Ein Schaukeln zeigte ihnen, dass sich das große Gefährt in Bewegung gesetzt hatte. Mit wertvollem Inhalt fuhren sie ins Irgendwo. Leitner wollte sich immer noch nicht geschlagen geben und startete sein Auto. Rückwärtsgang, Vollgas! Es tat sich nichts, nur sein Motor heulte laut auf. Man hatte wohl an alles gedacht und die zerschossenen Felgen fest verkeilt. Sie mussten abwarten und sich ihrem Schicksal ergeben.

Kapitel 2

„7.0.2.bitte melden!" Die Leitung blieb stumm. „Wo war der letzte GPS Kontakt?" „Was soll die Frage? Mitten auf einer Schnellstraße haben wir den letzten Funkimpuls geortet. Man hat wohl versucht mit uns zu sprechen, der Impuls kam auch an, aber die Leitung blieb tot. Die alarmierten Kollegen sind mit dem PKW schon zwei Mal genau diese Strecke abgefahren, nichts! Keine Spur, kein Zeichen nichts. Wie vom Erdboden verschluckt. Die sind noch keine Bank angefahren und haben folglich das ganze Geld noch bei sich. Es kann nur eins geben, ich wage es nicht zu sagen!" Der Chef der Werttransportfirma schaute seinen Sicherheitsbeauftragten an: „Sprechen Sie Ihre Vermutung ruhig aus!" „Es kann nicht sein! Leitner ist ein absolut gewissenhafter Mann. Langjährige Erfahrung bringt der mit. Er war Berufssoldat und als Feldwebel im Ausland. Ich traue ihm das unmöglich zu!" „Ah, ich verstehe! Sie meinen, die haben das selbst eingefädelt und wollen mit der Beute verschwinden." Der Chef lief rot an: „Ja wie denn!" Seine angespannte Wut entlud sich in einem lauten Schrei: „Wie denn!" rief er wieder und meinte damit das GPS System, das den Wagen jederzeit orten konnte. Normalerweise! „Wieso haben wir keinen Kontakt mehr?" „Wieso, wieso?" äffte der Chef den Mitarbeiter gereizt nach und verschwand mit schnellen Schritten in seinem Büro. Über seine Schulter rief er den verdutzten Sicherheitsleuten zu: „Benachrichtigen Sie die Polizei! Ich weiß nicht mehr weiter!" damit knallte er die Tür hinter sich zu. Die Polizei gab eine Großfahndung heraus. Autobahnen wurden kontrolliert. Hubschrauber überflogen das verdächtige Gebiet. Alle Bemühungen blieben erfolglos. Der Transporter 702 war verschwunden. In den Personalakten fanden die Beamten keinen Hinweis. Nachforschungen über die wirtschaftlichen Verhältnisse der beiden verschwundenen Angestellten brachten ebenfalls keine neuen Erkenntnisse. Alles war normal verlaufen. Und doch gab es da dieses fürchterliche Ereignis. „Wenn das bekannt wird in der Branche, sind wir geliefert. Dann können wir dicht machen. Wer vertraut uns dann noch Geld an, wenn ein gesamter Transporter verschwindet. Eine Katastrophe!" Ratlosigkeit machte sich breit und zu allem Überfluss stellte sich die Versicherung auch noch quer. Wenn man nicht in der Lage war, den Tathergang zu rekonstruieren, wie sollte dann eine Entschädigung aussehen und in welcher Höhe? Die Polizei hatte eine Ermittlungsgruppe aufgestellt. Im Dezernat für Diebstahl und Gewaltverbrechen tappte man jedoch genauso im Dunklen, wie die Transporteure. Keine Zeugen! Kein Hinweis! Kein Bekennerschreiben! Der leitende Gruppenführer der Ermittlungsbehörde musste sich in den örtlichen Zeitungen die schlimmsten Unterstellungen gefallen lassen. Da waren Spekulationen von: „Panzerwagen von UFO entführt!" bis hin zu: „Gab es überhaupt diesen Geldtransport?" Alles schien möglich.

Kapitel 3

Endlich rangierte der große LKW hin und her. Sie hatten wohl ihr Ziel erreicht. Der Motor wurde abgestellt und Türen schlugen zu. Nach einer Weile hörten die beiden Geldboten Autos wegfahren, danach herrschte absolute Ruhe. Nichts mehr! Stille. War`s das gewesen? Leitner schaute auf seine Armbanduhr: „Wir sind geschlagene drei Stunden gefahren! Und nun? Wo sind wir hier?" Horst Greitel, sein Begleiter, hatte sich gefangen. Er weinte nicht mehr und starrte nur noch vor sich hin. Leitner rappelte sich auf, entriegelte die Stahltür, die sich zwischen ihren Sitzen befand und stieg in die Schleuse des Panzerwagens. „Drücken Sie den Außenknopf, wenn ich die Verbindungstür geschlossen habe!" damit zog er die innenliegende Fahrertür ins Schloss und wartete auf die Freigabe der Außentür . . . . aber es regte sich nichts: „Greitel! Mensch was machen Sie denn? Warum entriegeln Sie die Tür nicht?" rief Leitner wütend durch die geschlossene Stahltür aber nichts geschah. Keine Antwort, kein Weiterkommen. Jetzt war er in der Zwischenschleuse gefangen. Er hätte vielleicht auf der Ladefläche des LKWs eine Lösung finden können, aber die Nerven des jungen Beifahrers hatten versagt. „Was nun?" wiederholte der erfahrene, jetzt ratlose Fahrer seine Frage, aber der Neuling regte sich nicht mehr. Er schaute nur starr auf die gepanzerte Frontscheibe. Die Innenbeleuchtung des Transporters wurde schwächer und Leitner rief dem getrennt von ihm sitzenden Beifahrer zu: „Starten Sie den Motor. Wenn wir keinen Saft mehr haben versagt die Elektronik, dann sind wir eingeschlossen!" Nichts geschah. „Toll, da hab ich ja den richtigen Kollegen an meiner Seite. Verdammt nochmal!" dachte er bei sich. Leitner musste nun eine halbe Stunde warten, dann würde er die Verbindungstür zum Führerhaus mit Eingabe der Kombinationszahlen manuell wieder öffnen können. Vorausgesetzt, die Notstrombatterien würden solange durchhalten. Er konnte nur beten und hoffen. Nach gefühlten zwei Stunden schaute er auf das   Zifferblatt an seinem linken Handgelenk. Seine Uhr zeigte ihm an, dass er gerade einmal fünfundzwanzig Minuten gewartet hatte. In regelmäßigen Abständen von ein paar Minuten tippte er die erste Zahl des Codes in das Zahlenkästchen, aber er bekam keine akustische Bestätigung. Verzweifelt riss er immer wieder vergebens an der Verriegelung. Er wollte schon aufgeben als unerwartet doch noch die eingegebene Zahlenkombination mit dem erlösenden, elektronischen Piepsen sein Bemühen belohnte. Nach den konzentriert eingegebenen Nummern gab der Summer endlich die Tür frei. Schnell kletterte er zurück auf den Fahrersitz. Greitel war zusammengesunken und seine offenen Augen schauten seltsam verdreht nach oben. Das schwache Innenlicht gab zusätzlich seinem Gesicht ein gespenstisches Aussehen. Schnell versuchte Leitner verzweifelt, den Wagen im Leerlauf neu zu starten. Die Zündung röchelte vor sich hin, ohne den Motor damit ins Leben zurück zu holen. Rchhh rchhhh . . . Dann endlich, nach zahllosen Versuchen hatte die Blechkiste doch noch ein Einsehen und der Motor entließ eine dicke Qualm Wolke und tuckerte im Leerlauf, um die Lichtmaschine wieder aufzuladen. Erleichtert wischte sich Leitner den Schweiß von der Stirn: „Ob uns wohl die Abgase hier drin gefährlich werden könnten?" Er schien Selbstgespräche zu führen, denn sein Nachbar änderte weder seine Haltung, noch sprach er. Der Fahrer konnte ihn nicht mehr aufheitern. Womit auch? Er war selbst von den Ereignissen überrannt worden und suchte verzweifelt nach einem Ausweg. Er beugte sich über ihn und horchte an seiner Brust. Das schwache, unregelmäßige Atmen sagte ihm, dass er wenigstens noch am Leben war. Warum stand der Wagen? Was sollte das? Wenn die an das Geld wollten, warum sind die dann unverrichteter Dinge einfach gefahren? Wo standen sie? Ob der riesige Möbelwagen nicht auffiel? Wenn sie an einer Straße standen, oder in einem Hinterhof, so müssten sie sich doch bemerkbar machen können! Er schaltete die Sirene ein und hielt sich dabei mit den flachen Händen die Ohren zu. Er hupte und rief um Hilfe. Greitel saß immer noch bewegungslos neben ihm, wie eine Holzpuppe. Aufrecht und steif saß er da und stierte nur nach vorne, ohne Zweifel hatte er einen Schock. Leitner konnte sich nicht um den Mann kümmern. Er ließ nicht nach, im Bemühen sich bemerkbar zu machen. Wenn schon der Funk ausgefallen war, so musste doch die Akustik Hilfe bringen! Die Abgase des Motors, die von der Klimaanlage des Geldtransporters ins Innere gesaugt wurden, waren durch den Katalysator nicht schädlich, aber es begann trotzdem fürchterlich nach faulen Eiern zu stinken. Wenigstens wurde die Innenbeleuchtung wieder heller und die Elektronik bekam neue Kraft. Der erfahrene Geldbote versuchte sich einen Reim auf die Geschehnisse zu machen aber seine Gedanken bewegten sich im Kreis. Er verstand diese Sinnlosigkeit nicht. Wollten die nicht an das Geld? Sollte die Firma erpresst werden? Fragen, die nicht mehr beantwortet wurden.

Kapitel 4

Die Bemühungen des verzweifelten Fahrers in allen Ehren, aber sie waren von Anfang an zum Scheitern verurteilt. Die gesamte Durchführung der Tat, bis ins kleinste Detail durchdacht, war ein generalstabsmäßiger Plan eines genialen Verbrechergehirns. Selbst, als Geldbote eingesetzt, arbeitete er weiter, als wäre das alles nicht geschehen. Bei der Konkurrenz hatte er sich das nötige Wissen über die Elektronik der baugleichen Panzerwagen, sowie die alltägliche, ähnliche Abwicklung der Arbeitsvorgänge sorgsam eingeprägt und nun, während seines Jahresurlaubs mit drei Gleichgesinnten in die Tat umgesetzt. Der eingesetzte Möbelwagen war sorgsam präpariert worden. Gestohlen in Süddeutschland hatten sie eine andere Beschriftung und falsche Nummernschilder angebracht. Innen war die gesamte Ladefläche mit dünnen Bleiplatten verkleidet und als ein geschlossener Kasten zusammengelötet worden. Die starke Motorwinde war ein ausrangiertes Überbleibsel eines LKWs vom Zivilschutz. Die Maße und das Gewicht des Panzerwagens hatten die Vorgaben geliefert und ein seitlich sehr eng begrenzter Platz auf der geschlossenen Ladefläche gab ihnen die Sicherheit, dass niemand mehr, einmal im Wagen gefangen, innerhalb des LKWs aus dem Geldtransporter aussteigen konnte. Ein ehemaliger Truppenübungsplatz der abgezogenen Besatzer war das ideale Versteck. Hier gab es Hallen in der Einsamkeit der Felder, die nur Eingeweihten bekannt waren. Dort stand der Möbeltransporter, abgeschlossen und mit Mengen an Bargeld gefüllt. Man musste nur abwarten, bis man ihn ungestört abernten konnte. Während die Männer ganz normal ihren Dienst verrichteten, verhungerten und verdursteten die beiden Überfallenen in der Einsamkeit der Heide. Man hielt sich makaber an Nachrichten, die aus Katastrophengebieten immer wieder von den Medien ausgestrahlt wurden: Bei Erdbeben haben die Verschütteten höchstens eine Lebenserwartung von maximal zehn Tagen. Man würde sicherheitshalber noch ein oder zwei Wochen länger warten und dann gefahrlos den Möbelwagen öffnen. Die Autobatterien wären dann komplett leer. Nun konnten sie ohne die Möglichkeit einer Alarmierung ihre Beute von der Ladefläche zurück in die große Halle ziehen und mit schwerem Werkzeug, Schweißgeräten und Schneidbolzen an ihr scheußliches Werk gehen. Das Führerhaus rührten sie aus verständlichen Gründen nicht an. Sie beschränkten sich auf die Sicherheitsschleuse und die

Ladefläche des Geldwagens. Die zehn gefüllten Container konnten nun mit brachialer Gewalt geöffnet werden. Sorgfältig und nach vorheriger Absprache wurde die Beute unter den Männern aufgeteilt. Nach erfolgreichem Ausschlachten wurde der gepanzerte Lieferwagen danach ohne das übel riechende Führerhaus zerlegt und getrennt bei verschiedenen Schrotthändlern entsorgt. Der eiserne Sarg wurde mit einem Gabelstapler in einem angrenzenden Moor versenkt. Den präparierten Möbeltransporter überführten sie in den Ostblock. Der Tathergang konnte nie exakt ermittelt werden. Die vier Täter haben ihre Arbeit beibehalten und versorgen weiter die Banken mit ihren Geldlieferungen so, als wäre nichts passiert. Das geschädigte Transportunternehmen musste Konkurs anmelden und ist mittlerweile insolvent. Der gesamte Fuhrpark wurde von der Konkurrenz übernommen, sodass noch ein Teil der ausstehenden Gehälter gezahlt werden konnten. Die erfolglose Fahndung der Polizei ließ nur den einen Schluss zu, dass sich die beiden Angestellten mit ihrer Beute davongemacht hatten. Nur der Verbleib des Transporters blieb ein Rätsel. Nun liegt es einzig an der Verschwiegenheit der vier Männer, ob irgendwann einmal doch noch Licht ins Dunkel der Tat fallen wird.

Magischer Diebstahl

Der exklusive Juwelierladen befand sich auf der teuersten Meile der Landeshauptstadt. Vergitterte Schaufenster zeigten die Edelmarken der Schweizer Uhrindustrie. Der Verkaufsraum war von außen nicht einzusehen, denn die entsprechende Kundschaft wollte bei ihrem Einkauf nicht belästigt, beobachtet oder gestört werden. Um dort einkaufen zu können hatte man sich vorher telefonisch anzumelden oder an der Gegensprechanlage in der Eingangspassage nach einem freien Termin zu fragen. Danach erst konnten die Herrschaften durch eine Metallschleuse einzeln in das Geschäft eintreten. Dass sie dabei durchleuchtet wurden, war ihnen bewusst, denn der Geschäftsinhaber wollte so einen Überfall verhindern und sicher sein, dass keine Waffen unbemerkt mitgebracht wurden. Falls der Detektor anschlagen würde, (es war bis dahin noch nie passiert), so würden beide Türen sofort blockieren und die Person wäre in dem schmalen Gang hinter Panzerglas gefangen. In den eigentlichen Geschäftsräumen wurde man von zwei bewaffneten Türstehern empfangen. Sie achteten zusätzlich darauf, dass immer nur maximal zwei Kunden getrennt voneinander bedient werden konnten. Das freundliche, junge Pärchen, das diesmal den Weg hierher gefunden hatte, war vor einer halben Stunde telefonisch vom Parkhotel angemeldet worden. Es ging um einen wertvollen Ring, den der Mann als Verlobungsgeschenk für seine Braut zu kaufen gedachte. Nachdem man ein Glas Champagner zur Begrüßung getrunken, und die Wünsche geäußert hatte, wurde das erste Tablett auf die Theke gelegt. Fünf kostbare Stücke, mit Edelsteinen verziert, befanden sich in den fünf eingelassenen Mulden. Geschickt fingerte der Goldschmied mit den weißen Baumwollhandschuhen die Ringe einzeln heraus und ließ sie an den Finger der Dame gleiten. Die betrachtete sich ausgiebig damit in dem Spiegel, der dazu auf der Theke stand. Das Verkaufsgespräch dauerte an und mittlerweile lag nun das zweite Tablett vor ihnen und der Mann besprach sich mit seiner Braut. Man kam zu dem Schluss, dass man zwei Stücke in die nähere Wahl genommen hatte, über Preis wurde nicht gesprochen. Das Pärchen stand auf und bedankte sich bei dem Besitzer und wollte zur Tür gehen. Da forderte der Juwelier seine Kunden höflich, aber doch bestimmt mit folgenden Worten auf: „Es ist mir außerordentlich peinlich, aber ich möchte Sie bitten, den Rubin und den Smaragd auf das Samtkissen zurückzulegen." Das Pärchen war geschockt und schaute sich verwundert an: „Mein Herr! Was denken Sie von uns! Ich muss doch sehr bitten!" Sie wandten sich dem Ausgang zu, doch der Bodyguard stellte sich ihnen in den Weg und deutet höflich an, dass sie zurückgehen sollten, um das leidige Verschwinden der Kostbarkeiten zu klären. Die fahrige Hilflosigkeit des Juweliers, dem Derartiges noch nie zuvor passiert war, wurde von dem entsetzten Pärchen noch mehr verunsichert. Ohne Zweifel fehlten diese beiden Stücke, denn die entsprechenden kleinen Fächer auf den Samttabletts waren leer. Das empörte Paar schlug sofort vor, die Polizei rufen zu lassen, um diese Angelegenheit sofort an Ort und Stelle zu klären. Die herbeigerufenen Beamten nahmen auf den Wunsch der verdächtigten Kunden eine ausführliche Leibesvisitation vor. Ohne Erfolg! Da sie beim Betreten des Geschäftes den Warnhinweis an der Tür gelesen hatten, schlugen sie dem Goldschmied vor, sich noch einmal in der Eingangsschleuse durchleuchten zu lassen. Auch hier fand man keinen Ring. „So etwas haben wir noch nie erlebt!" empörten sich die offensichtlich unschuldigen Kunden. „Es versteht sich von selbst, dass wir unter diesen unerfreulichen Voraussetzungen natürlich Ihre Dienste nicht mehr in Anspruch nehmen werden. Diese Unterstellung ist für uns ungeheuerlich!" Sie drehten sich verächtlich um und schauten die Polizisten an, die genauso verwirrt waren. „Können wir jetzt endlich gehen?" Die verärgerten Kunden schauten den Beamten noch einmal eindringlich an. Der Goldschmied versuchte verzweifelt eine passende Entschuldigung für dieses Debakel zu formulieren, es war vergebens. Das Pärchen bestellte sich mit ihrem mobilen Telefon ein Taxi, sprach kein Wort mehr mit den Leuten und ließ sich schließlich zurück ins Hotel fahren. Der Juwelier erklärte den Beamten fassungslos, dass die zwei sehr wertvollen, und von ihm beschriebenen Ringe soeben verschwunden waren, aber die Polizisten konnten nach Sachlage der Dinge nur mit den Schultern zucken und einen Bericht über den seltsamen Vorfall schreiben. Die wertvollen Stücke blieben auch noch Tage danach einfach verschwunden. Am dritten Tag nach dieser leidigen Affäre hatte sich in der Passage ein alter Rentner angemeldet, der nun zögerlich die Räumlichkeiten betrat: „Entschuldigung, ich weiß nicht, ob Sie mir hier auch helfen können. Ich habe eben Ihr Schaufenster gesehen und weiß nicht, ob Sie auch Lederarmbänder haben. Ich meine damit ein Armband für diese Uhr." Er krempelte umständlich seinen linken Ärmel hoch und zeigte den alten Zeitnehmer, der tatsächlich ein verrottetes Band hatte. „Das hält aber wirklich nicht mehr lange, darf ich mal?" fragte der Juwelier und nach dem bejahen des Alten wurde ihm die Uhr geschickt vom Handgelenk abgenommen. Der Inhaber nickte ihm zu: „Ich schaue einmal, was ich für Sie da habe!" Damit verschwand er hinter dem dichten, schweren Vorhang. Mit einer Ledermappe kam er unmittelbar danach wieder in den Verkaufsraum zurück. Er klappte die mitgebrachte Mappe auf und legte sie zusammen mit der Armbanduhr vor dem Kunden auf die Theke. „Das ist die richtige Größe. Nach Farben sortiert. Wieviel wollen Sie denn dafür anlegen?" Der Alte war unschlüssig. Wann hatte er zuletzt ein solches Armband gekauft? Er zuckte mit den Schultern und stellte eine Gegenfrage. „Wie teuer sind die denn?" Der Juwelier zeigte die Stücke und erklärte ihm die unterschiedlichen Preise. Dann stellte er Fragen, wie: „Muss das Armband wasserverträglich sein? Soll es als Schmuck getragen werden? Ist es für den täglichen Gebrauch?" usw. Das Verkaufsgespräch dauerte nicht sehr lange, denn der Rentner entschied sich für das preiswerteste, das ihm da angeboten wurde. Trotzdem schluckte er, als er seine Geldbörse öffnete und die verlangten fünfundzwanzig Euro auf die Theke legte. „Machen Sie das direkt dran?" Der Goldschmied nickte und musste lächeln, denn das war beim Kauf so üblich. „Natürlich, mein Herr. Hier ist die Quittung. Das alte Band? Was ist damit?" Der Inhaber nahm abwartend eine kleine Papiertüte und schaute ihn an. „Da kann ich nichts mehr mit anfangen. Das können Sie mir aber trotzdem so geben!" Er nahm das alte Band und steckte es in die Jackentasche. Stolz hatte er bald darauf seine Uhr mit dem neuen Lederband wieder am Handgelenk. „Das ist noch etwas steif. Es wird mit der Zeit flexibler. Vielen Dank für den Einkauf und auf Wiedersehen." Der Alte nickte, drehte sich zur Tür und verließ die gesicherten Räumlichkeiten. Er ging die Straße hinauf, bog an der nächsten Ecke ab und stieg in den dort auf ihn wartenden Wagen. „Fahr los!" sagte er zu der jungen Frau, die hinter dem Steuer saß und sofort Gas gab. „Hat alles geklappt?" Wollte sie ungeduldig wissen, aber statt einer Antwort streckte er nur die geballte Faust aus. „Besser als ich gedacht hatte." Er griff an seine Stirn, zog vorsichtig die künstliche Latexglatze vom Kopf und befreite sich von dem angeklebten, schütteren Schnauzbart. Dann lächelte er sie an: „Er hat mich tatsächlich nicht wiedererkannt! Das war eine glänzende Idee von dir, diese schönen Ringe einfach mit Kaugummi unter dem Tresen in seinem Geschäft festzukleben, genial, einfach genial!" Sie fuhren lachend zurück ins Hotel.

Wer anderen schaden will . . .

Maria war nicht mehr die Jüngste, aber sie war noch rüstig genug, um nach Männern Ausschau zu halten. Ihr zweiter Ehemann, Gott hab ihn selig, hatte ihr ein schmuckes Häuschen und ein stattliches Konto hinterlassen. Das sprach sich schnell herum und machte sie tatsächlich attraktiver. Sie war nicht direkt auf der Suche, aber allzu viel Zeit wollte sie nicht mehr vergeuden und so vergnügte sie sich mit manch lebenslustigem Freier. Etwas Festes entstand nicht, denn sie war trotzdem noch wählerisch geblieben. An einem schönen Herbsttag begegnete sie ihm. Ihre Blicke waren sich nur kurz begegnet und doch war es, als hätte sie der Blitz getroffen. Ein Prachtexemplar war ihr da eben über den Weg gelaufen. Sein mediterranes Aussehen, sein offenes Hemd und die elegante Jeans, er entsprach exakt ihrem Beuteschema. War sie zu alt für diesen Mann? Er mochte gute zehn Jahre jünger gewesen sein und hatte sie angelächelt, sie schmolz dahin. Schickte es sich für eine Dame, sich auf der Straße umzudrehen? Es schickt sich! Sie sah gerade noch, wie er um die nächste Häuserecke verschwand. Nicht jedoch, ohne sich nach ihr umzudrehen. Das hatte sie ermutigt und so schnell ihre Füße sie noch tragen konnten, war sie auch schon an der Hausecke. Sie bekam einen Hustenanfall, denn sie war gerannt. Die kleine Sprühflasche half ihr, wieder Luft zu bekommen. Das blöde Asthma und keine Spur von dem Traummann! Oder doch? Da, auf der anderen Straßenseite stieg er gerade in einen Sportwagen und fuhr los. Sollte das alles vergebens gewesen sein? Sie notierte sich das Nummernschild und ging nach Hause. Sie musste ihn wiedersehen! Was sie nicht wusste war, dass sich der arbeitslose Nichtsnutz diese Alte ausgesucht hatte. Beim Frisör war ihm nicht entgangen, dass sie oft nach Luft rang und trotzdem stark rauchte. In der Apotheke stand er neben ihr und sah die Fülle von verschreibungspflichtigen Medikamenten, die sie dort abholte. Danach war er oft an ihr vorbeigeschlendert und hatte auf einen Blick gehofft, immer vergebens, bis heute. Er hatte ein gutes Gefühl, denn nachgegangen war sie ihm noch nie. Im Rückspiegel hatte er beim Abfahren gesehen, dass sie sich etwas notiert hatte. Waren seine Bemühungen endlich am Ziel? Er hatte die lebenslustige Frau schon lange beobachtet und wusste, dass sie eine vermögende Witwe war. Genau die dumme, kranke Gans, die es auszunehmen galt. Er war erst seit einem halben Jahr wieder auf freiem Fuß. Diesmal würde er vorsichtiger zu Werke gehen, denn beim letzten Mal hatte er drei ältere Frauen gleichzeitig finanziell ausgenommen und nicht gewusst, dass die sich kannten und ausgetauscht hatten. Die Beweise waren erdrückend. Zwei Jahre hatte er bekommen und war danach in eine andere Stadt gezogen. Die Masche war nach wie vor gut, davon war er immer noch überzeugt. Er musste nur besser aufpassen. Sein Köder war ausgelegt, nun musste sie nur noch anbeißen.

Maria wählte die Telefonnummer ihrer Versicherung: „Arberg, guten Tag. Mein Wagen hat auf dem Parkplatz einen Kratzer bekommen, aber ich habe mir das Kennzeichen des fremden Wagens notiert. Können Sie mir den Halter nennen?" „Ich kann Ihnen die Versicherung nennen, bleiben Sie am Apparat!" „Nein, hören Sie. Vielleicht ist das dem Halter unangenehm und wir können das so regeln. Ich brauche nur seine Adresse." „Frau Arberg, Sie verlangen viel von mir. Nun gut, warten Sie einen Augenblick." Maria schaltete den Lautsprecher ein und ging in die Küche, um sich einen Kaffee zu holen. Als sie zurückkam, meldete sich der nette Versicherungsangestellte: „Von mir haben Sie die nicht, versprechen Sie mir das!" „Natürlich!" „Die Anschrift ist Werner Becker, Hauptstraße 228, hier im Ort!" „Vielen, vielen Dank!" Glücklich legte sie auf. Im Telefonbuch war keine Eintragung, so entschloss sie sich, am nächsten Tag zu dem Haus in der Hauptstraße zu gehen. Ihr würde schon etwas Passendes einfallen. Tatsächlich war ihr auch etwas eingefallen, denn nach zwei Tagen sah man das ungleiche Pärchen schon Hand in Hand. Ein paar Monate später wurde das Aufgebot bestellt und schnell geheiratet. Der gutaussehende Mann hatte sie mit Komplimenten überhäuft und behandelte sie wie ein wahrer „Gentleman". In seiner Nähe fühlte sie sich zum ersten Mal geborgen. Wie eine Göttin wurde sie von ihm hofiert. Ihm war natürlich nicht ihr ungesunder Lebenswandel entgangen und der Husten war das Resultat der vielen Zigaretten. Aber von diesem Lasten wollte sie nicht loslassen, davon wollte sie nichts wissen. Sie schob ihre Atemnot und körperliche Schwäche etwas anderes: „Das Asthma ist mir schwer aufs Herz geschlagen. Was willst Du mit so einer alten Frau wie mir?" Er reagierte schnell, denn er wusste aus Erfahrung, wie er bei der älteren Damenwelt punkten konnte. „Maria, was redest Du da. Ich liebe Dich doch, das weißt Du und rede nicht so ein dummes Zeug! Du siehst immer noch attraktiv aus, für Dein Alter." Dankbar und verblendet nahm sie das nette Kompliment an, nicht ahnend, dass er schon bald sein hinterlistiges Ziel erreicht haben würde. Er lud sie zu einer gemeinsamen Kreuzfahrt ein. (man muss zunächst etwas investieren, wenn man ans Ziel kommen will!) Er bemühte sich redlich, um in einer schönen, vertrauten Atmosphäre von einem gemeinsamen Lebensabend zu sprechen. Die einsame Maria, verblendet und getäuscht von einem so stattlichen Kerl, ahnte seine wahren Absichten nicht. Sie genoss die Blicke der anderen Frauen, die gerne mit ihr getauscht hätten. So war es nach ihrer Rückkehr nur eine Frage der Zeit, wann sie vor dem Standesamt stehen würden. Sie brachte das Thema geschickt auf den Tisch und er begeisterte sie am nächsten Tag mit einem großen Strauß roter Rosen. Wer hat in dem Alter noch das Glück, ein solches Sahneschnittchen sein eigen zu nennen. Er willigte schnell ein und sie war die glücklichste Frau der Welt. Nachdem sie verheiratet waren und er sich einen Überblick über ihre finanzielle Situation gemacht hatte, wollte er keine Zeit verlieren. Er kannte die Wirkung ihrer Tabletten und erduldete ihre heftigen Hustenanfälle. Damit das auch blieb waren immer viele Zigaretten im Haus. Die Marke hatte er gewechselt und sie davon überzeugt, dass filterfreier Rauchgenuß besser sei. Sie ging darauf ein und ihre Atemnot wurde immer schlimmer, ohne dass sie einen Bezug zu den viel stärkeren Glimmstengeln erkannte. Sie musste zwei dicke Kopfkissen im Bett haben, da sie flach liegend kaum noch atmen konnte. Sie saß jetzt oft im Bett und schnappte nach Luft. „Meine Nitrokapsel, schnell!" Er eilte gerne, heuchelte Mitleid, ging für sie zum Hausarzt und sorgte dafür, dass sie die starken Medikamente weiter einnahm. Noch spielte er den fürsorglichen Ehemann! Der rechte Augenblick würde bald kommen und er wartete geduldig ab. Vorsorglich hatte er einen Haustürschlüssel bei einer Nachbarin hinterlassen, für alle Fälle. (Auch das gehörte zu seinem Plan). Dann kam alles viel schneller, als erwartet. An einem lauen Sommerabend, die schwüle Luft machte ihr zu schaffen, rief sie verzweifelt nach ihm. Sie lag auf der Bank im Garten und rang nach Atem. „Meine Kapsel und die Sprühflasche, schnell!" Darauf hatte er gewartet. Er schlich sich an und drückte ihr ein Kissen fest aufs Gesicht. Sie vermochte sich nicht lange zu wehren, denn der Hustenkrampf tat sein Übriges. Es ging schneller als erwartet und bald erlahmte ihre schwache Gegenwehr. Sie war erstickt. Eiskalt ließ er sie unbeachtet draußen liegen und brachte das Kissen ins Haus. Dann ging er mit der Pillendose zurück in den Garten, schüttete zwei, drei Kapseln in ihren Schoß und drückte die offene, kleine Pappröhre in ihre Hand. Dann ging er zurück auf die Straße und seelenruhig zu der Nachbarin. Er bat sie aufzuschließen, da er seinen Schlüssel vergessen hatte und seine Frau ihm nach mehrfachem Klingeln nicht öffnete. Sein Alibi war damit perfekt. Die Nachbarin bestätigte später der Polizei, dass der Mann aufopfernd für seine Frau dagewesen war. Sogar noch am Todestag hatte er versucht, bei der Apotheke Medikamente zu besorgen und durch seine Eile hatte er den Hausschlüssel vergessen. Er war am Ziel.

Als seine geliebte Frau beerdigt war und er entspannt im Schlafzimmer lag und ein Buch las, wurde er durch ein ungewöhnliches Geräusch gestört. Er hörte deutlich, wie seine Maria seufzte. Es war, als würde sie schwer atmen und nach Luft ringen. Schlagartig war er wach und setzte sich. Nichts! Gerade wollte er weiterlesen, als er es wieder hörte. Dieses langgezogene Pfeifen nach Atemluft! Ungestüm sprang er aus dem Bett und rannte durchs Haus. Er schaute in jedes Zimmer, auf den Dachboden, in den Keller. Er fand seine Maria nicht. Was war das? War es ihr Geist? Sein Gewissen? An Schlaf war nicht mehr zu denken! Unruhig wühlte er in den Kissen und bald horte er wieder auf. Die Geräusche seiner Frau waren zwar verstummt, aber nun lag er nassgeschwitzt in den Laken. Am nächsten Tag verdrängte er hoffnungsvoll die nächtlichen Erlebnisse und genoss den milden Tag. Erst als es zu dunkeln begann, schauderte ihm vor der bevorstehenden Nacht, aber es blieb ruhig. Es geschah nichts. Tage vergingen, er hatte das seltsame Seufzen seiner Frau vergessen. (Oder verdrängt) Er saß entspannt im Wohnzimmer, genoss einen Cognac und las wieder in dem Buch, da war es! Er drehte die Musik leiser. Deutlich hörte er das langgezogene Ziehen nach Luft. „Maria?“ rief er ängstlich. Wie im Wahn rannte er durch alle Zimmer und fand wieder nichts. Das wiederholte sich in unregelmäßigen Abständen. Mal seufzte sie des Nachts, mal tagsüber und dieser physische Terror trieb ihn in eine nicht gekannte Nervosität. Fahrig versuchte er seinen Alltag zu bestreiten, was ihm nicht mehr gelang. Er hatte mehrere Unfälle mit seinem Sportwagen.

Einmal hatte er eine Mauer gestreift, ein anderes Mal einen Mülleimer übersehen. Dann war ihm, als hätte seine Maria soeben vor seinen Augen die Straße überquert. Erschöpft saß er im Auto, unfähig auszusteigen. Der Motor lief noch, als die Polizisten ihn ansprachen und danach mit zur Wache nahmen. Er redete wirr und ein Arzt ließ ihn in eine Klinik einweisen. Totale Erschöpfung mit körperlichem Zusammenbruch. Zwei Nächte lang saß er auf dem Krankenbett und horchte. Die Schwester hatte ihm starke Schlaftabletten gegeben, trotzdem fand er keine Ruhe. Mit dunklen Rändern unter den Augen stierte er vor sich hin. In der vierten Nacht war sein Bett leer und das Fenster geöffnet. Die herbeigerufene Nachtschwester erlitt einen Schock, als sie nach unten schaute und den zerschmetterten Körper des Mannes sah. Er wollte endlich seine Ruhe finden und war seiner Frau gefolgt. Da es keine Erben gab, wurde das Haus versteigert. Es hatte sich herumgesprochen, dass es darin spuken sollte und so bekam man lange Zeit keinen Interessenten für das „Geisterhaus". Nun stand es schon seit mehreren Monaten leer und für einen Bruchteil dessen, was die Immobilie wert war, kaufte endlich ein junges Pärchen das gesamte Anwesen. Sie tapezierten und richteten sich ein, froh darüber ein so günstiges Angebot angenommen zu haben. In der dritten Nacht hörten sie das langgezogene Seufzen, das den Ehemann in den Wahnsinn getrieben hatte. Der neue Besitzer horchte jedoch nur kurz auf, legte sich wieder und drehte sich zur Seite. Dann murmelte er seiner Freundin beruhigend zu: „Erinnere mich morgen früh daran, dass ich dem Dachdecker Bescheid gebe. Da sind ein paar Pfannen lose und der Wind fängt sich darunter, ich kenne dieses Geräusch, das kann einen wahnsinnig machen!" Zufrieden schliefen sie ein und nach der Reparatur des Daches war es ruhig in dem Haus. Sie haben nie wieder das Seufzen von Maria gehört.

Daddy, hilf mir . . .

„Wo steckst Du schon wieder? Solltest Du Dich nicht um mich kümmern?" John war gerade mit seinen Schulaufgaben fertig geworden und gönnte sich eine Pause. Er sprang aus dem Fernsehsessel und rannte in den Flur. Am oberen Ende der großen Treppe, die mittig in den großen Flur herunterführte, stand Rayman, sein Stiefvater. Der ältere Mann quälte und tyrannisierte ihn schon lange, aber John hatte allmählich den Eindruck, als würden die Schikanen immer heftiger, seit seine Mutter bettlägerig geworden war. Der neue Mann an ihrer Seite genoss seine scheinbare, alleinige Allmacht und spielte sie gnadenlos aus. „Hier bin ich, Vater. Ich hab Euch nicht gehört!" Seine Mutter bestand darauf, dass er ihn „Vater" nannte, obwohl die Chemie zwischen den beiden von Anfang an nie richtig gestimmt hatte. „Dumme Ausreden, nichts weiter! Bring mir die Whiskyflasche und Eis! Ich will frisch gemachtes Eis haben, hörst Du und zwar zügig!" John rannte ich die große Küche und überbrachte der Haushälterin den Wunsch seines Stiefvaters. Er hasste ihn, musste jedoch gute Miene zum bösen Spiel machen, denn seine leibliche Mutter, die krank im oberen Schlafzimmer lag, hatte ihn inständig darum gebeten. „Vertragt euch bitte. Wenn ich krank hier oben liege, wie soll ich jemals wieder gesund werden, wenn unter euch nur Zwist und Bosheit herrscht?" John hatte mehrfach erklärt, dass das nicht sein eigener Vater war und sich hier wie ein Tyrann aufführte. „Wenn Vater noch leben würde, er hätte diesen Bastard eigenhändig vor die Tür setzen. Ich weiß wirklich nicht, was Du an dem gefressen hast." Seine Mutter wollte diese Diskussionen nicht: „Wie redest Du mit Deiner Mutter? Ich liebe ihn, davon verstehst Du nichts!" Der zwölfjährige, einzige Spross der betuchten Familie hatte kein leichtes Leben mehr, seitdem sein Vater bei einem Unfall sein Leben verloren hatte. Es musste die pure Eifersucht des neuen Verehrers seiner Mutter sein, dass der kleine Sohn von ihm so drangsaliert und gedemütigt wurde. „Glaub ja nicht, dass Du irgendetwas von Deiner Mutter erben wirst!“ hatte Rayman ihm einmal vor Wochen gesagt, als sie alleine im Wohnzimmer saßen. „Deine Mutter ist schwer krank und ich verwalte das Guthaben, verstehst Du. Ich alleine! Alles, was Du hier siehst, “ weiter kam er nicht, denn das war für den Jüngling zu viel gewesen und er fiel ihm damals das erste und auch letzte Mal ins Wort: „Ja was ist damit? Alles was ich hier sehe hat Daddy aufgebaut. Daddy und meine Mom! Ihr habt Euch in unser Leben eingeschlichen!“ Die schallende Ohrfeige kam unerwartet und er konnte ihr nicht mehr ausweichen. „Frecher Lümmel! Ich werde Deiner Mutter von dieser Aufmüpfigkeit berichten und sie überreden, dass Du in ein Internat kommst. Nicht hier in England. Mir schwebt die Schweiz vor. Dann kannst Du mich nicht mehr beleidigen. Noch eins, versuch nicht, Deiner Mutter irgendwelche Lügengeschichten aufzutischen. Ich erfahre sofort davon!“ John ballte seine Fäuste. Er war noch zu klein und unerfahren, um sich gegen diesen Eindringling, wie er ihn heimlich nun nannte, zu wehren. „Zur Hölle soll er fahren!“ murmelte er leise, als er wieder alleine in seinem Turmzimmer saß. Er schaute auf die gepflegten Außenanlagen und das angrenzende kleine Wäldchen, in dem er mit seinem Daddy so oft gespielt hatte. Wehmut kam in ihm auf und er vermisste ihn noch mehr: „Vati, hilf mir! Was soll ich tun?“ Er war am Fenster auf seine Knie gerutscht und betete, als stünde er vor dem Altar der kleinen Kapelle. Sein Vater gab ihm kein Zeichen, keinen Hinweis. Was hatte er erwartet, von einem tödlich Verunglückten? Hatte er zu viele Geistergeschichten gelesen? Entmutigt setzte er sich an den wuchtigen Schreibtisch seines alten Herrn. Den hatte er vom Arbeitszimmer sofort in seine kleine Turmwohnung stellen lassen, als Vater verstorben war. Rayman, der seine Mutter ein Jahr später auf einer Auslandsreise kennenlernte, hätte das niemals geduldet. John hatte ihm vorgelogen, dass der große Schreibtisch schon immer hier oben gestanden hatte. Gedankenverloren zog er die großen und kleinen Schubladen auf und zu. Mutter hatte sämtliche Unterlagen und Schriftstücke, die ursprünglich darin gelegen hatten ausgeräumt und von einem Notar überprüfen lassen. Es waren keine wertvollen Schreiben darunter gewesen. Nun waren fast alle Fächer leer. Nur in der obersten Lade lagen seine Schulhefte. Der Füller und die anderen Schreibutensilien hatte er sorgfältig auf der großen Arbeitsfläche verteilt. Manchmal lehnte er sich in dem breiten Sessel zurück, nahm einen Bleistift und führte ihn zum Mund. Wie an einer Zigarre zog er an dem kleinen Stift und spielte die Gebaren seines Vaters nach: „Haben wir den Speiseplan für die kommende Woche schon fertig?" er schaute grimmig zum Fenster und zog wieder an seinem Bleistift, dann verstellte er seine Stimme und antwortete: „Er liegt vor Euch, Laird." Wie schön wäre es doch, wenn er noch einmal mit seinem alten Herrn sprechen könnte! Gerade jetzt, wo sich dieser „Rayman" hier einnistete. Wieder zog er an den Schubladen und es war ihm, als würde seine Hand dabei geführt. Zielsicher steuerte er eine der untersten Laden an, die ihm auch sofort aus der Hand fiel, obwohl er sie nicht weiter herausgezogen hatte, wie die anderen. Er hielt sie vorsichtig in seinen Händen und legte sie auf den Teppich neben sich. Dann entnahm er die darüber liegende und stellte erstaunt fest, dass diese alle gute zehn Zentimeter länger war. Nun untersuchte er alle Schubladen nach Größe und Länge. Tatsächlich passte die kleine Lade nur in ihr eigenes, kleineres Fach. Die merkte er sich und schob alle anderen wieder an seinen angestammten Platz. Nun ging er nach unten, denn er durfte nicht zu spät zum Abendbrot an der

Tafel sitzen. Mutter war von der Pflegerin schon in ihren Rollstuhl gesetzt worden und er hörte den seitlich angebrachten Lift summen. Unten angekommen saß Mutter an der einen, Rayman an der gegenüberliegenden Seite des Tisches. Sein Platz war, wie immer mittig gedeckt. Keiner redete ein Wort. Nach dem stillen, gemeinsamen Tischgebet brachte der Butler die Suppenterrine und füllte, nach Blickkontakt den jeweiligen Teller bis zum kurzen Nicken des neuen Hausherrn. Auch diese Tatsache, die Rayman eingeführt hatte schmeckte John überhaupt nicht, denn er durfte am Tisch nicht mehr nach Belieben zugreifen. Nach der Hauptspeise wünschte er seiner Mutter eine gute Nacht und nickte nur widerwillig seinem neuen Vater zu. Auch seine eigene Mutter hatte eine abweisende Kälte gegen ihren Sohn entwickelt. Der Rollstuhl wurde wieder nach oben geliftet und John sprang die Stufen hinauf in seine kleine abgeschlossene Wohnung. Nachdem er sich im Bad für die Nachtruhe hergerichtet hatte, schien ihm, als würde eine leise Stimme ertönen: Die Schublade, denk an die Schublade! Erschrocken schaute er in den Spiegel und ein feuchter Dunstfilm auf dem Spiegel zeigte das verschwommene Gesicht seines Vaters. Er ging zielsicher zurück zum Schreibtisch und schaute auf die seltsame Schublade. Er zog sie erneut heraus, griff zur Taschenlampe und leuchtete in den freien Schacht. Zu seiner Überraschung war ein Eisengriff am hintersten Ende an der Rückwand eingelassen. Er legte die Lampe beiseite und langte mit seinem Arm hinein. Er ertastete den Griff und zog ihn nach vorne. Kräftig musste er daran ziehen, denn es fühlte sich an, wie der obere Verschluss eines Einmachglases. Mit einem kurzen Klack war der Griff nun ganz locker. John wollte ihn aus dem Schacht ziehen, was ihm nicht gelang. Er hätte ihn nur wieder in seine alte Stellung zurückdrücken können. Was hatte er da ausgelöst? Er ging zur Vorderseite des wuchtigen Tischs und sah zu seinem Entsetzen, dass sich eines der beiden eingelassenen Familienwappen gelöst hatte und nach vorn aufgeklappt war. Hatte er die Front zerstört? Nein, er hatte ein Geheimfach entdeckt! Vorsichtig leuchtete er in die Öffnung und fand ein verschnürtes Bündel von Papieren, mit einem Siegel verplombt. Neugierig zog er das kleine Paket heraus und eine Wolke aus Staub fiel auf den Teppich. Er blies den noch anhaftenden Dreck ab und eine noch größere Dunstblase stand im Zimmer. Das geöffnete Fenster ließ die Zimmerluft wieder klarer werden und er betrachtete seinen Schatz von allen Seiten. Fest zusammengezurrt war da ein Aktenpaket zum Vorschein gekommen, dass nur von seinem Vater stammen konnte, denn der hatte diesen Schreibtisch extra für sich anfertigen lassen. Es hatte keinen Vorbesitzer gegeben. Das Siegel trug ebenfalls ihr Familienwappen und somit setzte sich der kleine Mann darüber hinweg und zerbrach es. Die zerschnittene Kordel legte mehrere Schriftstücke frei, darunter auch ein amtliches Dokument mit der Aufschrift: „Testament". Er hatte noch die verhöhnenden Worte seines Stiefvaters im Ohr, nichts von Vaters Sachen bekommen zu können und war folglich scharf darauf, den noch geheimen Inhalt zu lesen:

„Mein letzter Wille. Sollte mich zuerst der Tod ereilen, so hinterlasse ich meine Ländereien, mein gesamtes Guthaben, sowie das Anwesen und den Safe Nr. 4456 in der Royal Bank of England, Zweigstelle Bridgetown zu gleichen Hälften meiner geliebten Frau, Lady Kathy Winter und meinem Sohn John Winter. Dies ist eine Abschrift des Testamentes, dessen Original bei meinem Freund und Notar Dr. Sir Benton, Mainstreet in Bridgetown hinterlegt ist. Mein ausdrücklicher Wunsch ist, dass diese Anweisung zur Volljährigkeit von John in Kraft tritt und geöffnet wird.
Mortimer Winter, Laird of Black Castle.

John setzte sich. Daher also die regelmäßigen Unterschriften, die seine Mutter zu leisten hatte, damit Rayman Geld abheben konnte. Daher auch die freundlichen Worte, die er immer für sie fand. Verdächtig hatte er es schon immer gefunden, dass seine Mutter ausgerechnet so schlimm krank geworden war, nachdem Rayman hier bei ihnen eingezogen war. Die neue Krankenpflegerin war dessen Schwester und die hatte er schnell nachkommen lassen. Wussten die etwas von dem seltsamen Testament seines Vaters? Hatte sein Senior etwas Ähnliches befürchtet? John legte alle Schriftstücke wieder an seinen alten Platz und drückte die Klappe mit dem Wappen wieder nach oben. Mit einem hörbaren „Klack" war die Vorderfront wieder verschlossen. Der Riegel am hinteren Ende war in seiner alten Stellung wieder eingerastet. Zufrieden legte er sich aufs Bett und schlief unbesorgt und zufrieden ein. In dieser Nacht erschien ihm sein Vater im Traum. „Hab keine Angst, ich bin bei Dir und werde Dich beschützen, Mutter ist zu gebrechlich und schwach. Ihr Geist ist verwirrt und ich dulde nicht, dass der Kerl Deine Zukunft zerstört. Schlaf jetzt, ich wache über Dich!"

Am frühen Morgen war er bester Laune und ging mit seinen Schulsachen in die Küche, frühstückte mit Betty, dem Küchenmädchen und stellte sich an die Straße, um auf den Schulbus zu warten, der sich bald darauf hupend an der oberen Straße zeigte. Noch drei Wochen, dann war Zeugnisausgabe und die großen Ferien folgten. An seiner Versetzung hatte er keinen Zweifel, denn er kam in der Schule sehr gut mit und schrieb immer ausgezeichnete Noten. Am Wochenende, er kam gerade mit dem Bus zurück, empfing ihn der Butler schon vorne am Tor: „Junger Herr, Ihr müsst nun sehr tapfer sein! Mylady hat uns am frühen Morgen für immer verlassen!" Blitzartig dachte er an das Drama, das ihn nun erwarten würde.

Rayman konnte sich nun frei austoben und alles an sich reißen, denn er war noch nicht volljährig! „Ich muss ihn loswerden Vater, bevor er sich an unseren Gütern vergeht!" dachte er und ging nickend hinter dem treuen Charles zum Hauptportal des Castles. Seine Mutter hatte sich nach dem Tod ihres Mannes eingeschlossen und zurückgezogen. John wurde von dem Küchenmädchen und Charles, dem Butler betreut, unterstützt und zur Schule gebracht. Seine Mutter hatte sich ihm gegenüber sehr distanziert gezeigt. Dann, nachdem sie aus einer Kur zurückgekehrt war, hatte sie diesen unsympathischen Rayman angeschleppt. John war ab diesem Zeitpunkt zum Störenfried im eigenen Elternhaus geworden. Er musste diesem verhassten Rayman eine Lektion erteilen. Als er sich von seiner toten Mutter verabschiedet hatte und der Leichenwagen den Kiesweg entlang rollte, sah er dieses triumphierende Lächeln auf dem Gesicht seines Stiefvaters: „Ich bin nun Dein Vormund! Du weißt, was das für Dich bedeutet?" Ungeachtet der Dienerschaft lachte er wirr und völlig deplatziert auf und ging ins Haus. Diese Nacht noch musste ihm etwas einfallen! Die Krankenschwester hatte das Anwesen schon verlassen, die Dienerschaft begab sich zur Nachtruhe und Rayman wühlte im Sterbezimmer der Mutter suchend in den Schränken. Seine Angewohnheit, sich jeden Abend unten im Kaminzimmer eine Zigarre zu rauchen und einen Scotch zu sich zu nehmen würde er mit Sicherheit auch an diesem Abend beibehalten. John hatte in der vergangenen Nacht wieder einen Traum gehabt. Darin hatte sein Vater ihm einen hilfreichen Tipp gegeben und den galt es jetzt umzusetzen. Nichts durfte nun schief gehen. Er wickelte um die hölzernen Stützen des Handlaufs, fünf Stufen von oben auf jeder Seite ein schwarzes Tuch. In zwanzig Zentimeter Höhe spannte er einen starken Blumendraht, den er auf beiden Seiten über dem Stoff befestigte. So war es ihm in dem väterlichen Traum geraten worden. Vorsichtig stieg er über das Hindernis und wartete auf der halben Höhe der Wendeltreppe, die von hier aus in seine kleine Turmwohnung führte. Gerade hatte er sich auf die Stufen gesetzt, da kam Rayman mit schnellen Schritten, wütend und fluchend aus dem Zimmer gestürmt und rannte zur Treppe. John stand vorsichtig auf, ging ein paar Stufen zurück und bückte sich. Er sah gerade noch wie sein verhasster Stiefvater hilflos mit den Armen in der Luft ruderte, dann krachte es auch schon und polternd überschlug sich der Mann immer wieder, bis sein verdrehter Körper unten aufschlug. John entfernte seinen Stolperdraht, die Stoffe hatten ein Absplittern der Holzstäbe verhindert. Er war gerade dabei, den Draht um den abgewickelten Stoff zu drehen, als sich unten eine Tür öffnete. Charles der Butler, noch im Nachtgewandt, stand im Flur und hielt den hellen Strahl seiner Taschenlampe in der rechten Hand: „Sir? Sind Sie gefallen?" John verhielt sich ganz ruhig, nahm die Gelegenheit war und schlich leise im oberen Geschoß die Stufen der Wendeltreppe zu seinem Zimmer empor. Der Sturz war kein Denkzettel für seinen Stiefvater, denn er war auf der Stelle tot. Die alarmierte Polizei stellte eine erhebliche Alkoholfahne bei Rayman fest. Durch die verschlossene Tür des Kaminzimmers hörte John die Unterhaltung der Kriminalbeamten und der Dienerschaft: „Haben Sie denn keinen Verdacht gehabt? Nichts davon mitbekommen?" Der Butler antwortete: „Sergeant, keiner von uns, noch nicht einmal ihr eigener Sohn, durfte ohne das Wissen des neuen Herrn zu ihr. Selbst das zubereitete Essen durfte in der Küche nur bereitgestellt werden. Entweder er oder die Krankenschwester haben die Sachen nach oben gebracht. Wir haben manches Mal vermutet, dass sie noch nicht einmal genug zu essen oder zu trinken bekommen hatte. Wir haben nicht gewagt, uns damit irgendeinem anzuvertrauen. Es war doch immer diese Schwester bei ihr!" John, der draußen an der Tür lauschte, war über die Unterhaltung verwundert.

Ging es hierbei nicht um den Sturz? Er horchte weiter: „Vergiftet wurde sie. Langsam aber wirkungsvoll, das hat die Obduktion einwandfrei ergeben." Dann fügte er hinzu: „Wir haben eine Fahndung nach der Schwester herausgegeben. Sie muss verhört werden, denn wir gehen davon aus, dass sie über den Zustand der Lady im Bilde war. Wer das Gift besorgt hatte, ob er oder die Frau, werden wir jetzt nicht mehr einwandfrei klären können. Kümmern Sie sich um den armen Jungen, der jetzt ganz alleine ist. Er ist der größte Leidtragende von allen. Gentlemen, wir können gehen, hier gibt es nichts mehr für uns zu tun! Der Unfall hat ihn vor seiner Verhaftung bewahrt."

John schlich eilig die Treppe herauf, ging in sein Zimmer und schloss fest seine Augen. Dann schaute er auf das Bild seines Vaters, das neben den Büchern im Regal stand: „Danke, Daddy, ich glaube, das war der einzig richtige Weg!"

Draußen rauschte der Wind in den Bäumen und er meinte ein vertrautes, väterliches: „Du hast recht, mein Junge. Das war der einzige Weg!" gehört zu haben. Tränen der Freude liefen über seine Wangen und er ging zu seinem Bett. Die Augen wurden ihm schwer und er schlief schnell und zufrieden ein.

Noch viele Jahre später, wenn er Probleme hatte, wendete er sich an seinen Vater, der ihm im Traum erschien und gute Ratschläge erteilte. Seine Mutter kam nie im Schlaf zu ihm, sie kann sich jetzt, wo immer sie auch sein mag, um ihrer geliebten Rayman kümmern und ihn zur Rede stellen.

John hat die Schule und das Collage erfolgreich beendet und lebt mit seiner Freundin im väterlichen Anwesen. Die alte Dienerschaft ist gerne weiter für ihn tätig.

Er ist ein gütiger, liebenswerter Gutsverwalter geworden, dieser nette John - Mortimer Winter jun., der neue Laird of Black – Castle.

Kreuzfahrt ins Ungewisse
Seine Sichtweise

Es war doch nicht so spät geworden, an diesem letzten Arbeitstag in Hamburg. Er schaute auf seine Uhr, gerade mal halb zwei und er hatte das Geschäft in den vergangenen Tagen zufrieden abwickeln können Das Wetter war diesig und grau, Nebelfelder zogen an den Scheiben des Büros vorbei Eine Woche nach Ostern, und es war immer noch so nasskalt. Aprilwetter eben! Das warme Wetter ließ auf sich warten. Joachim Schneider, 49 Jahre, war als leitender Angestellter im Außendienst für seine Firma aus Krefeld oft in unterschiedlichen deutschen Städten unterwegs. So hatte er auch dieses Mal eine neue Geschäftsverbindung knüpfen können. Er hatte den unterschriebenen Vertrag in seinen Unterlagen und verabschiedete sich von den Vertragspartnern, die ihm einen Platz in ihren Räumen in der Speicherstadt am Hafen zur Verfügung gestellt hatten. Eine bekannte, melodische Klangfolge ertönte und er klappte sein mobiles Telefon auf. Er sah auf dem Display den Namen seiner Frau. Er nickte allen noch einmal freundlich zu, nahm seinen Laptop, den Aktenkoffer und verließ für das Telefonat das Büro. Draußen auf dem leeren Gang meldete er sich knapp: „Ja, was ist?" Denn jedes Mal, wenn ihn seine Frau auf der Arbeit anrief und damit gestört fühlte, war er gestresst. „Hallo Joachim, wie lange musst du noch arbeiten?" „Genau deshalb wollte ich dich gerade anrufen …" er räusperte sich. Ein Zeichen seiner Unsicherheit, da er eindeutig vorhatte, sie zu belügen. „Wir sind noch mitten in den Verhandlungen. Ich fürchte das wird heute nichts mehr. Die Herren beraten noch und du weißt ja wie das ist. Danach ist mein Abschlussdinner. Ich muss sie zum Essen einladen. Als guter Gastgeber kann ich da nicht absagen.

Das wird sehr spät werden, denke ich. Ich bleibe heute noch eine Nacht im Hotel und morgen früh komme ich mit dem ersten ICE. Schlaf gut!“ „Kannst du nicht doch schon früher kommen? Wir müssen unbedingt miteinander reden, so geht das jedenfalls nicht weiter! Wir sehen uns ja kaum noch!” „Wir reden morgen! Ich muss jetzt gehen, die Sitzung geht weiter!” Das Gespräch war ihm unangenehm, aber er wollte jetzt nicht noch lange mit seiner ahnungslosen Frau sprechen! Er wollte so schnell wie möglich zu Natalie, seiner Geliebten.
Die Verhandlungspartner waren schon lange gegangen und er stand alleine in dem Büro. Er packte sein Notebook in den Aktenkoffer und verließ das Bürogebäude. Der Portier winkte ihm noch freundlich zu und dann stand er auf der Strasse.
Das erste Taxi stoppte sofort und er stieg ein. Eine knappe Viertelstunde später war er im Hotel an der Binnenalster. Seine junge Geliebte erwartete ihn schon und sie gingen zusammen direkt ins hoteleigene Schwimmbad. Danach zogen sie sich zum Abendessen um. Nach dem Dinner tranken sie an der Bar neben der Lobby noch ein Glas Merlot und wie verabredet, verbrachten sie auch diese Nacht wieder gemeinsam in dem luxuriösen Hotel und ließen sich verwöhnen. Seine zwanzig Jahre jüngere Gespielin begleitete ihn so oft sie konnte, auf alle Geschäftsreisen. Und er reiste sehr oft. Als seine Firma den Betrieb aus Kostengründen von Düsseldorf nach hier verlegt hatte, sah er sie zum ersten Mal. Er lernte sie ironischerweise in einer kleinen Boutique in Krefeld kennen, als er seiner Frau eine Überraschung kaufen wollte. Was ihm direkt an ihr aufgefallen war? Ihr üppiger Busen! Der sprang ihn förmlich an und passte so gar nicht zu der ansonsten so zierlichen Blondine. Etwas keck hatte sie mit ihm geflirtet und er lud sie daraufhin spontan zu einem Kaffee nach Dienstschluss ein. Zwei Wochen später waren sie das erste Mal über Nacht zusammen geblieben. Die Kleine war eine wahre Offenbarung.

Anders als seine Frau, die sich ziemlich bieder ihrer Hausarbeit hingab. Waren es die sechs Jahre, die seine Frau Anja älter war als Natalie? Wohl kaum! Die beiden Frauen hätten unterschiedlicher nicht sein können. Seine Anja war bodenständig, ehrlich und treu. Sie hatte in diesem Jahr ihren 35.Geburtstag und genau seit 10 Jahren verheiratet. Anja war immer noch eine attraktive, junge Frau, aber er hatte schon lange kein Interesse mehr an ihr. Seitdem er mit der jungen Natalie Bremer ein Verhältnis angefangen hatte, wollte er so oft wie möglich mit ihr zusammen sein. Die ersten Monate hatte er verschwiegen, dass er fest gebunden war. Dann später gab er vor, schon lange nicht mehr mit seiner eigenen Frau zusammen glücklich gewesen zu sein. Aber da sie sehr krank wäre, wollte er sie aus Ehrgefühl und Verpflichtung nicht so einfach alleine lassen. Es wäre das reine Mitleid, das müsste sie ihm einfach glauben. „Das mit uns ist ganz etwas anderes!" heuchelte er damals. Solange Natalie noch ihre rosarote Brille trug hatte das auch die ersten zwölf Monate auch ganz ausgezeichnet funktioniert.

Aber mit zunehmender Dauer des Verhältnisses wurde seine junge Geliebte immer ungeduldiger. Sie wollte ihn für sich alleine und sie wollte auch nicht noch länger warten. Nach der gemeinsamen Nacht frühstückten sie, wie immer wenn sie zusammen in einem Hotel übernachtet hatten, auf dem Zimmer. Diese Heimlichkeiten wollte Natalie nicht mehr. Nach dem ersten Bissen in das noch ofenfrische, mit Marmelade gefüllte Croissant stellte sie ihm dann auch vorsichtig wieder die einzige, für sie so wichtige Frage…: Wann denn jetzt, nach 2 Jahren, endlich die längst fällige Aussprache mit seiner Frau erfolgen würde? Dass sie so gebrechlich und krank sei, wie er anfangs immer wieder beteuert hatte, das glaubte sie ihm schon lange nicht mehr. Er hörte jedoch nicht hin. Geistesabwesend überdachte er seine Situation. Monatlich hatte er schon die

zusätzlichen Spesen auf ein anderes, neues Konto in Krefeld
überweisen lassen. Da zahlte er auch regelmäßig Beträge ein.
Natürlich wollte auch er sich trennen, aber auf seine Finanzen
und den Lebensstandard auf gar keinen Fall auch noch
verzichten. Einen neuen zusätzlichen Kredit hatte er auf das
Haus aufgenommen und auch das Geld umgehend in sein
neues Konto fließen lassen. Da war schon ein stattliches
Sümmchen zusammen. So hatte er hinter dem Rücken seiner
Frau eine zweite Finanzrücklage in Krefeld aufgebaut. Er hatte
einen Plan und den ließ er sie jetzt wissen: „Ich habe vor, mit
dir zusammen im Herbst für mindesten zwei Wochen in Urlaub
zu fahren! Vorher werde ich mit Anja sprechen und ihr alles
erklären. Jedoch werden wir uns vorerst zwei Monate nicht
sehen können. In dieser Zeit habe ich, das verspreche ich dir,
unsere gemeinsame Zukunft endgültig geklärt!" Und das war
genau der Spruch, auf den Natalie so lange gewartet hatte. Er
merkte an ihrer Reaktion, dass er sie damit völlig überrascht
hatte. „Oh, Schatz verzeih mir, ich warte schon so lange darauf,
endlich ganz mit dir zusammen zu sein. Das willst du doch
auch, oder?" „Noch einige Monate, dann sind wir auch offiziell
ein Paar! Hab` noch ein wenig Geduld!" Überglücklich fiel sie
über Joachim her, doch er bremste sie. Wenn sie die
vergangene Nacht jetzt noch einmal wiederholen würden,
drohte er den ICE zu versäumen. Auch wenn das Angebot
verlockend schien, er hatte ein ernstes Gespräch vor sich.
Schweren Herzens sprang er in die Dusche um routinemäßig
alle verräterischen Duftspuren zu beseitigen. Danach zog er
sich an. Natalie war auch fertig. Sie verließen, wie immer
getrennt das Hotel. Sie fuhr mit dem Auto nach Krefeld und er
mit dem ICE zurück nach Düsseldorf.
Der Plan war, seiner Frau auf einer gemeinsamen Kreuzfahrt
eine Szene zu machen und daraus dann eine spontane Trennung
auf Zeit vorzuschlagen. So hoffte er, sich aus dieser Affäre

ziehen zu können. Seine Frau empfing ihn mit eisiger Kälte und beim obligatorischen Begrüßungskuss legte sie den Kopf demonstrativ zur Seite. Die Arme vor ihrer Brust verschränkt schaute sie ihm direkt in die Augen. Sie schmollte. Ahnte sie womöglich etwas? „Hallo, Schatz. Es tut mir leid. Das Geld kommt eben nicht von alleine und ich habe auch diesmal das Geschäft erfolgr...“ sie unterbrach ihn. „Spar dir deine Geschäftserfolge. Wir müssen über uns reden!“ „Ach ja, das sagtest du bereits gestern am Telefon.“ „So geht das doch wirklich nicht weiter! Sind wir noch das liebende Ehepaar?“ Sie deutete auf ihr Hochzeitsfoto an der Wand. „Ich kann froh sein, dass dein Bild da hängt, sonst würde ich nicht mehr wissen, wie du aussiehst und folglich auch nicht mehr ins Haus lassen!“ „Nun übertreib mal nicht … für wen mache ich das denn alles? Meinst du etwa die Autosteuern, Rechnungen, Kreditabzahlungen bezahlen sich von alleine? Nee, meine Liebe… du hast keine Ahnung wie sehr ich mich anstrengen muss, um unseren gemeinsamen Lebensstandard zu erhalten. Gerade jetzt, in der Wirtschaftskrise, da muss man auch mal Unannehmlichkeiten in Kauf nehmen und kürzer treten. Die Aufträge müssen wir uns hart erarbeiten! Aber ich hab dir auch etwas zu sagen. Damit du siehst, dass ich es Ernst meine…“ Er zog einen Briefumschlag aus der Seitentasche seiner Jacke und übergab ihn. Schon vor vierzehn Tagen hatte er eine Kreuzfahrt gebucht. „Was ist das?“ Sie war überrascht, denn er hatte ihr noch nie irgendetwas geschenkt, nicht mal am Hochzeitstag, den er genauso regelmäßig vergaß, wie ihren Geburtstag. „Eine Seereise! Nur wir beide! Wir fliegen am 23. Mai nach Palma und ab, auf die Atlantis! Pfingsten sind wir zurück. Das Schiffsmanifest müssen wir so schnell wie möglich zurück schicken, mit Fotokopien unserer Reisepässe. Aber das machst du schon. Lies mal! Die Route wird dir bestimmt gefallen! Mallorca, Rom, Genua, Barcelona und zurück nach Palma! Mit insgesamt drei See Tagen. Na, was sagst du jetzt?" Sie kannte das Reklamezeichen der Reederei Hansen auf dem Umschlag aus der Fernsehwerbung. Sie wusste nicht, ob sie weinen oder lachen sollte. „Das hätte ich nicht gedacht! Wie kommst du darauf? Fühlst du dich schuldig? Ist das ein verspätetes Geburtstagsgeschenk?" „Also bitte, ich meine es doch nur gut! Lass uns das alles in Ruhe auf der Tour besprechen und fang nicht wieder Streit an! Du willst doch auch einen Neuanfang, oder? Ich will mich jetzt nicht aufregen." Freudig erregt öffnete sie den Umschlag. Wäre er da mal früher drauf gekommen! Aber nach so vielen Jahren der einsamen Nächte. Liebte er sie überhaupt noch? Wollte er ihre Liebe auffrischen? Er hatte sie doch früher einmal vergöttert! Mann oh Mann, hatten sie früher stürmische Nächte erlebt, aber da war leider nichts von geblieben. Oder hat er nur ein Dummchen gesucht? Eine, die ohne zu fragen zuhause sitzt und wartet! Das Haus säubert, einkauft und ihm den Rücken freihält. Wenn er gnädiger Weise dann doch mal erschien, hatte er meistens schon gegessen. Müde ging er immer direkt nach oben in sein Arbeitszimmer. Meistens war er am nächsten Tag wieder früh zur Arbeit! Dieser ewig gleiche Trott und keine Abwechslung. Und jetzt das! Eine Kreuzfahrt? So kurzfristig? Wann hatte er das denn geplant? Das mussten ja spannende Neuigkeiten sein, die er ihr auf der Kreuzfahrt erklären wollte, oder? Was steckte dahinter und was hatte der Mann vor? Anja starrte auf die Schiffspassagen. Eine Kreuzfahrt? Könnten wir uns nicht in aller Ruhe, bei einem Glas Rotwein auch hier zu Hause aussprechen? Musste das jetzt wieder in Stress ausarten? Jetzt diese Frage zu stellen, war jedoch zwecklos. Wenn er das so geplant hatte, dann war es so. Zielsicher und entschlossen. So kannte sie ihn. Und genau deshalb hatte sie sich ja damals so schnell in ihn verliebt. Es würde sich alles zum Besten wenden, davon war sie fest überzeugt. Sie wusste nur zu gut was jetzt auf sie zukam: Pässe auf Gültigkeit kontrollieren, letzte Besorgungen machen, eben alle unbequemen Arbeiten. Und dann alles packen und nur ja nichts vergessen! Sie würde sich eine Liste machen müssen! Es war, Gott sei Dank, nicht so ein vornehmes pikfeines Kreuzfahrtschiff mit Smoking und Abendkleid. Es war einfach zu viel Stress gewesen, die letzten Monate und nun diese Hektik mit dem Schiff. Was für ein freudiger Sinneswandel. Warum hatte er nicht schon vor ein paar Monaten den Mund aufgemacht, aber im Grunde war es immer das gleiche Bild. Nur dieses eine Mal schien es anders herum zu laufen: Normalerweise ging es auf die Urlaubstage zu und Joachim sagte im letzten Augenblick wieder ab. Als Grund gab er dann meistens irgendwelche Ereignisse aus der Firma an. „Da ist einer krank geworden, wir haben im Augenblick viel zu viel Arbeit, geht nicht anders, leider ...” Widerrede war vollkommen zwecklos, das hatte sie schon allzu oft vergebens versucht. Das artete immer aus! Dann folgten Vorwürfe und schließlich hätten sie einen handfesten Streit. Also hatten sie die letzten Jahre so gut wie nie irgendetwas zusammen unternommen. Sie hatten auch keine gemeinsamen Bekannten. Hatte sie mal eine nette Frau kennen gelernt, so wurde die schlecht gemacht. „Ist die überhaupt verheiratet? Wie läuft die denn rum? Wie ein Flittchen! Wenn das meine Frau wäre!” So kam es, dass sie keine Freundin hatte! Sie hatte das große Haus und den Garten. Das war Arbeit genug. Auch wenn er immer seltener zu Hause war, so legte er doch größten Wert auf ein intaktes, sauberes Heim. Ein paar Mal war ihr passiert, dass sie die Hausarbeit vernachlässigt hatte. Da war er für eine Woche auf Geschäftsreise und sie wollte nicht die ganzen Tage alleine im Haus verbringen und fuhr in die Stadt. Im Fitnessstudio hatte sie sich ein wenig zu lange mit netten Leuten unterhalten, ein anderes Mal war sie spontan in ein Kino gegangen. Prompt kam er überraschender Weise genau immer dann früher nach Hause. Dann plärrte er jedes Mal unverzüglich los: „Ist das denn nun wirklich zu viel verlangt? Das bisschen putzen, und die Gartenarbeit? Was tust du denn nur den ganzen Tag? Von den Fernsehwiederholungen verpasst du doch auch keine einzige Sendung. Da wird es doch nicht zu viel verlangt sein, das Haus sauber zu halten, ab und zu mal meine Sachen zu waschen und zu bügeln, oder?" Sie hatte dann nie darauf geantwortet. Was und wozu auch. Er hatte sein Leben und seine vorgefertigte Meinung! So lebten sie bis jetzt mehr schlecht als recht nebeneinander her. Aber das würde sich ja nun endlich ändern.

Am darauf folgenden Tag war er schon sehr früh zur Arbeit gefahren. Wie gewohnt frühstückte sie auch diesmal wieder alleine und räumte nur kurz die Sachen in den Geschirrspüler. Sie nahm ihr Cabrio und fuhr in die Stadt. Jetzt freute sie sich jetzt doch auf die bevorstehende Schiffsreise und die anstehende glückliche Wende in ihrem Leben. Sie würde sich schick machen, verführerisch! Und dann, ja dann würde alles wieder wie am Anfang ihrer Beziehung! sie sah sich in ihrer Erinnerung am Strand sitzen:

Da kam dieser braungebrannte, gutaussehende Mann mit den zwei Blondinen im Arm. Er hatte sie damals zuerst bemerkt und unverhohlen angesprochen, trotz seiner attraktiven Doppelbegleitung: „Na, alleine? Wir haben noch einen Platz im Wagen frei?" Unglaublich, was meint er denn, wer er ist! So ein Weiberheld hat mir gerade noch gefehlt! Und doch gestand sie sich im Nachhinein ein, genau das hatte ihr damals imponiert! Genau dieses Machogehabe! Natürlich tat sie entsetzt und wandte den Kopf ab. Aus dem Augenwinkel sah sie die drei lachend zur Straße gehen. Sie stiegen in einen schicken Geländewagen und brausten davon. Ja, das war die erste Begegnung mit ihrem späteren Mann gewesen. Beim zweiten Treffen an der Hotelbar, diesmal ohne Begleitung, ging sie in die Offensive. Forsch sprach sie ihn an: „Na, ist das der angebotene Platz? Hat wohl nicht lange gehalten mit den beiden Hübschen, oder?" Er schien etwas irritiert, von einer Frau so angesprochen zu werden, das war er offensichtlich nicht gewohnt. Trotzdem deutete er auf den Hocker neben sich und winkte dem Barkeeper: „Was trinken Sie?" „Um mich einladen zu lassen bin ich nicht gekommen, ich wollte nur den angebotenen Platz einnehmen ..." So hatte das damals angefangen! Sie hatten eine schöne Zeit, aber dann, mit den Jahren, wurde sein Interesse an ihr immer weniger. Er arbeitete viel mehr als früher und er hatte auch immer häufiger in anderen Städten zu tun. Sie musste ihre Beziehung auffrischen! Der würde sich noch wundern!

(Es gibt zwei Arten von Männern. Schafe und Wölfe! Und keiner der beiden wird sich im Verlaufe seines Lebens ändern! Ein Schaf nimmt sein Leben hin, wie es kommt, ist glücklich und absolut treu. Ein Wolf hingegen sein krasses Gegenteil. Der sucht ständig nach neuer Beute, nach Frischfleisch, ist immer auf der Lauer und keineswegs treu. Dafür wird aber auch nie glücklich sein, denn seine Suche wird nie enden. Das ist meine Meinung!   Anmerkung des Verfassers.)

Ihr Mann war ein solcher Wolf, und was für einer! Entschlossen ging sie in eine Wäscheboutique. Dem werde ich zeigen, was ein Hausmütterchen so alles tragen kann! Mit Tüten bepackt verließ sie das Geschäft und ging zum nächsten! Vorfreude keimte auf! Vielleicht war das ja doch der Anfang von dem schöneren Leben, so wie es mit dieser Kreuzfahrt angedeutet hatte. Nach drei Stunden hatte sie sich eine Pause verdient und gönnte einen leckeren Cappuccino. Sie dachte dabei unvermittelt an das Höchstgewicht eines Reisekoffer: War das Fluggepäck nicht auf 20 Kilo begrenzt? Oh nein! Bitte nicht! Die schönen, neuen Sachen mussten einfach mit! Es waren ja nicht nur die leichten Dessous,

sondern auch ein paar neue schicke Kleider und Hosenanzüge. Sie wollte das mit ihrem Mann abklären, klappte unbedacht ihr Handy auf und wählte seine Nummer. Es summte 10-mal, 12-mal ...aber, wie so oft, nahm er auch diesmal nicht ab. Ihr war natürlich bewusst, dass er es nicht leiden konnte, auf der Arbeit angerufen zu werden, aber es handelte sich schließlich um eine Ausnahme, denn das war ihr erster Flug seit Jahren. Wahrscheinlich würde er auch diesmal wieder böse reagieren: „Du weißt doch wie sehr ich es hasse, von dir auf der Arbeit angerufen oder in einer Besprechung gestört zu werden! Warum machst du das trotzdem? Willst du mich absichtlich ärgern?" Er reagierte jedoch nicht auf den Anruf und als er am übernächsten Abend wieder nach Hause kam, sprach er kein einziges Wort von dem nicht angenommenen Telefonat. Es schien, als wollte er zuhause lediglich die Wäsche tauschen.
Sie hatte selber in den Schiffsunterlagen in der Zwischenzeit zu ihrer Freude gelesen, dass man auf dieser Kreuzfahrt 30 Kilo Gepäck pro Person im Koffer mitnehmen konnte! Sie war gerettet! Erleichterung machte sich breit und sie holte am nächsten Tag die Koffer vom Dachboden. Sie hasste es, alles auf den allerletzten Drücker zu machen. So konnte sie in Ruhe die bisherigen Erledigungen auf ihrem Zettel als erledigt abhaken. Er hatte noch nie etwas dagegen gehabt, dass sie seinen Koffer packte, im Gegenteil es war ihm nur recht. Ein paar Kleinigkeiten fehlten zwar noch, aber das Meiste hatte sie schon zusammengestellt. Lästige Arbeiten blieben, wie schon erwähnt, immer an ihr hängen.
Samstag, 23. Mai morgens um 6 Uhr.
Sie hatten sich bis dahin kaum gesehen und nicht mehr über die Reise sprechen können. Gemeinsam warteten sie auf das Taxi, um zum Flughafen raus nach Lohhausen zu fahren. Im Geiste ging sie alles noch mal durch: Die Pässe waren noch 12 Monate gültig, 6 hätten gereicht.

Das Schiff fuhr unter deutscher Flagge, also war der „Euro" auch die Bordwährung. Alle angefahrenen Häfen lagen in Europa, sie brauchten keine fremden Devisen. Die Kreditkarten hatten sie sowieso zusätzlich immer dabei. Pille, Wäsche und sonstige Medikamente und Kosmetika waren verstaut und ansonsten sollte es den Rest an Bord geben. Wozu sie die Pille nahm, war ihr jetzt auch nicht so recht klar, aber das würde sich auf der Reise ändern! Dachte sie! Es klingelte: Das Taxi war da! Die Reise konnte losgehen! Sie gönnten sich noch ein letztes Glas Sekt: „Auf die Zukunft!!" er grinste sie an. Wie hat er das gemeint? Ehrlich oder ironisch? Er ging voraus und trug die schweren Koffer und die Umhängetaschen zum Taxi. Sie ging noch einen letzten Kontrollgang durch die Wohnung. Jetzt würde mit Sicherheit die neue, glücklichere Zukunft eingeläutet! Er hatte ab jetzt mehr Zeit für sie! Oder, besser noch, er war befördert worden und brauchte jetzt nicht mehr so oft alleine auf Geschäftsreisen. Ja, das musste es sein, deshalb auch die kurzfristige Einladung! Sie war freudig erregt. Der Flug verlief ohne weitere Komplikationen. Gegen 10.oo Uhr landeten sie auf dem Flughafen von Palma de Mallorca. Nachdem sie ihre Koffer vom Band genommen und durch den Zoll gebracht hatten, wurde das gesamte Gepäck von den schon wartenden Schiffstewards übernommen. Die Aufregung war riesig! Dann standen sie nun im Hafen. Sie schauten auf dieses riesige „Hochhaus", das da am Kai vor ihnen im Wasser lag: „Unglaublich! Und so was schwimmt und geht nicht unter!?" platzte es aus ihr heraus." „Ja", hatte er überheblich darauf geantwortet, „sonst dürften wir da jetzt nicht drauf! Dann müssten wir warten bis genügend Luftballons an die beiden Schornsteine festgebunden sind! Dann wird das Schiff fliegen. Ein Flugschiff sozusagen!" Sie kannte solche dummen Späße, konnte aber schon lange nicht mehr darüber lachen. Ernsthafte Fragen musste sie eben an Andere stellen.

Die Passagiere mussten ihre Pässe abgeben und wurden für die Erstellung seiner schiffseigenen Chipkarte fotografiert. Man konnte erst dann mit dieser Karte an Bord. Sie diente ihnen als Bezahlung, Ausweis und Kabinenschlüssel. Damit mussten sich die Fahrgäste beim Verlassen des Schiffes austragen, und beim erneuten Betreten wieder registrieren lassen. Dazu standen in jedem Hafen zusätzliche Matrosen und manchmal auch örtliche Polizisten bereit. Die Reisenden wurden nur anhand dieser Karte identifizierte. Danach gingen sie über die angelegte Gangway an Bord und mussten dort durch eine Sicherheitsschleuse, wie am Flughafen. Die Handtaschen wurden sogar auch wieder durchleuchtet. Die Chipkarte wurde durch einen Leser am Laptop gezogen und es erschien auf dem Display das jeweilige Foto, das vom Offizier kontrolliert wurde. Dann erst wurden sie an Bord begrüßt. Jetzt konnte das Abenteuer beginnen! Freundlich wurden sie vom Decksteward empfangen und zur Außenkabine begleitet. Dabei schaute sie verwirrt in die vielen Gänge. Hoffentlich würde sie den Weg zurück auch alleine finden!! Die Koffer standen schon vor ihrer Kabine und an der Tür steckte ein Schreiben. Darin waren alle Termine aufgelistet. Zuerst packte sie die Koffer aus und sortierte alles in die Wandschränke, die Tasche mit ihren Kosmetika und seinen Rasiersachen ins Bad, auch hier war genug Platz. Die Kabine war größer, als sie sich das vorgestellt hatte. Die beiden Betten auf einer Seite, links der Schreibtisch mit Briefpapier und Informationen. Eine große, zusätzliche Schlafcouch unter dem großen Fenster und daneben in der Ecke begrüßte sie ein Serviceprogramm des Schiffes im eingeschalteten Fernseher. Hell, angenehm und sehr geräumig war die Kabine, fast wie ein kleines Appartement. Man hatte nicht den Eindruck, auf einem Schiff zu sein. Sie hatte vorher etwas Angst vor Beklemmungen gehabt, aber da war kein kleines Bullauge. Das war ein richtig großes Fenster: Ein Meter

hoch und fast zwei Meter breit. In dem Fensterrahmen war so viel Platz, da konnte sie sich komplett reinsetzen. Es gab zwar Vorhänge, aber da draußen war ja nur die Bordwand. Und wer sollte von da schon reinschauen können? Die Möwen?
Hier konnte man es sehr gut aushalten. Joachim hatte sich schon umgezogen. Jetzt duschte sie und kam zurück ins Zimmer. Sie trocknete sich ab und fönte anschließend ihre Haare. Im Spiegel sah sie, dass er noch nicht einmal den Kopf hob, um sie anzuschauen. Wann würde er sich denn endlich offenbaren? Vielleicht beim schönen Abendessen? Sie wollte ihm noch etwas Zeit geben. Auch sie zog sich jetzt an. Sie gingen in eines der Restaurants und waren auch hier von der Vielfalt des Büffets und dem erstklassigen Service überwältigt. Noch zwei Stunden, dann müssten sie auf das Oberdeck, um das Auslaufen aus dem Hafen mit der Digitalkamera festhalten zu können. Sie genoss das wunderbare Essen und den leckeren Rotwein. Hoffentlich halte ich mein Gewicht, dachte sie noch, aber es war einfach alles viel zu lecker. Viele Sachen kannte sie auch nicht, also probieren musste man das doch, oder? Er prostete ihr verheißungsvoll zu. Sie war bester Laune. Die Idee mit der Kreuzfahrt war das Beste, was sie während ihrer gemeinsamen Ehe erlebt hatten, da war sie sich jetzt schon sicher. Das Leben war schön! So ausgeglichen hatte sie Joachim schon lange nicht mehr erlebt. Na, jetzt geht es aufwärts! Nach dem Abendessen gingen sie auf die Kabine. Er nahm jedoch schnell die Fotokamera und stand schon wieder an der Tür. Sie hatte wohl zu früh zu viel von ihm erwartet. Also gingen sie zum Fahrstuhl und fuhren hoch auf Deck 10. Von hier aus folgten sie dem Strom der vielen Passagiere, die wohl alle die gleiche Idee hatten. Endlich waren sie auf dem Oberdeck angekommen. Mehrere Stewards brachten hier oben den Gästen gekühlte Getränke. Champagner, Orangensaft oder Mineralwasser. Als sie sich einen schönen Platz an der Reling

gesucht hatten, hielt ein freundlicher Steward ihnen das Tablett hin. Als sie ihre gefüllten Gläser hatten, hob Joachim sein Glas und schaute ihr tief in die Augen: „Auf uns!" Anja konnte ihre Tränen kaum zurückhalten. Endlich, darauf hatte sie schon so lange gewartet. Sie nickte ihm zu und trank ihr Glas in einem Zug aus und hielt das leere Glas in der Hand. Der nächste Steward stand schon neben ihr und bot seine Getränke an. Sie stellte ihr Glas ab, schaute ihn freundlich an und nahm sich ein neues. Der Champagner war angenehm kühl und schmeckte ausgezeichnet. Jetzt schaute sie sich erwartungsvoll um. Ergreifend, und mit einer Gänsehaut verfolgten sie zum ersten Mal das Auslaufen eines Schiffes. Es war schon dunkel geworden und die bunten Lichter tanzten im Meer. Angenehm lau war der Abend und überhaupt nicht so kalt wie zu Hause. Leise klangen die Kommandos der Crew bis auf das Frei Deck. War schon ganz schön hoch hier, aber sie hatte ja keine Höhenangst. Die schweren Taue wurden vom Kai gelöst und ins Wasser geworfen. Mit Motoren zog man sie in dafür vorgesehene Öffnungen ins Innere des Schiffes. Ein lautes Nebelhorn verkündigte das langsame Ablegen. Alle Lichter an Bord verloschen. Dunkelheit umfing sie. Danach erleuchteten bunte Lichterketten das gesamte Schiff und tauchten das Oberdeck in eine schummrig schöne Beleuchtung. Grünes Laserlicht strahlte in den Himmel. Jetzt wurde die kleine Bühne mit zusätzlichen Strahlern erhellt und eine Frau im dunkelblauen Abendkleid trat ins helle Rampenlicht und hob ihr Mikrophon. Sie sang die schiffseigene Abschiedsmelodie. „Das wird jetzt in jedem Hafen so sein!" sagte einer der Gäste. Das musste man einfach erlebt haben! Ältere Pärchen lagen sich mit feuchtnassen Augen in den Armen! Auch Anja hatte das Bedürfnis, Joachim an sich zu ziehen. Sie brauchte und suchte seine lange vermisste Geborgenheit. Doch der stand völlig emotionslos da und fragte sie nur: „Noch ein Glas?" Ein wenig irritiert schüttelte sie ihren Kopf. Immer wenn sie der Meinung war, er würde sich ändern, dann kam so ein Abriss. Enttäuscht ging sie hinter ihm her zur Kabine. Er zog sich aus, duschte und ging zu seinem Bett: „Wenn du noch fernsehen willst, mach leise. Ich hab nichts dagegen. Gut Nacht." Er drehte sich unvermittelt um, ohne eine Antwort abzuwarten und schlief auch gleich ein.

Früh am Morgen war sie alleine aufgestanden und wieder auf das oberste Frei Deck gefahren. Den Weg hatte sie sich gestern Abend extra gut eingeprägt. Dort lief sie zwei Runden um das gesamte Schiff. Danach ging sie zurück zur Kabine und duschte. Mittlerweile war auch ihr Mann wach. „Morgen!" tönte es verschlafen aus seiner Ecke. Nachdem auch er geduscht hatte und angezogen war, gingen sie gemeinsam zum Frühstück in das gleiche Restaurant wie gestern Abend. Sie saßen auf demselben Platz, mit den gleichen Gästen wie am Vorabend. Man nickte sich zu und sie genossen den frischen Kaffee. Sie aß langsam und blickte ihn von der Seite an, er bemerkte das noch nicht einmal. Nach dem Frühstück blieb er auf der Kabine. Sie zog ihre Badesachen an und ging zurück zum Freideck. Dort nahm sie eine der zahlreichen Liegen und vertiefte sich in ihr mitgebrachtes Buch. Sie wollte das hier auf der Reise endlich mal ungestört zu Ende lesen. Heute war der erste Seetag. Kein Stress. Kein Anlegen in irgendeinem Hafen. Die frische Seeluft, das üppige Essen und die angenehme Atmosphäre taten ihr sichtlich gut. Nur ein wichtiger Termin war angekündigt worden und den durften sie heute keinesfalls verpassen: Um 11.30 h musste heute jeder Passagier zur obligatorischen Seenotübung. Die hatte man gestern mehrfach bekannt gegeben und dabei das vereinbarte Alarmsignal erklärt. Mit den Schwimmwesten aus ihren Kabinen gingen alle zu den Sammelplätzen. Ihr Treffpunkt war auf Deck 6, Backbord, also in Fahrtrichtung links. Ein zurückgebautes Frei Deck, wie oben. Hier, unterhalb der Rettungsboote war Platz für sehr viele Gäste. Auf den orange, leuchtenden Westen waren Buchstaben, Zahlen und Schiffsname. Die unterschiedlichen Sammelplätze an Bord hatten entsprechende Kennzeichnungen. Mit festem Schuhzeug und normaler Bekleidung sollte man sich da versammeln. So stand es in den Unterlagen! Kaum ein Gast hielt sich daran. Mit Badehosen und Bikinis, mit Badeschlappen oder Sandalen, lachend und scherzend standen die Passagiere da und warteten auf das erlösende Ende der Übung. Manche hatten ihre Westen noch nicht einmal richtig angezogen. Jeder anwesende Gast wurde aufgerufen und auf einer mitgebrachten Liste abgehakt. Einige Leute mussten trotzdem zusätzlich von ihren Kabinen geholt werden. Mit leichter Unruhe dachte Anja an einen eventuellen Ernstfall, würde der auch so lachend und fröhlich ablaufen? Allgegenwärtige Schiffsfotografen nutzen auch diese Gelegenheit wieder zu den unvergesslichen Urlaubsbildern. Unnötige Geldmacherei, so pflegte Joachim zu sagen. Ab 18.00 h jeden Nachmittag suchten die Passagiere regelmäßig ihre persönlichen Bilder. Vor dem Theatereingang waren Stellwände mit einsortierten Fotos, nach Ereignissen geordnet. Manche Bilder wurden wahrscheinlich gekauft, um die Peinlichkeit des jeweiligen Schnappschusses aus dem Regal zu bekommen. Die Seenotübung wurde mit einem entsprechenden Signal aufgehoben und mit ihren Westen gingen die Gäste zurück zu den Kabinen und zogen sich zum Mittagessen um. „Ich garantiere, dass jeder Passagier nach einer Woche mindestens zwei bis drei Pfund Gewicht als Erinnerung an mein Essen mit nach Hause nimmt!" So rühmte sich der Chefkoch am Eingang. Am Nachmittag ging sie alleine ins Theater. Ein Offizier hielt einen Vortrag über das Schiff. Da konnte sie dann im Anschluss auch ihre Frage stellen. „Unglaublich für mich folgende Frage: Wieso schwimmt dieses riesige Hochhaus und kippt nicht um oder geht unter? Ich habe gelesen, dass es 45 Meter über, aber nur 8 Meter unter dem Wasserspiegel liegt!" Der Offizier nahm die Frage dankend an und Anja schob noch schnell nach: „Weil ich immer gedacht habe, ein Schiff würde viel tiefer im Wasser liegen. Bei einem Eisberg ist das Verhältnis doch genau anders herum!?" Jetzt bekam sie die richtige Antwort auf die Frage, die sie im Hafen von Palma ihrem Mann vergebens gestellt hatte: „Alle schweren Teile, Materialien und Maschinen sind sehr tief im Schiff verbaut; Motoren und Antriebswellen sogar unmittelbar auf dem Kiel. Vorräte an Lebensmitteln, Wassertanks und Brauchwasser, die komplette Wäscherei und die Küchenräume, alles befindet sich in den untersten Decks bis zur Wasserlinie. Aluminium, Kunststoffe und andere Leichtmetalle werden dann nach oben hin angewandt. So wird der Schwerpunkt gehalten und das Schiff pendelt von alleine gerade schwimmend aus, wie ein Stehaufmännchen. Eine oft gestellte, aber durchaus berechtigte Frage. Ich hoffe, einfach und verständlich erklärt?" Anja war mit sich zufrieden. „Doch nicht so blöd, die Hausfrau!" Sie hatte sich mit Joachim an der Bar verabredet. Den hatte diese Veranstaltung überhaupt nicht interessiert. Er saß da auf dem Barhocker und unterhielt eine ganze Gruppe von Passagieren. Wieder wunderte Anja sich über ihren ausgeglichenen Mann. Er lachte und scherzte mit den fremden Leuten und erzählte einen Witz nach dem anderen. So kannte sie ihren Mann nur noch im Beisein von anderen Leuten. Wenn sie alleine auf der Kabine waren, veränderte er sich schlagartig. Er wurde schweigsam, wie ein Grab. Es schien, als bedrückte ihn etwas. So war es auch diesmal, als sie wieder alleine auf ihrer Kabine angekommen waren. „Heraus mit der Sprache, was geht hier ab? Du buchst diese phantastische Reise! Willst mir unbedingt was ganz Besonderes sagen, und dann kommt tagelang nichts? Wenn du eine launische Frau wärst, müsste ich vermuten, du seiest schwanger, oder so was! Du hast doch von einem Neuanfang gesprochen! Wann fangen wir denn damit an?" Jetzt wollte sie endlich wissen, was er sich ausgedacht hatte und woran sie mit ihm war. Sie stand angespannt vor ihm und schaute ihm direkt ins Gesicht. Er wandte sich ab und blickte zum Boden. „Ich wollte einen neuen Anfang mit dir, ja das stimmt. In Ruhe und Sachlichkeit und ohne den Alltagsstress!" log er: "und du, mit deinem ewigen Misstrauen und mit deinen ständigen Nörgeleien verdirbst mir die schöne Stimmung!" „Ich verderbe deine Stimmung? Mit jedem Passagier gehst du netter um als mit deiner eigenen Frau! Was hast du in letzter Zeit gegen mich? Was mache ich falsch? Sag es mir!" Er hatte vorgehabt, noch eine ganze Weile so weiterzumachen, aber jetzt konnte er ihr auch die ganze unverblümte Wahrheit sagen. Sein ursprünglicher Plan war misslungen. Er disponierte um und legte jetzt los: „Ich wollte noch ein paar Tage warten, aber wenn du mich so drängelst, bitte! Du hast ja selber gesagt, so geht es nicht mehr weiter!" Sie schaute ihn erwartungsvoll an: „Jetzt holt der wieder weit aus", dachte sie bei sich. Warum macht der das denn so spannend? „Rede nicht um den heißen Brei! Mach es kurz! Ziehen wir in eine andere Stadt oder hast du eine neue Arbeitsstelle? Nun rede doch schon, ich bin so kribbelig!!" Er räusperte sich. „Wie soll ich dir das erklären? Es gibt da etwas, das solltest du wissen! Es hat absolut nichts mit dir persönlich zu tun!" Erstaunt zog sie die Augenbrauen hoch, was kam denn jetzt? „Ich weiß auch nicht wie es passieren konnte, aber es gibt da … es gibt eine andere Frau!" So jetzt war es endlich raus! Er schien erleichtert und schaute zum Fenster. Als sie nicht sofort reagierte, drehte er sich zu ihr um. Er hoffte, dass . . . . . . worauf durfte er denn hoffen? Auf Vergebung? Verständnis? Absolution? Seine Frau hatte ihm den Rücken zugekehrt. Er ließ ihr Zeit und wartete geduldig auf eine Antwort. Aber sie stand einfach nur so da und regte sich nicht mehr. Anja war aschfahl im Gesicht. Vor ihren Augen verschwamm alles und ihr war plötzlich schlecht.

Er hatte ihr den Teppich unter den Füssen weggerissen. Sie verstand die Welt nicht mehr! Das war es also! Und sie hatte sich noch vor wenigen Minuten den Lebensabend mit ihm so schön vorgestellt! Um mir das zu sagen bucht dieser Idiot eine Kreuzfahrt? Wie krank ist das? Was für ein Reinfall! Das sollte ein Neuanfang werden? Für wen? Doch nicht für sie beide! Wie immer in solchen Fällen, suchte sie auch diesmal zunächst nach eigenen Versäumnissen, nach irgendwelchen selbst gemachten Fehlern. Sie musste zweifellos blind gewesen sein, in den vergangenen Monaten. Hätte sie es wissen können … wissen müssen? Sie hatte doch tatsächlich keine Ahnung gehabt! Hätte sie es denn geglaubt, wenn irgendeiner so etwas von ihrem Mann behauptet hätte? Wohl in hundert Jahren nicht! Wut, Trauer und Verzweiflung mischten ihre Gefühle auf. „Wie lange geht . . . . . .” sie räusperte sich, denn ihre Stimme versagte: „wie lange geht das schon mit euch?” Sie musste sich sehr anstrengen um nicht loszuheulen und konzentrierte sich darauf vor innerem Schmerz nicht ohnmächtig zu werden. Wie konnte er ihr nur so Etwas antun? „Liebling, ich wollte das nicht, wirklich …!” Ihre Augen funkelten, sie hatte sich kurz gefangen: „Nenn mich nie wieder Liebling…!” ihre Stimme gehorchte ihr wieder und die Wut sprudelte ungezügelt aus ihr heraus: „.. nie wieder, hörst du?! Wie lange geht das, habe ich dich gefragt! Du Heuchler! Sitzungen, wie? Besprechungen! … mein Gott war ich naiv! Joachim, ich habe dir immer blind vertraut … und jetzt das? Wie stellst du dir unsere, ... Entschuldigung! Wie stellt du die deine Zukunft denn jetzt vor, mit dieser Neuen?” Ohne Unterbrechung brach es aus ihr heraus: „Wie alt ist sie? Kenn ich sie? Wer ist diese Schlampe überhaupt, die sich da in unser Leben und unsere Ehe eingeschlichen hat? Wohnt sie in

Düsseldorf? Hat sie nicht gewusst, dass du verheiratet bist?" Es kam keine Reaktion! Er war zusammengesunken und hatte sich auf das Bett gesetzt. Es kam nichts mehr von ihm. Sie versuchte seine Mimik zu deuten, zu interpretieren, aber seine gespielte Ruhe brachte sie noch mehr in Rage. „Ah, ich verstehe! Du hast mich gar nicht erwähnt! Oder hast du ihr erzählt, ich sei eine alte, kranke, verschrumpelte Frau …? Hast ihr womöglich vorgelogen, wir würden uns nicht mehr verstehen? Mensch, mach deinen Mund auf! Jetzt sag doch endlich mal was!" Sie konnte nicht mehr aufhören. Der ganze Frust der letzten Jahre und die Enttäuschung über den absurden Grund dieser Reise, es musste einfach raus! Er saß immer noch wortlos da, wie ein Kind, das sein Spielzeug kaputt gemacht hatte. Hilflos! So hatte sie ihn auch noch nie erlebt. Dann bemühte er sich, doch noch etwas dazu zu sagen: „Wir können doch wie Erwachsene über alles reden! Lass uns erst was essen gehen!" Jetzt verlor sie völlig ihre Fassung: „Was essen? Bist du von allen guten Geistern verlassen? Tickst Du noch sauber? Du erklärst mir, dass du eine andere Frau hast und willst zur Normalität übergehen? Du hast unsere Zukunft zerstört! Was essen . . . . . ich fasse es nicht! Was bist du für ein kalter, gefühlloser Mensch geworden! Ich ersticke!! Verstehst du das?" Er sah sie zwar an, aber sie hatte das Gefühl, als würde er durch sie durchblicken. Gedankenverloren, geistesabwesend und hilflos. War er in Wirklichkeit mit seinen Gefühlen schon bei dieser anderen? Abrupt wandte sie sich zur Tür. „Ich muss hier raus, an die frische Luft, einen klaren Kopf bekommen!!" Sie stürzte an ihm vorbei und rannte den Gang entlang! Raus! Bloß weg von hier …Verwirrt stand er da…Er konnte gar nicht so schnell reagieren. Weg war sie! So hatte er sich die Aussprache nicht vorgestellt! Eine solche Reaktion hatte er von ihr nicht erwartet. Ja, was glaubte die denn, was ich ihr sagen wollte? Mit was hatte die denn gerechnet? Ein neuer Job?

Friede und Freude? Hatte sie wirklich keinen blassen Schimmer gehabt? Sie hatten doch schon so lange nebeneinander her gelebt, und jetzt tat sie so, als wüsste sie von alldem nichts mehr. Anja ist doch nicht dumm, sie muss es doch auch geahnt haben… Oder hatte er in seiner eigenen Gefühlswelt schon lange keinen Platz mehr für sie gehabt? Hatte er die ganzen vergangenen Monate nur egoistisch sein eigenes Vergnügen gesucht und auch bei seiner Natalie gefunden? Hatte er sich in den letzten Monaten überhaupt intensiv mit den Sorgen und Nöten seiner Frau auseinandergesetzt? Er musste sich eingestehen, das hatte er nicht! Und jetzt bekam er die Quittung dafür! Er musste hinter ihr her! Wenn sie sich was antun würde, das wäre eine Katastrophe! Wäre es das wirklich? Wäre nicht genau das die Lösung all seiner Probleme? Ein böser Gedanke durchschlich sein Hirn. Wo war sie hin?? Kannte sie sich auf dem großen Schiff schon so gut aus? Vielleicht an der Bar? Außendeck? Innendeck? Oh nein, mit dem verheulten Gesicht und ihrer Verzweifelung würde sie jetzt nicht unter Leute gehen! Er erinnerte sich an die obligatorische Seenotübung auf DECK 6! Genau! Das hatte sie sich eingeprägt. Er verließ die Kabine und ging den Gang entlang. An den Fahrstühlen vorbei, links und dann die Schwingtür . . . Das Deck war menschenleer. Verzweifelt wandte er sich ab, ging wieder zurück, durchquerte den Innenraum und öffnete auf der anderen Deckseite die Außentür - auch hier nur die leere Liegestühle und darüber die Rettungsboote. Nichts zu sehen von seiner Frau!
Wo sollte er denn noch suchen? Auf dem Oberdeck? Genau! Da hatten sie beide das Ablegen des Schiffes miterlebt und sich Anja heute Vormittag im Liegestuhl gesonnt. Er rannte hastig die zwei am Heck befindlichen Außentreppen hoch. Er war zwar außer Atem, aber es hatte sich gelohnt. Unterhalb von einem Schornstein, weit weg von der offenen Tribüne und den

Stühlen bemerkte er sie. Sie stand in einer Ausbuchtung über die Reling gelehnt und hatte beide Hände vorm Gesicht. Vorsichtig schaute er in alle Richtungen . . . . weit und breit war kein Mensch zu sehen . . . ideal, sie waren ganz alleine hier oben. Trotz der Wellen hörte er ihr unterdrücktes Schluchzen. Unmöglich jetzt noch eine Versöhnung zu starten! Er dachte an Natalie, seine junge Geliebte und näherte sich seiner Frau. Der enge Gang war nur spärlich durch die Bodenstrahler erleuchtet. Er konnte schnell und ruhig auf sie zu gehen. Das Meer seitlich unter ihnen schlug gleichmäßig an die Bordwand, und immer noch waren sie auf diesem Teil des Decks alleine. Jetzt oder nie! Sie wollte ja keine Erklärung haben! Sie hatte es so gewollt! Jetzt konnte er alle Probleme mit einer einzigen Tat lösen! Er redete sich das ein, als wollte er sich für sein scheußliches Vorhaben entschuldigen. Er bückte sich und packte sie unvermittelt an den Beinen und hob sie hoch. Er sah noch ihr verheultes Gesicht, ihre erstaunten Augen! Sie ruderte mit den Armen und suchte nach einem Halt. Das blanke Entsetzen packte sie! Sie hatte jedoch keine Zeit mehr, sich zu wehren! Diese Überraschung war ihm gelungen. Er hob sie über das Geländer und ließ sie unvermittelt los. Sie verschwand mit einem dumpfen Schlag in der Tiefe. Sie hatte keinen einzigen Laut von sich gegeben. Was nun? Alles hatte sich so schnell ergeben. Auf einmal war alles noch ruhiger und immer noch war kein Gast zu sehen. „Mir muss schnell eine vernünftige Erklärung für ihr Verschwinden einfallen. Oder besser noch, ich gehe schon einmal zur Bar. Ich weiß nicht wo sie geblieben ist, sie wollte doch nachkommen! Sie wollte zur Toilette und da konnte ich ja nicht mit hin! Ja, das werde ich sagen! Dann müsste ich eine der Damen bitten, nachzuschauen, weil ich mir große Sorgen mache! So würde es gehen!" Keiner hatte ihn gesehen! Perfekt! Jetzt musste er noch ein paar Sachen von ihr hier hinlegen, damit würde jeder glauben, sie

wäre einfach unvorsichtig gewesen und über Bord gefallen. Er musste sich beeilen, um irgendwelche persönlichen Gegenstände von ihr zu holen. Er rannte die Gänge entlang zu der Kabine. Zweimal musste er die Karte durch den Öffner ziehen um zu bemerken, dass er vor der falschen Tür stand. Hektisch blickte er sich um und ging eine Tür weiter. Hier öffnete er ihren Kleiderschrank und griff wahllos ein Paar Sandalen und einen Schal. Hinter sich zog er die Kabinentür ins Schloss und ging zügig zum Lift. Mit dem Fahrstuhl ganz oben angekommen, wollte er gerade zu der Stelle laufen, wo er eben noch seine Frau entsorgt hatte. Da bemerkte er plötzlich ein Liebespaar im hinteren Bereich in der Ecke sitzen! Er schaute sich sorgenvoll und ängstlich um! Bloß das nicht! Waren die eben schon da und haben alles mitbekommen? Wohl kaum! Denn dann säßen die nicht mehr so ruhig da und hätten schon längst etwas unternommen. Er schaute vorsichtig um die Ecke. Endlich schlenderte das Liebespaar weiter und ging eng umschlungen am hinteren Ende des Schiffes die Außentreppen herunter. Jetzt aber schnell! Er schleuderte eine Sandale ins Meer und legte die zweite hier auf den Boden.
Und was sollte er mit dem Seidenschal machen? Der würde wegfliegen, wenn er ihn einfach hinlegen würde! Er wickelte das dünne Tuch um die oberste Stange des Geländers und zog es am anderen Ende ein Stück im Gehen an der Reling vorbei. Ein paar Unebenheiten auf dem Eisen hielten den Schal fest und rissen ihn ein. Vorsichtig ließ er los, und tatsächlich flatterte er flatterte, wie eine Fahne im Wind!! So jetzt musste er schnell unter Leute! Ein Alibi musste her! Er ging zur Toilette und machte sich frisch. Tief durchatmend ging er zur Pool-Bar. Unterwegs traf er keinen einzigen Gast. An der Bar draußen war auch niemand! Alles geschlossen! Aber wieso?
Er hatte sich schon im Fahrstuhl darüber gewundert, dass das Schiff so leer wirkte. Erst jetzt schaute er auf seine Uhr. Seit

einer Stunde waren die Restaurants geöffnet! Und was jetzt? Er hatte tatsächlich das Abendessen vergessen! Was war nun mit seinem zurecht gelegten Alibi? Er musste sich schnell etwas anderes überlegten! Noch besser! Er würde jetzt vorgehen und seine Frau wollte zum Essen nachkommen. Da sie am Nachmittag noch ein paar Gläser Champagner getrunken hatte, war ihr nicht so gut, und er sollte schon mal vorgehen. Sie würde so schnell als möglich nachkommen, sobald es ihr etwas besser ging. Den Weg ins Restaurant kannte sie ja. Und sie saßen auch bis jetzt zu jeder Mahlzeit immer mit denselben Gästen zusammen. Alleine betrat er den Speisesaal.

Ihre Sicht der Dinge . . . .

Anja hatte resigniert und gelernt mit der Gleichgültigkeit ihr gegenüber umzugehen. Umso unverständlicher war diese spontane, herrliche Seereise!! Auf dem Schiff genoss sie den Service und die Bedienung in vollen Zügen. Sie lebte auf. Wenn nun die Aussprache mit Joachim zum Guten führt, was will sie mehr? Es konnte nur so sein: Gehaltserhöhung, Beförderung und dann hatte dieser verfluchte Stress endlich ein Ende! Dann würden sie wieder zusammenleben wie am Anfang ihrer Beziehung. Wie ein glückliches Paar. All die Mühen und Entbehrungen, die einsamen Nächte und seine gehetzte Art mit ihr umzugehen! All das hätte dann ein Ende. Er wollte sie überraschen, das stand fest. Deshalb hatte er auch alles so geplant. Er hatte gearbeitet wie ein Tier, um all das jetzt mit ihr genießen zu können. Jetzt war der erste Tag vorbei. Den Landgang mit den vielen Sehenswürdigkeiten in Rom hatte er auch nicht buchen wollen. Sie hatte ihn jetzt um das erwartete Gespräch gebeten, und das hatte einen komplett anderen Verlauf genommen. Sie hatte nun die bittere Erkenntnis, vollkommen alleine auf der Welt zu sein. Kinder waren ihm von Anfang an ein Gräuel gewesen. Und einfach die Pille weg zu lassen, das hatte sie sich dann doch nicht getraut. Später hatte er sie kaum noch beachtet, geschweige denn mit ihr geschlafen. So bitter auch die Erkenntnis war, nach dieser Offenbarung jetzt, war sie froh, keine Kinder mit ihm zu haben. Was nun? Jetzt steht sie hier draußen auf dem Oberdeck, und weiß nicht mehr, wie es für sie weitergehen soll. Sein weiteres Leben würde von dieser anderen Frau bestimmt. Sie fühlte sich leer und verlassen. Sie versuchte einen klaren Gedanken zu fassen . . . . . es gelang ihr nicht. Wieso hat er mir das angetan? Seit wann ging das schon? Wieso hatte sie keinen Verdacht geschöpft? „Das merkt man sofort, wenn einer fremdgeht! Das spürt man! Das kann ein Mann überhaupt nicht verheimlichen!" hatte sie immer von den früheren Freundinnen gehört. Pustekuchen! Merkt man nicht! Sie jedenfalls nicht! Sie grübelte weiter: Wie sieht sie aus? Wie alt ist sie? Bestimmt so eine junge knackige Blondine! Das war ja schon immer sein Beuteschema! Was macht sie besser als ich? Wo hat er sie kennen gelernt? Ihr Kopf glich einem Rätsel ohne Lösung. Hilflosigkeit und Panik paarten sich mit Lebensangst. Wie sollte es für sie weitergehen? Ihr ganzes Bestreben war doch immer wieder gewesen, ihren Mann zu unterstützen und keine dummen Fragen zu stellen. Sie wollte und konnte nicht alleine bleiben. Nun hatte sie sich so sehr auf eine erlösende Aussprache gefreut. Ein Einsehen von Joachim hatte sie erwartet. Eine Änderung ihrer beider Lebensumstände! Aber doch nicht in diese Richtung und mit dieser für sie so aussichtslosen Perspektive! Es kam ihr vor, als wären ihre Gedanken eine Stahlkugel im Flippergerät. Jedes Mal wenn sie sich eine Frage stellte, wurden die Gedanken in eine andere Richtung geschossen. Wie beim Flipper in der Kneipe. Fehlten nur noch die metallischen Soundgeräusche. Plötzlich wurde sie hochgehoben und schwebte über der Reling, ihr wurde leicht schwindelig. Sie drehte sich um und sah Joachim direkt ins Gesicht. Der umklammerte ihre Beine wie ein Schraubstock und hob sie immer höher. Was wollte er noch? Sie war wie betäubt. Er redete kein einziges Wort, nur das Rauschen der Wellen war zu hören. Sie versuchte, sich an seinen Armen festzuhalten und fing an zu strampeln, so gut es ging. Sie wollte ihm sagen: „Hör auf damit, das ist kein Spaß mehr!" Da ließ er sie auch schon los! Sie rutschte außen an der Bordwand entlang, seltsamerweise hatte sie sich einen freien Fall anders vorgestellt. Hart schlug sie auf und verlor unmittelbar das Bewusstsein!

Im Speisesaal ging Schneider direkt zu seinem Stammtisch. Als er seinen Platz erreicht hatte, sprachen ihn unvermittelt zwei der anwesenden Gäste an: „Wo ist denn ihre Frau? Sie kommen doch sonst immer zusammen zum Essen." „Meine Frau muss jeden Moment nachkommen! Ihr war eben auf der Kabine nicht so gut und dann ist sie hier zur Toilette gegangen." „Haben sie denn kein Bad auf ihrer Kabine?" Die Passagiere schmunzelten. „Ja, doch, aber wir waren schon auf dem halben Weg hierher!!" Durch die vielen Fragen, auf die er nicht vorbereitet war, wurde er zusehends nervöser: „Wo bleibt sie denn nur?" „Aber sie haben doch selber gerade gesagt, sie sei zur Toilette gegangen! Sie können noch nicht lange verheiratet sein, sonst wüssten sie, wie lange eine Frau dort verweilen kann!" Er war jetzt verwirrt und konnte nichts essen. Er drehte ein unbenutztes Glas um, griff zum Rotwein und schenkte sich ein und nahm einen kräftigen Schluck.
„Sie müssen den Hummer probieren, köstlich sage ich Ihnen." der Gast schaute sich in der Runde um . . . nicht wahr?"
Zur Bestätigung nickten einige Gäste und prosteten ihm zu: „Da hinten in der Ecke, wo heute Nachmittag die Eistorte stand." Schneider war irritiert: „Was ist da? Wo?"

„Na, wovon reden wir denn? Der Hummer natürlich, was sind
sie denn so nervös??" „Ja, meine Frau, ich mache mir große
Sorgen, ihr ging es wirklich nicht gut …wo bleibt die denn…
wird sich doch nicht verlaufen haben? Die kennt sich auf dem
riesigen Schiff immer noch nicht richtig aus!" „Vielleicht hat
sie den süßen Deckoffizier getroffen!" flüsterte leise ein Mann
seiner Frau ins Ohr und machte dabei eine eindeutige
Bewegungen. Die prustete prompt ihren gerade genommen
Schluck Rotwein über den Tisch. „Kannst du mit solchen
Äußerungen nicht warten bis ich den Mund leer habe?"
Schelmisch boxte sie ihren Mann mit dem Ellenbogen in die
Seite und säuberte sich und die Tischdecke mit diversen
Papierservietten. „ . . . . bist gut informiert!!" Unruhig rutschte
Joachim auf seinem Stuhl hin und her. „Ich kann nicht mehr
warten, würde bitte eine der Damen mal nach ihr sehen?"
„Aber ich bitte sie! Wir sollen Kindermädchen spielen für ihre
Frau, die sich betrinkt? Sagen sie das doch dem Steward!"
Unbeholfen drehte er sich um, bemüht eine Hilfe an den Tisch
zu bitten, und prompt stand ein Kellner an seiner Seite:
„Irgendwas nicht in Ordnung?" „Oh ja wissen Sie, das ist so."
Er erzählte seine zurecht gelegte Story und hoffte, dass sie
einigermaßen glaubwürdig klang, aber erwartungsvoll schaute
man ihn nur von allen Seiten an: „Und? Was schlagen sie jetzt
vor? Welche Toilette hat ihre Frau denn genommen? Hier im
Restaurant? Draußen im Foyer? Auf dem Gang? Mein Herr, Sie
müssen mir schon sagen, wo wir suchen sollen. Es befinden
sich auf dem Deck 8 Waschräumen, 4 auf der Backbord,- und 4
auf Steuerbordseite. Oder ist sie auf einer Kabinentoilette?"
„Ja, ja schon gut! Ich habe verstanden! Sie wollen mir nicht
helfen!!" „Aber mein Herr, das haben Sie missverstanden!
Selbstverständlich werde ich veranlassen, dass man sofort nach
ihrer Gattin suchen wird …wie ist ihr Name?"
Endlich kam die Sache in Gang. „Mein Name ist Schneider,

Joachim Schneider und meine Frau heißt Anja, Kabine 6221!
Warum habe ich denn bloß nicht auf sie gewartet? "Er durfte
jetzt nicht zu viel heucheln, auch das würde mit Sicherheit
auffallen. „Beruhigen Sie sich erst einmal wieder. Wir werden
ihre Frau schon finden!" „Ich komme mit!" entschloss er sich
endlich. „Wohin, auf das Damen - WC ? Wissen Sie doch wo?
Wieso denn auf einmal, dann hätten sie auch zuerst mal alleine
nachschauen können!!??" Auch wieder wahr! Ruhig, Mensch
beruhige dich doch, sagte er zu sich . . . . . . es läuft doch alles
genau nach Plan. Der Kellner entfernte sich und gab
entsprechende Anweisungen. Joachim bemühte sich
gleichgültig zu wirken, was ihm nur schwer gelang. Eine
Stunde später stand der Kellner wieder neben ihm:
„Entschuldigen Sie mein Herr, aber es ist wirklich seltsam,
weder auf ihrer Kabine, noch auf irgendeiner Toilette ist ihre
Gattin zu finden. Könnte sie nicht mit einer Begleitung auf der
Kabine, beim Frisör, oder im Theater sein? Wir können im
Augenblick nicht die ganze Vorstellung stoppen . . . . zumal es
nicht sicher ist, ihre Frau da zu finden. Ich glaube es wird
höchste Zeit, dass Sie jetzt mit dem Kapitän sprechen sollten!!"
„Sie glauben doch nicht etwa, dass meine Frau über Bord
gefallen ist? Oh mein Gott, das werde ich mir nie verzeihen!"
Der Kellner schaute etwas verwundert: „Wie kommen sie denn
auf so absurde Gedanken? Da gibt es doch auf so einem großen
Schiff unendlich viele andere Möglichkeiten. Da wollen wir
doch nicht an das Schlimmste denken ... oder?" Das war ihm
wieder einfach so rausgerutscht, verdammt noch mal. „Jetzt
halt deine Sinne beieinander . . . . du redest dich noch um Kopf
und Kragen!" dachte er bei sich. Er wischte sich mit der
Serviette den Mund ab und begleitete den Kellner. „Lassen sie
uns wissen, was da mit ihrer Frau los war ..." riefen ihm die
anderen Gäste nach. Er hörte gar nicht richtig hin, flüchtig
drehte er sich noch mal um: „Ja, ja natürlich!!"

Überzeugend war das nicht und sobald er aus dem Saal war, fingen die netten Tischnachbarn auch schon an zu tuscheln: „Seltsam, wie der sich verhalten hat!" „Da stimmt doch was nicht!" „Vielleicht ist das gar kein Ehepaar!" „Seid doch ruhig, vielleicht hat sie einfach nur einen Freund mit hier an Bord! Wir kennen die Beiden doch gar nicht richtig! Wenn wir uns da einmischen, das gibt doch sowieso nur Ärger!!" „Hast ja Recht, was geht uns das überhaupt an. Lasst uns noch ein Gläschen trinken … Prost!! Prost… Salute… Auf ihr Wohl!!"
Man kümmerte sich wieder um andere Dinge und besprach den Ablauf des nächsten Tages. Da war Landgang angesagt und die meisten Gäste würden das Schiff für den ganzen Tag verlassen. Auf unterschiedlichste Weise würden sie ausschwärmen: auf eigene Faust, zu Fuß, mit Reisegruppen, Bussen, angemieteten Fahrrädern, Motorrollern und Taxen.
Es wird der erste Landausflug dieser Reise.
Sie würden in Civitavecchia anlegen, dem Hafen von Rom. Da lag es natürlich auf der Hand, dass die „ewige Stadt", der Vatikan, das Kolosseum, Forum Romanum, die spanische Treppe und die öffentlichen Brunnen die großen Themen des Abends waren. Auch der Tipp, man müsse unbedingt am Petersplatz nach dem Friedhof fragen,(die einzige Möglichkeit kurzfristig in den „Vatikan" zu kommen) wurden ausgetauscht, doch davon bekam Joachim Schneider nichts mehr mit . . . . . .
Die Gäste vertieften sich wieder in ihre Gespräche und hatten das Geschehene wieder vergessen. Auf dem Weg zum Fahrstuhl legte Schneider sich seine Strategie zurecht. Das war jetzt schwierig, bei dem aus Erwartung, Frust und Furcht mittlerweile gestiegenen Alkoholpegel. Er hätte besser doch was essen sollen! Aufregung hin oder her! Schlimmer könnte es jetzt nicht mehr kommen. Ruhe bewahren! Bei einer Aussage bleiben und nichts überstürzen. Keiner hatte ihn gesehen! Er atmete tief durch. „Geht es Ihnen gut? Sie

bekommen so schwer Luft!“ „Doch, doch, … klappt schon!!“ Mist, seine Reaktionen scheint man zu beobachten. Oder sah er Gespenster? War das eher das bekannte, ganz normale Phänomen: Wenn man sich einen roten Wagen zulegt, sieht man in der Stadt nur rote Autos. Erwartet man Nachwuchs, sieht man nur schwangere Frauen. Wenn man bei dunkelgelb über die Kreuzung fährt, erschrickt man bei jedem Polizeiauto, das einem begegnet. Man interpretiert erfahrungsgemäß Geschehnisse ganz anders, wenn man mit ihnen persönlich konfrontiert wird. Man meint einfach, dass alle Menschen dieselben Gedanken hätten und man würde ihn plötzlich mit Röntgenstrahlen durchschauen. Er musste sich zu innerer Ruhe zwingen! Keine Reaktion zeigen! Pokerface! Dummes Zeug reden, das durfte ihm jetzt auf gar keinem Fall mehr passieren. Ich weiß von nichts! Über die Reling gefallen? Von wo denn? War die draußen? Ach du liebe Güte, wie kam die denn nach draußen auf das Deck?? Deck? Welches Deck? Sie wollte doch auf die Toilette! Toilette! Das war sein Schlüsselwort! So musste er sich das einprägen! Drei der Fahrstühle waren besetzt, einer stand einladend offen und sie gingen darauf zu. „Nach Ihnen, bitte!!“ der begleitende Kellner war erstaunlich ruhig. Mittlerweile waren zwei Stunden vergangen. Während sie den Lift betraten rechnete er in Gedanken nach: Bei diesem gewaltigen Schiff müsste es alleine eine Stunde dauern, wenn man bei voller Leistung einen Kreis fahren würde. Und bei ca. 18 Grad Wassertemperatur … wie lange kann man sich da über Wasser halten, ohne Rettungsring. Wenn man bei dieser Höhe überhaupt heil unten ankommt! Oder stirbt man an Unterkühlung? Könnte man einen Menschen überhaupt im Wasser ausmachen? Zwischen den hohen Wellenbergen? Ohne Blinklicht? Ohne bunter Kleidung? Die Brücke ist geschätzte vierzig Meter über dem Wasserspiegel und einen winzigen Punkt im Meer ausmachen, den man überhaupt nicht erwartet?

Ausgeschlossen! Man wird nicht ein einziges Mal mehr von ihr hören! Der Aufzug ruckte leicht und die verspiegelten Schiebetüren schoben sich ineinander: „Nach Ihnen, bitte nach Steuerbord!!" Das war jetzt keine Absicht, dass er nach links wollte. „Entschuldigung, aber ich bin das erste Mal auf einem Schiff!!" „Ich? Wieso ich! Und ihre Frau? Fährt die auch das erste Mal auf einem Schiff?" Da! Er hatte wieder nicht aufgepasst! Verdammt noch mal! „Ich meinte natürlich wir!!" Puh, hoffentlich noch mal gut gegangen. „Ich glaube, hier befinden wir uns in internen Gängen, da kenne ich mich logischerweise überhaupt nicht aus, da gehen Sie besser vor!" „Kein Problem! Sind schon da!" Er klopfte an den Rahmen einer großen, mit Leder und Ziernägeln gepolsterte Doppeltür. Es dauert nicht lange und ein: „Ja, bitte?" kam gedämpft aus der Kabine. Sie betraten einen gemütlich eingerichteten Raum, ähnlich der Bibliothek auf Deck 8. Mehrere Offiziere saßen auf gepolsterten Bänken und Stühlen um einen runden Tisch und tranken Rotwein: „Das dürfen wir!" Der Kapitän übernahm augenblicklich das Wort: „Alle Anwesenden haben frei, aber ich nehme nicht an, dass sie kommen, um uns zu kontrollieren? Haben Sie nicht etwas anderes auf dem Herzen?" Er nickte dem Kellner zu: „Vielen Dank! Sie können wieder an ihre Arbeit gehen!" Der Kellner grüsste und ging zur Tür: „Wenn sie noch Fragen haben sollten, ich habe gleich auch frei und bin dann auf meiner Kabine zu erreichen!" „Das wird jetzt nicht mehr nötig sein! Wir bekommen ja nun die Informationen aus erster Hand . . . . vom eigenen Ehemann!" War das in dieser Situation witzig gemeint oder war er zu empfindlich geworden in den letzten ereignisreichen Stunden? Offiziell hatte er doch keinerlei Infos von ihrem Verschwinden! Er durfte doch gar nichts wissen! Ignorieren! Einfach überhören und liebevoll besorgt tun. Das wird überzeugen! Er stellte die erste Frage: „Ihr Mitarbeiter sprach von so unendlich vielen Möglichkeiten, wohin meine Frau hier an Bord gegangen sein könnte? Ich nehme an es ist nicht zu viel verlangt, Sie zu bitten, mit mir zusammen . . . ." Weiter kam er nicht, denn der Kapitän hatte den Arm gehoben. Er unterbrach seinen Redefluss und meldete sich zu Wort, wie in der Schule. Dann war einen Augenblick totale Ruhe. Nur das dumpfe Schlagen der Schiffsmotoren gab monoton einen Takt vor. Der Kapitän griff unter seinen Tisch, hob ein paar Gegenstände hoch und schaute Joachim dabei eindringlich direkt in die Augen. Er zeigte ihm Anjas Seidentuch und eine Sandale: „Und? Schon mal gesehen? Kennen Sie die Sachen?" Er versuchte ganz ruhig zu bleiben. Die waren aber schnell! „Muss ich mir mal näher ansehen!" er ging auf den Tisch zu. „Es gibt viele solcher Tücher! Darf ich mir das mal anschauen?" Er tat interessiert und betrachtete die dargebotenen Gegenstände sehr ausführlich. „Ja, ja kenn ich!" er löste die Spannung: „Ist von ihr. Und die Sandalen sind auch von meiner Frau, eindeutig. Die hat sie sich hier an Bord selber gekauft, ich war dabei. Hier in der Bordboutique. Wo, sagten sie, haben sie die Gegenstände von ihr   gefunden?" „Ich habe noch gar nichts gesagt! Wir vermuten, dass ihre Frau die Sachen selbst ausgezogen hat und barfuß gehen wollte. Ist ja auch manchmal bequemer, gerade bei neuen Schuhen und dann dieser Hitze." „Ja, und wo ist sie jetzt? Darum geht es doch! Es ist jetzt..." er schaute auf seine Armbanduhr. Dann rechnete er nach „...über 3 Stunden her, seit ich sie in unserer Kabine das letzte Mal gesehen habe! Ich mache mir große Sorgen um meine geliebte Frau und sie stellen komische Fragen und sitzen hier herum und unternehmen nichts!" „Oh, das ist ein großer Irrtum. Der Kellner hat uns sofort informiert, als sie noch beim Essen waren. Wir sind schon sehr fleißig gewesen! Es ist besser, sie setzen sich erst einmal und trinken ein Glas Cognac! Dann sehen wir weiter!" „Erstes war ich viel zu nervös, um etwas zu essen, wie sie sagten, und zum anderen will ich jetzt zu meiner Frau. Helfen sie mir suchen oder nicht?" „Es klingt zwar hart für Sie, aber ihre Frau ist nicht mehr an Bord!" Der Kapitän wartete jetzt auf seine Reaktion, und die kam auch. Aber viel zu spät und gekünstelt: „Nicht mehr an Bord? Wie bitte? Sie wissen das schon die ganze Zeit? Und dann sagen sie das, als wäre mir ein Glas aus der Hand gefallen? Wissen Sie, was das bedeutet?" So, wie er das sagte, klang es unglaubwürdig und leer. Ein normaler Mensch wäre verzweifelt! Er hätte weinen können, aber Joachim war schon viel zu tief verstrickt. Der Kapitän schöpfte Verdacht. Er reagierte nicht normal und versuchte, seine Rolle zu spielen. „Es ist mir in meinen 25 Jahren als leitender Offizier noch nie passiert, dass mir ein Passagier abhanden gekommen ist! Seltsam! Keiner hat etwas gehört oder gesehen! Wir müssen die Reederei verständigen und unser Sicherheitsoffizier wird ein Protokoll aufnehmen." „Wieso wenden Sie das Schiff nicht? Wir müssen sie doch suchen! Wenn sie noch lebt, sie war durcheinander, als sie aus der Kabine ging."

„Ah ja?" jetzt wurde man stutzig: „erzählen Sie weiter! Kramer, Sie können direkt mitschreiben: Also, sie war durcheinander? Warum? Hatten sie sich gestritten?" Er druckste herum: „Aber nein! Wo denken Sie hin? Nein, sie hatte etwas viel getrunken und wollte zur Toilette. Danach wollte Anja in den Speisesaal nachkommen…" Während der Offizier mitschrieb, sagte er laut, ohne den Kopf zu heben: „Übrigens, ein Wendemanöver wäre bei diesem Seegang, der Dunkelheit und in Anbetracht der Tatsache, dass wir die Koordinaten überhaupt nicht annähernd kennen, vollkommen aussichtslos." Joachim wusste nicht wo er hinschauen sollte, denn innerlich war er froh, dass auch die Crew keinen Sinn darin zu sehen schien, noch weiter nach Anja suchen zu lassen. „Wir lassen Sie jetzt mit Herrn Kramer alleine und müssen uns um die Formalitäten mit unserer Reederei kümmern, die muss davon in Kenntnis gesetzt werden. Ach ja, und sie müssen dann noch eine Vermisstenanzeige ausfüllen. Die senden wir schon vorab elektronisch, muss aber von Ihnen als Schriftstück bei ihrer Ankunft zuhause in Deutschland bei der Polizei abgeben werden. Versuchen Sie sich zu entspannen. Wir fahren seit anderthalb Stunden in unmittelbarer Küstennähe und vielleicht hat ein korsischer Fischer ihre Frau schon lange aufgefischt und die sorgt sich mehr als sie!" Der Kapitän und drei weitere Männer in ihren weißen Uniformen tippten mit den Zeigefingern an ihre Stirn, setzten ihre Mützen auf und verließen gemeinsam die Offiziersmesse.

Nun war er mit noch zwei weiteren Herren alleine und der vorgestellte "Kramer" tippte das Protokoll. Noch bevor ihm die erste Frage gestellt wurde, platzte es aus ihm raus: „Sagen Sie mal, ist das normal? Meine Frau verschwindet während einer Kreuzfahrt vom Schiff und der knallt mir das einfach so vor den Kopf? Hat der kein Taktgefühl? Es geht um meine geliebte Frau, mit der ich ein paar Tage ausspannen wollte." „Er wird seine Gründe haben," ruhig hob er den Kopf und schaute Schneider direkt in die Augen: „Wir wollen das Geschehene aus ihrer Sicht jetzt aufnehmen! Schildern Sie mir genau, was sich heute Abend ereignet hat. Überlegen Sie gut, denn jede Kleinigkeit ist für uns wichtig. Helfen Sie mit, dann sind wir auch schneller fertig! Name und Kabinennummer? Dann erzählen Sie mal von dem Augenblick an, als Sie ihre Frau das letzte Mal gesehen haben." Er antwortete nicht sorgenvoll. Dazu waren seine Kommentare etwas zu forsch: „Das habe ich Ihnen doch schon alles gesagt! Also nochmal von vorne. ." und er begann die Gesichte so zu erzählen, wie er sich das alles ausgedacht hatte. Nach einer halben Stunde waren sie damit fertig. Der Sicherheitsoffizier las das Protokoll noch einmal laut vor. Die Vermisstenanzeige gab er Herrn Schneider mit. „Wenn Sie damit fertig sich, so wenden Sie sich an mich. Ich

werde das vorab zur Polizei faxen". Joachim wurde aus dem internen Bereich geleitet und zu den Fahrstühlen gebracht. Es war Mitternacht und Schneider gönnte sich im Nachtrestaurant ein saftiges Steak. Es waren nicht die gleichen Gäste anwesend, die das Verschwinden seiner Frau mitbekommen hatten. Keiner, der Anwesenden beachtete ihn und er war guten Mutes. Das Schlimmste, so meinte er, war überstanden. Jetzt noch einige Formalitäten und dann abwarten. Er ging zur Kabine und setzte sich an den Schreibtisch. Unbedingt musste er sich mit Natalie in Verbindung setzen. Auch ihr musste er den verzweifelten Mann vorspielen, um keinen Verdacht aufkommen zu lassen. Auf gar keinen Fall dürfte sie ihm jetzt mit lästigen Fragen auf den Wecker gehen. So schrieb er kurzerhand eine SMS:
„Ein schrecklicher Unfall ist passiert, es wird etwas länger dauern, bis ich mich wieder melde. Joachim"
Er drückte auf SENDEN! Es dauerte nicht sehr lange und sein Handy antwortete: NACHRICHT GESENDET! Dann schaltete er das Mobil-Telefon sofort aus, denn er wollte nicht, dass sie noch Fragen dazu stellte. So jetzt Ruhe bewahren und konzentriert abwarten. Er könnte ja in ein paar Stunden an Land gehen und sich den Hafen anschauen. Für eine Fahrt von Civitaveccia nach Rom hatte er keine Lust denn er wollte sich nicht den Fragen der anderen Passagiere stellen. Es war sehr spät und er hatte einen ereignisreichen Tag hinter sich gebracht. An der Rezeption ließ er sich eine Schlaftablette geben und ging zurück in die Kabine. Das Medikament tat seine Wirkung und er schlief schnell ein. Das Schiff hatte schon angelegt, als er am nächsten Morgen wach wurde. Nach dem Frühstück ging er von Bord. Ein Gang durch die kleinen Gassen sollte ihm Entspannung bringen. Es gelang ihm nicht. Sein Kopf konnte nicht abschalten, er war ständig damit beschäftigt den Tathergang in Gedanken immer wieder durchzugehen. Es war

doch in dem Augenblick das einzig Richtige für ihn gewesen.
Aber trotz allem hatte sich das alles zu plötzlich, zu schnell
ergeben. Er hatte doch keinen Einfluss mehr auf sie gehabt.
Hatte ihn wirklich keiner gesehen?
Nach zwei Stunden ging er wieder zurück zum Schiff. Er betrat
die Gangway, ließ sich kontrollieren und bereitete sich auf das
nächste Essen vor. Vom Kabinensteward wurde er betrübt
täglich informiert, dass es nichts Neues gäbe und die traurige
Gewissheit wohl bleiben würde, dass seine Frau über Bord
gefallen sei.
Den Täter treibt es ja bekanntlich immer an den Ort der Tat
zurück und so war es nicht verwunderlich, dass auch Joachim
wieder und wieder auf dem Oberdeck nach irgendetwas suchen
musste! Nur wusste er selber nicht, wonach. Er war sich selbst
nicht schlüssig, was und warum er unbedingt noch mal an
genau diese Stelle da oben an der Reling musste! Man sagt, das
ist das schlechte Gewissen, aber davon wollte Joachim ja nichts
wissen! Er legte sich das so zurecht, dass Anja das genau so
gewollt hatte. Sie wollte springen um den Weg für ihn und
seine Natalie frei zu machen! Immer wieder leckte er seine
Gedanken in die gleiche Richtung und tatsächlich, er fing an,
die alleinige Schuld bei ihr zu sehen. Sie hatte ihm das angetan.
Sie war weggelaufen und war schließlich ganz alleine und aus
freien Stücken von da oben in den Tod gesprungen. Sie hatte
keinen anderen Weg gesehen . . . . . arme verzweifelte Anja!
Hätte ihn jetzt einer sehen können, die nasskalten
Schweißperlen auf seiner Stirn hätten ihn als Verräter und
Lügner enttarnt! Aber es war niemand da! Und auch jetzt gab
es keine Zeugen! Perfekt! Keiner konnte ihm etwas
nachweisen! Er zog lange und intensiv die frische Seeluft in
seine Lungen. Hinterhältig, zufrieden und grinsend stand er vor
seinem Spiegelbild und nickte sich zu. Er versuchte, wie fast
täglich, seine immer wieder aufkommenden, düsteren

Gedanken aus seinem Hirn zu verbannen. Um da oben in Ruhe noch mal am Geländer verweilen zu können, hatte er sich etwas ganz einfaches ausgedacht: Er würde, wie Anja den ersten Tag auch, Morgen, vor dem Frühstück, seinen Rundlauf auf dem Oberdeck machen. Dann könnte er sich die Stelle ohne Aufsehen in Ruhe noch mal anschauen. Wie zur Bestätigung nickte er und ging in eine der zahlreichen Bars. Ein, zwei Cocktails und anschließend ins Theater, dann zum Abendessen, dann wäre auch dieser Tag glücklich vollbracht.

Nach Civitavecchia, dem Hafen Roms, legte das Schiff in Genua an. Jetzt, am fünften Tag der Reise steuerten sie in Richtung Barcelona, zur vorletzten Station der Fahrt.
Am morgigen Abend würde es ein Gala Essen geben. Das war immer am letzten Reisetag so, hatte ihm der Steward am Morgen gesagt. Das so genannte "Kapitänsdinner" an solch einem letzten Seeabend kannte er bisher nur aus dem Fernsehen. Hier auf dem Schiff war das damit zu vergleichen. Am frühen Morgen, noch vor Sonnenaufgang ging er mit Sportanzug, Handtuch und Turnschuhen ganz nach oben, auf das Frei Deck. Er war ein wenig aufgeregt und wusste gar nicht, was er da so richtig wollte. Vielleicht hatte ihn die Aussage vom Kapitän verwirrt, dass man in Küstennähe gewesen war und sie bei einem Fischer sein könnte? Das war ausgeschlossen. So gut konnte Anja gar nicht schwimmen. Und wie sollte sie einen so hohen Sturz überlebt haben? Und als sie in Küstennähe waren, da war der Sturz schon zwei Stunden vorbei. Aber das hatte er für sich behalten. Und das konnte ja auch niemand anderes wissen. Stockdunkle Nacht! Selbst wenn man da in der Nähe Land gehabt hätte, würde man das von da unten aus doch gar nicht gesehen haben. Selbst wenn man das überlebt hätte! Auch die Tage vorher hatte er immer wieder verstohlen in Richtung des Hecks geblickt und trotzdem wusste

er nicht, wonach er suchten sollte. Eine innere Unruhe, ein Zwang lockte ihn! Oder meldete sich doch sein Gewissen? Einige Matrosen desinfizierten mit Sprühflaschen und Lappen die Reling und alle anderen Griffe. Ein verschwitzter, dickbäuchiger Mann mit Glatze lief torkelnd hinter einer jungen Frau her. Ihre langen, schwarzen Haare wurden nur notdürftig mit dem Stirnband gebändigt. Sie blitzte Joachim aus den Augenwinkeln an und leckte sich dabei mit der Zungenspitze über ihre vollen, roten Lippen: Der arme Alte. . . . dachte er. Dann blieb sie auch noch, wie zufällig einen Moment lang stehen und rief über ihre Schulter laut zurück: „Schatz, kommst Du?" sie sah, dass ihr greiser Begleiter sich kaum noch auf den Beinen halten konnte und grinste Joachim an. Wieder rief sie laut: „Ich kann ja schon mal vorgehen auf unsere Suite Nr. 8565, Deck acht!" Die Deutlichkeit, mit der sie übertrieben die Kabinennummer und das Deck betont hatte, war ihm schon fast peinlich. Unter anderen Umständen wäre das Jagdfieber in ihm aktiviert worden, aber er musste zuerst seine eigenen Verhältnisse klären! Er musste sich von dem aufregenden Geschöpf lösen und legte sein Handtuch über die Schulter. Er lief eine Runde um die Schornsteine und musste dabei an einigen Stellen den hier aufgestellten Liegestühlen ausweichen. Er richtete sein Lauftempo so ein, dass er zum tiefen Durchatmen und Verschnaufen an besagter Stelle langsamer wurde und schließlich genau an dieser Stelle stehen blieb. Er stützte sich kurz ab und beugte sich über die Reling. Plötzlich bemerkte er einen dunklen Schatten unmittelbar hinter sich. Erschrocken wich er zurück und drehte sich um. „Tief, nicht wahr? Wenn man da runter fällt, braucht man keine Hilfe mehr. Der Aufschlag nach den 45 Metern ist absolut tödlich!" Er hielt eine Hand vor den Mund und flüsterte: „Die Rettungsringe hängen hier oben nur zur Beruhigung der Gäste!" Joachim war erschrocken, denn er hatte den dunkelhäutigen Matrosen in seinem blauen Overall nicht bemerkt. Der spricht aber ein akzentfreies Deutsch . . . . das war alles, was ihm dazu einfiel. „Ja, ja …..mag schon sein," murmelte er verwirrt, und lief irritiert weiter, ohne sich noch einmal umzudrehen. Mit dem Verzicht auf eine weitere Runde, steuerte er auf die inneren Türen an, um dann im klimatisierten Bereich sein Handtuch um den Hals zu legen. Erst jetzt wurde ihm die Äußerung von dem Schwarzen bewusst: Wieso erklärte er ihm die Höhe der Bordwand so genau und wo kam der so schnell her. Da war der Gang viel zu eng, als dass er ihn hätte übersehen können. Da war auch weder was zu säubern, noch Liegestühle wegzuräumen. Aber er schob das auf seine augenblickliche Empfindlichkeit zurück und blieb dabei: Keiner hatte etwas gesehen! Das musste er sich immer wieder einreden. Er ging zum Fahrstuhl und aktivierte den Lift. Eine Schiebetür öffnete sich und bevor er einsteigen konnte, kamen ihm zwei Männer, die er aus dem Speisesaal kannte, entgegen: „Oh, da sind sie ja doch noch einmal! Essen sie jetzt an einem anderen Tisch? Wie geht's übrigens ihrer Frau? Wir haben sie in den letzten Tagen nicht mehr gesehen!" Das fehlte ihm jetzt noch: „Ich kann nicht darüber sprechen, später vielleicht!" Auch wenn das jetzt nicht so gut ankam, aber er hatte absolut keine Lust auf irgendwelche Erklärungen. Bevor sich die Türen wieder ineinander schoben, sah er noch die verblüfften Gesichter seiner früheren Tischnachbarn. „Sie schulden uns noch eine Erklärung!!" „Gar nichts schulde ich!" murmelte er vor sich hin. Er stieg in den Fahrstuhl und drückte die 6. Die Türen schoben sich ineinander. Der Lift ruckte kurz an und glitt dann schnell und geräuschlos nach unter. Leise kurze Klingeltöne zeigten über der Tür blinkend die vorbei huschenden Decks an: 9-8-7-6 ein Klingelton und die Schiebetüren fuhren wieder auseinander. Er stieg aus und ging zügig zur Kabine zurück. Nach dem Duschen zog er sich bequeme, luftige Sachen an. Ausgiebig schaute er sein Gesicht im Spiegel an, ließ ein paar Spritzer Rasierwasser in seine Hand tropfen und rieb seine Wangen damit ein. Vor zu großer Neugier einiger Gäste musste er ab sofort aufpassen! Das hatte er am Fahrstuhl eben erlebt. Die Auswahl fiel ihm nicht schwer, bei drei verschiedenen Motto - Restaurants entweder immer ein anderes oder das überschaubarste, kleinste zu nehmen. Er ging in ein anderes frühstücken. Auch der letzte See Tag verging und Joachim freute sich jetzt auf den Rückflug. Bald würde Natalie für immer in seinen Armen liegen. Die Umstände waren eben anders gekommen, als er sich das vorher alles ausgedacht hatte. Im Ergebnis war es jedoch dasselbe. Jetzt brauchte er sich auch nicht mehr vor seiner Frau zu rechtfertigen, die letzte Diskussion in der Kabine hatte ihm gelangt und finanziell war diese Lösung natürlich ein Segen für ihn. Kein Unterhalt, keine Sorgen wegen des Hauses und der geheimen Konten. Jetzt gehörte alles ihm alleine! Gut, er müsste noch ein wenig den trauernden Ehemann spielen, aber im Endeffekt würde es sich für ihn mehr als lohnen. Innerlich beglückwünschte er sich für seinen Mut. „Die war nervlich so am Ende, dass sie keinen anderen Ausweg mehr gesehen hatte… arme Anja!" Er drückte seine Erinnerung an das Geschehene in die rettende Richtung: seine verzweifelte Anja wäre selbst gesprungen. Damit konnte er gut leben. An der Kabinentür steckte ein Schreiben von der Rezeption: „Bitte um persönliche Rücksprache wegen der Rückreiseformalitäten!" Nach dem Mittagessen wollte er das sofort erledigt wissen. Als erstes wurde die Gesamtrechnung der Reise vorgelegt und musste bestätigt werden. Der Betrag wurde automatisch vom angegebenen Kartenkonto eingezogen. „Die gesamten Sachen ihrer Gattin werden von uns an die Polizei in Deutschland übergeben. Das hat für sie auch den Vorteil, dass sie mit einem Koffer und ohne Übergepäck hinkommen! Lassen Sie einfach alle Sachen ihrer Frau in deren Koffer auf der Kabine stehen. Wir werden uns darum kümmern! Die Crew und der Kapitän wünschen Ihnen alles Gute und viel Kraft für die nächste Zeit!" Joachim nickte nur und ging zurück zur Kabine. „Persönliche Sachen, von wegen!" Murmelte er vor sich hin. Ihren Schmuck, Geldbörse und ihr Handy steckte er als erstes in seinen Koffer. Den Rest der Sachen verteilte er wie erklärt in seinen und den Koffer von Anja. Er ging an Deck. Er hatte noch den Nachmittag und das herrliche Abendessen vor sich. Um allen neugierigen Fragen aus dem Weg zu gehen beschloss er für das letzte Galaessen in ein anderes Restaurant zu gehen. Es verlangte ihm alle seine bisher verborgenen schauspielerischen Talente ab, den Hummer nicht mit Schampus hinunterzuspülen und sich selbst zu seiner neuen, schöneren Zukunft mit Natalie zu beglückwünschen. Vor dem Personal und den Gästen durfte er keinerlei derartige Erleichterungen zeigen, sondern er musste Verzweiflung und Trostlosigkeit spielen. Man wusste hier an Bord ja nie, wer was auch immer von ihm wusste und wie man das interpretierte. Der Kapitän und einige, seiner Offiziere waren zwar nach wie vor höfflich zu ihm, jedoch spürte er eine gewisse Zurückhaltung seit dem Verschwinden seiner Frau. Er wollte auf jeden Fall weiter den Ahnungslosen spielen. So, wie der erste Mann auf der Brücke in jener Nacht mit ihm umgegangen war, das klang noch in seinem Ohr nach: „Er wird seine Gründe haben!" hatte der Sicherheitsoffizier Kramer damals gesagt. Er verdrängte diese düsteren Gedanken und schob die alleinige Schuld auf seine Anja. Sie hatte ihm das angetan. Sie wäre auch ohne seine Hilfe gesprungen. Er hatte sich nichts vorzuwerfen. Er musste nur fest daran glauben. Er verstand nur nicht den kalten Schweiß, der sich jede Nacht auf seiner Stirn und seiner Brust bildete.

Am nächsten Morgen zog er seine Reisekleidung an und ging frühstücken. Danach wurden per Lautsprecher die jeweiligen Transfers aufgerufen. Die angesprochenen Passagiere nahmen ihr Gepäck, gingen über die breiten Treppen oder fuhren mit den Fahrstühlen runter auf Deck 4. Hier waren zwei große Seitentüren in der Bordwand geöffnet worden. Ein letztes Mal wurde seine Bordkarte durch den Scanner des Laptops gezogen. Er konnte von Bord. Die Karte behielt er als Andenken an sein neues, bevorstehendes Leben. Er war frei! Frei für seine Natalie! Die Koffer, mit Heimatadressen versehen, wurden noch vor dem Schiff von Matrosen übernommen. Die wurden nun mit den Bussen zu den entsprechenden Rückflügen weitergeleitet. Hier bekam er auch schon sein Rückflugticket. Nun stieg auch er mit den anderen Gästen in den bereitstehenden Reisebus. Nach kurzer Fahrt waren sie am Flughafen angekommen. Dort ging alles sehr zügig und glatt. Die Organisation lief präzise wie ein Schweizer Uhrwerk ab und er brauchte sich, wie auch vorher immer in seinem Leben, um zusätzlich nichts zu kümmern. Drei Stunden später landete seine Maschine in Düsseldorf. Nachdem er seinen Koffer vom Band genommen hatte ging er durch den Zoll und fuhr danach mit der S-Bahn Linie 7 nach Hause. Nach alldem, was er erlebt hatte, war es jetzt ein komisches Gefühl alleine vor dem Haus zu stehen. Er zögerte eine Weile bevor er den Schlüssel in das Schloss steckte und die Tür aufsperrte. Der schwere Duft von Anjas Parfüm lag noch immer in der Luft und löste bei Joachim jetzt einen leichten Brechreiz aus. Die Erinnerungen an die Geschehnisse trafen ihn jetzt, wo er wieder zuhause war, wie ein Blitz. Er ging ins Wohnzimmer an die Hausbar und schenkte sich einen Brandy ein. Nach dem zweiten Schluck ging es ihm schon bedeutend besser und wieder führte er sich ins Gedächtnis zurück, dass es Anja genau so gewollt hatte. Sie hatte aus eigenen Stücken den Weg für seine Zukunft freigemacht. Ohne einen weiteren Gedanken der Reue packte er seinen Koffer aus und sortierte die unbenutzte Wäsche zurück in den Schrank. Nachdem er den Koffer wieder auf den Speicher gebracht hatte, machte er sich ein Spiegelei mit Schinken und nahm sich ein Bier aus dem Kühlschrank. Genussvoll verspeiste er sein Abendessen, ließ das benutzte Geschirr in der Küche stehen und ging mit dem Bier ins Wohnzimmer. Er schlief vor dem Fernseher ein.

Direkt am nächsten Morgen rief er seinen Chef an. Das mysteriöse Verschwinden seiner Frau nahm er zum Anlass, bei ihm zusätzlichen, unbezahlten Urlaub zu nehmen. Er sah sich noch nicht in der Lage, wieder arbeiten gehen zu können und unbeschwert weiterzuleben. Sein Chef hatte größtes Verständnis für ihn und er sollte sich melden, wenn er etwas Neues über seine verschwundene Frau erfahren hätte. „Ich bin in Gedanken bei Ihnen und wünsche Ihnen viel Kraft! Bleiben Sie erst einmal zuhause!" „Ich rufe Sie nächste Woche noch mal an. Vielleicht geht es mir dann etwas besser!"

„In Ordnung, ich sage in der Personalabteilung Bescheid. Versuchen Sie, ein wenig abzuschalten. Kann sich ja auch noch alles zum Guten wenden und ihre Frau war krank und konnte sich bis jetzt nicht melden!" Er verabschiedete sich und legte den Hörer auf die Gabel. Nach kurzem Frühstück zog er sich rasch an und ging zur örtlichen Polizei, um endlich seine Vermisstenanzeige aufzugeben. Er hatte auch die Unterlagen vom Schiff und ein paar aktuelle Fotos von seiner Frau dabei. Ein Beamter saß an seinem Schreibtisch und bediente seinen Computer. Als er alle persönlichen Daten von Anja Schneider aufgeschrieben hatte, kam er zu den wirklich wichtigen Fragen: „Seit wann vermissen Sie ihre Gattin?" „Na, auf dem Schiff, vor zehn Tagen, da ist sie einfach von Bord gefallen!" Der Beamte hörte unvermittelt auf, weiter zu schreiben und schaute

seinem Gegenüber seltsam erstaunt direkt in die Augen. „Vor zehn Tagen, aha auf dem Meer, und wo sollen wir jetzt suchen? Hier in Düsseldorf? In der Altstadt? Mein Gott, was reden Sie denn da!!" Joachim nahm die Unterlagen vom Schiff aus der Innentasche seines Jacketts und überreichte sie dem Polizisten wortlos. Der notierte sich die genauen Daten: vom 23. bis 29. Mai Mallorca, Civitavecchia, Genua, Barcelona und zurück nach Mallorca, und Name des Schiffs: Atlantis, Reederei Hansen. Noch während er schrieb fragte er: „Oder darf ich das im Original behalten? Das ist in der Tat wichtig für uns!"
„Behalten Sie alles, jetzt wo sie tot ist, haben die Erinnerungen seinen Sinn verloren!" Er musste sich anstrengen, um eine Träne aus dem Auge zu drücken. „Sie machen eine Vermisstenanzeige und wissen schon vorher, dass sie seit Sonntag, dem 24. Mai tot ist? Woher wissen Sie das denn? Verstehe ich nicht!" „Das müssen Sie auch nicht verstehen! Nehmen Sie das nur auf, der Kapitän hat gesagt das geht dann seinen korrekten Gang!" „Gut, im Augenblick ist das alles. Wir werden uns melden, sobald wir das bearbeitet haben und noch Fragen offen sein sollten!" Seltsam verwundert schaute er hinter dem Mann her. Was es nicht alles gibt! Ich lerne immer noch was Neues hinzu! Dachte er, stellte die Akte zusammen und legte sie in das Postkörbchen für die weitere Bearbeitung ab. Sollen sich die Kollegen von der Kripo ihr eigenes Bild von machen. Sie kann ihm ja auch weggelaufen sein, mit einem Jüngeren oder so…Er verwarf jeden weiteren Gedanken und wandte sich wieder seiner vertrauten Routinearbeit zu.
Ohne seine Geliebte gesehen, oder wenigstens gesprochen zu haben, hielt er es nicht mehr länger aus. Er fuhr nach Krefeld, um sie zu treffen. Heute, an Fronleichnam, waren die Geschäfte zu und dadurch auch die Straßen ziemlich leer. Er hatte in seiner Vorfreude auf das Wiedersehen mit Natalie nicht den schwarzen BMW bemerkt, der ihm in gebührenden

Abstand folgte. Kurz vorher hatte er bei ihr angerufen und auch sie freute sich riesig, ihn endlich wieder zu sehen.

„Liebling, was ist?" empfing sie ihn an der Tür, überrascht, dass er nicht so erholt aussah, wie sie angenommen hatte: „Du bist so blass! Stimmt etwas nicht?" „Anja ist tot!" „Was redest du da? Nicht hier im Flur!" sie zog ihn in die Wohnung und zog die Tür ins Schloss. Es sprudelte nur so aus ihm raus: „Über Bord gefallen! Direkt am zweiten Tag auf dem Schiff, ein schrecklicher Unfall! Ich hatte ihr von uns erzählt, und dass ich mit dir zusammen bleiben wollte! Sie hat gar nichts geantwortet und komplett panisch reagiert. Sie ist direkt raus gerannt, auf das Oberdeck!" „Und dann?" „Sie fiel über Bord!" „Sie ist über Bord gefallen? Wieso das denn? Da gibt es doch Geländer! Oder … oder ist sie gesprungen?" „Ja, ich bin doch noch … ich bin hinter ihr her. Zuerst stand sie oben an der Reling! Ich schaute mich um. Und wie ich wieder zu ihr sehen wollte, da hing nur noch ihr Schal an dem Geländer… und sie war verschwunden!" „Joachim! Das klingt alles so wirr …Wieso hast du dich umgeschaut? Wolltest du keine Zeugen? Wenn einer vorhaben sollte zu springen, dann bindet er doch nicht sein Halstuch ans Geländer?! Hast du etwa nachgeholfen?" Sie sah ihn erwartungsvoll und ängstlich zugleich an. War das ihr Joachim? „Die war unberechenbar! Glaub mir! Du hättest ihren Gesichtsausdruck sehen sollen!!" „Joachim, ich bekomme Angst! Hast Du sie ermordet?" „Ermordet! Wie sich das anhört und wie du das sagst! Ermordet! Die wollte doch sowieso springen, da wollte ich sie festhalten, aber ich kam zu spät!" Eiskalt zog es ihr den Rücken herunter: „Was? Wie? Wir sollten uns erst mal nicht mehr treffen, das wollte ich nicht! Du solltest doch bloß mit ihr reden! Hörst du … reden! Das hättest du schon vor Monaten machen sollen! Doch nicht so. Du hast sie ermordet!" Sie wandte sich von ihm ab und wollte zur Tür, doch er war schneller und versperrte ihr den Weg: „Was sagst du da? Ich befreie uns von dem einzigen Problem der Heimlichkeiten und du …? Du nennst mich einen Mörder?" „So, du nennst deine Frau ein Problem? Was bin ich denn dann für dich? Wenn das wirklich so war, dass du ihr helfen wolltest, dann stelle dich den Fragen! Erkläre, wie es wirklich war! Warst du schon bei der Polizei?" Sein Blick war voller Panik. Als er die beiden Worte: ERKLÄREN und POLIZEI hörte, verschwamm alles um ihn herum. Was sollte er ihr jetzt noch sagen? Dass er den Beamten belogen hatte? Dass er auch sie besser angelogen hätte? Natalie ahnte etwas und sie würde ihn ab jetzt nicht mehr in Ruhe lassen! Er hatte geglaubt, sie hätte mehr Verständnis für seine Situation gezeigt. Sie hatte doch bisher immer Verständnis gehabt! Was war bloß plötzlich los mit ihr? Mein Gott, alles hätte so schön sein können! Aber jetzt musste er handeln! Er nahm sie in den Arm und küsste sie ein letztes Mal. Dann legte er eiskalt die Hände um ihren Hals und drückte, so fest er konnte zu. Sie wehrte sich hektisch und riss dabei eine Vase und das Telefon im Flur von einem kleinen Schränkchen. Jetzt drückte er verzweifelt noch fester zu! Mein Gott … wie lange konnte sie sich denn noch wehren? Er ließ sie nicht mehr los. Natalie boxte und kratzte ihn. Mit schwindender Kraft rammte sie ihr Knie nach oben, in der Hoffnung, den entscheidenden Punkt bei ihm zu treffen…Sie verfehlte ihn. Ihr Kopf wurde rot und schwoll an. Ihre Gegenwehr erlahmte . . . warum müssen die Kerle immer stärker sein als wir Frauen, dachte sie noch, dann verlor sie das Bewusstsein und sackte schlapp in sich zusammen. Er merkte erst jetzt, wie schwer sie wirklich war und legte sie auf den Teppich in dem kleinen Flur. Noch einmal umfassten seine Hände ihren Hals und er drückte, verzweifelter als je zuvor, noch fester zu.

Vorsichtig lockerte er eine ganze Weile danach seinen Griff und schaute sie an. Ihre Augen starrten matt ins Leere, die Zunge hing seitlich aus dem Mund, ihr Kopf war blau-rot angelaufen.

Natalie Bremer war tot.
Er hatte seine Geliebte getötet, atmete tief durch, stieg teilnahmslos über den leblosen Körper und ging ins Bad. Als er sich im Spiegel sah, erschrak er: „Dieses Biest, vermasselt alles!" Er hatte eine blutende Kratzwunde direkt auf der linken Wange! Schmerzen verspürte er nicht. Erst als er beide Hände voll Wasser anhob und sein Gesicht hineinlegte, brannte es wie Feuer. Aus dem Medizinschrank im Bad nahm er Pflaster und Desinfektionsmittel. Er reinigte die frische Wunde und klebte das Pflaster darauf. Zum Schluss zog er den leblosen Körper ins Badezimmer und legte ihn neben die Wanne. Zu oft schon war er in dieser Wohnung gewesen, es hatte also keinen Zweck, seine Fingerabdrücke wegzuwischen. Wo auch? Und was hatte er alles in den letzten Monaten angefasst? Man müsste ihn erst einmal mit dieser Frau in Verbindung bringen. „Was weiß ich, wen die da auf ein Schäferstündchen zu sich mit nach Hause genommen hatte!" murmelte er leise. Auch diesmal war das seine Entschuldigung für das eben Geschehene. Er zog die Tür hinter sich ins Schloss und ging die beiden Treppen herunter. Alles war wie immer! Draußen auf der Strasse spielten Kinder mit einem Ball, Passanten gingen über den Bürgersteig, Autos fuhren langsam durch die Straßen, Vögel zwitscherten ....
Die Welt hatte sich nicht verändert.
Er blieb kurz einen Augenblick stehen und zog hörbar die frische Luft in seine Lungen. Dann ging zum Parkplatz. Ohne zu zögern startete er das Auto und fuhr zurück nach Düsseldorf in seine Wohnung. Er stellte den Wagen in die Garage und ging ins Haus. Als er oben war, zog er seine Sachen aus und legte sie in eine Plastiktüte. Die wollte er so schnell wie irgend

möglich säubern lassen. Man konnte ja nie wissen, ob da Spuren drauf zu finden sein könnten. Er machte sich zu Fuß auf, und brachte die Tüte mit der benutzten Kleidung zur Reinigung. Danach tätigte er noch ein paar Einkäufe, trank sich unterwegs einen Kaffee und ging zurück in seine Wohnung. Joachim schreckte auf. Er ging zum Telefon und sah auf dem Display eine ihm unbekannte Nummer. Er ließ es klingeln, hob nicht ab. Nach einer ganzen Weile verstummte endlich das Telefon und er starrte ratlos auf den Boden. Wer sollte ihn hier und jetzt anrufen? Er hatte eine so genannte Geheimnummer und war folglich in keinem Telefonbuch vermerkt. Irgendein Idiot, der sich mal wieder verwählt hatte? Es ließ ihm keine Ruhe! Jetzt wollte er Gewissheit haben! Er rief die abgespeicherte Nummer zurück. Die Nummernfolge ohne Vorwahl deutete auf einen mobilen Anschluss hin. Eine ihm unbekannte Stimme meldete sich und er wollte ihn gerade fragen, ob er nichts anderes zu tun habe, als wahllos fremde Leute zu belästigen. Da war Anja plötzlich in der Leitung! Er erkannte sie sofort an ihrer Stimme! Aber das war vollkommen unmöglich! Er hatte sie doch über die Reling geschmissen. Sie war 45 Meter tief abgestürzt, in jener Nacht. Sie musste einfach tot sein.

Hatte das nicht auch der Matrose auf dem Oberdeck so erklärt? Hatte einer da einen sehr makaberen Scherz mit ihm vor? „Liebling, wieso bist Du denn schon zu Hause?" Alles verschwamm vor seinen Augen. „Liebling, ich bin noch auf dem Schiff. Du hast mich hier doch nicht vergessen, oder?"

„Ah…, Anja bist Du das?" er flüsterte ganz leise „Das kann doch gar nicht sein! Das glaub ich jetzt nicht! Das ist doch unmöglich! Anja? Bist Du das wirklich?" „Wen hast Du denn erwartet?

Deine Freundin? Ich nehme an, sie ist doch bestimmt bei Dir und wohnt jetzt in unserem Haus. Schläft in meinem Bett!"

Albtraum trifft Realität! Joachim wurde schwarz vor Augen! Zitternd legte er auf. Was war das? Er sah sich außer Stande, seine Gedanken zu beruhigen! All die Ereignisse hinterließen ein totales Chaos und er wusste überhaupt nicht, wie er da durchkommen sollte. War er verrückt geworden? War das alles nur ein böser Tagtraum? Kraftlos ließ er sich im Wohnzimmer in den schweren Sessel fallen. Seine Augen starrten ins Leere! Das konnte einfach nicht sein! Er hatte Wahnvorstellungen! Das war die einzige Erklärung! Dieser fremde Anrufer hatte doch mit ihm ganz normal gesprochen! Und dann war da plötzlich unvermittelt Anja in der Leitung! Oder eine Frau, die sich so anhörte? Das konnte er sich nur eingebildet haben! Verwirrt erhob er sich aus dem Sessel, drehte sich um und ging zur Tür! Was wollte er denn da? Musste er noch was Wichtiges erledigen? Er hatte vergessen, was eben noch extrem wichtig war. Er war kopflos! Ohne zu überlegen ging er zurück ins Wohnzimmer, setzte sich wieder in den Sessel und schaltete mit der Fernbedienung den Fernseher ein. Er saß zusammengesunken da und starrte auf das flimmernde Bild! Von der laufenden Sendung bekam er nichts mit! Der Boden schaukelte leicht und er hörte die Schiffssirene! Legten sie jetzt wieder in einem fremden Hafen ab? Wie lange er so vor sich hingedöst hatte, wusste er nicht mehr! Aufgeschreckt blickte er um sich: Er saß immer noch in seinem Zimmer und der Fernseher lief! Es musste eine einfache Erklärung dafür geben! So, wie bei einem Unfall einen zeitlich begrenzten, so genannten "Blackout" gibt, einen Gedächtnisverlust, so musste es auch ein Phänomen geben, welches seine Sinne so komplett durcheinander gebracht hatte. Also alles ersponnen! In seinem Hirn erdacht! Das ist das schlechte Gewissen! Ich pfeife drauf! Es waren einfach nur Traumvorstellungen! Diese Erklärung reichte ihm! Er atmete tief durch und ging zum Schrank, nahm sich ein Glas und schüttete einen großen Schluck Malz-Whisky hinein. Er stürzte den Inhalt in einem Schluck herunter und legte den Kopf in den Nacken. Wohltuende Wärme breitete sich im ganzen Körper aus. Er fühlte sich entspannter. War doch alles nur geträumt! Seine Nerven spielten verrückt!

Ebenso, wie es unmöglich ist, ein Auto auf nassem Waldboden zu bewegen, ohne Spuren zu hinterlassen, genauso unmöglich ist es, unbemerkt im Internet oder per Telefon zu kommunizieren. So war es auch nur eine Frage der Zeit, wann der Kommissar die abgesetzten mobilen Rufnummern von Joachims Handy auf dem Schiff analysiert hatte. Kurz nach Anjas Unfall hatte er unter anderem auch eine SMS nach Deutschland abgeschickt. Dumm für ihn, dass alle abgehenden Telefonate und Mitteilungen zuerst auf den Rechner des Schiffes, und danach rausgeschickt wurden. Das hatte damit zu tun, dass es auf See keine Sendemasten gibt, und das Schiff alle gespeicherten Daten per Satellit verschickt. So hatte der Kommissar bald das Fax vom Funker des Kreuzfahrtschiffes auf seinem Schreibtisch. Der Wortlaut der abgesetzten Mitteilung verwunderte ihn sehr, da Herr Schneider da schon von einem tragischen Unfall ausging. Zu diesem Zeitpunkt konnte ihm das jedoch noch gar nicht bekannt sein... es sei denn? Er ließ die Teilnehmernummer ermitteln. Es war eine Natalie Bremer Hauptstr. 45 Krefeld. **Krefeld?**

Da war doch was! Stimmt! Da arbeitet Joachim Schneider. Er bat seine Kollegen in Krefeld um Amtshilfe und fuhr mit seinem Mitarbeiter los, um Frau Bremer direkt zu befragen. Sie müsste jetzt auf der Arbeit sein. Auf der Arbeitsstelle in der Nähe vom Rathaus, auf der St. Anton Straße wurde Frau Natalie Bremer schon seit mehr als 14 Tagen vermisst. Man kannte das nicht, bei der ansonsten sehr zuverlässigen Verkäuferin. Mehrfach hatte man vergebens bei ihr und der Wohnungsverwaltung angerufen. Sogar einen Brief hatte die Kollegin geschrieben. Einer Kundin, die nach der freundlichen

Verkäuferin gefragt hatte, musste man die bittere Wahrheit sagen, dass sie nicht wussten, wo sie war. Als die ihre Adresse hörte, sagte sie spontan: „Da kann ich mal klingeln gehen. Ich wohne in der Luisenstraße, das ist eine Parallelstraße zur Elisabethstraße. Sie wohnt doch in der Nähe der Stadtwerke, oder kennen Sie sich in der Innenstadt nicht so aus?" Der Besitzer war, wie auch die anderen Verkäuferinnen nicht aus Krefeld. Jedoch hatte auch diese Kundin keinen Erfolg gehabt. Auch sie hatte Natalie nicht erreichen können. Keiner kannte ihren augenblicklichen Aufenthaltsort. War da doch was dran, als sie einer Mitarbeiterin von dem geheimnisvollen Geliebten berichtet hatte, mit dem sie so oft unterwegs war? War sie zu ihm gezogen? Ohne ihr Auto mitzunehmen? Das stand nach wie vor in der Tiefgarage des Wohnblocks. Das hatte zumindest der Verwalter des Wohnblocks gesagt. Da zu viele Fakten und offene Fragen im Raum standen, musste der Kriminalbeamte eine Entscheidung treffen. Die zuständige Staatsanwältin sah jedoch immer noch keinen Grund, einer Wohnungsöffnung zuzustimmen. Zur Untätigkeit verdammt musste er auf neue Ergebnisse hoffen. Damit man in dem Fall so schnell wie möglich weiterkommen konnte, hatte der Kriminalbeamte den Arbeitgeber von Natalie Bremer gebeten, offiziell Anzeige zu erstatten. Nähere Verwandte waren nicht bekannt. Mit Arbeitsausfall, Lohnkürzung und gegebenenfalls einer fristloser Kündigung wollte er noch warten. Aber er drängte auf Eile. Er benötigte in den nächsten Tagen eine Erklärung, warum Frau Bremer nicht mehr zur Arbeit erschienen war. Einen dringenden Arzttermin hatte sie nicht abgesagt und war auch nicht erschienen. Der behandelnde Arzt machte sich ebenfalls große Sorgen. Ihr Wagen stand tatsächlich in der Tiefgarage. Ihre Post stapelte sich und ging nicht mehr in den überfüllten Briefkasten. Durch diese neuen Fakten konnte der Beamte endlich auch die Staatsanwältin überzeugen: Er erhielt die ersehnte Erlaubnis, mit dem Wohnungsverwalter die Räume betreten zu dürfen. Da jedoch der Verwalter nicht zu erreichen war, und er jetzt in dem Fall so schnell, wie möglich weiterkommen wollte, nutze der Kommissar die Gelegenheit und ließ einem befreundeten Schlosser kommen. Nach der Öffnung durch einen bestellten Monteur bemerkten sie den strengen, modrig, süßlichen Verwesungsgeruch. Direkt hinter der Eingangstür bemerkten sie auch die Unordnung. Das kaputte Telefon lag neben den Scherben einer Glasvase und der verschobene Teppich war mit einer Ecke in einer Tür eingeklemmt. Das musste das Badezimmer sein. Hier musste etwas passiert sein, das war klar. War sie überstürzt abgereist? Aber woher kam der Gestank? Aus der Küche? Oder hatte sie ein Haustier unversorgt hier zurückgelassen?

Die angeforderte Spurensicherung verteilte zuerst die weißen, obligatorischen Schutzanzüge an die wartenden Beamten. Im Hausflur zogen sie die Overalls über ihre normale Kleidung und legten auch die Plastikhüllen mit Gummizug um ihre Schuhe. Nachdem sie die Kapuzen festgebunden und den Mundschutz vorgebunden hatten, zogen sie zum Schluss die Latexhandschuhe an. Sie nickten sich zu und betraten nacheinander vorsichtig die Wohnung. Im Badezimmer fand man sie. Von hier breitete sich auch dieser strenge, süßlich-herbe Geruch aus. Sie musste schon etwas länger tot sein. Von ihr konnte man leider nichts mehr erfahren. Die starr nach oben gerichteten, offenen Augen waren von einem milchigen Schleier bedeckt. Die Haut war bläulich verfärbt. Ihr helles Gesicht zeigte rötliche münzgroße Flecken. Hunderte von winzigen Fliegen schwärmten auf, als sie näher traten. Nachdem der Polizeifotograf alles sorgfältig festgehalten hatte, klappte der Arzt eine handtellergroße Folie auseinander und legte sie neben der Leiche auf den Fußboden. Er schraubte ein Fläschchen auf und schüttete die Flüssigkeit auf die Folie. „Wir

müssen jetzt einen Augenblick alle aus dem Badezimmer raus! Der Nährboden wird die kleinen Fliegen wieder anlocken und somit einsammeln. Im Labor können wir dann anhand der Hautoberfläche, den kleinen Maden und dem Wachstum der Fliegen erkennen, wie lange die Frau schon tot ist und hier gelegen hat!" Sie gingen vorsichtig in den Wohnungsflur und schlossen die Tür hinter sich. „Zehn Minuten, Maximum, dann haben sich die Fliegen wieder auf dem runden Träger versammelt und kleben fest!" Danach wurde die Tote in einen grauen, länglichen Plastiksack gehoben und vorne mit einem langen Reißverschluss verschlossen. Im Treppenhaus wurden die neugierigen Bewohner zurück in ihre Wohnungen gebeten. Die Tote wurde die Treppen hinunter in ein wartendes Leichenfahrzeug verbracht und in die Gerichtsmedizin gefahren. Akribisch wurde nun die gesamte Wohnung untersucht und mit kleinen nummerierten Schildern versehen. Alles wurde mit einem Fotoapparat aus verschiedenen Blickwinkeln festgehalten. Jedes kleinste Detail konnte wichtig sein. Danach wurde die Wohnungstür mit dem in der Wohnung gefundenen Schlüssel verschlossen und mit einem Dienstsiegel gegen unbefugtes Betreten gesichert. Eine weitere Begehung der Räume könnte sich durchaus noch einmal ergeben. Die verängstigten Nachbarn wurden jetzt von den Beamten einzeln in ihren Wohnungen befragt. Aber keiner konnte nähere Angaben zum Todeszeitpunkt machen, oder einen brauchbaren Hinweis liefern. Auf den ersten Blick waren da keine verwertbaren, sachdienlichen Hinweise auf den Tathergang bei. Nur eine Tatsache, dass Frau Bremer gelegentlich Herrenbesuch hatte, das interessierte die Beamten sehr. Sie ließen sich eine Beschreibung des Mannes geben.
Nach der Obduktion stellte der Gerichtsmediziner einige Details fest: Fremde Haut und Blutspuren unter dem Fingernagel des rechten Mittelfingers. Hämatome am Hals der

Toten deuteten auf Strangulation hin. Der Kehlkopf war seitlich so verschoben, dass es sich um Erwürgen durch einen Linkshänder handeln musste. Kräftige Hände waren am Werk, die ließen auf einen Mann schließen. Anhand der untersuchten Insekten und der Hautanalyse wurde der Zeitpunkt der Tat festgelegt: Später Nachmittag des 11.Juni = **Fronleichnam!** Eine Beziehungstat wurde nicht ausgeschlossen, da das Opfer den Täter selbst in die Wohnung gelassen hatte. Außer von der Toten, gab es weitere Fingerabdrücke im gesamten Wohn,- und Schlafbereich. Wie üblich wurden Tatort und Todeszeitpunkt zum Abgleich in den Polizeicomputer gegeben.

-.-.-.-.-.-.-.-.-

„Ja, hallo?" müde ging Joachim ans Telefon. Er war gerade eingeschlafen. „Ich bin es wieder, Anja! Liegt sie neben Dir? Oder bist Du alleine? Wir müssen reden!" Funkstille! „Wie lange soll ich auf dem Schiff warten? Du weißt, wie schlecht ich mich hier zurecht finde!" „W ... wer sind Sie?" Anja konnte, ja sie durfte das nicht sein! „Lassen Sie mich endlich in Ruhe! Ich möchte schlafen!" Bevor er auflegen konnte, meldete sie sich rasch wieder zu Wort: „Kannst Du denn überhaupt noch schlafen? Nach dem, was Du an Bord mit mir gemacht hast? Willst Du mich jetzt auch nicht mehr kennen? Was ist los? Du hattest doch diese super Idee mit dieser Mittelmeerkreuzfahrt! Wir legen bald wieder an, dann kommst Du und holst mich hier ab?" Stille! Leises Klicken! Verwirrt hatte er wieder aufgelegt. Jetzt saß er aufrecht im Bett. Also war das heute Nachmittag doch kein Traum gewesen! Das Handy seiner Frau hatte er aus der Kabine mitgenommen. Das lag im Schlafzimmer. Die fremde Telefonnummer verwirrte ihn genauso wie die Stimme! Das konnte doch überhaupt nicht sein! Wie im Wahn rannte er ins Wohnzimmer: Die Schiffsunterlagen, wo sind die? Achtlos warf er Belege und Rechnungen auf den Boden. Er durchwühlte die Schubladen.

Endlich hatte er die Unterlagen in seiner Hand. Mit dem Zeigefinger fuhr er über die Zeilen: Name des Schiffes, Reederei, Reiseroute, Telefonnummern! Das musste es sein … Er schaute auf das Telefon und drückte die zuletzt erhaltene Nummer. Es war eine unbekannte Handynummer. Der Anruf war doch vom Schiff gekommen, oder nicht? Aber wie kann eine Tote telefonieren? Er spürte seine trockene Zunge, schluckte und griff mit beiden Händen in sein ohnehin schon schütteres Haar. Kräftig zog er daran. Ein paar lose Strähnen lösten sich und fielen auf seine Schulter. Rationales Denken war ihm fremd geworden. So konnte er unmöglich arbeiten gehen! Er musste Gewissheit haben! Egal wie spät, er musste wissen, wo sich das Schiff jetzt befand! Da musste diese fremde Frau dann auch zu finden sein! War es eine Mitwisserin? Wollte sie ihn erpressen? Er griff zum Hörer und wählte die Nummer vom Reiseprospekt: Nach dreimaligem, akustischem Zeichen hörte er eine freundliche, weibliche Stimme: „Reederei Hansen. Sabine Lohmann, was kann ich für Sie tun?" „Guten Abend! Oder besser, Entschuldigung, wir haben ja schon Tag. Also, guten Tag! Wenn es Ihnen nichts ausmacht, ich hätte da eine Frage: Wo befindet sich im Augenblick ihr Kreuzfahrtschiff, die -Atlantis-? Ich bin im Mai mitgefahren und habe an Bord etwas verloren! Ich vermisse etwas!" „Moment, bitte!" es dauerte nicht lange: „da bin ich wieder! Also… das besagte Schiff legt in zwei Tagen in Hamburg an! Im Augenblick ist es auf der Strecke von La Coruna, Portugal nach Dover. Aber verloren gegangene Sachen können Sie mir auch mitteilen. Die werden drei Monate in einer Kammer auf dem Schiff aufbewahrt. Bei Bestätigung durch den Lagerverwalter können wir die auch zuschicken. Hatten Sie das auf Ihrer Kabine vergessen? Wie war die Kabinennummer und welche Route war das …?" Er hatte schon wortlos aufgelegt. Was er wissen wollte, das hatte er soeben erfahren. Also würde das Schiff am Sonntag in Hamburg anlegen. Und mit dem Schiff diese Schwindlerin, die sich als seine Frau ausgibt. Die würde er sich greifen, wenn sie von Bord kommt! Aber wie würde er sie erkennen? Er hatte ja ihre Handynummer! Ihm würde schon was einfallen! „Wann ist morgen früh der erst ICE in HH-Hbf.?" Das war normalerweise eine einfache Frage. Aber er kam mit dem Telefoncomputer nicht zurecht. Mindestens fünf Mal wurde er aufgefordert, eine bestimmte Taste zu drücken: die 1 wenn, die 2 wenn, die 3 wenn Sie, und so weiter. Er hatte noch ein altes Telefon und damit klappte das nicht. „Analog? Digital? Ich weiß nicht, was das für ein Anschluss ist! Ich komme damit nicht klar!" Wie haben die Leute ihr Leben früher nur ohne Internet und PC auf die Reihe bekommen. Man hatte einen persönlichen Ansprechpartner, bei der Post, der Bahn, sogar im Geschäft und selbst im Bus konnte man beim Schaffner nachlösen. "Wenn das so weitergeht, dann muss ich irgendwann auch mit dem geschäftlichen Notebook solche Anfragen starten." dachte er laut. Bisher hatte er sich geweigert, privat ins Internet zu gehen. Man wurde aber mit der Zeit in diesen neumodischen Kram gezwungen! "Firewall", "Virenschutz", "Flatrate" und "Trojaner" waren ihm fremd. Sein Firmenrechner war ohnehin mit dem Zeug ausgestattet. „Dann fahr ich eben jetzt! Bin dann auch Morgen so früh wie möglich im Freihafen!" Er schaute sich noch einmal in der Wohnung um und klopfe zur Kontrolle mit der flachen Hand gegen seine Brust, um sein Handy zu spüren. Ganz wichtig, denn er hatte gestern diese Telefonnummer von der Betrügerin im mobilen Register aufgenommen: Anja, (angeblich!) 0152xxxx

Morgen Vormittag würde er mehr wissen! Dann würde er endlich Klarheit haben und wissen, wer da immer versucht ihn zu verunsichern. Er nahm den kleinen Reisekoffer und verließ seine Wohnung.

Kapitel 2
Ihre Kreuzfahrt

„Hallo, können Sie mich hören? Verstehen Sie mich?" Verschwommene, große, helle Punkte bewegten sich und schwebten über ihr: War Anja Schneider im Himmel? Sie verspürte keinerlei Schmerzen und sie wusste nicht, was geschehen war. Was waren das für Punkte? Gesichter? Gestalten? Sie kniff die Augen zusammen und wollte den Blick auf einen, dieser hellen Punkte lenken. Aber der verschwamm noch mehr als vorher. Leise hörte sie sich fragen: „Wo bin ich? Was ist passiert?" Wo könnten Sie denn sein?" der Arzt wollte sich vorsichtig vergewissern, ob seine Patientin eventuell Erinnerungslücken hatte. „Na, auf dem Schiff natürlich, wo sonst!" Sie wollte sich aufrichten, wurde aber abrupt daran gehindert, indem man ihre Schultern festhielt: „Frau Schneider, Sie dürfen sich jetzt noch nicht bewegen! Bleiben Sie ruhig liegen!" „Wo… woher kennen Sie meinen Namen?" „Sie hatten einen Brustbeutel um. Da war unter anderem Geld und ihre Bordkarte drin. Und das Foto auf dieser Bordkarte ist von Ihnen. So wussten wir direkt, wer Sie sind. Sie sind Anja Schneider, Kabine 6221!" „Aha, und wer sind Sie? Was ist passiert, so sagen Sie doch etwas!" „Hier ist die Krankenstation vom Schiff. Und Sie hatten einen schweren Unfall!" „Ei… einen Unfall? Was für einen Unfall?" „Sie sind… " der Arzt stockte und fand eine bessere Formulierung. Er konnte ja nicht sagen: Sie sind über Bord gesprungen! „Man hat Sie auf dem Boden gefunden!" Lichtblitze durchzuckten den Raum: Sie stand oben auf dem Frei Deck an der Reling. Da kam Joachim, ihr Mann plötzlich von hinten direkt auf sie zu und packte sie an den Beinen. Plötzlich schwebte sie. Ihr wurde schwindelig. Sie hörte das regelmäßige Schlagen der Wellen gegen die

Bordwand. Er aber sprach kein einziges Wort. Sie versuchte zu verstehen und wollte sich zu ihm umdrehen, aber er hatte sie fest im Griff und hob sie immer höher. Er drückte sie jetzt sogar über die Bordwand, die tobenden Wellen tief unter ihr. Sein Griff löste sich unvermittelt. Dann war sie für den Bruchteil einer Sekunde schwerelos.

Dem kurzen, freien Fall folgte eine extrem harte Landung. Sie spürte einen stechenden Schmerz im Bein und danach im Arm. Sie bekam einen Schlag auf den Kopf. Dann umfing sie nur noch Dunkelheit. „Sie sind wohl gestürzt und mit dem Kopf auf den Tisch geschlagen!" „Tisch, was denn für ein Tisch? „Da war kein Tisch! " flüsterte sie. Aufmerksam beugte sich der Arzt vor. Flüchtig, wie dahin ziehende Nebelfetzen, kamen die Erinnerungen bruchstückhaft wieder: „Ich war oben, auf Deck… Deck 10 und ich wollte nachdenken, alleine … ich war traurig! Mein Mann hat mir gesagt, dass er eine andere… dass er…" Sie stockte und flüsterte weiter: „Oh mein Gott!!! Ich habe ihn gesehen!!! Er stand plötzlich hinter mir und …. " Sie wurde lauter, denn sie sah plötzlich alles deutlich vor sich! „Dieses Schwein! Er war das!! Dieser hinterhältige Hund! Der hat mich über die Reling gehoben, er wollte mich umbringen!! Oh, nein… aber Moment …wieso lebe ich denn noch? Bin ich doch nicht gefallen??" „Doch, Sie sind über Bord gestürzt. Sie wurden auf einem Balkon gefunden, zwei Decks unterhalb der Reling, Deck 8. Wir dachten, es könnte nur ein Unfall gewesen sein!" „Ein Unfall? Nein! Bestimmt nicht! Mein Mann hatte mir gerade gestanden, dass er sich von mir trennen wollte. Er hat diese unbekannte Andere! Und ich stand diesem neuen "Glück" wohl im Wege! Deshalb wollte er mich auch umbringen!" „Oder hatte das Leben für Sie keinen Sinn mehr und Sie wollten deshalb nicht mehr leben? Entschuldigung, aber das ist eine schwere Behauptung, die Sie da aufstellen, und es hat niemand etwas gesehen!" „Sind Sie verrückt? Sie meinen ich wäre gesprungen? Freiwillig? Aus dieser Höhe? Nachts, einfach so in die Dunkelheit? Unverschämt! … Sie glauben mir nicht!!" ergänzte sie noch leise und traurig. Sie realisierte langsam, wie ernst ihre Lage war. Von Weinkrämpfen geschüttelt schloss sie ihre Augen und drehte den Kopf zur Seite. Der Arzt reagierte sofort: Er gab ihr eine Spritze und man konnte sehen, wie sich ihre Verkrampfung löste. Sie war wieder im Traumland. Der Mediziner gab seiner Assistentin entsprechende Anweisungen und schaute besorgt zu seiner neuen Patientin. Doch die lag entspannt, mit dem Kopf zur Seite. „Bereiten Sie alles vor. Wir werden auf jeden Fall noch einen Kernspin machen! Ich will sicher sein, dass das nur die Frakturen an Arm und Bein sind und wirklich nur diese vermutete Gehirnerschütterung. Schauen Sie nach ihr, sollte sie sich noch einmal übergeben." Er machte ein besorgtes Gesicht. Wortlos reichte ihm die Krankenschwester eine Tasse Kaffee. „Danke! Wir müssen behutsam mit ihr umgehen! Die Geschichte ist noch lange nicht ausgestanden! Das ist nicht so, wie es scheint. Informieren sie sofort noch mal den Kapitän! Der wollte doch erfahren was mit ihr los war, wenn sie wieder zu Bewusstsein kommt. Und nun zu ihnen … " er wandte sich an Dr. Lehner, der die Station angerufen hatte, nachdem Frau Schneider auf seinem Balkon gelandet war. „Sie bleiben auch erst einmal hier und kein Wort! Zu Niemandem! Ist besser so, glauben Sie mir! Wir müssen zunächst klären, was da wirklich passiert ist, das klingt ja alles sehr absurd!" Der Rechtsanwalt war froh, dass die hübsche Frau in Sicherheit war, zumindest vorläufig. Er war jetzt auch erleichtert. Das Gespräch mit dem Mediziner und die verabreichten Medikamente hatte er dankend angenommen. Als er den Schlag auf seinem Balkon gehört hatte und sah, was da vor ihm lag, war er mit seinem Latein am Ende! Wer glaubt einem denn auch eine solch makabre Geschichte: Landet da eine so hübsche Frau ausgerechnet auf seinem Balkon. Wäre er etwas früher zum Essen gegangen und hätte sie Stunden später gefunden, sie wäre mit Sicherheit verblutet. Reiner Zufall, dass er noch so lange auf der Kabine geblieben war. Die Schiffscrew hatte extrem schnell und präzise reagiert und ihn auch gleich mit auf die Krankenstation genommen. Am Anfang hatte man fest geglaubt, sie seien ein Paar und wären zusammen gereist. Man hatte angenommen, Anja sei einfach auf dem Balkon ausgerutscht und hingefallen. Er musste denen erst einmal klar machen, was da wirklich passiert war. Und ihre schweren Verletzungen bestätigten seine Aussage. Wäre sie einfach nur hingefallen, sie wäre bei weitem nicht so stark verletzt worden. Das war Schicksal. Er glaubte fest an diese Fügung. Und er fühlte sich verpflichtet, diese hilflose, hübsche Frau zu beschützen. Der Kellner hatte Joachim Schneider zum Kapitän gebracht, und der Sicherheitsoffizier nahm mit ihm das Protokoll auf. Die vier Uniformierten verließen die Messe. Der begleitende Kapitän sagte leise, während sie sich zum Fahrstuhl begaben: „Eine haarsträubende Geschichte, die der uns da versucht, glaubhaft auftischen zu können! Haben Sie so einen widersprüchlichen Schwachsinn schon einmal gehört? Ich nicht! Wir können nur froh sein, dass seine Frau so schnell gefunden wurde und vor allen Dingen, dass sie noch was sagen konnte, bevor sie wieder bewusstlos wurde. Haben Sie dem Gast der Balkonkabine gesagt, er sollte absolutes Stillschweigen gegenüber den anderen Passagieren bewahren?" Der Kapitän wurde, während sie zur Krankenstation gingen, von seinen Offizieren auf den neusten Stand gebracht: „Aber natürlich, der war ja selbst fix und fertig! Der sitzt jetzt an ihrem Bett und ist heilfroh, dass sie diesen Sturz überhaupt überlebt hat!" „Wie geht es ihr denn jetzt?" „Sie liegt immer noch auf der Intensivstation. Wir müssen erst die noch ausstehenden, weiteren Untersuchungen und gegebenenfalls erforderliche Operationen abwarten. Nach seiner ersten Diagnose zu urteilen muss diese Frau mehr als nur einen Schutzengel gehabt haben!" „Stimmt, die Prellungen und Knochenbrüche an Arm und Bein werden schnell verheilt sein. Wenn körperlich nichts Schlimmeres dazukommt mache ich mir eher Sorgen um ihre seelische Verfassung. Lieber Himmel, war die durcheinander: Die sprach eindeutig von Absicht! Von einem Mordversuch! Aber wie können wir das ohne Zeugen beweisen? Ihr Ehemann ist ja aalglatt! Und sehr sicher,! Er glaubt felsenfest, dass man ihm nichts nachweisen kann! Wie auch, wenn wir keine Zeugen hätten!" „Er darf nicht erfahren, dass seine Frau den Sturz überlebt hat!" „So würde ich nie mit einem solchen Fall umgegangen sein, wenn mir im Kopf nicht mindestens drei rote Lampen angegangen wären! Das stinkt zum Himmel! Den müssen wir einfach überführen! Was denkt ihr darüber? Schon eine Strategie?" „Ich schlage vor, wir warten auf seine Aussage und entscheiden dann mit Kramer wie es weitergehen soll." „Genau, vielleicht verstrickt der sich ja mit der Zeit schon von ganz alleine! Sie soll die Kabine verlassen haben, um auf die Toilette zu gehen, dabei ist das WC auf deren Kabine völlig in Ordnung. Der muss davon ausgegangen sein, sie wäre tatsächlich ins Meer gestürzt." „Hoffentlich schaut der sich die Stelle nicht bei Tageslicht an, dann sieht er selbst, dass unterhalb der Reling die Balkonkabinen sind und das war wohl auch ihr Glück: Sie ist zwei Decks tiefer auf die Brüstung geschlagen und dann nach innen auf den Balkon von Kabine 8456! Wie heißt der Gast? Dem müssen wir wirklich noch mal ganz dringend Verschwiegenheit anraten, auch in seinem eigenen Interesse." „Dr. Hans Lehner, Rechtsanwalt aus Köln. Der hat die Situation doch hautnah erlebt! Na, wenn der nicht schweigen kann!" „Stellt euch mal vor, Joachim Schneider erfährt, dass seine Frau noch lebt und gegen ihn aussagen könnte und dieser

Dr. Lehner hat sie gerettet!?" „Die schweben beide in akuter Lebensgefahr!" „Sie haben da eben was erwähnt, das könnte uns eventuell weiterbringen!!" „Was habe ich erwähnt? Sagen Sie schon!" „Na, das ist doch die Lösung: Sollte er genau an diese Stelle gehen und nach was auch immer suchen, dann ist das doch für uns die Bestätigung, dass er wusste, wo der Schal und die Sandale gelegen hatte, oder?" „Stimmt! So habe ich das noch gar nicht gesehen. Er hatte doch immer nur von einer Toilette gesprochen!" „Wir ordnen die Überwachung vom hinteren Oberdeck an! Vielleicht haben wir ja Glück und der geht da noch mal hin!" „Aber das alleine wird nicht ausreichen! Es ist nicht verboten, von da oben ins Meer zu schauen!" „Auch wahr! Aber wir hätten unseren Verdacht bestätigt! Wir könnten ihn nervös machen und so zu einem Fehler zwingen, aber wie?" Sie kamen in der Krankenstation im Inneren des Schiffes an, zogen ihre Dienstmützen ab und gingen hinein. Eine Krankenschwester nickte kurz und öffnete mit einem Schlüssel eine der Türen hinter sich. Als die Herren eingetreten waren, zog sie die Tür wieder ins Schloss. Der Schiffsarzt und ein Mann saßen je an einer Seite des einzig belegten Bettes und schauten kurz auf. Es handelte sich zweifellos um diese Frau: Anja Schneider! Ein Bein und ein Arm waren bandagiert. Das Gesicht war voll blauer Flecken und ihre geschlossenen Augen waren blutunterlaufen. Sie hatte Schläuche in Nase und Mund. Der Infusionsbeutel an der oberen Stange des Bettes tröpfelte eine durchsichtige Flüssigkeit durch eine angeschlossene Sonde in ihren nicht umwickelten Arm. Sie sahen das Bild einer schwer verletzten Frau! Der Kapitän winkte mit dem Kopf und deutete zum Nebenzimmer. Der Mediziner stand auf und die Männer verschwanden hinter der Tür: „Kann man den Passagier mit ihr alleine lassen?" fragte ein Offizier. „Na, besser als mit dem Ehemann, meinen Sie nicht auch? Dieser Dr. Lehner ist sehr besorgt und weil er kurz vorher noch draußen gesessen hatte, auch gewaltig geschockt. Sie wäre direkt auf ihn gefallen. Ich habe ihm ein Beruhigungsmittel geben müssen und halte ihn noch zur Beobachtung hier. Er muss ja noch seine Aussage machen!" „Ich glaube das wird unter den gegebenen Umständen nur für die Polizei von Interesse sein! Für mich ist das nicht mehr nötig. Ich habe mir mein eigenes Bild von der Lage gemacht! Wir haben ja auch seine Heimatadresse. Er darf nur mit niemandem der Passagiere über diesen Vorfall reden!" „Ich nehme an, dass den Vorfall sonst keiner mitbekommen hat!?" „Sie sind gut, wir waren äußerst diskret, aber ein paar Gäste haben schon auf dem Gang unsere Mitarbeiter mit der Trage gesehen. Da müsst ihr euch was einfallen lassen!" „Na, es kann doch z.B. eine Magenverstimmung gewesen sein! Wir sind erst mit diesen Passagieren seit zwei Tagen auf See, da wird keiner so schnell gewusst haben, wer mit wem zusammengehört. Und wenn dann ein Passagier von dem medizinischen Personal abgeholt wird, so werden die anderen das als normal ansehen! Davon bin ich überzeugt! Aber jetzt sagen Sie doch mal aus ärztlicher Sicht: Hat sie eine Chance wieder richtig gesund zu werden?" „Das Körperliche bekommen wir wieder hin, aber der Schock sitzt tief, ist ja auch wirklich kein Wunder! Von einem auf den anderen Augenblick so einen Alptraum zu erleben. Sie hatte riesiges Glück, dass sie von dem starken Seitenwind beim Sturz so eng an das Schiff gedrückt wurde. So makaber wie das klingt, aber sonst hätten wir sie nie wieder gesehen." „Wann können wir wieder mit ihr sprechen?" „Das kommt auf das endgültige Ergebnis der Untersuchungen an. Vorsichtig geschätzt müssten wir die Frakturen morgen eingegipst haben. Sollte es bei der Gehirnerschütterung bleiben, verordne ich dringende Ruhe. Wenn Sie noch was wissen müssen, hat das Zeit bis später. Aber unter den uns im Augenblick bekannten Gesichtspunkten würde ich sie ungern in einem Krankenhaus in Rom lassen. Wir nehmen sie wieder mit nach Palma. Dann sehen wir weiter. Vom Rest der Reise wird sie sowieso nichts mehr mitbekommen." „Und der Rechtsanwalt, der sie gefunden hat? Was ist mit dem?" „Was soll sein? Der hat schon angedeutet, dass er sich um sie kümmern will! Passt gut! Der ist Single! Fühlt sich verantwortlich für sie und ich glaube, die liebevolle Anteilnahme wird ihr gut tun. Speziell wenn sie erfährt, welch netter Rettungsengel da bei ihr am Bett sitzt." „Gut, dann lassen wir erst einmal den Dingen ihren Lauf. Ich muss nun zurück auf die Brücke. Sollte sich irgendetwas tun, benachrichtigen Sie mich sofort! Das gilt auch für nachts! Dass Sie Niemanden sonst hier reinlassen, setze ich voraus!" „Natürlich, wir sind uns einig. Sobald wir sie operiert haben, werde ich Sie verständigen. Lassen wir den Ehemann im Glauben, sie sei verschwunden??" „Aber natürlich! Ein schlimmer Verdacht! Sie haben doch selbst gehört, was sie gesagt hat! Mordversuch, überlegen Sie mal! Wenn sich das alles bestätigen sollte, werden wir ihr dringend empfehlen müssen, Strafanzeige gegen ihren Mann zu stellen: Das war vorsätzlicher, versuchter Totschlag!" „Solange sie bei uns an Bord ist, ist sie sicher! Und in Palma? In knapp einer Woche? Wie geht's dann weiter?" „Weiß ich auch noch nicht! Wird ihre Verfassung zeigen, wir haben ja noch knapp eine Woche Zeit!!" Der Kapitän nickte und ging noch mal zu Herrn Lehner, dem Rechtsanwalt, der sie gefunden hatte. Er unterhielt sich kurz mit ihm und erklärte das weitere Vorgehen. Dann verließ er die Krankenstation und fuhr mit dem Fahrstuhl auf Deck 10. Freundlich grüßte er unterwegs die begleitenden Gäste und ging dann zur Brücke. „Herr Kapitän: Ich habe eine Meldung zu machen! Einer meiner Männer hatte eine Begegnung mit Kabine 6221! Sie wissen schon…" er räusperte sich, weil noch andere Offiziere anwesend waren… „Sie können offen reden, meine Männer sind allesamt eingeweiht!" „Sam, der Schwarze aus Jamaika, hatte heute Morgen Dienst auf dem Oberdeck …" Er erzählte das von Sam Erlebte und schloss mit dem Nachsatz: „Komisch fand der seine Reaktion schon! Als Schneider über die Reling geschaut hatte und ihn hinter sich bemerkte, wich er unerwartet erschrocken zurück. Auf die Höhe und die Gefahr angesprochen, ging er einfach weg, ohne ein Wort zu erwidern. Er protestierte nicht und hatte auch keine Fragen!" „Vielen Dank. Das ist ein wichtiges Ereignis, aber leider für die Polizei keinerlei Beweis! Da kann jeder stehen bleiben und schauen. Aber nach dem, was wir wissen, ist das natürlich mehr als suspekt!" „Der kümmert sich sonst nirgendwo um den Ausblick vom Schiff!" entgegneter Kramer, der Sicherheitsoffizier. „Danke, Sie können gehen!" entließ der Kapitän seinen Maat: „… und bestellen Sie Sam: Gute Arbeit, aber er soll nur nicht zu forsch werden! Er soll weiter die Augen aufhalten. Ist ja nur noch diese letzten zwei Tage!" Der Maat salutierte und ging. „Wie gehen wir weiter vor?" der erste Mann auf dem Schiff sah zu Kramer rüber: „Schon was zusammengestrickt?" „Jawohl! Habe ich! Schneider hat in Palma den zweiten Termin. Erster Termin ist Bustransfer Flughafen München morgens, nach dem Frühstück um 8.45 h. Das heißt, der wird danach seinen gebuchten Flug nach Düsseldorf, und zwar genau…" er blätterte in seinem Notizblock: „Ja, hier ist es: Er verlässt planmäßig um 9.15 h das Schiff und wird mit den Passagieren von Flug LH 317 Düsseldorf zum Flughafen gebracht. Den Krankentransport von Frau Schneider habe ich auf den Nachmittag verlegt, das ist eine Sondermaschine vom Rettungsdienst. Dann haben wir noch Zeit für die Formalitäten. Dr. Lehner, der Rechtsanwalt, wird sie begleiten, das konnte ich so einrichten. Die fliegen dann zusammen nach Köln. Das ist mit Frau Schneider so abgesprochen, und Sie, Chef, hatten ja zum Glück diese Idee mit ihren Reispass. Den nicht, wie vom Ehemann verlangt, zurückzugeben, das war Klasse! Wir müssen den an das für Frau Anja Schneider zuständige Einwohnermeldeamt zurückgeben? Wirklich super formuliert! Das hat der auch anstandslos geglaubt! Ansonsten hätten wir größte Probleme bekommen, Frau Schneider nach Hause fliegen zu lassen. Der Rechtsanwalt wohnt in Köln und wird ihren Fall und eine gegebenenfalls zu erhebende Anklage übernehmen. Und das passt gut, denn der hat, …" er konnte sich ein Schmunzeln nicht verkneifen: „auch persönlich einen guten Draht zu ihr. Sie hat Vertrauen und er bestärkt sie darin, durchzuhalten und erst einmal wieder zu Kräften zu kommen! Er steht voll hinter ihr!" „Wie fühlt sie sich?" „Beschissen, um es auf den Punkt zu bringen. Um ehrlich zu sein, wenn Dr. Lehner sie nicht bestärkt hätte durchzuhalten, ich weiß nicht, ob sie sich nicht schon längst aufgegeben hätte. Die Frakturen sind gut versorgt, das Bein sah böse aus, aber das haben Sie ja selbst gesehen. Komplizierter Splitterbruch. Der linke Arm war zwei Mal gebrochen, Gehirnerschütterung und Gott sei Dank nichts weiter am Kopf. Keine inneren Verletzungen. Wie die aussah, als sie hierher gebracht wurde: Ich hätte nicht gedacht, dass sie so glimpflich davon kommt!" „Sehr gut, können wir nur hoffen, dass die Polizei es schafft ihm die entscheidende Falle zu stellen, die uns hier versagt blieb." „Wo ist der Rechtsanwalt jetzt?" „Nebenan, bei ihr im Zimmer, wo sonst!!" Dr. Hans Lehner hatte sich während der Kreuzfahrt mit dem Sicherheitsoffizier und dem Schiffsarzt angefreundet. Im Krankenzimmer hatten sie manche Partie Schach gespielt und auch über eventuelle strategische Schritte zum Fall Anja Schneider nachgedacht. Sie waren mittlerweile per du! Aber zu weit konnten sie sich nicht aus dem Fenster lehnen, denn sie mussten ja auf die Vorgehensweise der Polizei und Kripo Rücksicht nehmen. Und wer weiß, was die ermitteln werden!

Deshalb wollte der Rechtsanwalt absolut sicher gehen und hatte eine besonders gute Idee: Unabhängig von der Polizei und der verdeckten Bearbeitung der Anzeige, würde er einen befreundeten Privatdetektiv beauftragen und auf den Ehemann ansetzen. Der würde anders vorgehen, man könnte Ergebnisse dann später immer noch mit der Obrigkeit austauschen.
Das Ende der turbulenten Reise wurde nach dem Plan des Sicherheitsoffiziers abgewickelt.
Am späten Nachmittag landete der Rechtsanwalt zusammen mit Anja Schneider in Köln, Flughafen Wahner Heide. Mit ihnen waren noch ein verletzter Junge und dessen Mutter im Krankentransport hierher geflogen. Zwei Krankenwagen warteten auf dem Rollfeld. Hans Lehner, der darauf gehofft hatte sofort mit ins Krankenhaus fahren zu können, musste vorher, wie auch die Mutter des Kleinen, zur obligatorischen Passkontrolle. Er verabschiedete sich von Frau Schneider und versprach, noch am selben Abend im Hospital vorbei zu kommen. Er kannte diese Klinik und war froh, sie in der gleichen Stadt gut versorgt zu wissen. Er gab Anja einen Kuss und wartete auf dem Rollfeld auf seinen Koffer. Dann ging er mit der Frau und den zwei Zöllnern in das angrenzende Flughafengebäude. Nach der Zollkontrolle fuhr er mit einem Shuttle-Bus in die Innenstadt. Zuhause angekommen packte er seinen Koffer aus und gönnte sich ein entspannendes Bad. Nachdem er eine Kleinigkeit gegessen hatte fuhr er mit seinem Wagen ins Krankenhaus am Rhein.
Anja hatte die ersten Untersuchungen hinter sich gebracht und war nach dem Abendbrot sehr müde und erschöpft. Mit den Unterlagen vom Schiff informierte er den zuständigen Stationsarzt und bat darum auf keinen Fall den Ehemann zu informieren. Da dieser dringende Mordversuch im Raum stand, wollte sich der Arzt da auch nicht einmischen und versprach äußerste Diskretion. Lehner verließ das Krankenhaus mit

einem Gefühl der Erleichterung. Er hatte es sich schwerer vorgestellt, das Krankenhaus zu überzeugen. Er fuhr zurück nach Hause, schaute sich die Nachrichten an und ging an diesem Tag frühzeitig zu Bett. Er schlief entspannt und tief ein. Am nächsten Morgen hatte Lehner sich viel vorgenommen. Zuerst wollte er die Anzeige gegen Joachim, wegen schwerer Körperverletzung und vorsätzlichem Mordversuch zur Polizei bringen. Er tat das persönlich, um die heikle Situation, die an Bord entstanden war, zu erklären. Der Polizist vertrat jedoch unverblümt eine andere Meinung: „Sie sind doch befangen! Und wenn Sie nun der Geliebte von Frau Schneider sind und gemeinsame Sache mit ihr machen, um den Ehemann zu ruinieren? Vielleicht stecken sie beide ja unter einer Decke?" Der erfahrene Rechtsanwalt kannte jedoch solche plumpen Sprüche, die ihn wohl unsicher machen sollten. Aber der Beamte musste sich ja auch erst einmal ein Bild machen und alle denkbaren Möglichkeiten in Erwägung ziehen. Lehner blieb ruhig und legte gelassen die Schreiben vom Schiff vor. Darin hatten der Kapitän, der Arzt und der Sicherheitsoffizier ihre Berichte und Vermutungen niedergeschrieben: „Das sind ihre Durchschriften," bemerkte der Rechtsanwalt: „Die Originale behalte ich … zur Sicherheit!" Danke, wir nehmen das zu den Akten, aber zunächst werden wir den Beschuldigten nach seiner Stellungnahme befragen müssen!!" Der Rechtsanwalt blieb immer noch ruhig: „Wenn Sie die Briefe gelesen haben, werden Sie verstehen, warum der Kapitän den "UNFALL" so geheim behandelt hat! Er hatte Angst um das Leben der Ehefrau!" „Nun übertreiben Sie mal nicht, das sind bis jetzt nur Vermutungen!" „Man war auch von Seiten der Schiffsleitung der Meinung, anders könnte man den Mordversuch an Frau Schneider nicht beweisen, wie sagt man? Aussage gegen Aussage, eben! Aber was rede ich, geben Sie die Unterlagen dem Staatsanwalt, er soll entscheiden!"

Dr. Lehner verließ das Polizeirevier etwas verärgert und ging zurück zu seinem Wagen. Er überlegte kurz und rief dann den Privatdetektiv an, den er zuvor schon über den Fall mit allen Einzelheiten versorgt hatte. „Heinz, du hast grünes Licht. Leg los, die Staatsmacht reagiert wie erwartet und wir benötigen dringend eindeutiges Beweismaterial. Bis diese Maschinerie anläuft, müssen wir den Vorsprung und unser Wissen nutzen! Sein Foto hast du. Und den Arbeitgeber in Krefeld kennst du auch! Komm zu mir sobald du erste Ergebnisse hast! Ich wünsche uns beiden viel Glück und Erfolg!" „Wird schon schief gehen, kennst mich doch. Bis bald!"
Im Krankenhaus erzählte er Anja davon und avisierte auch die Beamten, die mit Sicherheit bald auftauchen und Fragen an sie stellen würden. „Erzähl nur das, was du mit Sicherheit sagen kannst. Und bleib ruhig, egal wie provokant die Fragen auch sein mögen! Die machen sich ein eigenes Bild, aber denke im Hinterstübchen immer daran, dass auch wir daran arbeiten, die Wahrheit ans Licht zu zerren! Wir werden Erfolg haben! Du musst von dir überzeugt sein!" Weiter darauf einzugehen brauchte er nicht, denn er war von der Unschuld seiner neuen Freundin felsenfest überzeugt. Sonst hätte er auch nur als Zeuge ausgesagt und sich nicht so stark in den Fall verbissen. Auch menschlich war er Anja etwas näher gekommen, aber mehr nicht. Er hatte gemerkt, sie brauchte noch etwas Zeit, um mit den grausam veränderten Lebensumständen klar zu kommen und sich selbst zu finden! Und so versuchte er vorläufig, sie nur als einen weiteren zu bearbeitenden Fall zu sehen. Anja wollte sein Handy haben und Joachim anrufen, um ihn zu erschrecken und auf eine Reaktion zu hoffen, aber Hans hielt sie von solchen überstürzten Aktionen ab. „Das können wir, wenn überhaupt, später in Betracht ziehen.
Wir lassen ihn so lange wie möglich im Glauben, Du seiest tot. Warten wir erst einmal ab was der Detektiv herausfindet. Dann

entscheiden wir. Und noch eins, ganz wichtig und merke es dir! Wenn wir irgendwann zusammen bei der Polizei sein sollten: Wir siezen uns! Ein zu vertrauliches Verhältnis käme bei der Polizei vollkommen falsch an!" „Du hast Recht!" „Üb schon mal! Sie haben Recht! Du musst… Sie müssen sich jetzt ernsthaft zusammenreißen. Wie fühlen Sie sich heute, Gnädigste?" Er wollte sie damit auf andere Gedanken bringen und tatsächlich stieg sie auch darauf ein. „Mit dem Athletik-Wettkampf muss ich noch ein paar Tage warten, aber ich fühle mich körperlich schon etwas besser, zumal ich nachts wieder durchschlafen kann und auch tagsüber keine allzu starken Schmerzen mehr habe. Das kommt erst dann wieder, so meint der Stationsarzt, wenn der Gips abkommt und ich wieder gehen lernen muss und Krankengymnastik für die Hand bekomme. Hauptsache ist jedoch, ich lebe noch!" Jetzt schaute sie doch traurig zur Wand und Tränen rollten ihre Wangen herunter. Er konnte nicht anders. Er nahm sie, so gut das mit einer liegenden Person möglich war, in beide Arme, schaute ihr fest in die Augen und drückte sie an sich: „Ich werde immer für dich da sein! Zusammen schaffen wir das! Vertrau mir einfach!!" Mit der gesunden Hand drückt sie ihn und sie konnte die Tränen nicht mehr zurückhalten: „Danke, es tut so gut einen Menschen zu haben, den man wieder ins Herz schließen kann!! Aber ich habe Angst vor ihm! Wenn der erfährt, dass ich überlebt habe… meinst du der traut sich und versucht das noch einmal?" „Anja! Mach dir über ungelegte Eier keine unnötigen Gedanken! Zuerst das Eine und dann das Andere! Wir müssen flexibel auf seine Taten reagieren! Versuchen, immer einen Schritt voraus zu sein! Hier im Hospital bist du auf jeden Fall erst einmal vor ihm sicher!" Anja nickte ihm zuversichtlich zu. Sie hatte ihr Selbstvertrauen wieder, er ging zur Tür und schmiss ihr einen Handkuss zu, bevor er das Krankenhaus verließ. „Ist das Schreiben der Reederei schon eingegangen?"

Kriminalkommissar Hager, der mit seinem Kollegen Reuter den Fall bekommen hatte, trug alle Fakten zusammen und da ergaben sich für ihn einige Ungereimtheiten. Deshalb waren jetzt auch diese beiden Kommissare vom Morddezernat mit dem Fall betraut worden. Sie arbeiteten eng mit den Kollegen in Köln zusammen und dabei klafften die Aussagen gewaltig auseinander: Der Ehemann geht angeblich immer noch davon aus, dass seine Frau tot ist, UNFALL wie er immer wieder betont. Einfach so über Bord gefallen! Die Leitung auf dem Schiff hatte jedoch die Aussagen vom Rechtsanwalt bestätigt, der die Frau schwer verletzt auf seinem Kabinenbalkon gefunden hatte. Auch die gingen von versuchtem Mord aus! Was war richtig, was falsch? Einer lügt. Als erste Maßnahme ordnete er an, die Beteiligten rundum zu überwachen. Am einfachsten war das mit der Ehefrau, die lag nach Aussage der behandelnden Ärzte unbeweglich noch für mindestens acht Tage im Marien-Hospital am Rhein in Köln. Als erste Maßnahme wollte er sich mit der Ehefrau unterhalten und ihre Geschichte anhören. Wenn sie so schwer verletzt immer noch behandelt werden muss, ist es aus Erfahrung äußerst unwahrscheinlich, dass sie sich selber solche unkalkulierbaren Verletzungen zugefügt hat. Er hatte sich bei den Ärzten angemeldet und den Bericht eingesehen, als er mit seinem Kollegen am darauf folgenden Tag im Krankenzimmer erschienen. Für Anja trotz Vorwarnung von Lehner völlig überraschend. Die Kommissare klopften kurz an, aber ohne eine Antwort abzuwarten betraten sie das Zimmer. Anja Schneider lag alleine. Man hatte das Kopfende fast in Sitzhöhe gestellt und sie mit dem Bett zum Fenster geschoben. Sie blickte zur Balkontür und drehte den Kopf zur Tür: „Ja bitte?“ Hager und Reuter betrachteten sie ausführlich. Die Blutergüsse im Gesicht und an den Armen waren zwar zurückgegangen, aber immer noch deutlich zu erkennen. „Frau Anja Schneider?“

„Ja?" „Kommissar Hager, Kripo Düsseldorf. Und das ist mein Kollege Reuter!" Er hielt den Polizeiausweis in Augenhöhe und ging zügig zum Balkon. Reuter blieb derweil an der geschlossenen Tür stehen und verschränkte seine Arme. Sie hatte unmöglich den Ausweis genau sehen, geschweige denn lesen können: Waren das wirklich Beamte? Oder hatte Joachim sie schon gefunden? Ängstlich zog sie mit der gesunden Hand die Schnur mit dem roten Knopf zu sich und hielt den Daumen alarmbereit zum Drücken: „Darf ich den Ausweis mal genauer sehen?" und wie zur Drohung hob sie die Schnur mit der Schwestern-Klingel dem Kommissar entgegen. „Aber Frau Schneider " er wollte sie beruhigen, „warum denn so ängstlich?" „Erst den Ausweis!" Der Beamte legte die Plastikkarte auf die Bettdecke und griff mit der linken Hand in seine Gürteltasche. „Wenn schon, dann aber richtig!" An seinem Gürtel befestigt, zeigte er ihr die eingestanzte Metallmarke und wartete. „Nun?" „Was, nun?" „Sie wollten doch den Ausweis sehen!" Sie wurde verlegen: „Hab' meine Lesebrille nicht dabei!" „Frau Schneider, Sie machen dumme Sachen!" Er wartete auf eine Reaktion. „Ich? Dumme Sachen?" „Ja, Sie! Wieso liegen Sie hier? Wo hatten Sie denn den Unfall?" „Worum geht es Ihnen? Zu schnell gefahren bin ich die letzten Tage bestimmt nicht! Von welcher Abteilung sind Sie?" „Morddezernat!" „Aha, es geht um meine Anzeige! Sie wissen also, was mein Mann mir antun wollte, vor drei Wochen, auf dem Schiff? Wieso fragen Sie dann so komisch, und warum mache ich dumme Sachen?" „Klartext! Wieso behaupten Sie, ihr Mann hätte versucht, Sie umzubringen!" Diesen harschen Ton war Anja nicht gewohnt… Sie kämpfte mit den Tränen. Ihr fielen die gut gemeinten Worte von Hans ein. Die glauben mir trotzdem kein einziges Wort. Und ich habe keine Zeugen. Jetzt passiert genau das, was der Kapitän befürchtet hatte. Sie musste beweisen, dass Joachim so brutal reagiert hatte. Sie griff in die Schublade und suchte ein Papiertaschentuch. Fand ein Päckchen und versuchte, so gut es eben ging, das weiche Papier mit der gesunden Hand einigermaßen auseinander zu legen. Sie schnäuzte ihre Nase und schaute die Kommissare trotzig an. „Ich sage kein einziges Wort mehr! Sie verdrehen doch alles so, wie es Ihnen passt!" Sie presste ihre Lippen zusammen! „Frau Schneider, verstehen Sie unsere Lage: Da behaupten Sie so schlimme Sachen von Ihrem Mann, der sich solche Gedanken macht und noch nicht einmal weiß, ob Sie gesund und am Leben sind. Er hat eine Vermisstenanzeige aufgegeben! Wussten Sie das?" Der Kollege an der Tür fügte hinzu: „Und Sie liegen hier, in Köln, und Ihr Mann sorgt sich! Wir werden Ihn informieren müssen, dann können Sie erst einmal wieder nach Hause. Überlegen Sie sich gut, ob Sie dann noch diese Behauptung aufrechterhalten können!" Sie holte tief Luft, Zorn stieg in ihr hoch und mit verzweifelter Wut funkelte sie die Beamten an: „Hätte der "Unfall" an Bord geklappt, würden Sie dann anders ermitteln?" Er erwiderte sachlich: „Wir haben nichts in der Hand! Verstehen Sie? Nichts! Und aus welchem Grund sollte Ihr Mann so etwas Scheußliches versucht haben? Was ist denn auf dem Schiff passiert? Verschweigen Sie uns irgendetwas?" Anja wollte jetzt doch darauf antworten: „Ich habe an Bord dem Arzt und dem Kapitän alles erzählt, was sich zugetragen hat! Ich nehme an, diese Aussage liegt Ihnen vor. Wenn Sie jetzt das alles in Frage stellen und meinen Mann informieren, wird er es mit Sicherheit ein zweites Mal versuchen. Glauben Sie es dann?" „Frau Schneider, wir ermitteln schon seit vierzehn Tagen, aber wo sollen wir anfangen? Ihr Mann verhält sich völlig normal. Wenn man davon ausgeht, dass er seine Frau durch einen tragischen Unfall verloren hat." „Bitte, warten Sie noch eine Woche! Mein Mann wird mit der Schuld, die er auf sich geladen hat, nicht einfach so weiterleben können. Er arbeitet doch schon seit einer Woche wieder! Dann beschatten Sie ihn doch! Fragen Sie meinetwegen seine neue Freundin!" „Er arbeitet nicht und ist noch zu Hause. Und von einer geheimnisvollen Freundin sprechen nur Sie! Uns ist davon nichts bekannt! Er fühlt sich einfach noch nicht fit. Alle haben dafür Verständnis. Deshalb hat er unbefristet noch weiteren Urlaub!" „Dieser raffinierte Hund! Da lebt man mit einem Menschen jahrelang zusammen, und glaubt ihn zu kennen! Welche Abgründe schlummern da in den Leuten? Kann das einer so einfach wegstecken? Antworten Sie mir!" Verzweifelt schaute sie zur Tür, Kommissar Reuter direkt in die Augen: „Glauben Sie wirklich, ich springe über Bord, verliere fast mein Leben und behaupte dann so einen Unsinn, wie Sie sagen? Das ist doch absurd!" „Beruhigen Sie sich. Wir behaupten doch gar nichts. Wir müssen in alle Richtungen ermitteln. Ich gebe Ihnen meine Karte. Sollte Ihnen auch nur das Geringste einfallen: Rufen Sie mich, oder meinen Kollegen sofort an! Auch nachts! Auf der Rückseite stehen unsere privaten Handynummern. Wir nehmen das alles sehr ernst! Glauben Sie mir, wir handeln nicht unüberlegt! Und zu Ihrer Beruhigung, hier kommt keiner zu Ihnen, ohne persönlich von der Krankenschwester rein gelassen zu werden. Werden Sie erst einmal wieder gesund. Wir ermitteln weiter und werden Sie informieren, wenn sich was Neues ergibt. Guten Tag noch." „Auf Wiedersehen, Frau Schneider!

Im Präsidium Düsseldorf war man bei der wöchentlichen Besprechung. Der Zivilbeamte, der an Fronleichnam Joachim Schneider beobachtet hatte, berichtete folgendes: „Der war nach Krefeld gefahren und hatte seinen Wagen auf dem Albrecht Platz ordnungsgemäß und ohne ersichtliche Eile abgestellt. Dann war er zügig ein paar Straßen gegangen, die ihm mit Sicherheit vorher schon vertraut waren. Das konnte man an seinem entschlossenen Schritt erkennen. Er betrat schließlich ein Wohnhaus in der Elisabethstraße, nachdem der Türsummer ihm die Tür geöffnet hatte. Nach ungefähr einer Stunde kam er wieder auf die Straße zurück, alleine. Er blickte sich um und ging dann die Strecke zu seinem Parkplatz wieder zurück. Sonst war da nichts Besonderes mehr. Danach ist er wieder in sein Haus nach Düsseldorf gefahren. Zu Fuß brachte er dann zuerst eine Tüte mit Kleidungsstücken in eine Reinigung und danach war er in einem Supermarkt noch ein paar Kleinigkeiten einkaufen. In einem Café hatte er sich einen Kaffee getrunken. Er hatte die ganze Zeit über keinen Personenkontakt." Der Privatdetektiv saß im Vorzimmer des Anwaltes und wartete. Er war unangemeldet und musste sich noch ein wenig gedulden. Er blätterte in einer ausgelegten Zeitung. Ein Blick auf seine Armbanduhr verriet ihm, dass er schon zwanzig Minuten hier saß. Er wollte sich gerade eine neue Illustrierte vom Tisch nehmen, als sich endlich die Bürotür öffnete und der befreundete Rechtsanwalt einen Klienten zur Tür begleitete: „Ich werde mich sofort darum kümmern. Denke, so in einer Woche werde ich für Sie die ersten Ergebnisse haben. Auf Wiedersehen, Herr Luchtenberg!" Er begleitete den eleganten Herrn zur Tür. Als er sich umdrehte, bemerkte er seinen Freund: „Ah, Heinz, du hast was für mich! Ich hoffe, du hast nicht zu lange warten müssen! Komm wir gehen direkt ins Büro. Trinkst du auch einen Kaffee?" „Lieber ein Glas Wasser, wenn das geht!" „Geht alles. Frau Krause, würden sie uns bitte eine Tasse Kaffee und ein Glas Wasser bringen? Vielen Dank!" „Nun, fang schon an!" „Ich lasse die uninteressanten Sachen weg, die stehen sowieso dann ausführlich in meinem schriftlichen Bericht. Die Zielperson war gestern mit seinem Auto unterwegs und fuhr geradewegs nach Krefeld. Zuerst dachte ich, schlecht informiert zu sein, weil er zur Arbeit fahren würde. Aber in Jeans und Sporthemd? Und dann am Feiertag? Auf

Fronleichnam? Zumindest äußerst ungewöhnlich und dann…." Es klopfte an der Tür: „Kommen Sie rein, Frau Krause und stellen Sie die Sachen auf den Schreibtisch, wir bedienen uns schon selber. Jetzt keine Gespräche mehr und ich möchte die nächsten Minuten auch sonst nicht gestört werden!" „Wie Sie wünschen!" Die Sekretärin zog sich ins Nebenzimmer zurück und schloss die Verbindungstür hinter sich. „Weiter und dann?" Er reichte seinem Gegenüber das Wasserglas und rührte angespannt in seiner Tasse Kaffee. „Wie weit war ich …? Ach ja, also in Krefeld ist der auf einen öffentlichen Parkplatz gefahren und dann, eine Straße weiter um die Ecke, in einem dreistöckigen Wohnhaus verschwunden.

Nach 55 Minuten kam er alleine wieder heraus, aber da hatte er ein Pflaster im Gesicht, unter dem linken Auge. Das hatte er vorher nicht. Die Parteien in dem Haus habe ich von dem Klingelbrett an der Haustür abgeschrieben, als er im Haus verschwunden war. Wen er davon besucht hat, oder was er da getan hat, kann ich nicht sagen. Auf jeden Fall ist er danach ohne Unterbrechung wieder zurück nach Düsseldorf gefahren. Hier ist er dann mit einer Plastiktüte zu Fuß in eine Reinigung, und anschließend einkaufen gegangen. Ich habe versucht, die Reinigungssachen zu sehen, aber das ging zu schnell. Wüsste nur zu gerne, woran der sich verletzt hat, in dem Haus in Krefeld! Schon seltsam!" „Wer passt jetzt auf ihn auf?" „Mein Mitarbeiter, Stromer! Ich wollte das nur schon einmal loswerden. Ach und da war noch etwas!" „Na?" „Interessanterweise sind wir nicht die Einzigen, die ihn beschatten!" „Was heißt das? Wer noch? „"Kripo!" „Das ist sehr gut! Ich werde Anja heute Abend bitten, ihn zuhause anzurufen. Wenn er dann seltsam reagiert, bekommt die Polizei das natürlich auch mit." „Vielen Dank erstmal, wir sehen uns am Freitagabend, wie immer?" „Wie immer, aber ich würde dich gerne gleich, im Krankenhaus, bei dem Telefonat dabeihaben!" Er trank das Wasser aus und ging zur Tür. „O.K. wann?" „So in zwei Stunden, schätze ich. Sollte doch noch was Anderes dazwischen kommen, melde ich mich! Bis gleich!" Der Rechtsanwalt öffnete die Verbindungstür zur Sekretärin und begleitete den Freund nach draußen. „So, bin wieder zu sprechen!" Na, das entwickelt sich doch! Er wusste nur im Augenblick noch nicht, in welche Richtung das noch gehen würde. Die Nachtschwester hatte Anja ihr mobiles Telefon geliehen: „Hab sowieso eine Flat, und brauche für die Telefonate nichts zu zahlen. Können Sie solange geliehen haben, wie Sie wollen!" Hatte sie gesagt, und Anja hatte das Angebot dankend angenommen. Nachdem Frau Schneider ihrem Anwalt den Besuch der Polizei geschildert hatte, schloss der nur die Augen: „Anja, du hättest schweigen sollen. Wer weiß, was die jetzt daraus für Schlüsse ziehen." „Hans, wenn ich nichts gesagt hätte, wären die zu meinem Mann gegangen. Und was wäre dann? Dann wäre alles aus gewesen." „Du hast Recht! Und deshalb werden wir Ihn jetzt nicht mehr zur Ruhe kommen lassen!" Eine Viertelstunde später kam der Detektiv ins Zimmer. Jetzt konnten sie ihren Versuch starten. Er nahm das Handy der Krankenschwester und stellte den eingebauten Lautsprecher an. Jetzt gab er Anja, wie verabredet, das kleine schwarze Gerät zurück. Er nickte ihr aufmunternd zu und setzte sich auf einen der Besucherstühle. Anja atmete tief durch und wählte ihren eigenen Festnetz Anschluss in Düsseldorf: Nach fünfmaligem Klingeln schaute sie nervös in die erwartungsvollen Gesichter der beiden Männer. Joachim hob nicht ab! Sie klappte enttäuscht das mobile Telefon zu und legte es neben sich auf den kleinen Tisch. „Der muss da sein!" erklärte der Detektiv, „ich habe eben noch mit meinem Mitarbeiter gesprochen. Der sitzt im Wagen vor seinem Haus und hat bestätigt, dass Schneider seine Wohnung noch nicht verlass..." Sie wurden unterbrochen! Das Mobiltelefon tanzte vibrierend auf der Tischplatte. Während das Gerät immer weiter auf der glatten Fläche wanderte, starrten alle Anwesenden gebannt auf das kleine Wunderding. Wer sollte da jetzt stören? Der Rechtsanwalt klappte das Gerät wieder auf: „Ja bitte?" Eine leise Stimme fragte vorsichtig: „Wer ist da? Wer sind Sie? Sie haben mich doch gerade angerufen?" „Moment, ich übergebe!" Er nickte Anja kurz zu, denn der Lautsprecher war immer noch aktiv. Anja meldete sich bei ihm und legte los! Aber es kam keine Antwort von ihm! Gespenstische Stille lag in dem Zimmer. Hans hatte schon Angst, jetzt könnte eine eintretende Krankenschwester alles verderben. Stille… man hörte nicht das geringste Geräusch! Sie schaute Hans an und der deutete mit Mund und Handbewegungen an, sie solle einfach irgendetwas weiterreden. Sie hörte auf Hans und redete weiter, aber die Leitung blieb danach trotzdem stumm! Immer noch totale Stille und sie glaubten alle schon, er hätte längst aufgelegt. Leise meldete sich eine männliche Stimme und die Anwesenden mussten sich sehr konzentrieren, um überhaupt etwas von dem Flüsterton zu verstehen. Leise und fassungslos hauchte Joachim sein Unverständnis vor sich hin! Man hatte ihn auf dem richtigen Fuß erwischt! Er war neben sich! Man hörte nichts mehr, aber jeder wusste, dass seine Zellen arbeiteten. Wieder diese unerträgliche Stille. Anja legte das Gerät eingeschaltet aufs Bett. Minuten vergingen… Ein leises Klicken und das anschließende Freizeichen sagten ihnen, dass er jetzt wortlos aufgelegt hatte. Anja gab zitternd das Handy zurück und schaute Hans fragend an. Der legte den Zeigefinger auf seine Lippen, schaltete den eingebauten Lautsprecher und anschließend das Gerät nun endgültig aus. „Puh, ich wollte sicher sein, dass wir uns nicht doch noch durch irgendwelche Geräusche verraten!" Er wandte sich an Heinz Anger, den Detektiv: „Was jetzt? Der hat die Handynummer!" „Und, was nutzt sie ihm? Das Telefonunternehmen hat Datenschutz, von denen erfährt er den Besitzer nicht! Solltest du gefragt werden, streite einfach das Gespräch ab. Und die Krankenschwester weiß erst recht nichts!" Heinz informierte sofort seinen Mitarbeiter und erzählte ihm, was da gerade abgelaufen war. Er riet ihm auch, ab jetzt noch wachsamer und vorsichtiger zu sein. „Ein angeschlagener Boxer, so kommt er mir jetzt vor. Misstrauisch weiß er jetzt nicht, aus welcher Ecke da was auf ihn zukommt!" „Nun können wir in Ruhe abwarten! Der Köder ist ausgelegt!" Hans rieb sich die Hände. Die Anwesenden waren sich einig und nickten. Nur Anja wurde auf einmal unsicher und musste von Hans getröstet werden. „Das war genau richtig, glaub mir! Der weiß doch überhaupt nicht, wo du dich befindest! Die Polizei observiert das Krankenhaus, das hab ich dir doch auch gesagt! Du bist sicher hier! Und wir sind ja auch noch für dich da!" Anja war erleichtert. Die Männer verabschiedeten sich und verließen das Krankenhaus gemeinsam. Anger war mit der S-Bahn gekommen und Hans brachte ihn mit seinem Wagen nach Hause. Sie sprachen noch über das eher einseitig geführte Telefonat und waren sicher, dass sie jetzt das Wild aufgescheucht hatten. Joachim würde…, ja er musste einfach jetzt anfangen irgendeinen Fehler zu machen! Anja fand keine Ruhe, in der darauf folgenden Nacht. Natürlich war Joachim geschockt! Ihr Auftauchen hatte er am wenigsten erwartet. Wie hatte Hans ihr gesagt: „Der ist jetzt nervös und durcheinander. Wenn der den geringsten Fehler macht, ist er reif. Jetzt, wo auch die Polizei eine Überwachung angeordnet hat!" Sie konnte nicht schlafen, also könnte sie es doch noch einmal versuchen! Eiskalt hatte er sie angeschaut. Mit leeren Augen hatte er sie fallen gelassen. Im wahrsten Sinne des Wortes. Sie wollte ihn leiden sehen! Wenn sich das nicht bald klären würde, wo sollte sie nach ihrer Entlassung hin? Das Krankenhaus hatte schon einmal nach ihrer Adresse gefragt! Sie hatte da noch auf den Rechtsanwalt verwiesen. Aber wenn sie nächste Woche entlassen wird und soll sich ambulant weiter versorgen lassen, wo und bei wem? Die benachbarte Kirchturmglocke schlug drei Mal! Sie schaltete die Leselampe ein und zog die Nachttischschublade auf. Im Display des Handys drückte sie auf Wahlwiederholung: Sie musste ihn weiter verwirren! Erstaunlich schnell, schon nach zweimaligem Klingeln, wurde abgehoben. Seine verstörte, verschlafene Stimme ließ ein: „Ja hallo, wer ist denn da?" verlauten. „Ich bin's wieder Anja!" Der zweite Anruf schien ihn komplett und noch viel mehr als heute Nachmittag verwirrt zu haben. Er schien sich mit ihrem Tod erleichtert abgefunden zu haben und verstand diese Anrufe nicht. Vorsätzlich hatte er gehandelt in der Absicht, auch endgültig von Anja befreit und für Natalie frei zu sein. Das sollte alles nicht geklappt haben? Er zermarterte sein Gehirn. Wer hatte ihn beobachtet! Sie konnte diesen Sturz unmöglich überlebt haben! Anja spürte, dass er jetzt irritiert war und daneben. Sie hatte ihr Ziel erreicht! „Ist der Anwalt noch da? Heinz Anger hier! Ich muss ihn dringend sprechen!" Der Detektiv hielt seinen Kopf schräg und klemmte das mobile Telefon an sein Ohr, während er den Motor startete. „Er ist im Krankenhaus. Soll ich was ausrichten?" Seine dienstbeflissene Sekretärin wartete auf Antwort. „Mist! Er hat doch sein Handy dabei? Hoffentlich hat er es an!" „Ja, doch! Er sagte noch, wenn was ist, er sei auf jeden Fall noch bis..." „Danke, danke." unterbrach er das Gespräch: „Ich muss jetzt los!" Joachim Schneider kam mit seinem Wagen die Auffahrt herunter, während sich das Garagentor hinter ihm automatisch verschloss. Er bog vor dem Detektiv rechts auf die Strasse und fädelte sich in den spärlichen Straßenverkehr ein. Anger ließ drei Autos vorbei und folgte dem zu Beschattenden, genau wie der unauffällige Wagen mit den zwei Zivilbeamten. Der Detektiv hatte bisher erfolgreich verhindern können, dass die Zivilbeamten von seiner Arbeit wussten. „Ich muss mir unbedingt diese neue Halterung einbauen lassen!" murmelte er, während er mit einem Auge auf die Strasse und mit dem anderen auf das Display schaute. Mit dem rechten Daumen drückte er die bekannte Nummer und legte den kleinen Plastikklotz an sein Ohr. Es summte und mit der freien Hand lenkte er sein Auto auf die Abbiegespur: Wo will der denn bloß hin? Mit der anderen Hand klemmte er das Handy zwischen Schulter und Ohr: „Lehner!" „Endlich… Heinz hier!" „Wer sollte mich auch sonst jetzt stören!" „Ich habe keine Zeit für dumme Späße! Unser Freund ist mit dem Auto unterwegs! Ich weiß noch nicht wo es hingeht, aber ich bin dran! Wie die Staatsmacht auch!" „Vielleicht holt der nur Zigaretten oder sonst was fürs Wochenende!" „Mit seinem kleinen Reisekoffer? Nee, ich glaube, der hat was vor, oder der will verschwinden!" „Bleib dran und lass ihn bloß nicht aus den Augen! Melde dich noch mal, wenn du Neues weißt." „Klar, grüß mir Frau Schneider und bleib besser erst mal bei ihr, bis ich weiß was er vorhat. Bis später! Ich melde mich!" Er drückte das Telefon aus und legte es in die Öffnung neben dem Handschuhfach. Jetzt konzentrierte er sich mehr auf den silbernen BMW, sie kamen in dichterem Verkehr und er durfte ihn jetzt auf gar keinen Fall verlieren. Sie fuhren zügig auf der Gravenberger Allee, Richtung Wehrhahn. Zum Flughafen fuhr er also schon mal nicht, das wäre die andere Richtung! Kurz vor dem Wehrhahn Center fuhr er nach links in die Kölner Straße: Will der nach Oberbilk? Er suchte einen Anhaltspunkt. Da! Natürlich, der will zum Hauptbahnhof! Hoffentlich hat der keine Fahrkarte oder fährt schwarz! Dann verpass ich den Anschluss! Tatsächlich bog er in die Karl-Strasse ein und parkte endlich auf dem Konrad-Adenauer-Platz, direkt hinter dem Bahnhof. Schneider zeigte jetzt, Gott sei Dank, keine Eile. Aber wo waren die Beamten? Die hatte er jetzt aus den Augen verloren …Mist! Er parkte den Wagen näher am Hintereingang und war vor Joachim im Gebäude. Er ging zügig zu einem der freien Schalter. Joachim folgte ihm jedoch nicht. Sch.….! Das hatte er befürchtet! Der schaute nur kurz nach oben, auf die digitale Info-Tafel und schlenderte dann in ein Bistro. Der scheint noch Zeit zu haben. Und wenn der hier eine Verabredung hat und gar nicht daran denkt, mit dem Zug zu fahren? Berufsrisiko! Spesen, halt! Am Schalter saß eine junge, freundliche, dunkelhaarige Frau: „Bitte schön! Wo soll's hingehen?" „Das ist ein Problem! Ich bin Privatdetektiv und muss eine Person verfolgen! Weiß aber nicht, wohin und mit welchem Zug die fährt!" Er beugte sich ein wenig mehr vor und flüsterte ins Mikro: „Aber ich will nicht schwarz fahren, erwischt werden und dann die Fährte verlieren! Was soll ich machen?" Die hübsche Frau konnte sich ein Schmunzeln nicht verkneifen: „Lösen Sie doch einfach ein Tagesticket! Zone 1 Nahverkehr, das kostet…" „Geben Sie mir ein Ticket für Deutschland! Das müsste es doch auch geben, oder? Wenn der in den Süden will, nach Freiburg, oder nach Dresden, dann muss die Fahrkarte da auch gültig sein!" „Die kostet aber im Wochenendtarif 65,--€. Da können Sie dann das ganze Wochenende kreuz und quer mit durch die Republik fahren!" Er ging zwei Schritte zurück und schielte ins Bistro, er sah ihn nicht mehr: „Ja, einverstanden! Bitte machen Sie schnell! Kann ich mit Kreditkarte bezahlen?" „Natürlich!" Sie nahm seine Plastikkarte und zog sie durch den Scanner. „Ihre Karte! Ihr Fahrschein! Viel Erfolg!" „Vielen Dank!" Aufgeregt ging er quer durch die riesige Halle. Da bemerkte er die Zivilbeamten! Aufgeregt telefonierten sie mit ihren Handys und gingen dabei zu den Bahnsteigen. Er entschloss sich, ihnen im gebührenden Abstand zu folgen. Joachim war sowieso nicht mehr im Bistro! Hoffentlich war er nicht einfach auf der Toilette! Oben auf dem Bahnsteig angekommen, wimmelte es von Menschen! Mit Rucksäcken, Reisetaschen und Koffern standen unzählige Leute da und warteten. „Sieht mir aber absolut nicht nach einem Nahverkehrszug aus!" nuschelte er verärgert vor sich hin. Das Wochenende naht, und ich muss jetzt irgendwo hinfahren. In einer Stunde sollte sein Kollege Stromer die Observierung übernehmen. Wie sollte das in einer anderen Stadt möglich sein? Er nahm sein Handy und informierte den überglücklichen Kollegen, der sich mit „einem schönen Wochenende" von ihm verabschiedete. Nun suchte er auf dem Bahnsteig die weiße, elektronische Hinweistafel, die rasselnd immer die Buchstaben formierte und so die ankommenden neuen Züge und Stationen anzeigte. Die Zivilbeamten schienen mehr zu wissen. Sie hatten sich beruhigt und gingen jetzt zügig durch die Menge. Die Tafel war viel zu weit weg: So gut waren seine Augen dann doch nicht mehr. Mit einem kurzen Klingelton schaltete sich der Bahnsteiglautsprecher ein. Die vielen Geräusche, Stimmen und Musikfetzen irritierten. Man musste sich schon arg konzentrieren, um, trotz der großen Lautstärke, diese plärrende, blecherne Stimme zu verstehen. Monoton, ohne besondere Betonung hörte er: „Achtung! Achtung! Auf Gleis vier fährt ein der ICE Rheingold von Köln, Hauptbahnhof nach Hamburg Hauptbahnhof. Über Dortmund, Bielefeld, Hannover und Lüneburg. Planmäßige Abfahrt 18.45 h. Im Bereich C wird das Bordrestaurant halten. Bitte Vorsicht bei der Einfahrt des Zuges!" Erst jetzt, nachdem er sich den Beamten vorsichtig genähert hatte, bemerkte er auch wieder seinen alten, vertrauten "Freund". Das Erste, was ihm auffiel, als der in seine Richtung blickte war, dass Schneider kein Pflaster mehr im Gesicht hatte. Lediglich ein dunkler, verkrusteter Strich zeigte, dass er direkt unterhalb des linken Auges eine Verletzung gehabt hatte. Der Zug glitt langsam und ruhig in die Station. Ein leichtes Kreischen der Stahlräder und ohne einen

Ruck stand dieser weiße Blechwurm mit den roten Seitenstreifen im Bahnhof. Er musste sich beeilen und schnell einen freien Platz erwischen, möglichst in der Nähe von Schneider, ohne jedoch den Beamten aufzufallen. Er ging außen an dem Schnellzug vorbei. Aber zu seiner Verwunderung hielten sich die Zivilbeamten auffallend zurück, und als Joachim eingestiegen war und er Schneider verfolgte, sah er, wie die Polizisten wieder die Treppe runter, zurück in den Bahnhof gingen. Hatten die die Beschattung an andere Kollegen weitergegeben und er musste jetzt noch vorsichtiger sein, um nicht aufzufallen? Vielleicht hatten die eben mit denen telefoniert? Er konnte keine Rücksicht mehr darauf nehmen! Er durfte den Anschluss nicht verpassen. Zum einen achtete er auf Schneider, zum anderen auf die kleinen Schilder über den Sitzen: Reserviert… von Köln nach … Weiter… Reserviert von Dortmund nach Bielefeld. Zumindest bis Dortmund noch frei! Und da schräg vor ihm hatte auch er noch einen freien Platz erwischen können, mit dem Rücken zu ihm… Joachim Schneider! Ideal! Drei Sitze vor ihm und er könnte erst einmal hier im Abteil sitzen bleiben. Vielleicht fährt der ja gar nicht so weit. Anger setzte sich auf den Platz am Gang und musste dann kurze Zeit später einen Geschäftsmann neben sich auf den Fensterplatz lassen. Er nahm sein Telefon und wollte gerade anrufen, als ihn einer auf die Schulter tippte: „Entschuldigung, hier ist absolute Ruhezone! Sie dürfen hier auf gar keinen Fall telefonieren!" Der Zugbegleiter stand direkt neben ihm. Der musste hinter ihm eingestiegen sein: „Fahrkarten bitte!" Nachdem er und sein Nachbar die obligatorischen Lochstanzen empfangen hatten wollte er sehen, wie sich Schneider verhalten würde. Der zeigte nur eine Plastikkarte. Der Schaffner nickte ihm zu und tippte mit dem Zeigefinger an seine Dienstmütze. Nach einer weiteren Kontrolle war er auch schon im nächsten Abteil. „Der hat bestimmt eine Dauerkarte, wegen seiner vielen

Geschäftsreisen!" dachte Anger und schaute auf sein Handy. Wenn er jetzt nicht telefonieren kann, so schreibt er eben eine SMS. Das ist ohnehin besser und was er zu sagen hatte, war nicht für alle Ohren bestimmt. Er stellte sein Handy auf stumm und schrieb an den Rechtsanwalt: **Kann nicht sprechen. Bin im ICE nach Dortmund. Ich weiß nicht wo der aussteigen will. Die Polizei ist nicht mehr hier. Zumindest die ersten Beamten nicht. Melde mich später noch mal.   Heinz.**
Anja war verstört! Hatte sie ihren Mann jetzt endlich soweit? Hatte das letzte Telefonat tatsächlich die richtige Wirkung gezeigt? Es war spät, und die Besuchszeit zu Ende. Der Rechtsanwalt wurde von der Schwester gebeten, zu gehen. Anja hatte ihre Schlaftablette bekommen und nachdem er sich von ihr verabschiedet hatte, sprach er draußen noch mal kurz mit der Schwester. Danach gingen sie zusammen zur abgeschlossenen Milchglastür. Er ließ aufschließen und verabschiedete sich auch von ihr: „Wünsche Ihnen eine ruhige Nacht!" Sie nickte ihm zu und drehte sich um. Er wartete noch bis die Tür von innen wieder verschlossen war, dann ging er zum Parkplatz und setzte sich in seinen Wagen: Was wollte Schneider denn auf dem Schiff? Hat es doch, wie Anja vermutet, mit ihrem letzten nächtlichen Anruf zu tun? Der muss komplett von der Rolle sein! Das macht doch alles gar keinen Sinn! Er wusste keine Antwort darauf! Er schüttelte den Kopf, startete den Wagen und fuhr direkt nach Hause. Das Polizeiprotokoll vom Mord in Krefeld an der alleinstehenden, jungen Frau hatte bei der Kripo Düsseldorf für Erstaunen gesorgt: Die Adresse des Mietshauses war identisch mit dem ungeklärten Hausbesuch von diesem Joachim Schneider an Fronleichnam. Während der Observierung hatte der damalige Beamte alle Namen der Hausbewohner ermittelt. Da war auch Natalie Bremer bei gewesen … die Tote. Das konnte kein Zufall sein! Da auch der Todeszeitpunkt in den Zeitrahmen des

Hausbesuches passte, ordneten Hager und Reuter eine sofortige Vorladung von Schneider an. Sie wollten ihn als Zeugen befragen. Da waren sie aber mächtig neugierig, wie und was er dazu sagen würde. Er versuchte die Beamten zu erreichen, die für die augenblickliche Überwachung von Joachim Schneider eingeteilt waren. Aber auf der geheimen Handyleitung hob keiner ab. Einer der zur Observierung eingeteilten Beamten meldete sich telefonisch aus seinem Amtszimmer. Das sah Hager an der internen Nummer auf dem Telefondisplay: „Sie wollten uns sprechen?" „Was ist das? Sie melden sich intern aus dem Haus?" fragte er erschrocken zurück: „Sie sind doch im Augenblick eingeteilt zur Überwachung der Zielperson Schneider! Was machen Sie denn jetzt schon im Büro?" Irritiert erfuhr er von dem Kollegen, dass sie auf eine weitere Beschattung eigenständig verzichtet hatten. Sie hatten keinen Sinn darin gesehen, mit dem ICE irgendwohin zu fahren, nur weil der angeblich …Weiter kam der Beamte nicht: "Schreiben Sie einen ausführlichen Bericht und lassen Sie sich darin was Gescheites einfallen! Das wird jetzt nämlich Folgen für Sie beide haben. Es geht jetzt um Mord!" Hager verkniff sich ein lautes Fluchen und ließ sich die genauen Daten des Schnellzuges geben. Die Information von der Reederei …und jetzt diese überstürzte Fahrt von Schneider mit dem ICE… Das konnte hinkommen! Der wollte nach Hamburg, wo morgen, Samstag früh das Schiff, die Atlantis anlegen sollte!
Ein Glück, dass der Zug noch nicht am Ziel angekommen war! Er hatte mittlerweile das letzte, aktuellste Pass-Bild von Schneider vom Einwohnermeldeamt angefordert. Das war noch ziemlich passabel, zwar acht Jahre alt, aber er hatte sich seitdem kaum verändert. Also schickte er einen Überwachungsaufruf mit Ankunftszeit im Hamburger Hauptbahnhof, dem Foto und mit der dringenden Bitte, Schneider nur zu beobachten, an die Kollegen im Norden. Man

müsste abwarten, observieren, und ihn dann bei seiner Rückkehr in Düsseldorf verhören. Bis dahin trug man alle bekannten Fakten zusammen. Die Schlinge zog sich langsam enger. Joachim beugte sich im ICE zu seinem Nachbarn, sagte ihm etwas und stand danach auf. Er drehte sich um und kam den Gang entlang zurück, direkt auf Anger zu. Ging jedoch vorbei, ohne ihn zu beachten. Er hatte schon Herzklopfen gehabt und meinte, entdeckt worden zu sein. Keiner folgte Schneider! Hatte die Polizei schon aufgegeben? Oder hatten sie andere Informationen? Er drehte sich um und sah gerade noch, wie er in der Toilette verschwand, während gleichzeitig über der Tür das rote WC Schild "BESETZT" aufleuchtete. Da vibrierte sein Handy. Er bekam eine SMS: Der Sicherheitschef vom Kreuzfahrtschiff hatte zuerst die Polizei und dann den Rechtsanwalt darüber informiert, dass bei der Reederei in der Nacht ein seltsamer Anruf angekommen war. Anhand der Telefonnummer hatte man schnell den Anrufer, der sich absichtlich nicht mit seinem Namen gemeldet hatte, ermittelt: Hausanschluss Anja und Joachim Schneider, Düsseldorf! Schneider hatte wissen wollen, wo sich das Schiff im Augenblick befindet, da er etwas an Bord vergessen habe. Die Dame der Reederei hatte ihm mitgeteilt, dass das Schiff am Sonntagmorgen bei den Landungsbrücken im Hamburger Hafen anlegen würde. Ich hoffe, es hilft dir weiter. Gruß Hans. Erleichtert atmete er auf. Dann hatte er ja jetzt ein Ziel und brauchte sich nicht mehr zu sorgen.

„Meine Damen und Herren, wir werden in 15 Minuten in Dortmund sein. Ausstieg links in Fahrtrichtung. Vielen Dank, dass Sie unsere Gäste waren und fahren Sie bald wieder mit uns! Auf Wiedersehen! Ladies and Gentlemen, we will arrive Dortmund in fourteen minutes. Door outside to the left. Many thanks for being our guests and we hope, you soon will travel with us, again! Good bye."

Jetzt kam der Fahrgast mit Platz- Reservierung ab Dortmund. Er verabschiedete sich von seinem Nachbarn und ging den Gang zurück. Bei den angesammelten Gästen wartete er zwischen zwei Waggons vor der Tür. Der Zug wurde merklich langsamer. Trotzdem huschten die Kleingärten, Häuser, Bahnübergänge und kleineren Bahnhöfe noch erstaunlich schnell vorbei. Erst jetzt bemerkte man die unglaubliche Geschwindigkeit. Wieder eine Spur langsamer schaukelte der Zug sanft, um sich in die richtige Fahrspur einzufädeln. Nun nahmen auch weitere Gäste ihre Taschen und Koffer; musste aber im Gang stehen bleiben, da die Ausstiege und der Raum zwischen den Wagons vor den Türen überfüllt war. Nun verlor er den Sichtkontakt zu Schneider. Sich jetzt zurück in das Abteil zu boxen, war durch die vielen Leute völlig unmöglich. Mit einem hörbaren Druckabfall, der sich in einem lauten Zischen äußerte, wurde jetzt durch eine grüne Leuchte neben den Türgriffen die Bereitschaft zum Öffnen auf der linken Zug Seite angezeigt. Ein nicht endender Strom von Menschen kam an ihm vorbei und der Gang wurde vorübergehend leer. Schneider war weg! Er stieg jetzt auch mit aus und ging auf dem Bahnsteig außen am Zug vorbei. Der Versuch, innerhalb des Zuges, sowie auch hier draußen seine Spur wieder aufzunehmen, schlug bei den Menschenmassen fehl. Er entschloss sich, in Kenntnis der zuletzt erhaltenen SMS, zwei Waggons weiter vorne wieder in den Zug zu steigen. Er wusste ja jetzt, dass es nach Hamburg ging. Während sich auch die neu zugestiegenen Fahrgäste ihre Plätze suchten, ging er innerhalb des Schnellzuges weiter nach vorne, in Richtung Triebwagen. Links und rechts nach einem freien, nicht reservierten Platz Ausschau haltend, ging er von Sitz zu Sitz, von Abteil zu Abteil. Der Zugbegleiter kam ihm entgegen: „Alles besetzt, vorne! Tut mir leid! Oder haben Sie eine Platzkarte?" „Habe ich leider nicht! Aber was ist mit der 1. Klasse? Da habe ich eben noch genügend freie Plätze gesehen!" „Wenn Sie wollen, können Sie ab hier nachlösen! Darf ich mal Ihre Karte sehen?" Er übergab den bedruckten Papierschein. Ein kurzer Blick: „Bis wohin?" „Hamburg Hauptbahnhof!" Er nickte: „Macht für den Rest der Strecke 30,--€! Zahlen Sie in bar oder mit Karte? Nachdem der Schaffner seine Kreditkarte eingelesen hatte, bekam er ein zweites Ticket: „Ist schon entwertet! Ein Wagen zurück ist die 1. Klasse. Entspannen Sie sich! Danke und gute Fahrt!" Der Zugbegleiter drückte sich an ihm vorbei und sprach die anderen Fahrgäste an: „Wer ist noch zugestiegen? Die Fahrkarten, bitte!" Anger wurde langsam etwas müde und ging in das ihm vorher genannte Abteil: Elegante Plüschsessel, einzeln und bequem! Hier waren noch wirklich viele Plätze frei. Hier suchte er sich ein freies ganzes Abteil. Es könnte ja möglich sein, dass er noch einmal telefonieren müsste. Er ging zum Fensterplatz und schaute sich das Zugprospekt genauer an: Ankunft in Hamburg Hauptbahnhof 21.15h. Er programmierte sein mobiles Telefon mit akustischer Erinnerung auf kurz vor neun. Um Schneider würde er sich später wieder kümmern. Wenn er ihn jetzt hier im Zug suchen würde, könnte der womöglich nur Verdacht schöpfen. Er ließ sich langsam in die weichen Polster fallen und war augenblicklich eingeschlafen. Der Schaffner erlöste ihn aus seinen schönen Träumen: „Weiter fahren wir nicht, mein Herr! Hier ist Endstation! Sie müssen aussteigen!" „Wie? Wie spät ist es denn? Das ging aber schnell! Stehen wir schon lange hier?" „Der ICE wird fertig gemacht mit einer neuen Mannschaft und wird gleich wieder zurückfahren. Vor   15 Minuten sind wir hier im Depot eingefahren, wir dachten, der Zug sei leer!" Er raffte seine Sachen zusammen und verfluchte sein Handy! Hatte er schon zum wiederholten Male nicht gehört. Entweder war sein Gehör schlechter geworden, oder er brauchte dringend einen neuen Klingelton! Das Depot lag etwas außerhalb und er war froh in dieser einsamen Gegend nach kurzem Suchen doch noch ein freies Taxi zu bekommen. Der Fahrer kannte sich gut aus und brachte Anger zu einer kleinen gemütlichen Pension. In 10 Minuten waren sie in der Nähe vom Deichtortunnel. Von hier aus konnte er morgen früh mit dem Bus am Zollkanal vorbei an die Elbe fahren. Wo die Haltestelle war und wann die Busse fuhren, das alles hatte der freundliche Fahrer ihm noch unterwegs erklärt. Unten in der Pension war eine Kneipe. Trotz der späten Stunde war der Wirt sofort bereit, ihm eine Kleinigkeit zu Essen zu machen. Er genoss ein üppiges Bauernomelett mit Krabben und trank dazu ein Alsterwasser und einen Korn. Vom Zimmer aus rief er Lehner an und holte sich wichtige Informationen über das Schiff. Er musste um spätestens 8.oo in der Frühe an den Landungsbrücken, unterhalb St.Pauli sein. Er schaltete den Fernseher ein, lange würde er nicht mehr wach bleiben. Von dem Spielfilm bekam er nicht einmal die Hälfte mit und schlief vor der Flimmerkiste ein. Mitten in der Nacht schreckte er auf und machte mit der Fernbedienung das TV ganz aus. Er drehte sich zur Wand und schlief gleich wieder ein. Eine Stunde vorher war Joachim Schneider im Hauptbahnhof bei der Touristeninformation und erkundigte sich nach einem Hotelzimmer: Weder an der Außen,- noch Binnenalster bekam er ein Hotelzimmer. Auch am Jungfernstieg, wo er sonst immer abgestiegen war, … alles ausgebucht! Lediglich in Altona war noch ein adäquates Zimmer für ihn frei und er ließ sich gleich mit dem Taxi dorthin fahren. Er buchte sich ein schönes Doppelzimmer für das ganze Wochenende und verbrachte den restlichen Abend auf der benachbarten Reeperbahn. Samstagmorgen stand er sehr früh auf, trank nur schnell einen Kaffee und ging runter zur Elbe. Als er die lange Steintreppe runter ging, sah er die beiden gläsernen Kuppelbauten und den lang gezogenen Anbau vor den Landungsbrücken mit dem hohen Turm. Er überquerte die Hafenstrasse und fragte direkt nach dem Büro der Reederei Hansen. Dort erfuhr er, dass die ATLANTIS erst gegen acht Uhr am äußeren, abgesperrten Ende an den Landungsbrücken anlegen würde. Ein Besuch an Bord sei nicht möglich. Er bat darum, diesen Besuch doch zu gestatten. Man sollte doch bitte noch mal bei der Zentrale und dem Kapitän nachfragen! Es wäre sehr, sehr wichtig für ihn! „Warten Sie einen Augenblick! Ich werde mich persönlich darum kümmern!" Die freundliche Angestellte ging zu einem der Schreibtische und flüsterte ihrer Kollegin etwas ins Ohr. Die nickte und kam nach vorne: „Einen Kaffee? Meine Kollegin, Frau Jensen, geht eben hoch zum Chef und legt ein gutes Wort für Sie ein! Wir können das nicht entscheiden!" „Vielen Dank! Mein Kaffee bitte, mit Zucker und Milch, wenn es geht!" „Es geht!" Freundlich lächelnd wippte sie zum Automaten und ließ Kaffee in zwei Becher fließen: „Ich gönn mir auch einen!" Dann ging sie zum Kühlschrank und holte eine Tüte Milch. Aus einem kleinen Schränkchen nahm sie eine Zuckerdose und Teelöffel. Sie brachte die Sachen mit: „Wir nehmen immer Tütenmilch ..." sie legte eine Hand auf ihren flachen Bauch: „ . . . ist nicht so fett wie Kondensmilch! Setzen Sie sich, es wird etwas dauern!" Sie lächelte ihn zuversichtlich an und ging zurück an ihren Schreibtisch. „Kann man uns hier oben sehen?" Die Frage des Kriminalbeamten war durchaus berechtigt, da sie deutlich in die unteren Räume und Büros schauen konnten. „Unmöglich, die Scheiben sind nur von meinem Büro aus durchsichtig, und wenn ich hier etwas abdunkele, wie jetzt, können die von unten nur die Spiegel sehen!" Durch die Glasscheibe betrachteten die Herren von der Kripo und der Leiter der Hamburger Reederei den unten diskutierenden Mann: „Ist er das?" Einer der Beamten deutete auf das angekommene Fax auf dem Schreibtisch. Das vergrößerte Bild war zwar schon 8 Jahre alt, aber man konnte ihn gut erkennen: „Und was will der von uns?" der leitende Angestellte zog nervös an seiner Zigarre. „Ich will keinen Ärger!" „Ruhig, Herr Thimm, da kommt eine ihrer Kolleginnen, vielleicht weiß die was!" „Frau Jensen, was will der?" „Er will eine Ausnahmegenehmigung! Muss unbedingt auf die ATLANTIS, sagt er. „Hat da angeblich was vergessen, bei seiner letzten Fahrt. Mehr weiß ich auch nicht!" „Geben Sie ihm die Erlaubnis! Können wir unbemerkt vorher aufs Schiff?" der Kriminalbeamte schaltete sich ein. „Kein Problem! Ziehen Sie diese Overalls an. Die tragen alle Hafenarbeiter von uns. Er wird keinen Verdacht schöpfen! Vergessen Sie aber die gelben Helme nicht!" Thimm diktierte Frau Jensen ein paar Sätze und hob dann den Hörer von der Gabel seines alten, nostalgischen Telefons: „Ich informiere vorab Svensen, den Kapitän! Dann bringt man sie zu den Arbeitern, wir haben noch anderthalb Stunden Zeit!" Frau Jensen hatte in der Zwischenzeit auf einer Schreibmaschine das Diktierte zu Papier gebracht. Sie legte es ihrem Chef vor. Der überflog die Zeilen und unterschrieb mit seinem Füller. „So, Frau Jensen! Geben Sie das Herrn Schneider! Er muss aber warten bis alle Passagiere das Schiff verlassen haben, das dauert erfahrungsgemäß mindestens anderthalb bis zwei Stunden. Er soll so gegen 9.oo Uhr wieder hier im Büro sein. Dann wird er in Begleitung das Schiff betreten können. Hat er denn gesagt, was er vermisst?" „Kein Wort! Scheint, wenn Sie mich fragen, auch nur ein Vorwand zu sein, um auf das Schiff zu dürfen! Er macht einen verwirrten Eindruck auf mich, aber ich kann mich auch täuschen!" „Sie täuschen sich nicht!" entgegnete ein Kriminalbeamter. „Was wir mittlerweile alles von dem wissen . . . . ." Anger hatte ausgiebig gefrühstückt und war gemütlich mit dem Bus zum Hafen gekommen. Den Rest der Strecke hatte er zu Fuß zurückgelegt. Er hatte einen zwar kalten, aber trockenen Morgen hier in Hamburg erwischt. Telefonisch stimmte er sich wieder mit dem Rechtsanwalt ab und wollte versuchen, unmittelbar in der Nähe von Schneider zu bleiben, sobald der auftauchen würde. Dr. Lehner hatte seinen Freund Anger jedoch davon überzeugen können, dass ein Betreten des Schiffes nur unnötiges Aufsehen erregen würde. Außerdem fürchtete er um dessen Tarnung. Er sollte sich einen schönen Platz an den Landungsbrücken suchen und abwarten. Da die Polizei genauso wie er selbst von dem nächtlichen Anruf Schneiders mit der Reederei wusste, war er überzeugt, dass die Staatsmacht schon anwesend war. Eingreifen könnte Anger später immer noch. Zwei kleinere Schlepper zogen die ATLANTIS um halb acht die Elbe hoch. So große Schiffe durften in der engen Hafeneinfahrt nicht aus eigener Kraft an die Landungsstege fahren. Der Wellengang wäre zu stark und zu unsicher für die vielen Pontons, die mit kleinen Geschäften und Cafes hier im Hafen fest verankert schwammen. Mit der Backbordseite sollte das Schiff an die Pier vertäut werden. An den unteren, geöffneten Ladeluken standen jeweils zwei Matrosen. Sie schwangen über ihren Köpfen dünne Stricke, die am Ende einen faustdicken, mit Sand gefüllten Lederbeutel hatten. Den warfen sie den Arbeitern am Kai zu. Die zogen jetzt jeweils auch zu zweit die dünnen Stricke zu sich auf die Hafenmauer. Nach ungefähr 20 Metern Strick waren daran die armdicken Taue verknotet. Die beiden Männer mussten sich schon sehr anstrengen, um die dicken, fertig gedrehten Schlaufen um die einbetonierten Eisenköpfe zu wuchten. Angeschweißte Eisenstäbe verhinderten ein unkontrolliertes Abrutschen der Taue. Anschließend wurden über Motorwinden die Taue an Bord gestrafft. Das riesige Kreuzfahrtschiff bewegte sich langsam seitlich näher an die betonierte Hafenkante. In jeweils 5 Metern Abstand, kurz über der Wasserlinie aufgehängte, schrankgroße Gummi,- oder Plastikbälle verhinderten ein Anschrammen der Bordwand an die scharfkantige Mauer. Sechs dieser armdicken

Seile wurden angebracht. Das Schiff lag jetzt gut gesichert am Pier, die großen Luken wurden geöffnet. …es war jetzt 8.1o h. Der Detektiv, der in Sichtweite einen Cappuccino trank und das Schiff aufmerksam beobachtete, hatte seinen Platz so gewählt, dass alle Gäste aus dem Sicherheitsbereich unmittelbar an ihm vorbei mussten. Es waren vereinzelt Personen in Arbeitskleidung und mit Plastikhelmen zum Schiff gegangen. Jetzt fuhren auch LKWs mit neuer Ladung zum Schiff. Gabelstapler rangierten vor den Luken. Schneider war bis jetzt noch nicht aufgetaucht. Jetzt kamen zuerst vereinzelt, dann in Strömen die Passagiere von Bord, direkt an ihm vorbei. Nach einer Stunde verebbte der Strom der Menschen und nur noch vereinzelt gingen jetzt Uniformierte und Arbeiter in blauen und weißen Overalls zum Schiff oder kamen zurück. Anger drehte seinen Stuhl etwas herum, um bessere Sicht zu haben. Mit seinem kleinen Taschenfernrohr schaute er immer wieder rüber zum Schiff. „Een bisschen arg lütt, wie?" Ein bärtiger Mann mit zerschlissener Uniformjacke und schmieriger, ehemals schwarzer Schirmmütze stand neben ihm. „Wie bitte? Ich verstehe nicht?" „Ach soo, Landratte! Ich meine, Dein lüttes, kleines Doppelgläschen … eh … Fernglas! Damit kannst Du doch gerade mal erkennen, ob da überhaupt ein Pott liegt, oder? Komm mit nach oben, ich zeig Dir was Besseres!" Verständnislos wollte der Detektiv sitzen bleiben. „Mir gehört der Laden hier! Bin früher selbst auf große Fahrt. Mit dem Frachter nach Südamerika, Karibik und so! Bananen und Kaffee nach Hamburg, Maschinen und Autos zurück!" Er schloss seine Augen und grinste verträumt: „Anstrengend, aber schön war die Zeit! Nun, alles ist im Fluss! Nix bleibt wie es iss. Nu haben se die Containerschiffe. Die machen mit einer Landung so viel, wie wir damals in einem ganzen Jahr… Schluss jetzt mit der Wehmut, ich hab oben auf meiner Terrasse ein Profi-Rohr für dich, da kannste die Fliegen in der Kombüse von dem modernen Pott zählen! Glaub mir, komm mit nach oben und schau es dir doch wenigstens mal an!" Das vierstöckige Gebäude war eine Unterkunft für Seeleute und das Haus für mittellose Matrosen. Unten waren ein kleines Café und ein Imbiss. Zum Hafen hin war eine kleine Dachterrasse. Am vorderen Geländer hatte der alte Seebär ein wetterfestes, ungefähr einen Meter hohes Doppelfernrohr angebracht. Von dem Stuhl davor konnte man bequem den ganzen Hafen und die Elbe überblicken. „Ich bring Dir noch 'n Cappuccino! Mit Rum?" „Nee, lass mal! Muss noch fahren!" Stimmte zwar nicht, aber er wollte unbedingt nüchtern bleiben. Sobald er alleine war, schaute er rüber zum Schiff. In ca. 50 Metern Entfernung und 20 Meter höher, konnte er die obersten Decks einsehen. Die beiden Schornsteine, und den kompletten Gang auf dem obersten Deck. Die ganze Größe des Schiffes lag direkt vor ihm! Wie auf dem berühmten Präsentierteller. Er drehte das Fernrohr zu der Gangway. Da tat sich im Augenblick nichts mehr. Nur unterhalb, da hatte man in Mauerhöhe riesige Luken geöffnet. Mit Gabelstaplern wurden Container, Wäsche und Koffer raus und verschlossene Kisten rein gefahren. Ein geschäftiges Treiben hatte begonnen. Der Alte kam mit einem Tablett zurück, setzte es wortlos auf den kleinen Tisch, neben Anger, und nickte aufmunternd: „Wat anners als Dein Spielzeug, he?" Er lachte und ging wieder zurück ins Haus. Der Detektiv genoss heißes Getränk und wartete auf die Dinge, die da kommen sollten. Zweimal hintereinander hatte Schneider die fremde Handynummer schon versucht anzurufen, und beide Male hatte er keinen Anschluss bekommen. Auf dem Weg zum Hafen versuchte er es erneut. Der Anschluss klingelte zwar, aber es hob niemand ab. Die Leitung blieb tot. Er würde es später noch einmal versuchen. Jetzt musste er zuerst in das Büro der Reederei. Pünktlich um viertel vor neun war er da. Die Kriminalbeamten waren zu diesem Zeitpunkt schon längst in ihren Overalls durch die Ladeluken im Bauch des Kolosses verschwunden und wurden hier mit dem Kapitän und dem Sicherheitsoffizier bekannt gemacht. Wie man so richtig vorgehen sollte, würden die kommenden Ereignisse zeigen. Eingreifen, so hatten die Kollegen aus Düsseldorf gefaxt, eingreifen sollten sie nicht. Nur beobachten und dokumentieren. Keiner war sich im Klaren, welche Beweggründe Schneider haben könnte. Der Sicherheitsoffizier Kramer kannte zwar die Sachlage. Er hatte ja das Protokoll mit Schneider in dieser verhängnisvollen Nacht auf dem Schiff aufgenommen. Aber was der vorhaben könnte, das wusste keiner der Anwesenden so genau. Jetzt bekam er von der Kriminalpolizei seine letzten Instruktionen und ging von Bord. Er musste aus dem Sicherheitsbereich um das ganze Gebäude gehen und betrat danach das Büro seiner Arbeitgeber. Hier wartete Frau Jensen und Joachim Schneider bei einer Tasse Kaffee auf ihn. Er tat geschäftig, beachtete die Beiden zunächst nicht und legte ein paar Zettel in ein Postfach. Dann erst begrüßte er Frau Jensen: „Na, Lotte? Wieder mal Dienst? Gehst Du jetzt voll arbeiten, oder immer noch halbtags?” Die Angesprochene ging nicht darauf ein. Sie wollte diesen geheimnisvollen Schneider so schnell wie möglich loswerden: Sie deutete mit der Hand in seine Richtung: „Herr Schneider, Sicherheitsoffizier Kramer, von der ATLANTIS!” Der erfahrene Uniformierte trat auf Schneider zu und tat so, als würde er ihn zum ersten Male sehen. „Kramer, angenehm. So, Sie wollen sich also mal eines unserer schönen Schiffe näher anschauen! Von der Presse?” „Kramer, kennen Sie mich nicht mehr? Mittelmeer, Ende Mai! Die Kreuzfahrt nach Rom und Genua! Meine Frau hatte doch diesen tragischen Unfall und ist über Bord! Erinnern Sie sich nicht? Ich kann das alles noch gar nicht fassen! Schlimm, wenn man nach Hause kommt und die Wohnung ist leer. Ich habe sie doch so geliebt!” Der

Angesprochene zog seine Augenbrauen zusammen und tat so, als müsste er überlegen: „Ah ja, stimmt! Jetzt erinnere ich mich. Ist nicht wieder aufgetaucht, die Gattin?" „Nein, leider nicht! Ich habe auch die Vermisstenanzeige direkt nach meiner Rückkehr bei der Polizei in Düsseldorf aufgegeben. Aber die vertrösten mich von Woche zu Woche. Bald muss ich wieder arbeiten, vielleicht lenkt mich das ab!" „Also dann wollen Sie sich das Schiff überhaupt nicht anschauen? Worum geht es denn dann?" „Bitte, ich will nicht drängeln, aber können wir das unterwegs besprechen?" Kramer nickte und sie gingen zur Tür. Frau Jensen fiel ein Stein vom Herzen und ihr Chef hinter der verspiegelten Glasscheibe seines Büros schwitzte Blut und Wasser. „Hoffentlich kommt der nicht noch einmal! Der ist mir nicht geheuer. Zumal sich die Kripo so intensiv mit dem befasst. Ich habe ein mulmiges Gefühl. Keine gute Reklame für uns! Hoffentlich sind die wieder von Bord wenn heute Nachmittag unsere neuen Gäste kommen! Dann muss alles gelaufen sein und ich hoffe, wir sind den dann endgültig los! Und Kramer soll den auf gar keinen Fall aus den Augen lassen!" „Chef! Da sind doch genug Beamte zusätzlich an Bord. Was soll der denn unbemerkt da anstellen können? Bei der Bewachung!" „Keine Ahnung, ich weiß ja nicht mal was der richtig will! Hauptsache der ist erst einmal weg. Am liebsten würde ich schließen bis die ATLANTIS wieder flott gemacht hat. Er ging zurück in sein Büro. Richtig beruhigt war er nicht. Als die Männer am Posten vorbeigegangen waren, setzte Kramer geschickt das unterbrochene Gespräch fort: „Also, Herr Schneider. Wo drückt der Schuh?" Der Angesprochene hörte gar nicht hin. Die Eindrücke vom Schiff waren plötzlich wieder allgegenwärtig. In Gedanken sah er sich auf dem Oberdeck stehen, in jener Nacht. Anja hatte ihn nicht bemerkt. Nachdem er sie über die Reling gehoben und losgelassen hatte, war sie in der Dunkelheit verschwunden.

Aber wer rief da immer wieder bei ihm an?

„Herr Schneider!" „Ja?" „Ich habe gefragt, wo drückt denn der Schuh? Wie kann ich Ihnen hier weiterhelfen?" Etwas verwirrt und monoton wiederholte der Angesprochene sein zurecht gelegtes Vorhaben: „Ich habe etwas auf der Kabine gelassen. Besser gesagt, ich vermisse etwas!" „Und was ist dieses… etwas? Sie müssen schon genauer sagen, was sie bei uns verloren haben!" „Ei… eine Kamera!" „Das müssen Sie mir schon etwas näher erläutern: Farbe, Marke, Größe? Wissen Sie, wir haben an Bord extra ein kleines Fundbüro. Und da werden bei jedem Passagierwechsel alle gefundenen Gegenstände archiviert. Selbstverständlich nur solche, die wir nicht direkt zuordnen konnten. Wenn Sie etwas in der Kabine vergessen haben, so hätten wir Sie doch schon längst angeschrieben!" Nun musste Schneider schnell umdenken: „Woanders eben, als in der Kabine! Auf dem Deck! Im Theater, was weiß ich!" Die Antwort kam grob und frech rüber und Kramer war gewarnt. Er musste vorsichtiger sein. Der verbirgt etwas, da war er sich jetzt sicherer denn je. Wieso war der plötzlich so nervös? Der Offizier gab sich gelassen und man fuhr mit dem Fahrstuhl nach unten. Hier waren unter anderem auch die Kammern für die Fundstücke. „Deck 2! Hier sind wir jetzt schon 3 Meter unter dem Wasserspiegel." Er wollte die angespannte Situation mit banalen Sprüchen auflockern und nicht eskalieren lassen. Schneider war extrem gereizt, das fühlte er. Der Maat, der die an Bord gefundenen Gegenstände verwahrte, öffnete auf Anfrage von Kramer einen, mit zwei schweren Stahltüren verschlossenen Raum. Das Innere war bestimmt 6 x 8 Meter groß und über mannshoch. Hier befanden sich lauter gefüllte Regale. Teils in Plastiktüten, teils ohne lagen die unmöglichsten Sachen da vor ihnen. „Kabine 6221, Eheleute Schneider, Deck 6 das betrifft die Reise vom 23. bis 29.Mai dieses Jahr, Mittelmeer. Also in der Kabine haben wir nichts gefunden! Sie haben die verloren? Wo eventuell? Vielleicht im Theater?" Er antwortete nicht, sondern ging nur apathisch hinter dem Maat her. Da der keine Antwort bekam fuhr er fort: „Gehen wir zu den Kleinteilen, hier entlang: Rasierapparate, Ringe, Brillen, Feuerzeuge, Uhren, Kameras: Hier müsste es sein! Digitalkameras! Welche Marke, sagten Sie?" Erwartungsvoll schauten sie den Besucher an und warteten auf Antwort: „Olympus, 10 Mega Pixel. Silbernes Metallgehäuse, in einer schwarzer Ledertasche!" Er kannte seine Kamera, die zuhause auf dem Schrank lag und antwortete schnell und unverdächtig. „Mal sehen…" Der Maat nickte und verschwand hinter den Regalen. Kramer drehte sich um und lächelte. „Hier, kommen Sie bitte?" Er zeigte einen Ausschnitt im Regal: „Von hier," er ging ein paar Schritte: „bis hier! Waren denn schon Aufnahmen drauf? Vom Schiff oder von Ihnen? Dann haben wir das schnell!" Schneider musste sich nun wieder etwas einfallen lassen. Er wollte keinen Aufstand, er hatte das anders geplant und nun lief ihm die Sache wieder mal aus dem Ruder. „Ich werde zuhause zunächst noch mal in Ruhe nachschauen, vielleicht lag die ja bei der schmutzigen Wäsche und ich hab sie übersehen! Vielen Dank, jedenfalls!" War es die stickige Luft, hier unten? Das Gewissen? Oder die Fragen? Er musste hier raus! Und zwar jetzt! Er blickte verstohlen zur Seite. Der Maat hob resigniert und enttäuscht die Schultern und schaute seinen Sicherheitsoffizier an. „Nun, was jetzt?" Kramer stand unbeweglich neben ihm. Zweifellos hatten beide die Veränderung an Joachim Schneider bemerkt. „Ich glaube, Sie können wieder abschließen!" er drehte sich zu dem Maat um. Herr Schneider kann das ja immer noch schriftlich, mit Foto und Rechnung, bei der Reederei einreichen!" Er grinste den Kollegen an und der Maat lächelte verständnisvoll zurück, verschloss seine Kammer wieder und tippte an seine Stirn: „Bin dann mal wieder hinten, wenn noch was ist!" er verschwand in den Gängen. „Und wie geht das weiter?" „Ich brauche frische Luft! Können wir nach oben? Vielleicht auf das Oberdeck?" „Natürlich! Wir nehmen den Fahrstuhl. Der hier geht nur bis auf Deck 6. Da ist dann der Fahrstuhl bis ganz oben. Aber wem erzähl ich das denn, Sie waren ja schon mal bei uns an Bord!" Nachdem sie auch den zweiten Aufzug betreten hatten, betrachtete Kramer im Spiegel seinen seltsamen Begleiter. Er schien um Jahre gealtert zu sein, seitdem er ihn das erste Mal in der Messe auf dem Schiff gesehen hatte. Der Klingelton zeigte, dass sie angekommen waren. Sie betraten das Oberdeck. Anger betrachtete gerade eine Möwe, die es sich auf einem Schornstein gemütlich gemacht hatte. Aus dem hinteren Schornstein schraubte sich eine graue Qualm Wolke in den Himmel: Das Schiff musste auch im Hafen für den enormen Stromverbrauch die Diesel laufen lassen. Er lehnte sich zurück und rieb sich mit dem Taschentuch die Augen trocken. Da sah er drüben auf dem Oberdeck zwei Männer über das ansonsten hier leere Freideck gehen. Anger wurde plötzlich hellwach. Er rückte den Stuhl zurecht und schaute sich die Personen vergrößert an: Einer trug eine weiße Uniform. Der blieb jetzt stehen und hielt den Kopf etwas schräg. Der Detektiv drehte an dem Okular und sah, dass er eine Art Handy an seinem Ohr hatte und aufgeregt mit jemandem sprach. Er schwenkte das Fernrohr weiter und suchte den zweiten Mann. Der war mindestens 30 Meter weiter zurück, fast auf seiner Höhe und er erkannte ihn sofort: Joachim Schneider! Der stand da wie versteinert. Langsam löste er sich von seinem Platz und ging weiter die oberste Brüstung entlang. Anger wählte die Telefonnummer von seinem befreundeten Rechtsanwalt: Als abgehoben wurde, wartete Anger keine Sekunde: „Hans, wo bist Du jetzt?" „Heinz? Endlich meldest Du Dich, ich wollte gerade zu Anja, ins Spital!" Ein schlimmes Wort entglitt ihm: „Sch… Jetzt …

verstehst Du, genau jetzt müsste Anja ihn anrufen! Weißt Du wo Schneider sich im Augenblick befindet? Genau an der Stelle über Deiner ehemaligen Balkonkabine! Deine Freundin hat Recht gehabt! Der kennt die Stelle oben an der Reling genau!" „Du hast doch noch die Handynummer von der Krankenschwester? Anja hat immer noch ihr Telefon! Aber unterdrück deine Rufnummer nicht! Sonst hebt die nicht ab!" „Sag sie mir noch mal schnell, ich hab die irgendwo notiert, aber ich will sicher sein!" Nachdem Anger die Handynummer bekommen hatte, drückte er unhöflich, aber in Eile das Gespräch weg. Immer noch schaute er gespannt zu seinem Gegenüber, der noch an der Reling stand. Er beeilte sich, die neue Nummer zu wählen: „Ja, bitte?" „Hier spricht Anger, der Detektiv! Frau Schneider, Sie müssen jetzt schnell handeln! Hören Sie mir einfach nur genau zu! Ihr Mann steht im Augenblick genau an der besagten Stelle auf dem Schiff an der Reling, Oberdeck! Schnell, rufen Sie ihn auf seinem Handy an und sagen Sie etwas … Irgendetwas! Bringen Sie ihn dazu, eine Reaktion zu zeigen! Schnell, er dreht sich weg! Er geht! Schnell ich leg auf!" Ohne eine Antwort abzuwarten legte er das mobile Telefon neben sich auf den kleinen Tisch. Dabei schmiss er beinahe seine leere Tasse um. Gebannt drückte er das Fernrohr wieder an seine Augen: Zu spät! Schneider war schon mindestens zwanzig Meter nach vorne gegangen und unterhielt sich jetzt wieder mit dem Offizier. Sie gingen zusammen eine Treppe herunter und waren außer Sicht. Verflucht und zugenäht! Hätte ich doch früher angerufen! Anja saß entspannt am Fenster. Sie hatte gerade gefrühstückt und las gelangweilt zum wiederholten Mal in einer der vielen Illustrierten. Als das Handy klingelte, dachte sie an ihren neuen Verbündeten, Dr. Lehner. Sie freute sich, dass er gleich zu ihr kommen wollte. Zuerst jedoch schaute sie auf das Display. Sie kannte die Rufnummer, sie war von diesem Detektiv, den der

Rechtsanwalt beauftragt hatte: „Ja, bitte?" Was sie dann von Anger erfuhr ließ sie erstarren, irritiert legte sie die Zeitung beiseite. Wortlos hörte sie zu, unfähig etwas zu erwidern, oder zu antworten. Sie legte das Handy aufs Bett. Ihr wurde urplötzlich schlecht! Alles kam wieder hoch! Der grauenvolle, schmerzhafte Sturz! Die Untersuchungen! Der Albtraum war zurückgekehrt! Jetzt spürte sie auch wieder den Schmerz, den körperlichen und erst recht den seelischen. Dabei hatte sie bis zu diesem Zeitpunkt mit Tabletten und Schlafmitteln so schön alles verdrängen können! Sie starrte auf das mobile Gerät. Es war immer noch eingeschaltet: „Hallo . . .? Sind Sie noch da?" Die Leitung war tot. Was hatte Anger da von ihr gewollt? Während er auf sie eingeredet hatte, waren nur Bruchstücke davon bei ihr hängen geblieben. Sie sollte was? Joachims Handy anrufen? Und dann? Der steht auf dem Schiff? Auf unserem Kreuzfahrtschiff? Wieso ist der denn schon wieder im Mittelmeer? Sie verstand zwar nicht, was der von ihr wollte, aber seine aufgeregte Stimme zwang sie, jetzt zu handeln. Das zu tun, was er im Augenblick für richtig hielt! Sie wischte sich die Tränen aus den Augen. Verstört wählte sie das mobile Telefon ihres Mannes an: *Kein Anschluss unter dieser Nummer!* Sie nahm ein Papiertaschentuch und schnäuzte sich. Das gibt's doch nicht, hat der ein neues Handy? Nachdem sie ihre Lesebrille wieder aufgesetzt hatte, stellte sie fest, dass sie sich verwählt hatte. Sie wählte neu: Es summte…. Was sollte ich ihm sagen? Warum geht der noch mal auf das Schiff zurück! An diese besagte Stelle! Wie abgebrüht ist der Kerl? Eiskalt, und dabei habe ich ihn einmal geliebt! Der aufkeimende Hass tat ihr jetzt gut, sie wurde ruhiger und sicherer! „Ja, bitte? Wer ist denn da?" Sie hörte die vertraute Stimme und musste sich jetzt doch zusammen nehmen. „Da bist Du ja! Ich kann Dich sehen! Du wusstest ja Gott sei Dank noch, wo Du mich das letzte Mal gesehen hattest, nicht wahr?

Endlich kommst Du doch noch und holst mich ab!" Die Leitung stand, das konnte sie auf dem Display sehen, aber das war auch alles! Kein Ton! Keine Geräusche! Keine Antwort! Anger wollte gerade aufstehen und runtergehen, da sah er Schneider zurückkommen! Er hatte sein Handy am Ohr und schaute sich wild nach allen Seiten um! Na endlich! Sie hatte ihn doch noch erreicht, kein Zweifel, er sprach mit Anja! Schneider schaute sich auch die gegenüberliegenden Gebäude genauer an. Er konnte jedoch nichts Verdächtiges entdecken. Anger schaute gebannt durch das fest installierte Vergrößerungsglas rüber zum Schiff. Joachim Schneider schaute wild und konfus, verzweifelt und hektisch, wie ein gehetztes Reh in alle Richtungen. Wo steckte diese Erpresserin? War sie noch auf dem Schiff? Wieso sieht die mich jetzt hier? Da meldete sich Anja wieder zu Wort: „Du bist doch jetzt an der Reling! Erinnerst du dich an diesen Abend? Warum hast du mir das angetan? Wortlos hast du mich fallengelassen! Und dabei hättest du alles von mir haben können! Alles… Warum… erklär es mir!" Anja wollte gerade weiterreden, als Hans Lehner und die Krankenschwester ins Zimmer kamen. Aufgeregt winkte sie mit der gesunden Hand und deutete auf das Handy.
Lehner rannte um ihr Bett, nahm das mobile Gerät und schaltete den Lautsprecher ein. Er legte den Zeigefinger auf seine Lippen und winkte die Schwester näher ans Bett. Dann gab er Anja das Gerät zurück. Jetzt, noch sicherer geworden durch die Anwesenheit ihres Bekannten und der liebevollen Betreuerin sprach sie mit kräftiger Stimme weiter: „Du kannst mit deiner Freundin zusammen bleiben. Ich habe gar nichts mehr dagegen!" Schneider brach sein Schweigen. Außer Hörweite des Schiffsoffiziers war er sich sehr sicher! Zu sicher! „Zu spät! Dieses Luder hatte Verdacht geschöpft! Die redet jetzt nicht mehr! Und Sie? Wer zum Teufel sind Sie?

Diese Stimme…? Woher wissen Sie das alles? Was haben Sie gesehen? Was wollen Sie, Geld?" „Wieso Geld? Ich habe alles gesehen und alles persönlich erlebt! Was soll dieses dumme Gerede? Du Trottel! Ermorden wolltest du mich! Loswerden, auf eine ganz hinterhältige Art und Weise! Aber du hast Pech gehabt! Schau dir die Reling doch mal genauer an! Du stehst doch jetzt da! Siehst du die Balkone, darunter? Da bin ich gelandet, schwer verletzt zwar, aber ich lebe! Schau runter! Sieh dir die Stelle genau an!" Fassungslos taumelte Schneider zum Geländer zurück, an der er eben noch gestanden hatte. Er nahm die Beamten der Kripo Hamburg in ihren Overalls und den Kapitän gar nicht zur Kenntnis. Sie kamen langsam über das Deck auf ihn zu und unterhielten sich mit dem Sicherheitsoffizier: „Ich weiß auch nicht, mit wem der da spricht, aber er scheint seine Umgebung vergessen zu haben!" Joachim umklammerte sein Handy und beugte sich weit über die Brüstung: „Ich sehe dich nicht! Wo bist du?"
„Schau genauer hin, du Trottel!" Er beugte sich noch weiter vor, rutschte ab und verlor augenblicklich das Gleichgewicht. In der Luft ruderte er verzweifelt mit den Armen, ein spärlicher Versuch noch irgendwo einen Halt zu finden …
aussichtslos und vergebens…!
Anja konnte das derweil nicht ahnen und so sprach sie erregt und wütend weiter: „Hallo, Joachim, ich werde die Scheidung einreichen! Ich kann so mit dir ..." Sie redete und redete, und merkte gar nicht, dass der Teilnehmer überhaupt nicht mehr in der Lage war, zu antworten. Die mittlerweile Anwesenden auf dem Deck waren zu dem Zeitpunkt des unvermittelten Sturzes auch noch viel zu weit entfernt gewesen, sie konnten es nicht mehr verhindern.
Seine letzten Gedanken während des Fallens galten seiner Frau. „Wenn sie es wirklich war, dann hat sie das überlebt sie! Dann werde auch ich leben!" Falsch gehofft!

Er verfehlte die Kabinenbrüstung knapp! Es war fast windstill, im Hafen. Lautlos fiel er in die Tiefe. Den Aufprall spürte er nicht mehr. Wie hatte der Monteur auf dem Schiff gesagt: „Absolut tödlich, wenn da einer runter fällt!"
Anger, der gebannt durch das Fernrohr geschaut hatte, traute plötzlich seinen Augen nicht. Was turnt der denn da oben an der Reling rum? Der lehnt sich da so weit rüber, um Himmelswillen! Was macht der denn? Er sah, wie Schneider hoch oben auf dem Schiff das Gleichgewicht verlor und lautlos nach unten fiel. Kein Schrei, wie man das in Filmen immer fälschlicherweise mitbekommt. Nichts! Einfach lautlos, wie ein Blatt im Herbst vom Baum segelt, kam Joachim der Kaimauer immer näher. Der Detektiv hatte den Eindruck, als würde er das Geschehen mit deutlich verzögerter Zeitlupe wahrnehmen.
Es kam ihm unendlich lange vor, bis schließlich die betonierte Hafenanlage den leblosen Körper abrupt stoppte. Es schien, als würde der Körper sich noch einmal kurz aufrichten wollen, dann fiel er ineinander. Die Hafenarbeiter schauten erstaunt in diese Richtung und kamen zögernd von ihren Gabelstaplern und aus den Gebäuden. Anger richtete sein Fernrohr auf den noch leeren Vorplatz und suchte nach Schneider. Oben auf dem Schiff hatte er fünf oder sechs Arbeiter ausmachen können, die mit ihren Armen gestikulierten und in die Tiefe starrten. Unten sah er nur kurz auf den leblosen Körper. Unnatürlich verrenkt und verdreht lag da dieses Bündel aus Fleisch und Stoff!
Als menschliches Wesen nicht mehr wieder zu erkennen. Der betonierte Boden verfärbte sich dunkel, fast schwarz. Ohne Zweifel hatte Joachim Schneider genau das Ende gefunden, welches er seiner Frau in dieser Nacht zugedacht hatte. Anger nahm sein mobiles Telefon vom Tisch und rief augenblicklich Dr. Lehner an. „Komm zurück," sagte der leise . . „Der Fall hat sich für uns erledigt!" Rechtsanwalt Dr. Hans Lehner riet der Krankenschwester bei der Polizei zu einer Aussage. Um sie

und ihr benutztes Handy aus der Sache schadlos rauszuhalten, gab es eine saubere Lösung: Sie gab an, an jenem Morgen den Ehemann von Anja Schneider auf seinem Handy angerufen zu haben. Sie wollte ihm mitteilen, dass seine Frau bald entlassen würde. Seltsam hätte er reagiert und unverständliche Dinge genuschelt. Dann war kein Geräusch mehr zu hören. Sie hatte auf das Gerät geschaut und festgestellt, dass die Verbindung noch stand. Er hat das Gespräch nicht beendet, es war einfach keine Antwort mehr von ihm gekommen. Es war doch ihre Pflicht, den Ehemann davon zu unterrichten, oder etwa nicht? Und strafbar . . . . strafbar war diese Mitteilung doch auch nicht gewesen, oder…?

Die nachträglichen Ermittlungen der Kriminalpolizei hatten ergeben, dass Schneider tatsächlich mehrfach in der Wohnung von Natalie Bremer gewesen sein musste. Fingerabdrücke und D N A Spuren von ihm gab es in jedem Bereich der Wohnung. Blut und Hautreste unter den Fingernägeln der Toten waren identisch mit seinen Werten.
Der Fall wurde zu den erledigten Akten gelegt.
Anja Schneider fand ihr Glück mit dem Schutzengel, der sie gefunden hatte: Dr. Hans Lehner.
Sie verkaufte ihr Haus in Düsseldorf und zog zu ihm nach Köln. Hans will mit ihr eine ausgiebige Kreuzfahrt in die Karibik unternehmen ….

      aber das braucht noch seine Zeit ….

Bücher von Roman Schmidt:

Anno 1379, An Rhenus und Wippera (Mittelalter)
(Krone Verlag) **200 Seiten SU ISBN 978 3 940 48687 5**
Hermann, Vom Leibeigenen zum Ritter
(Krone Verlag) **200 Seiten SU ISBN 978 3 940 48688 2**

Die folgenden Bücher von **B.o.D**. Norderstedt
sind auch als E-Books erhältlich:
Die weisse Traumkatze (1)   **ISBN 978 3 734 73530 1**
(Thriller)   **184 Seiten PB**

Geheimnisvolles Familienerbe (Thriller)   **72 Seiten PB**
                                      ISBN 978 3 734 73810 4

Die weisse Traumkatze 2   **164 Seiten PB**
weitere Fälle des Andy Steffenson
Ron`s Krimis 1 + 2   **296 Seiten PB**
Zusammenfassung beider Bücher
Roman`s Mittelalter 1   **300 Seiten PB**
Zusammenfassung der Bücher:
Hargan und Arn / Steffan, des Schmiedes Sohn
Roman`s Mittelalter 2   **296 Seiten PB**
Zusammenfassung der Bücher:
Die Rache des kleinen Jost, sowie Schatrandsch

Herstellung und Verlag:
BoD - Books on Demand, Norderstedt
ISBN 978-3-8448-0549-9

FSC
www.fsc.org
MIX
Papier aus ver-
antwortungsvollen
Quellen
Paper from
responsible sources
FSC® C105338